나의 사랑
나의 신부
나의 아내

SCARLET ROMANCE STORY

‘나의 사랑
나의 신부♥
나의 애내,

이다림 장편소설

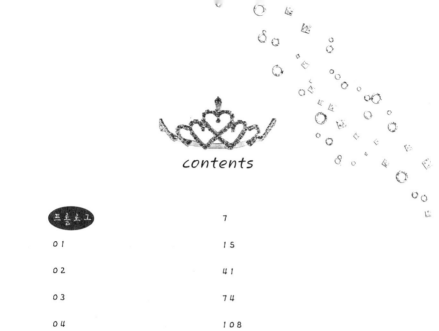

contents

프롤로그

"**결**혼하자."

"네?"

"결혼해, 나랑."

MT 가서 들이부은 술이 아직 덜 깬 건가.

세인은 검은색의 으리으리한 철문을 막아선 채 자신을 가만히 내려다보는 무표정한 도균의 얼굴을 갸웃거리며 응시했다. 입고 있는 각 잡힌 회색 슈트만큼이나 딱딱해 보이는 도균의 입매를 거의 노려보다시피 하던 세인이 남아 있는 술기운을 몰아내려는 듯 고개를 세차게 흔들었다. 초봄의 햇살 아래에서 그녀의 머리카락이 갈색으로 물결쳤다.

"방금 뭐라고 하셨어요?"

"결혼하자고 했어."

"결혼하세요? 어머! 축하……."

"결혼하자고 했지 누가 결혼한대?"

"결혼하자고요? 누가 누구랑…… 저랑 도련님이요?"

도균의 눈썹이 휙 하니 위로 들리는 것을 보며 세인은 속으로 뜨끔했다.

그놈의 도련님 소리. 이 집에서 매일 들으면서 유독 세인의 입을 통해 나오는 소린 듣기 싫어했다. 도균이 몇 번이나 경고를 주었지만 다들 그를 보며 도련님, 도련님거리니 세인이 아무리 주의해도 고치기가 쉽지 않았다.

아니, 지금 이런 호칭 문제를 따지고 있을 때가 아니다. 술이 덜 깨서 환청을 듣는 거라든가, 꿈을 꾸는 게 아니라면…….

"혹시 어디 아프세요? 아니면 뭘 잘못 드셨다든지."

"아니, 아주 멀쩡해. 누구처럼 밤새 술을 퍼마시지도 않았고."

역시나.

비꼬는 도균의 목소리에 세인의 아랫입술이 못마땅한 듯 삐죽 튀어나왔다.

"지금이 무슨 조선시대도 아니고, 제가 어린애도 아닌데 학교생활하다 보면 술도 한잔할 수도 있고, 외박도 좀 할 수도 있는 거……죠."

눈으로 화살이라도 쏠 듯한 기세인 도균의 앞에서 어쩔 수 없이 목소리가 점점 잦아들었다. 정말 잘못한 거 없다고 생각하는데 어째서 도균이 이런 식으로 눈을 부라리면 겁먹은 강아지처럼 꼬리를 말게 되는지 모를 일이다.

"지금이 조선시대도 아니고, 민세인 네가 어린애도 아니니까 더 위험하다는 생각은 전혀 안 드나 보지?"

"뭐, 그런 생각 안 해 본 건 아니지만, 도저히 어쩔 수 없는 경우라는 것도 있잖아요. 마지막 MT였다고요. 이제 저도 취업 준비를 해야 하니까 동아리 활동은 앞으로……."

"취업 준비는 됐고, 결혼 준비에 전념해."

"네, 결혼 준비도 물론 해…… 네?"

세인이 튀어 오를 듯 격하게 놀라자 도균은 그 모습이 또 마음에 들지 않는지 벌써 세 번째로 눈썹을 치켜 올렸다.

"뭘 그렇게까지 놀라?"

"아니, 그렇잖아요. 안 놀랄 수가 있나. 장난인 줄 알았는데 여러 번 말하니까 이제 진짜인가 헷갈린다고요. 도련…… 아니, 오빠랑 저랑, 뭐요? 뭘 하자고요?"

"결혼."

"하?"

"그 말도 안 된다는 표정, 내 쪽에서 받아들이기에 정말 말도 안 되는 거라는 건 알고 있지."

하? 하! 하는 요상한 소리만 연신 내뱉는 세인이 의심스러운 눈초리로 도균을 위아래로 훑기 시작했다. 이 인간이 정말 어디 아픈 게 아니라면, 혹시 신종 괴롭히기 수법인가 싶어서다.

"결혼이요?"

"그래, 결혼."

"결혼이라고요?"

"그래, 결혼이라고. 대체 몇 번이나 말하게 할 작정이야?"

그사이 차고에서 차를 빼 온 도균의 기사가 안절부절못하며 끼어들 타이밍만 노리고 있자 도균이 한 손을 들어 기다리란 신호를 보냈다. 도균은 여유롭게 팔짱을 끼는데 세인은 멀찌감치 운전석에 앉아 창문을 내리고 대화를 엿듣고 있는 기사 덕분에 개에 쫓기는 닭마냥 조급해졌다.

"아침부터 대체 무슨 똥딴지같은 소리예요. 아니다, 그러고 보니까 지금 2시가 넘었는데? 왜 이제 출근하세요?"

보통은 해가 뜨기도 전에 출근해 밤 9시, 10시가 되어서야 퇴근해 집에 들어오는 일중독 말기 환자가 이 시간에 집을 나선다는 건…… 역시나 어디가 아픈 게 틀림없어.

멋대로 답을 내린 세인이 두 걸음 정도 떨어져 있던 도균과의 간격을 좁히며 그의 얼굴을 유심히 살폈다. 그러고 보니 혈색도 나쁘고 어딘가 창백한 것이, 잠도 잘 못 잤나? 눈은 또 왜 이렇게 충혈되어 있어?

"뭐하는 거야."

"밤새우셨죠?"

"뭐?"

"토끼눈이에요. 어휴, 꿈에 나올까 봐 무섭네. 그러게 사모님께서도 매일 일 좀 줄이라고 그러시잖아요. 일은 회사에서만 하면 됐지 왜 집까지 끌고 들어오셔서는 집안 식구들 다 고생시키는지 몰라. 쯧. 이제 도련님도 슬슬 나이 생각을 하실 때라고요. 밤새고 그러는 건 저처럼 파릇파릇한 이십 대 때에나……"

하여튼 요놈의 입이 방정이다. 참, 이상한 일이다. 밖에선 오히려 조용한 편이란 소리를 듣는 세인인데 도균의 앞에만 서면 말 못 해 죽은 귀신이라도 붙은 사람처럼 주절주절 제어가 잘 안 됐다. 그가 유독 말이 없어서일 것이다. 어쩌다 말을 길게 한다고 하더라도 다정한 맛이라고는 손톱만큼도 없고.

뭐, 그런 게 입방정의 핑계 거리가 되냐고 한다면, 희한하게 세인에게 도균과 있을 때의 침묵은 견디기가 힘든 것이었다. 저쪽이 조용하니 나도 입 다물고 있자, 다짐해도 곧 물거품이 되고 마는 건 고요하면 할수록 도균의 시선이 더 진하게 느껴지기 때문이다. 사람을 빤히, 그대로 꿰뚫을 듯 쳐다보는 도균의 그 불편한 버릇 때문이다.

"일하느라 밤새운 거 아니야. 그리고 방금 그 말, 내가 중늙은이라도 된다는 거야 뭐야."

봐봐, 저 눈. 아주 오금이 저린다니까.

세인이 눈동자를 굴리며 허허, 멋쩍게 웃었다.

"뭐 그렇게까지 확대해석하실 필요가 있나요. 제 말은, 전 앞자리에 아직 2가 붙어 있지만, 도련님은…… 아니, 오빠는 올해로 3을 다셨으니까 조금 더 건강을 챙기셔야 한다는 뭐 그런 뜻이죠. 다 걱정돼서 드리는 말이라고요."

"네가 내 걱정도 해?"

"어유, 그럼요. 저를 비롯한 이 저택의 모든 피고용인들은 자나 깨나 사모님과 도련님의 건강과 편의를 위해……."

"됐어. 너는 굳이 덧붙여서 좋을 것 없는 말을 늘어놓는 그

버릇 좀 고치도록 해. 그게 내 정신 건강에 훨씬 도움이 될 것 같으니까. 그리고 민세인 너, 내가 누누이 말한 걸로 아는데."

"네?"

"너는, 내, 피고용인, 아니라고."

딱딱 끊어 말하는 그가 무서워서 따스한 봄 햇살을 베풀던 해마저 두꺼운 구름 사이로 순간 숨어 버린 것 같다. 세인은 한기가 느껴지는 팔을 두 손으로 교차해 감싸고는 망할 놈의 입을 머릿속으로 수차례 꼬집고 있었다. 물론 처량한 눈빛으로 기사를 흘끔거리는 것도 잊지 않았다. 제발, 윤 기사님. 이 저승사자를 이제 그만 거두어 가 주세요.

"눈, 원위치."

윤 기사가 미안하다는 얼굴을 해 보이고 세인은 거의 울상으로 다시 도균의 얼굴을 바라보았다.

"저기, 도련…… 오빠, 출근 안 하세요?"

"네가 대답을 해야 갈 거 아니야. 안 그래도 아주, 심각하게 늦었어. 그러니까 빨리."

번쩍거려서 눈이 멀어 버릴 것 같은 손목시계를 한 번 들여다본 도균이 마음에 들지 않는다는 듯 인상을 팍 찌푸리곤 그녀를 재촉했다. 그러나 세인은…….

"넹? 빨리라니 뭘용?"

어제 하루 감지 못해 불쾌감이 드는 머리를 한 손으로 긁으며 눈만 뎅그렇게 뜰 뿐이다. 도균이 한숨을 땅이 다 꺼져도 이상하지 않을 만큼 길게 내쉬었다. 움찔한 세인이 주춤하며 뒤로 물러섰다. 세인이 물러난 그만큼, 아니 그보다 한 발짝 더 도균이 다가섰다. 그녀의 코앞까지 그의 얼굴이 다가왔다.

"결혼 말이야. 결. 혼."

"어…… 그게……."

"대체 지금까지 내 말을 뭐로 들은 거야?"

제대로 듣긴 들었죠. 근데 어딘가 아파서 헛소리하는 줄 알았죠.

"그러니까 오빠가 아픈 것도 아니고, 실성한 것도 아니고, 지극히 제정신인데 지금 나한테 결혼하자고 한 거 맞아요?"

"정확히 맞아."

아니…….

"대체 왜요?"

뭐 이런…….

"대체 오빠랑 저랑 결혼을 왜 해요? 아니, 오빠가 나랑 결혼을 왜 해요? 같은 말인가? 아, 혹시 이거 몰래카메라?"

"후. 정신 차려, 민세인. 나 지금 진지하니까."

"진지. 네, 진지. 저도 그럼 진지하게 물을게요. 왜요? 대체 왜?"

더 가까워질 수 없을 거라고 생각했는데, 손바닥만큼의 틈을 남겨 두었던 도균의 얼굴이 불쑥 쳐들어왔다. 코끝이 닿았다. 화들짝 놀라 몸을 뒤로 빼려는 세인의 팔을 그의 손이 힘 있게 그러쥐었다.

갑자기 쿵쾅쿵쾅하는 소리가 들려 어디 지진이라도 났나, 천둥이라도 치나 싶었는데 알고 보니 그녀 자신의 심장 소리였다. 얼굴이 당장이라도 터져 버릴 것처럼 달아올라서는 어지러운 머릿속을 정리하지도 못하고 속수무책 도균에게 잡혀 있는데, 그의 입술이 감질날 만큼 천천히 열리기 시작했다.

"하고 싶으니까."

"무, 무슨……."

"내가 민세인 너랑 결혼을 하고 싶으니까."

그가 씨익 웃었다. 정말 오랜만인 거 같다. 이렇게까지 환하게 웃는 이도균은. 해가 너무 강해서 헛것을 보나. 세인이 손을 눈썹 뼈에 갖다 대고 햇빛을 막았다. 그러나 찡그렸던 눈을 제대로 뜨고 보니 그의 웃는 얼굴이 더욱 선명하게 보일 뿐이다. 세인은 그때 멍하니 매끄러운 입술을 올려다보며 그런 생각을 품었던 거 같다.

평화는, 끝났다.

1

도균과 처음 만났던 때가 언제더라. 정확한 나이는 기억나지 않지만 그녀는 무척 어렸고 계절은 한파가 대단했던 겨울이었다. 아빠의 손을 꼭 잡고 그때는 지금보다 훨씬 으리으리해 보였던 검은 철문 앞에 서서 호기심에 찬 까만 눈으로 주변을 두리번거리고 있었다.

"아빠, 이제 여기서 일해?"

"응. 여긴 세인이랑 아빠가 이제부터 살 집이기도 하지만, 아빠 직장이기도 하니까 우리 세인이 여기서……."

"어른들 말씀 잘 듣고, 버릇없이 굴지 말고, 인사도 잘하고. 또 뭐 있었지, 아빠?"

자신이 할 말을 가로채 손가락을 꼽아 가며 외는 세인이 대견하면서도 안쓰러운 듯 그녀의 아버지인 경호는 딸의 작은 머리를 다정하게 쓰다듬었다.

"세인아, 여기엔 세인이보다 여섯 살 많은 오빠야도 있어."

"우와! 정말?"

"응, 그런데 그 오빠야는 좀 아프대. 그래서 세인이랑 잘 안 놀아 줄지도 몰라. 그러니까 우리 세인이 그 오빠야가 세인이한 테 혹시 화내고 저리 가라고 그래도 너무 속상해하지 마, 알았지?"

"응응. 근데 오빠야는 어디가 아프대?"

"마음이 아프대."

세인이 고개를 끄덕이며 비장한 표정을 지어 보였다. 조그맣게 말린 주먹이 꽤 다부지기까지 했다. 마음이 아픈 오빠야라니, 세인이가 호 해 줘야지.

이윽고 철문이 그들 부녀에게 틈을 내어 주었고 세인은 아버지의 손에 이끌려 그 저택에 첫 발을 내딛었다.

저택엔 일하는 사람들이 참 많았다. 그리고 거실이라기보다는 홀이라는 말이 어울릴 정도로 넓은 공간의 한가운데에는 화려하게 장식된 트리가 버티고 있었다.

세인은 아버지의 손을 놓고 이야, 와아, 하는 감탄사와 함께 트리 주위를 돌다가 걸음을 멈추고 돌아섰다. 곧 머루 같은 눈동자가 놀란 듯 동그래졌다. 털이 송송 돋아난 흰 니트 원피스를 입은 아름다운 여자가 있었기 때문이다.

"안녕하세요!"

세인이 유치원에서 배운 대로 허리를 숙여 우렁차게 인사하자 여자의 웃음소리가 울려 퍼졌다.

여자가 허리를 굽히더니 세인을 향해 팔을 뻗었다.

"네가 세인이구나? 이리 와 보렴. 아줌마가 한번 안아 보자."

세인이 눈치를 보며 머뭇거리자 경호가 조심스럽게 등을 떠밀었다. 그에 용기를 얻은 그녀가 작은 발을 움직여 여자에게 포옥 안겼다. 좋은 향기가 났고 더할 나위 없이 포근했다. 엄마 품을 제대로 느껴 보지 못했던 어린 세인은 어쩐지 눈시울이 뜨거워지는 것 같았다.

여자의 어깨에 턱을 걸치고 앙증맞은 입술을 꾹 깨물며 눈물을 참아 내던 세인의 시선이 2층으로 통하는 계단 난간에서 자신을 바라보고 있는 누군가의 시선과 마주친 건 바로 그때였다.

"어!"

세인이 작게 탄성을 내지르자 지금까지 쭉 관찰하듯 아래를 내려다보던 소년이 뒤돌아 사라졌다. 다다다. 달리는 발걸음 소리가 도망치는 것처럼 들렸다. 경호를 돌아본 세인이 천진난만한 얼굴로 물었다.

"그 오빠야야?"

경호가 고개를 끄덕이자 세인의 뽀얀 얼굴이 분홍색으로 물들었다. 언뜻 본 얼굴이 마치 백설공주나 신데렐라 같은 동화책에 나오는 왕자님처럼 근사했다.

"가서 인사해도 돼, 아빠?"

"그럴래? 오빠는 이층 복도 맨 끝 방에 있을 거야."

여태 세인의 통통한 손목을 만지작거리고 있던 여자가 경호 대신 대답했다. 세인이 기다렸다는 듯 방긋 웃으며 곧장 소년이 사라진 2층으로 달려 올라갔다. 쭉 이어진 복도 양쪽으로 여러 개의 방문이 마주 보고 있었고, 여자가 말했던 가장 마지막 방의 문이 비스듬히 열린 채 그녀를 기다리고 있었다.

문 앞에 서서 긴장으로 땀이 찬 손바닥을 연신 옷깃에 비비던 세인이 노크했다. 안에서 아무런 기척이 없어 한참을 서성댄 끝에 슬그머니 문을 밀었다.

"오빠야……?"

침대 위에 앉아 있는 소년이 입을 꾹 다문 채 날카로운 눈으로 세인을 응시했다. 그 시선에 주춤거리면서도 세인은 결코 걸음을 멈추지 않았다. 소년은 그녀가 코앞에 다가올 때까지 미동도 하지 않은 채 동상처럼 그 자리를 지켰다.

"……오, 오빠, 안녕?"

세인이 손을 흔들며 살갑게 인사했지만 소년은 그저 그녀를 뚫어지게 쳐다보는 것 말고는 별다른 반응을 보이지 않았다. 부끄러워진 세인이 서둘러 손을 내렸다.

"우리 친하게 지내자! 나는 일곱 살인데, 오빠는 몇 살이야?"

대꾸가 없는 소년을 보며 세인은 차라리 곰 인형과 얘기하는 게 낫겠단 생각을 했다. 하지만 그렇다고 해서 쉽게 물러날 세인이 아니다. 뭔가 같이 가지고 놀 만한 장난감이 없을까 주변을 두리번거리던 그녀는 탁자 위 천사 모양의 크리스털 장식물을 발견하곤 반짝 눈을 빛냈다.

"이야, 진짜 예쁘다!"

섬세하고 정교하게 세공된 조각이었다. 어른 손바닥보다 더 큰 크기의 장식물을 신기한 듯 관찰하던 세인은 천사의 발치 아래 양각으로 새겨진 글자를 찾아내곤 소리 내어 읽었다.

"이…도…여."

마지막 한 글자를 발음하려던 찰나, 세인은 뭔가가 깨지는 요란한 소음과 함께 옆으로 넘어지고 말았다. 소년이 그녀를 거칠게 밀어 버린 것이다.

세인이 울먹이며 몸을 일으켰다. 그녀의 작은 손에는 넘어질 때 반사적으로 움켜쥐었던 테이블보가 들려 있었다. 세인은 뒤늦게 바닥에 산산조각 나 뒹구는 크리스털을 보곤 아뿔싸 혀를 깨물었다. 곧 우당탕하는 소리를 들은 경호와 여자가 뛰어 들어 왔다.

"세상에. 어디 다친 데 없니?"

여자가 세인을 번쩍 안아 들며 물었지만 그녀는 잔뜩 얼어붙어 한 마디도 할 수 없었다. 부서진 크리스털 조각을 들고 소년이 세인을 노려보고 있었기 때문이다. 고작 일곱 살짜리가 감당하기엔 너무나 무서운 시선이었다. 세인은 경호의 야단보다 말없이 그녀에게 꽂혀 있는 그 새카만 눈동자가 더 겁이 나서 왈칵 눈물을 쏟고 말았다.

그렇게 세인에게 소년의 첫인상은 동화 속 왕자님에서 심술대마왕 악당으로 강등되었다.

그리고 곧 세인은 이 저택의 주인이자 소년의 엄마인 중년 여성을 제외한 모든 사람들이 그를 '도련님'이라고 부른다는 사실을 깨달았다.

머지않아 세인 역시 자연스럽게 그를 도련님이라고 부르기 시작했다. 그러면 그가 휙휙 눈을 흘기곤 했는데 그때마다 세인은 불현듯 떠오르는 첫 만남의 악몽에 습관처럼 잔뜩 긴장하고 말았다.

그랬던 그가 세인의 인사에 처음으로 대꾸해 준 것이, 그러니까 정확히 말하면 실어증을 앓던 그의 말문이 터진 것이 그녀와 그녀의 아버지인 경호가 그 집안에 들어가 살게 된 지 꼬박 4년 후의 일이었으니, 세인의 마음고생이란 말로 다 할 수가 없을 정도였다. 하지만 그 후에도 크게 달라지는 것은 없었다. 도균은 유난히 세인에게만 쌀쌀맞게 굴었고 그녀는 그런 그를 어려워했다.

그렇게 유년기와 청소년기를 보내면서 세인의 마음속엔 절대 불변의 진리 같은 것이 자리를 잡았다.

'도련님, 그러니까 이도균은 나를 끔찍이 싫어한다.'

"아니, 그런데 대체 왜!"

집에 들어오자마자 쓰러지듯 침대에 누워 감기지 않는 눈을 억지로 감고 잠을 청하던 세인이 결국 5분도 지나지 않아 허공에 발차기를 날리며 몸을 벌떡 일으켰다.

"말이 안 되잖아, 말이! 결혼은 무슨 얼어 죽을. 그 인간 결혼이란 단어의 뜻을 알기는 아는 거야?"

가슴 앞에 단단히 팔짱을 끼고 가부좌를 틀고 앉은 세인의 표정이 심각하게 굳어 갔다. 돌이켜 생각해 보아도 좀 전의 대화에서 이성적인 구석이라곤 찾아볼 수가 없었다. 아니, 그게 대화가 맞긴 해? 조금 전 도균의 어투는 청혼이나 구애가 아닌 거의 통보이자 명령이었다.

'할 거지?'

'아니요. 제가 왜요?'

'내가 하고 싶다니까. 결혼.'

'결혼이 그렇게 하고 싶으시면 다른 여자 찾으세요. 도련님 좋다는 여자 많잖아요. 왜 저한테 이러세요. 이러지 마세요.'

몸을 뒤로 쭉 빼고 그렇게 정색을 하자 도균 역시 따라서 정색을 했다.

'이러지 마세요? 나 참, 누가 들으면 내가 너 싫다는 거 억지로 조르는 줄 알겠다.'

'어머. 조르고 계시잖아요, 지금.'

'내가? 뭐? 졸라?'

'……'

'너 설마 싫다는 거야?'

'당연하죠!'

어중간한 망치가 아니라 집채만 한 해머로 머리를 맞은 듯한 공포와 충격으로 얼룩진 도균의 모습에 세인은 내심 뜨끔했었다.

"그래, 거절이 너무 격했어. 좀 더 스무스하게 타이를 것을."

이제 앞으로 이 저택에서의 생활이 더욱 가시밭길이겠구나. 후회해도 늦었다.

아무래도 그 인간이 뭔가 잘못 먹은 게 틀림없어. 이따가 아빠한테 오늘 식단 뭐였는지 물어봐야지. 분명 요리 어딘가 땅콩이나 게 같은 것, 이도균을 알레르기로 정신 못 차리게 할 만한 뭔가가 섞였을 거⋯⋯.

"딸!"

"악! 깜짝이야!"

문을 벌컥 열고 들어서는 경호가 가자미눈을 하고 그녀를 째려보았다. 가슴을 쓸어내릴 틈조차 주지 않고 경호의 잔소리가 시작되었다.

"어딜 시집도 안 간 처녀가 외박을 해! 응? 너 그러다 혼삿길 막혀!"

"시집간 처녀는 외박해도 돼, 그럼?"

"뭐야?"

"그럼 결혼 그거 한번 해 볼까 싶어서."

"아이고. 아이고, 세인 엄마⋯⋯."

뒷목을 잡으며 쓰러지는 시늉을 하는 경호의 눈치를 보며 세인이 슬그머니 운을 띄웠다.

"근데 아빠⋯⋯. 좋아하지도 않고 사귀는 사이도 아닌데 결혼하자는 건 대체 무슨 의미야?"

"그게 무슨 귀신 씨나락 까먹는 소리야?"

"아, 아니. 내 친구 성연이 알지? 걔가 같이 동네에서 자란 아는 오빠가 있는데 얼마 전에 성연이한테 글쎄 청혼을 했다더라고? 그 인간이 엄청 무뚝뚝하고 싸가지도 없고 예민하고 까칠하고, 아주 세상에 저가 제일 잘난 줄 아는 거만함의 끝판왕…… 아니, 뭐 실제로 잘나기도 하긴 했지만 어쨌든 아주 재수 없는……."

"이 대표가 그렇게까지 못되지는 않았는데?"

"아니야! 아빠가 몰라서 그래! 이도균 그 인간 가끔은 정말 밥맛……!"

정적이 흘렀다. 열을 내며 연설을 하던 세인은 허공에 손가락질을 하던 그 자세 그대로 얼어 버렸다. 아, 진짜 얼어붙어서 아주 그냥 깨져 버렸으면 좋겠다.

"……성연이랑 이 대표랑 아는 오빠 동생 사이인 줄 이 아빠는 정말, 정말, 정말! 꿈에도 몰랐지 뭐야?"

경호가 음흉하게 웃으며 세인의 옆구리를 쿡쿡 찔렀다. 대한민국에서 둘째가라면 서러울 정도로 간지럼에 약한 세인은 다 안다는 듯 옆구리에서 활개 치는 경호의 손가락에도 아무것도 느낄 수 없었다. 사람이 궁지에 몰리면 온몸의 감각이 마비될 수도 있는 모양이다.

어떻게 수습하지? 이 눈치 백단 아줌마를 무슨 수로 속이냔 말이야!

그녀의 머릿속이 디스코 팡팡처럼 빠르게 회전하며 널을 뛰었다. 마땅한 답은 나오지 않고 급기야는 어지러웠다. 아, 돈다 돌아, 술기운이.

"아, 아빠. 저, 저기 그게……."

"사모니임!"

그녀가 입을 떼자마자 경호가 미사일처럼 세인의 방을 뛰쳐나가며 소리쳤다. 안 돼! 아빠아아! 애타는 세인의 목소리가 뒤를 이었지만 곧 쾅 하고 닫히는 문에 가로막혀 흔적도 없이 부서졌다.

망했다, 망했어.

알코올에 취해 상황 파악이 더딘 머릿속을 간신히 추스르고 황급히 경호를 찾아 나섰지만 이미 한발 늦은 뒤였다.

저택 한구석의 유리온실에서 속닥거리고 있는 두 사람을 발견한 순간, 세인은 비련의 여주인공처럼 자리에 털썩 주저앉았다. 그런 그녀를 온실 유리를 통해 지켜보고 있는 서 여사와 경호의 입술이 비밀스럽게 말려 올라갔다.

오케이. 시작됐어!

"다시."

"다시."

"다시 해 오십시오."

"여기, 여기, 여기. 전부 다 엉망입니다."

"뭐가 부족한지, 굳이 내 입으로 말 안 해도 알죠?"

그에게 정확히 다섯 번째로 까임을 당하는 강 실장의 관자놀이에 핏대가 섰다. 이놈의 회사 다 엎어 버리고 당당히 무직의

길로 들어서겠다, 다짐하고 들어섰던 강 실장은 도균의 표정 하나 없는 냉정한 얼굴에 결국 이번에도 한 마디도 하지 못한 채 대표실을 나섰다.

"저건 카리스마가 아니라 살기다, 살기."

회사 내의 다른 곳과 달리 한겨울의 냉기가 흐르는 것 같은 대표실 앞을 서둘러 빠져나가는 강 실장의 좁은 어깨를 바라보는, 그 대표실 앞을 하루 종일 지키고 있어야 하는 공 비서의 눈가가 우울해졌다.

입사한 지 얼마 되지 않아 처음 도균의 얼굴을 봤을 때, 이곳을 천상의 직장이라고 여겼던 공 비서는 과거의 자신을 향해 조소를 보냈다. 다비드상이 숨을 쉰다면 이런 모습 아닐까, 아폴론이 현신한다면 우리 대표님이 아닐까 하던 그녀의 몽상은 실전 업무 하루 만에 와장창 깨지고 말았다. 대체 뭐 이런 피곤한 사람이…….

"공 비서."

"네, 대표님!"

열성적으로 도균의 흉을 보고 있던 그녀가 사색이 된 채로 벌떡 일어섰다. 예리한 눈빛 앞에 그녀의 심장은 발에 밟힌 음료 캔처럼 무자비하게 찌그러 들었다. 왠지 그녀의 속을 다 읽고 있을 것만 같다.

"뭐 필요하신 거라도……."

"저기."

"네."

"내가 그렇게 별롭니까?"

쿠쿵! 아니, 이 인간 신기까지 있었어?

"대, 대, 대표님. 저기, 그게…… 어, 없는 자리에선 나라님 욕도 한다는데…… 아니, 이게 아니고…… 제, 제가 정말 죽을 죄를……."

"그렇게 질색할 정도로 내가 별로인 남자인가요? 결혼 상대 자로는 일고의 가치도 없을 만큼?"

석고대죄라도 할 기세였던 그녀가 이어지는 도균의 말에 당황해 말을 멈추었다. 결혼 상대자? 그녀의 얼굴색이 짧은 시간 내에 파랗게 하얗게 빨갛게 요란하게도 변하는데 정작 원인 제공자인 도균은 혼자 심각하게 고민에 빠진 듯 그 사실을 알아차리지도 못하고 있었다.

"저…… 대표님 그게 무슨……?"

"만약 내가 결혼하자고 그러면 공 비서는 어떨 것 같습니까? 그게 그렇게 끔찍하게 싫을 정도입니까?"

"저, 저는……."

그 순간 도균의 전화가 울렸다. 액정을 확인한 그가 한숨과 함께 전화를 받았다. '여보세요.' 이후로 내내 상대의 목소리를 듣고만 있던 그가 쌩하니 바람을 일으키며 복도를 가로지르며 뛰어나갔다. 그 뒤엔 순식간에 투명인간이 되어 버린 공 비서만 얼굴을 핑크빛으로 수줍게 물들인 채 덩그러니 남았다.

"대표님이 저를 그렇게 생각하고 계시는 줄은……. 저야…… 당연히 땡큐죠, 대표니임."

대상을 잃은 목소리만 허공에 메아리처럼 쓸쓸히 맴돌 뿐이었다.

누구도 먼저 입을 떼지 않으려는 숨 막히는 분위기에 세인은 속이 울렁거리는 것을 느꼈다.

"저 왔습니다."

아주 때려 죽여도 시원찮은 인간인데 이 순간 세인은 도균이 마치 구세주처럼 느껴졌다. 그러면 어떻게든 이 난감한 상황을 정리할 수 있을 것만 같았다.

"오셨습니까, 대표님."

"왔니? 어서 앉아라, 아들."

이 저택의 집사이자 세인의 아버지인 경호의 목소리가 먼저 그를 반겼고, 그다음은 저택의 주인이자 도균의 어머니인 지연의 목소리가 그를 자리에 앉혔다. 세인은 구부정한 자세로 힘없이 도균을 올려다보았다. 미간에 잔뜩 주름을 잡은 도균의 시선이 자신을 향하자 세인은 등골을 따라 흐르는 식은땀과 함께 얼른 고개를 돌려 버렸다.

"자, 다 모였으니 얘기를 좀 해 보자꾸나."

"어머니, 저……."

"그래. 둘이 결혼하기로 했다면서? 요 앙큼한 것들. 음, 우선 날짜부터 잡는 게 순서겠지? 이미 서로 아는 사이에 상견례 같은 절차는 생략해도 좋을 것 같은데 어떠세요?"

"네. 쇠뿔도 단김에 빼랬다고 그렇게 하는 게 좋을 것 같습니다, 사모님."

"아유, 사모님이라니요. 이제 그런 삭막한 호칭은 앞으로 않기로 해요, 사돈어른."

"하하하. 그러죠, 사부인!"

아니…… 이게 무슨…….

"아, 아빠?"

"어머니?"

호호호하하하, 하는 웃음소리에 세인과 도균의 목소리는 흔적도 없이 묻혀 버렸다. 세인은 황당한 표정으로 입을 다물지 못했고 도균은 끄응 하는 신음 소리와 함께 관자놀이를 짚으며 몸을 앞으로 기울였다. 예비 사돈지간인 두 중년의 대화는 순풍에 돛 단 듯해서 마음만 먹으면 당장 내일이라도 식을 올릴 수 있을 것 같았다.

세인은 좀 전까지 울렁거리던 속도 잊고 이 모든 사태의 원흉인 도균을 바라보았다. 그렇게 가만히 있지만 말고 뭐라도 해서 수습을 해야 할 것 아니야!

울화통 터지는 그녀의 시선을 느꼈는지 머리를 짚으며 발끝만 내려다보던 도균이 비스듬히 얼굴을 들어 올렸다. 두 사람의 시선이 격렬하게 허공에서 부딪혔다. 아니, 뭘 잘했다고 날 노려봐? 세인이 입을 삐죽거리는데 도균의 무어라 말을 한다. 소리 없이.

세인은 정신을 집중해 그가 하려는 말을 읽기 위해 눈을 부릅떠 입술의 움직임을 좇았다.

'허락한 거야?'

뭘? 세인이 어깨를 으쓱였다. 도균은 뭘 당연한 걸 되묻느냐는 듯 답답하단 얼굴로 또다시 소리 없는 대화를 시도했다.

'결혼.'

펄쩍 뛸 뻔한 세인은 가까스로 진정하고 대꾸했다.

'미쳤어요?'

이에 도균이 한숨을 쉬며 경호와 지연의 대화에 끼어들었다.

"잠시 저희 둘이 얘기 좀 하고 올게요."

"응? 응, 그래. 그러럼. 부부 사이엔 모름지기 많은 대화가 필요한 법이지. 우린 날짜며 너희 신혼집이며 상의할 게 많으니까 어디 교외로 오붓하게 데이트라도 갔다 오든지. 호호호."

세상에. 고상함의 극치였던 서 여사님은 어디로 가신 거지? 오붓이라니? 오붓이라니! 세인은 그 순간 처음 알았다. 솜털을 따라 오소소 돋아나는 소름을 직접 눈으로 확인하는 기분이란 어떤 것인지.

"뭐해? 일어나."

세인이 멍청한 표정으로 올려다보고만 있자 그가 다시 미간을 접더니 그녀의 팔뚝을 잡아 소파에서 일으켰다. '어머, 어머! 우리 아들 세인이 앞에선 박력도 있네!' 방정맞을 정도의 호들갑이 서 여사님의 세련된 입술 사이로 흘러나와 다시 한 번 세인의 뒤통수를 후려쳤다.

"그럼 저희 잠깐 위층에서 얘기 좀 나누고 오겠습니다."

막무가내로 끌어당기는 손에 세인은 의지와는 상관없이 어느새 계단을 오르고 있었다. 몇 걸음 가지 않아 도균이 홱 뒤를 돌아 새로 탄생한 젊은 커플의 뒷모습을 흐뭇한 표정으로 바라보고 있는 두 사람을 향해 나직이 말했다.

"두 분, 거기서 더 이상 결혼 얘기 진행시키지 마세요. 절대로."

"그래. 당사자 없이 무슨. 어서 올라가, 어서."

손을 휘휘 대충 흔들며 쫓아내듯 말하는 두 사람이 영 못 미더웠지만 도균은 하는 수 없이 세인을 이끌고 2층으로 향했다.

두 사람이 사라지자 지연이 앞에 놓인 커피를 한 모금 들이켜며 경호에게 조용히 물었다.

"두 사람 정말 잘 어울리네요, 그렇죠?"

"네. 오래도 걸렸네요. 저 둘, 평생 제 감정 깨닫지도 못할까 걱정했더니."

"정말 감사해요. 우리 도균이, 이렇게 멀쩡히 잘 자란 거 다 민 집사님…… 아니, 사돈어른이랑 세인이 덕분이에요."

"별말씀을요. 대표님 같은 훌륭한 사위를 얻게 돼서 저야말로 참 든든합니다."

따뜻한 온기가 저택 안을 가득 채웠다.

물론, 2층만은 예외였다. 창과 방패만 없다 뿐이지 세인과 도균 사이에 흐르는 기운은 분명 전의였다.

"어떻게 된 거야?"

"뭐가요?"

아니, 왜 화를 나한테 내? 내가 결혼하자고 그랬나? 울컥한 세인이 도균을 노려보았다. 그러나 이어지는 그의 냉담한 목소리에 그녀는 곧 꿀 먹은 벙어리가 되었다.

"두 분이 어떻게 알고 계신 건지 설명이 필요한 것 같은데."

"그게……."

"미쳤냐고? 내 청혼을 받아 주는 게 미쳐야만 가능한 일이었나?"

"지금 그런 걸 따질 때가 아니잖아요!"

"그래. 그럼 어째서 이런 상황이 벌어졌는지 설명해 봐. 5분 주지."

창가로 걸어간 그가 창틀에 비스듬히 걸터앉아 자신을 빤히 바라보자 세인은 어쩐지 몸속 장기 중 어떤 것에 화르륵 불이 붙은 것 같았다. 햇빛을 등지고 앉은 도균의 모습은 마치 왕좌에 앉은 왕……. 민세인, 정신 나갔니? 대체 무슨 생각을 하는 거야?

"난 맹세코 말씀드린 기억이 없고, 오는 길에 물어보니 윤 기사님도 아니야. 그럼 남은 용의자는 딱 하나인데."

"혼자 다 말할 거면서 5분 준단 소린 왜 해요?"

도균이 허공에 흔들던 긴 다리를 우아하게 뻗어 창틀에서 내려와 세인의 주위를 빙빙 돌며 탐정이라도 된 듯 그녀를 궁지로 몰아넣기 시작했다. 세인은 순식간에 왕자의 청혼을 받은 공주에서 강등돼 사자 앞의 쥐 신세가 되었다.

"무슨 꿍꿍이야? 나랑 결혼할 생각 없으시면서?"

"그게 무슨 꿍꿍이가 있어서 그런 게 아니라요……."

"꿍꿍이가 없을 리가 없지. 어차피 거절할 청혼, 굳이 두 분께 알렸을 때는 뭔가 이유가 있는 거 아닌가."

"이유요?"

"이를테면, 아침의 일을 후회한다든지."

사모님, 사모님 아들이 망상증을 앓고 있나 봐요.

"아주 질색을 하면서 치를 떨더니. 마음이 좀 바뀌셨어? 많이 아쉬울 거야, 그치? 미쳤다, 라는 말은 그럴 때 쓰는 거야. 나 같은 남자의 청혼을 단칼에 잘라 내는 여자를 설명할 때. 뭐, 그럴 만도 해. 너무 설레고 떨리면 이 정신이라는 게 굉장히 섬세하고 불안정한 거라서 정상 궤도에서 벗어나기도 하니까. 게다가 넌 그때 술에 절어 있기도 했고."

가만 보면 진짜 웃기는 인간이란 말이야, 이거. 세인이 차마 속마음을 입 밖으로 꺼내진 못하고 눈을 부라렸다. 그러나 갑자기 도균이 얼굴을 가까이 들이미는 바람에 쌍심지가 이글거리던 눈이 당혹으로 물들었다.

"그러니까 없던 일로 해 주겠단 소리야."

"네엥? 뭘요?"

"이번엔 제대로 대답하라고. 정신 똑바로 차리고."

도균의 두 손이 어깨를 감싸듯 쥐자 세인이 불에 덴 듯 화들짝 놀랐다.

"왜 이렇게 손이 뜨거워요? 혹시 열 있으세요?"

"지금 그런 게 중요한 게 아니……."

세인의 작은 손이 허락도 없이 멋대로 도균의 이마를 덮었다.

그녀가 심각한 표정으로 도균을 올려다보며 생각에 잠겼다.

열이 있네, 있어. 그래서 대낮부터 헛소리를 늘어놓으셨구만? 아니, 근데 남자가 무슨 얼굴이 이렇게 작아? 이마가 내 손에다 가려지잖아. 하여튼 여러모로 인간미 없다니까. 그건 그렇고 왜 이렇게 빤히 쳐다봐? 사람 민망하게. 와, 가까이서 보니까 콧대 장난 아니다. 몰랐는데 입술도 되게…….

"엄마야."

최면에 걸린 듯 몽롱하게 도균의 얼굴에 심취해 있던 그녀가 기겁을 하며 그에게서 떨어져 나갔다. 두 손으로 자신의 뺨을 탁탁 소리가 나도록 때리며 귀신이라도 본 듯 혼자 중얼중얼하는 그녀를 도균이 보일 듯 말 듯 한 미소와 함께 바라보았다. 물론 잠깐 그답지 않았던 표정은 세인이 고개를 쳐든 순간 신기루처럼 사라지고 말았지만.

"열 있어요."

"……."

"도련님 이마가 펄펄 끓고 있다고요."

"그래서?"

"사람이요, 열에 취하면 정신도 없고, 헛소리도 하고 그러잖아요? 당장 내려가서 말하자고요. 낮에 그건 아파서 잠깐 실성한……."

"나 전혀 안 아파. 멀쩡하다고 몇 번을 말해?"

"분명히 열이 난다니까요?"

발끈하며 따지는 세인은 오히려 제가 열이 오르기 시작하는지 두 뺨이 복숭앗빛으로 물들어 있었다. 도균은 무심결에 그 볼을 손가락으로 쿡 찔러 볼 뻔했다. 그는 두 손을 뒷짐 지듯 등 뒤로 감춰 세게 맞잡았다. 큼큼, 하는 헛기침 소리가 연방 도균에게서 터져 나오자 세인은 옳다구나 싶어 그에게 바짝 다가서며 추궁했다.

"감기죠? 그렇죠? 거봐, 목도 아픈 것 같은데 어디서 발뺌이에요. 얼른 내려가서 말하자고요. 두 분 반응이 예상과 전혀 달라서 좀 멘붕이긴 하지만, 오빠가 아파서 한 헛소리였다고 하면 이해해 주실 거라고요. 자, 빨리빨리. 이 사태를 수습하고 도련님도 약 드시고 푹 쉬시고, 저도 좀 잡시다. 잠을 못 자서 그런지 지금 심장도 좀 빨리 뛰는 것 같고 눈앞에 별도 좀 보이는 것 같고……."

"열나는 거 네 탓이야."

"네, 아무렴요. 제 탓이…… 네? 아니 그게 왜 제 탓이에요! 도련님께서 매일 철야도 불사하시고 일만……."

"너 때문에 열받아서야. 네가 열받게 하니까."

세인이 어깨를 으쓱이며 심드렁하게 대꾸했다.

"제가 도련님 열받게 하는 거 뭐 하루 이틀 일인가요."

"지금도 봐. 하지 말라는데 따박따박 도련님 소리."

"예예, 오빠. 모든 게 다 제 학습력 딸리는 주둥이 때문……."

"그리고 예전에도 몇 번 말했지만 그 오빠 소리도 별로야. 동네 오빠, 옆집 오빠, 친구 오빠. 난 뭐 그럼, 같이 사는 오빠인가?"

"그럼 뭐라고 해요? 이도균 이 자식아?"

"……."

"……는 제 생각에도 좀 아니네요. 그러니까 그런 식으로 노려보지 마세요. 잘못했어요."

꿍얼대는 세인을 보며 도균은 웃음이 터져 나올 것 같은 입가를 손으로 가리며 간신히 표정을 갈무리했다. 그나저나 이게 아닌데. 어째서 세인과의 대화는 늘 원래의 목적을 잃고 이런 식으로 엉뚱하게 흘러가는 걸까.

도균이 매번 세인에게 쉽게 휘둘리는 자신이 한심해 한숨을 훅 쉬자 세인이 그 뜻을 잘못 해석하고 어깨를 움츠리며 그의 눈치를 슬금슬금 보았다. 그게 또 마음에 들지 않는다. 뭐가 그렇게 무섭고 어려워서 매번 주눅이 드는 건데?

"내가 혹시 언제 때린 적 있었나?"

"네? 아, 아뇨. 도련님이 손버릇이 사납진 않죠. 입버릇이 사나워서 그렇지……."

"뭐?"

"아니에요. 못 들으셨음 말고요."

구시렁거리는 그녀는 이 순간이 못내 어색한지 애꿎은 두 손톱만 탁탁 소리 나게 부딪히고 있었다. 그런 세인을 도균은 한참이나 말없이 그저 바라만 보았다. 그 시선이 불편한 세인이 문을 흘끔거리며 채근했다.

"저기, 언제까지 여기 있어요? 얘기 정리됐으니까 이만 내려가요. 우리 둘이 이렇게 오래 빠져나와 있으면 더 상상력을 발

휘하실 분들이라고요."

도균에게는 세인 하나였다. 그를 포함시킨 '우리'라는 단어를 써도 도균이 껄끄러운 기분을 느끼지 않을 수 있는 사람.

도균은 무의식적으로 느슨하게 풀어지는 표정을 깨닫지 못한 채 세인의 팔을 이끌어 의자에 앉혔다. 작은 테이블을 사이에 두고 그 역시 의자에 앉아 세인을 마주 보았다.

"네가 말하는 정리라는 게, 두 분께 내가 열에 취해서 헛소리한 걸로 말씀드릴 계획인 거라면 난 동의 못 해. 그러니까 두 분의 상상력은 두 분께 맡기고 우린 우리 얘기 좀 제대로 하지."

"뭘 더 얘기할 게 남았어요?"

세인이 정말 아무것도 모르겠다는 순진무구한 눈빛으로 묻자 그는 순간 말문이 턱 막히는 것을 느꼈다. 아, 이것도 추가다. 그에게 이런 막막한 기분을 안길 수 있는 것도 민세인 하나다.

"잊어버린 거야, 잊은 척하는 거야?"

"뭘요?"

"내가 결혼하자고 한 거."

"아, 그거요? 걱정 마세요. 아파서 한 소리인데 까짓 거 못 들은 걸로 해 드릴 수 있어요. 저 남의 실수 가지고 우려먹고 놀려 먹는 그런 사람 아니에요."

"잊진 않은 건 다행인데, 누구 마음대로 못 들은 걸로 쳐?"

"그럼 좀 놀려 드려요? 소문나면 곤란하실 텐데?"

"그런 말이 아니잖아."

한숨이 절로 나온다. 하는 짓이 영락없는 초등학생이다. 얼굴은 예쁘게 생겨 가⋯⋯.

뭐야, 나 지금 무슨 생각 한 거야. 정말 열 있는 거 아냐?

늘 딱딱한 무표정이었던 도균의 표정이 모노드라마 배우의 것처럼 흥미진진하게 바뀌어 가자 세인이 걱정스러운 표정으로 얼굴을 디밀었다. 그녀의 손이 다시 한 번 그의 이마에 닿았다.

"괜찮으세요? 병원에 가 봐야 하나?"

가까이에서 세인의 긴 속눈썹이 느릿하게 팔락였다. 도균은 홀린 것처럼 그 속눈썹 아래의 까만 눈동자를, 그 눈동자 안에 담긴 자신을⋯⋯ 젠장.

멍청한 표정을 하고 있는 자신을 발견한 그가 황급히 마른세수를 하며 세인의 손을 이마에서 떼어 냈다.

"도련⋯⋯."

"이렇게 여러 번 말하게 될 줄 상상도 못 해서 나는 지금 네가 꽤 괘씸해. 그러니까 이번에는 정신 제대로 차리고 똑바로 듣는 게 신상에 좋을 거야."

"네?"

도균은 자신의 이마에 닿았던, 그리고 지금은 그의 손아귀 안에 잡혀 있는 세인의 가느다란 손가락을 내려다보았다. 영문을 모르고 '넹? 도련님?' 같은 소리만 반복하고 있는 그녀의 손을 꽉 부여잡은 채 그가 나머지 손을 재킷 안주머니에 넣어 자그마한 상자를 꺼내 들었다.

마술사의 눈속임처럼 그 안에서 반지 케이스가 튀어나왔다.

그리고 세인의 눈도 튀어나올 듯 휘둥그레졌다. 그녀는 감히 그
것이 자신의 손가락에 끼워질 것이란 걸 모르고 생뚱맞은 생각
에 빠져 있었다.

와, 한 손으로도 저렇게 멋있게 케이스를 열 수가 있구나. 어
우, 눈부셔. 다이아인가? 다이아겠지. 아니, 근데 지금이 자기
반지 쇼핑했다고 자랑할 타이밍인가? 예쁘긴 하네, 뭐. 근데 좀
작아 보이는데? 어, 저걸 왜 내 손가락에……?

"으악! 뭐예요?"

"으악이라니. 맘에 안 들어? 설마 막, 정신 사나운 장식 달린
게 취향인가? 잘 모르나 본데 이렇게 단순한 디자인이 제일 비
싼 거라고. 이게 바로 벨기에의 가장 저명한 세공 장인이 심혈
을 기울여 탄생시킨……."

"이걸 왜 여기 끼워요!"

"……뭐?"

"이런 거 안 줘도 정말 소문 안 내요! 저 남의 약점 잡아서
금품 갈취하는 악취미 없어요!"

"무슨 뚱딴지같은 소리야. 애초에 너 주려고 산 건데."

"네?"

"뇌라는 걸 좀 정상적으로 굴려 볼 의향은 없어? 결혼하잔
말 후에 끼워 주는 반지를 어떻게 그런 식으로 생각할 수 있
지?"

반지를 빼려는 걸 멈추고 눈만 끔뻑거리는 세인을 두고 도균
이 천천히 호흡을 가다듬었다. 어디로 튈지 모르는 이 여자에게

자신의 말을 믿게 할 궁극의 대책이 절실했다. 그의 시선이 한 곳에 꽂혔다.

쿵. 쿵. 쿵.

도균은 귓가를 어지럽히는 자신의 심장소리를 용납할 수 없었다. 그는 자신이 긴장이나 초조라는 감정을 느낄 수 있다는 사실을 무시하며 그 궁극의 대책이라는 것을 결국…….

"읍!"

저질렀다.

박치기였다, 그건. 다만 머리가 아니라 입술끼리라는 게 조금 다른 점이겠지만. 키스로는 발전하지 못한, 꼬마커플의 장난 같은 그런 거. 아빠가 출근할 때, 엄마가 안아 줄 때, 만나면 반갑다고 하는 바로 그거.

도균은 말랑한 세인의 입술이 주는 감촉을 자신의 입술로 느끼고는 서둘러 그녀에게서 떨어져 나왔다. 그리곤 그녀의 체향이 옅게 남아 있는 입술을 벌려 오늘만 도대체 몇 번을 말하는지 이젠 셀 수조차 없게 되어 버린 그 말을 세인에게 각인시키듯 말했다.

"결혼하자, 민세인."

놀라서 모든 감각기관이 팽창된 그녀가 더듬더듬 목소리를 끄집어냈다.

"진심……이세요?"

"백 퍼센트 그래. 난 너랑 결혼해야겠다."

서로 제각각의 색을 내던 두 개의 시선이 얽히고설키며 하나로 합쳐지는 것 같았다. 시간은 멈추었고 부드러운 고요가 흘렀다. 그 어떤 소리도 끼어들 수 없을 것 같은 그런······.

"아아, 멋진 청혼이었어, 아들. 흑흑. 정말 다 컸구나."

"한 편의 영화 같네요. 이젠 이 서방이라고 부르겠습니다, 대표님."

"어머, 도련님 너무 로맨틱하시다."

"세인아, 좋겠다!"

"축하드려요!"

짝짝짝! 월드컵에서 골이 터졌을 때나 들을 수 있을 법한 우렁찬 박수 소리가 들리고 선두를 끊은 서 여사와 민 집사의 목소리를 필두로 저택의 모든 고용인들이 앞다투어 축하 인사를 건네며 그들의 결혼을 기정사실화했다.

멈췄던 시곗바늘이 다시, 움직이기 시작했다.

2

"**아**니, 이게 무슨! 어? 내가 대체 뭔 죄를 그렇게 지었다고, 응? 나 그래도 이 정도면 착하게 산 편 아니야? 어?"

"그렇지. 우리 초등학교 5학년 때 담임이 새 차 뽑은 거에 락카칠 해 놓은 거 빼곤 크게 벌받을 만한 짓은 안 하고 살았지."

"그것 때문이라면 이건 너무 가혹해. 결혼을 이렇게 등 떠밀려 하는 경우가 어디 있어! 나는 그냥 화려한 독신으로 늙어 죽을 생각이었다고! 박성연, 넌 알지? 응? 내 미래계획!"

"알지. 네 그 화려한 독거노인에 대한 로망이라면 귀에 딱지가 앉도록 들었고말고."

"독거노인이 아니라 독신!"

"아, 그래, 그래. 뭐, 어쨌든."

치맥을 앞에 두고 하소연을 시작한 지 어언 2시간째. 베프라는 것이 이젠 귀찮은 듯 대충 대꾸하는 것을 보며 욱한 세인이 벨을 눌러 소주를 주문했다. 성연이 혀를 끌끌 찼다.

"너 소주 한 잔만 마셔도 유체이탈이잖아. 오늘 네가 진정 요단강을 건너고 싶냐?"

"보쌈당하듯이 이런 억지 결혼을 할 바에야 차라리 요단강에서 헤엄을 치는 편이 낫겠어."

"내가 진짜 네 친구 입장에선 이런 말 하면 안 되지만……."

"그럼 하지 마."

"객관적으론 너 땡잡은 거야, 계집애야."

"아, 하지 말랬잖아. 그 얘기 벌써 열두 번도 넘게 들었어!"

"그래도 또 들어. 너 어차피 좋아하는 사람도 없고, 네 그 덜자란 유아틱한 성격에 앞으로 사랑이라는 걸 하기도 힘들 것 같고, 어차피 독신주의고. 야, 지금은 네가 이십 대니까 그런 한가한 소리 하지 서른 넘고 마흔 넘어 봐. 사실이야 어찌 됐건 남들은 다 독신이 아니라 노처녀라고 흉본다니까?"

성연의 신랄한 목소리가 높아질수록 소주잔을 집어 드는 세인의 손놀림은 더욱 빨라지고 있었다.

"나도 몇 번 봤지만 이 대표님 정도면 모르긴 몰라도 말 한마디 섞어 보려는 대단하신 집안 딸내미들이 줄을 섰을 거다. 대한민국 결혼 적령기 여성들의 로망, 일등 신랑감이라는 건 딱 그런 남자를 두고 하는 말이라고. 봄이라도 타시는지 지금 잠깐 정신이 혼미하신 모양인데, 넌 이 일생일대의 기회를 하이에나처럼 물고 늘어져야 해."

"그래도 말이 돼? 결혼은 서로 죽고 못 살게 사랑해야……."

"어쨌든 너랑 결혼하고 싶단 그 팩트가 중요하지. 너 없인 죽어 버리겠다, 아침에 한 침대에서 눈 뜨고 싶다, 이런 거창한 멘트가 필요해? 사랑, 그거 어차피 오래 못 가. 오히려 말만 번지르르한 그런 놈들을 조심해야 하는 거야, 이 연애 초짜야."

에이, 술맛 버렸네. 소주를 한 입에 털어 넣은 세인이 인상을 찌푸리며 혀를 내밀었다. 진짜 억울하고 짜증 나 미칠 지경이다.

아니, 청혼은 그 인간이 했는데 어째서 내가 꼬리 아홉 달린 구미호가 되는 거야? 내가 대체 누구 발목을 잡아? 발목은커녕 발톱도 구경 못 해 봤다고!

세인은 이런 식의 오해라면 이제 정말 지긋지긋했다. 그녀는 그가 황제로 군림하는 저택의 집사의 딸이자 초등학교, 중학교 심지어 고등학교 후배이기까지 했다. 도균의 외삼촌이 총장으로 있는 대학의 부속 초 · 중 · 고등학교를 연달아 입학해 가능한 일이었다.

다행히 6살 차이가 났기에 망정이지 한두 살 차이. 아니, 동갑이기라도 했으면 아마 무사히 졸업장을 따기란 불가능했을 것이다.

세인은 단 한 번도 아버지의 직업을 불만스러워하거나 남에게 감춰야 할 부끄러운 부분이라고 생각한 적이 없었다. 차세대 재벌 교육소라든가 재벌 2, 3세들의 비공식적인 사교장이라는 말이 더 어울릴 것 같은 학교를 다닐 때에도 그건 마찬가지였다.

그녀는 항상 부모님의 직업을 묻는 란에 당당히 사실 그대로를 적어 냈고, 그건 우월의식에 뼛속까지 사로잡힌 철모르는 몇몇 아이들의 구미를 돋우기에 충분했다. 게다가 도균은 집에서뿐만 아니라 학교에서도 황태자여서 그런 도균의 집에 얹혀(?) 사는 세인은 종종 적당한 사냥감을 찾는 못된 아이들의 표적이 되고는 했다.

다른 사람들의 말을 빌리자면 '뭐 하나 빠지는 것 없는' 이 도균은 졸업 후에도 늘 화제와 관심의 중심에 있었고, 세인은 그런 도균의 그늘에 가려 꽃다운 학창시절과는 거리가 먼 시간을 보내야 했다.

"그래도 나름대로 견딜 만했다, 이거지!"

그 사건, 그녀가 중학교 3학년 때 말년 휴가를 나온 도균이서 여사의 성화에 못 이겨 학교로 심부름을 왔던, 그 일만 아니었더라면 말이다.

"내가 그때, 흑, 진짜 지금 생각해도……."

"그 전설적인 사건, 그 얘기라면 관둬라. 나도 술맛 떨어진다."

세인이 훌쩍훌쩍 코를 들이켜며 점점 차오르는 성연의 소주잔을 멍하니 바라보았다. 그리곤 성연이 마시려는 찰나, 그것을 냉큼 가로채 들이켰다. 식도가 타는 듯했지만 그날을 떠올리자 이쯤은 고통 축에도 못 들었다.

"크. 달다!"

소리치는 것과는 다르게 상념에 사로잡히는 눈은 어둡게 젖어 들기 시작했다.

세인은 또래보다 초경이 더뎠었다. 빠른 아이들은 초등학교 4학년, 5학년에 시작한 생리가 중학교 졸업할 무렵이 다 되어도 아직이었다. 챙겨 줄 엄마라도 있었으면 다행이었겠지만, 애석하게도 경호의 보살핌은 거기까지는 미치지 못했었다.

그러던 어느 날, 점심 시간 전 4교시 수업 중에 느닷없이 아랫도리가 축축해졌다. 급히 화장실에 가서 확인해 보니 팬티가 이미 새빨갛게 젖어 있었다. 허벅지를 타고 흐르는 선혈을 바라보며 세인은 머릿속이 새하얘졌다.

빌릴 사람이 없을까, 하는 생각을 제일 먼저 떠올렸지만 이 학교 어디에도 그녀에게 생리대를 빌려 줄 친절한 학생은 없었다. 소문이나 내지 않으면 다행이지.

그녀는 울먹거리며 경호에게 전화를 걸었다. 몇 번이나 음성사서함으로 넘어가는 핸드폰으로 걸기를 포기하고 결국 저택의 번호를 눌렀고, 전화기 바로 옆에 있던 서 여사가 그 전화를 받았다. 서 여사에게 자초지종을 설명해 도움을 구하는 것 말고는 다른 해결책이 없어 보였다.

어릴 때부터 세인을 딸처럼 아껴 주던 서 여사가 당장 속옷과 생리대를 가지고 가겠다며 전화를 끊었다. 그때는 어째서 조퇴라든가 양호실 같은 대안을 생각해 내지 못했었는지, 아마도 학교가 세인에게 그다지 믿음직하지 않은 곳이어서 그랬을 것이다.

아무튼 세인은 둘둘 말은 휴지를 팬티에 집어넣고 화장실 칸에서 안절부절못하며 서 여사로부터 도착했다는 전화가 걸려 오기를 기다렸다. 그런데 생각보다 전화가 너무나 일찍 걸려 왔다.

'세인아, 누가 갑자기 돌아가셨다고 해서 아줌마가 장례식장에 가느라 직접은 못 갈 것 같아. 급한 대로 도균이 보냈으니 곧 도착할 거야. 쇼핑백 절대 열어 보지 말라고 했으니까 너무 걱정 마.'

네, 하고 괜찮다며, 조심히 다녀오시라며 전화를 끊었지만 피가 마르기 시작했다. 열여섯 소녀에게 생리란 죽어도 남들에게 들키고 싶지 않은 비밀스러운 것이었으므로. 도균이 제발 쇼핑백을 열어 보지 않기를 바라며 세인은 평소엔 그 존재조차 믿지 않는 하느님을 찾아가며 열렬히 기도까지 했었다.

도균에게서 학교 앞이니 나오라는 연락을 받고 세인은 휴지를 더 말아 응급처치 후 화장실을 나섰다. 도균에게 여자화장실로 와 달라고 할 수는 없는 노릇이었다.

도균이 있을 교문 쪽으로 향하면서 그녀는 유난히 많은 학생들로 운동장이 평소와는 달리 시장 한복판처럼 정신없다는 사실을 깨달았다. 쉬는 시간 아껴 가며 하는 공부가 세상 전부인 것처럼 사는 아이들의 발길을 이끈 원인이 난데없이 군복을 입고 등장한 이도균 때문이었음을, 그때는 미처 짐작하지 못했다.

세인은 웅성웅성대는 인파를 헤치고 도균 앞에 섰다. 그녀의 뇌리에는 온통 얼른 저 쇼핑백을 받아 화장실로 가야겠다는 생각뿐이었다. 세인을 발견한 도균이 쇼핑백을 내밀었다. 기색을 보아하니 정말 열어 본 것 같지는 않아서 안도한 세인이 손을 뻗었다.

그러나 중간에 새하얗고 마른 손 하나가 튀어나와 쇼핑백을 가로채 갔다. 고개를 돌린 세인의 시야에 도균을 오랜 시간 어마무지하게 사모해 온 걸로 유명한 고등부 3학년 선배의 일그러진 얼굴이 포착되었다.

'이게 뭐예요, 오빠?'

'몰라.'

'하. 오빠가 가져와 놓고 그게 무슨 소리예요. 장난해요?'

'안 열어 봤어. 심부름 온 거니까 내놔.'

'아, 그래요? 이야, 근데 오빠가 이런 애 때문에 심부름까지 오시기도 하는구나? 뭘까요? 되게 열어 보고 싶어지는데요? 안 열어 봐서 뭔지 모른다고 그랬죠? 그럼 오빠도 되게 궁금하겠다. 그렇죠?'

도균이 인상을 구기건 말건, 이미 수차례 그에게 무시당해 독이 오를 대로 오른 그 여선배의 분노는 하늘을 찔렀다. 그녀는 도균이 심부름 왔다는 말을 믿지 않는 듯 입술 가득 비소를 머금고 있었다. 그날은 하필이면…… 11월 11일. 호감 있는 남녀 사이에 막대과자가 오고 간다는 수많은 'Day' 중 하나였다.

상황이 잘못 돌아가고 있었다. 어지간하면 학교에서 죽은 듯 지내는 세인이지만 잠자코 지켜보고 있을 수만은 없어서 겨우 용기를 냈다.

'저, 선배님. 그거……'

'닥쳐. 어디서 건방지게 끼어들어! 아아, 넌 알고 있는 모양
이지, 여기 뭐가 들었는지? 같이 좀 보자? 아니, 같이 좀 먹자
고 해야 하나?'

'아, 안 돼요! 이리 주세……'

'이도균이 주는 건 뭐가 달라도 다르겠지. 어? 이거 우리 아
빠 백화점 쇼핑백이네? 우리 백화점에서 사셨나 봐요? 내 맘
뻔히 알면서 오빠 되게 잔인하네요.'

'내놓으라니……'

보다 못한 도균이 억지로라도 뺏을 요량으로 손을 뻗자 한
발자국 뒤로 물러난 여학생이 입구가 고이 접혀 있던 쇼핑백을
그대로 뒤집어엎었다. 안에 있던 내용물이 운동장 흙바닥 위로
쏟아져 나뒹굴었다.

세인은 태어나 처음으로, 아주 잠시이긴 했지만 죽어 버리고
싶다는 생각을 했다. 구경하던 학생들의 웅성거림이 OFF 버튼
을 누른 것처럼 뚝 끊기고, 입술을 깨문 세인은 바닥에 털썩 주
저앉았다. 눈물이 왈칵 쏟아져 눈앞이 흐릿해지는 바람에 생리
대를 주워 드는 손이 자꾸 맨 흙바닥을 짚었다.

'어머나, 이게 뭐야? 먹을 게 아니네? 와, 근데 안에 든 게
상상 이상인데요? 고양이? 핑크색? 민세인 취향하고는. 큭큭
큭.'

오물을 대하듯 손가락 끄트머리에 세인의 속옷을 건 여선배
가 주변을 둘러싼 모두가 볼 수 있도록 손을 높이 치켜 올렸
다. 여기저기서 숙덕대는 소리가 세인의 여린 심장에 비수를

꽂았다.

'둘이 정말 무슨 사이인가 봐요? 다른 것도 아니고 이런 것까지 친히 학교로 배달해 주고. 그저 집사 딸한테 이런 거 가져다줄 만큼 오빠 상냥한 사람 아니잖아요. 민세인, 부럽다? 나도 집사 딸 하면 너처럼 이런 도련님한테 언감생심 꼬리도 쳐 보고 그럴 수 있는 거니? 너 솔직히 말해. 몸으로……'

'입 다물어.'

바들바들 떨던 세인의 아랫입술에서 피가 터지던 순간이었다. 도균이 그 여선배의 손에 들린 속옷을 잡아채며 그녀의 목을 쥐었다. 눈 깜빡할 사이라는 말로도 모자랄 찰나에 벌어진 일이었다. 다들 숨도 쉬지 못하고 도균의 한 손에 목을 잡힌 여선배의 얼굴이 새파랗게 질려 가는 광경을 쳐다보고 있었다.

전혀 다른 사람 같았다. 도균이 늘 주목받는 사람이긴 했지만 그건 그의 타고난 외모와 재력과 실력 때문이었지, 절대로 그가 튀는 행동을 해서는 아니었다.

그는 건조하리만치 감정이 메마른 사람이었다. 웃는 일도 화내는 일도 극히 드물었다. 집이 아닌 바깥에서는 더더욱. 그런 그가 눈동자 가득 증오를 담고 한 여자의 목을 잡고 흔드는 광경은 세인을 비롯한 그 자리의 모든 사람들에게 소름을 안겨 주기 충분했다.

'너 말이야, 내가 왜 너 따위를 거들떠보지도 않는 줄 알아?'

'큽. 크윽.'

'멍청해서야. 이렇게 전교생 앞에서 자진해 밑바닥 인증하는

네 그 멍청함 때문이라고.'

무서웠다. 세인은 지금껏 도균을 조금 괴팍하다고만 생각했지 이토록 두려운 사람일 수도 있다는 생각은 꿈에도 해 본 적 없었다. 짧게 깎아 위화감을 주는 머리와 그을린 피부색. 거기에 당장 여선배를 죽이기라도 할 것 같은, 군모 아래 어둡게 빛나던 충혈된 두 눈.

서 여사를 닮아 새하얀 얼굴과 아름다운 이목구비는 살기 어린 모습 어디에서도 찾아볼 수가 없었다. 그래도 최근 들어 부쩍 세인의 장난과 농담에 드물게 웃어 주기도 하던, 그래서 소녀의 어린 심장을 수줍게 두드리던 그 얼굴이었는데.

'그, 그만하세요!'

누구도 섣불리 나서지 못하는 난장판에 끼어들 사람은 결국 세인뿐이었다. 군복이 찢어질 정도로 세인이 필사적으로 매달리자 도균의 팔에서 서서히 힘이 빠졌다. 그가 손을 놓자마자 여선배는 입에 거품을 물며 쓰러졌다.

그 뒤로 어마어마한 후폭풍이 몰아닥쳤다. 얄밉긴 하지만 딱히 눈에 띄는 행동은 하지 않아 그냥 조금 거슬리는 존재 정도였던 세인은 사건 이후 눈을 마주쳐서도, 말을 섞어서도 안 되는 투명인간이 되고 말았다. 하지만 그것보다도 휴가 중 폭행사건에 휘말린 도균의 문제가 더욱 심각했었다. 하마터면 자신 때문에 영창에 갈 뻔했던 도균을 떠올리면 세인은 끝도 없는 죄책감에 빠져들며 움츠러들었다.

그때의 우울감이 마치 어제 일인 양 생생해서 술이 말 그대로 술술 넘어간다. 세인은 그 여선배를 안주 삼아 열성적으로 씹으며 몇 잔인지도 모를 소주를 연거푸 입에 털어 넣었다. 그리고 그 결과는,

"성연아아, 나 진짜, 진짜아!"

"아니라니까. 젠장. 네 친구는 남자친구 만나겠다고 내가 도착하기도 전에 내뺐다고."

"성연아아. 헝헝."

"후. 대체 얼마나 마시면 이 지경이 되는 건데?"

만취해 흔히들 하는 말로 '꽐라'가 되어 버린 세인을 들쳐 업은 도균이 나지막이 욕을 내뱉었다. 여자고 뭐고 세인이 애타게 찾는 그 성연이란 친구가 부러워질 정도다.

오늘 나랑 그렇게 많은 역사를 쌓아 놓고 어떻게 내 이름은 한 번도 나오질 않나. 나라에선 요즘 같은 무분별한 음주시대에 금주령 같은 거 국회 안건으로 채택도 해 보고 그래야 하는 거 아닌가?

그래, 뭐, 오늘 정도는 봐주자. 결혼하고 나면 얄짤 없으니 그전에 많이 마셔 두는 것도…… 아니지. 가끔 같이 마시는 것도 나쁘지 않을 것 같은데. 주사 부리는 모습이 꽤 귀여운…….

"진짜! 진짜아아!"

"아까부터 뭐가 그렇게 진짜야."

"진짜로! 이도균이랑 결혼하기, 끅! 싫어어어."

경사진 길을 힘든 줄도 모르고 열심히 걸어 올라가던 도균의 두 발이 그대로 섰다. 그 자리에 뿌리라도 내린 듯 멈춰 버린

도균이 비몽사몽으로 어깨에 뺨을 부비는 세인에게로 고개를 돌렸다.

"왜, 뭐가 그렇게 싫은데?"

"아, 왜! 그런 거 있잖아아. 그…… 부조화!"

"부조화라."

세인이 눈도 뜨지 못하고 소리친 단어를 도균이 곱씹듯 힘주어 내뱉었다.

"그래, 그으래. 부조화. 세상엔 같이 있으면 마이너스밖에 안 되는 조합이란 게 있잖아. 그게 바로…… 이도균이랑 나, 민세인이라고."

마이너스라. 어떻게 보면 맞는 말일지도 모른다. 세인과 함께 있으면 그는 자제력을 잃고 나사가 하나 빠진 사람처럼 어딘가 모자란, 마이너스의 사람이 되어 버리니까. 문제는 그게 싫지 않다는 거다.

"웃차."

도균이 쓴웃음을 베어 물며 세인을 고쳐 업었다. 축 늘어져 까딱하면 떨어질 것 같은 세인을 단단히 붙들고 도균은 자신이 세인에게 어디까지 너그러워질 수 있을지 그 한계가 새삼 궁금해졌다. 다른 사람이었더라면 얼어 죽든, 차에 치여 죽든 그건 그 정도로 취할 만큼 술을 마신 본인 탓이라고 생각하며 참견하지 않았을 것이다.

"히잉……. 나두 찌인한 연애라는 거…… 함 해 보고 싶었는데에……."

흠냐흠냐. 입맛을 다시며 아예 곯아떨어져 버린 세인을 업은 채 쌀쌀한 밤길을 천천히 걸어가는 도균의 머릿속은 깜빡거리는 가로등만큼이나 어지러웠다.

"으, 머리야."

평생 마실 술을 요 며칠 한꺼번에 몰아 마시는 기분이다. 세인은 침대 옆 사이드테이블 위를 더듬어 투명한 크리스털 잔에 담겨 있는 물을 한 번에 쭉 들이켰다. 아, 물이 왜 이렇게 달달⋯⋯.

"더 타 줘?"

어라, 이 소름 끼치게 익숙한 목소리는⋯⋯.

평소 멀리하던 소주를 두 잔이나 들이부은 것에 따른 후유증이라고 하기엔 목소리가 지나치게 선명했다. 세인이 고개를 흔들며 초점이 잡힐 듯 말 듯 한 눈에 힘을 주어 아른거리는 인영을 바라보았다.

"허억!"

"맛있지? 이 몸이 직접 제조한 꿀물인데 맛없을 리가."

침대가에 걸터앉아 뻬딱하게 말하는 그는 틀림없는 이도균이었다. 아니, 이 인간이 왜 내 방에⋯⋯! 따져 물으려던 세인은 문득 자신이 있는 곳의 풍경이 꽤 낯설다는 사실을 느끼곤 곧 더한 충격에 빠져들었다.

"제, 제, 제가 왜 여기에⋯⋯."

"뭘 그렇게 놀라? 어렸을 땐 문지방이 닳도록 드나들던 곳인데."

"지금은 어린애가 아니잖아요!"

"내외할 줄도 알고, 놀라운 사실인데."

"놀려요, 지금? 설명을 하라고요, 내가 왜 여기 있는지!"

누가 잡아먹기라도 하는지 킹사이즈 이불을 동아줄마냥 품에 가득 끌어안고 노려보는 세인의 모습이, 도균은 한편으론 귀엽기도 하고 한편으로는 섭섭하기도 했다. 며칠 공을 들여 밥을 주던 길고양이가 털을 세우고 발톱을 드러내는 꼴 같다고나 할까.

어제 비탈진 길을 끙끙거리며 올라와야 했던 걸 생각하니 조금 심술이 나서 도균이 퉁명스럽게 대꾸했다.

"남녀가 한 침대에서 일어났는데 무슨 설명이 더 필요한데?"

"네에?"

"앞으론 일상이 될 테니까 익숙해지도록 해. 이런 식이면 아침마다 심장마비 걸릴 것 같으니까."

"잠깐, 잠깐만요. 나…… 잠만 잤죠?"

"글쎄. 과연 잠만 잤을까?"

도균이 터져 나오려는 웃음을 간신히 참고는 의미심장하게 되묻자 세인의 얼굴이 새하얗게 질렸다. 저 작은 머리로 무슨 발칙한 상상을 하고 있을지 도균은 훤히 들여다볼 수 있을 것…….

"저 혹시…… 잠꼬대하고 그랬어요? 코는…… 안 골았죠? 이는요?"

"뭐?"

"제가 잠결에 막 발로 차거나 때리고 그랬어요? 네?"

도균이 이마를 짚으며 한숨을 내쉬었다. 예상한 건 이런 반응이 아닌데. 도균이 얼굴을 번쩍 쳐들고 세인의 손을 끌어당겨 잡았다.

"너랑 내가 한 침대에서 잤다는데 걱정되는 게 정말 그것뿐이야?"

"그럼 뭘 더 걱정해야 해요? 헉! 혹시 나 더 심각했어요?"

"그게 아니라……. 모르는 척하는 거야, 정말 모르는 거야?"

"뭘요?"

"남자랑 여자랑 침대에서 순수하게 잠만 자는 것 말고, 다른 뭔가를 하기도 한다는 거."

"다른 거요? 다른 거 뭐……."

하얗게 질렸던 세인의 얼굴이 뒤늦게 빨갛게 달아올랐다.

"그래. 네가 지금 생각하는 바로 그거. 게다가 우리는 장래 부부가 될……."

"훗."

뭐야, 그 웃음은? 설마…… 비웃음?

피식피식 뜸하게 이어지던 세인의 웃음소리에 가속도가 붙을 수록 도균의 얼굴은 석고상처럼 딱딱하게 굳어 갔다. 한참 만에야 정신을 차린 그녀가 눈가에 맺힌 눈물을 닦아 내며 손사래를 쳤다.

"아, 저도 알아요. 이런 경우에 보통 제일 먼저 걱정해야 하

는 게 뭔지. 근데 그걸 도련님이랑 저랑? 말도 안 돼. 그런 쪽
으론 전혀 오해 안 했으니까 염려 마세요."

하. 천진한 얼굴로 잘도 비수를 꽂는다. 도균은 자신할 수 있
었다. 지금껏 살면서 들어온 말 중에 좀 전의 것처럼 그를 자극
해 온 말은 단연코 없었다고.

기분이 몹시 나빴다. 나쁘다, 라는 말로는 그 정도를 표현하
기에 턱없이 부족했지만 어쨌든 최악이다.

"어째서 그렇게 단호하게 오해인데?"

"네?"

"다른 남자랑은 일어날 수 있는 상황일지 모른다. 그런데 이
도균이랑은 '절대로' 그럴 일 없다. 내가 제대로 해석한 거 맞
나?"

"그렇잖아요. 도련님은 그게 상상이 되세요?"

"넌 상상이 안 된다?"

"그, 그렇죠. 도련님이랑 저는 남자랑 여자로 묶기에는
좀……."

급속 냉각기의 냉풍을 맞은 듯한 도균의 얼굴에 세인은 자신
이 뭔가 커다란 실수를 했음을 직감했지만 대체 대화의 어느 부
분이 그의 심기를 거슬렀는지 알 수가 없었다.

또 눈치를 보기 시작하는 세인의 모습에 도균은 가슴 한구석
이 답답해져 한숨을 내쉬었다. 그가 조금 나긋해진 목소리로 타
이르듯 말하기 시작했다.

"난 너한테 결혼하자고 했어. 보여? 어제 일, 꿈이 아니라고."

세인은 도균이 들이미는 그녀 자신의 손을 전혀 타인의 것처럼 낯설게 바라보았다. 비싼 몸값을 자랑하는 반지가 반짝거리며 제 존재를 과시하고 있었다.

"소꿉장난이나 하자고 이런 거 건넬 남자 없어. 나는 너랑 진짜 결혼을 하려는 거야."

"당연히 결혼을 하면 진짜 결혼이겠죠. 가짜 결혼도 있나요."

"내가 말하는 진짜 결혼은, 너랑 나란히 침대에 누워서 청순하게 '잠만' 자지는 않겠단 소리고."

도균의 입에서 이런 말이 나올 줄은 전혀 몰랐다는 듯 세인의 동공이 거세게 흔들렸다. 도균은 곧 결의에 찬 얼굴로 세인을 일으켰다. 얼떨떨한 얼굴로 도균의 손에 의해 바닥을 밟은 그녀는 강제로 욕실에 집어넣어졌다.

"왜, 왜요?"

"씻어. 나가게."

"어디요?"

"어디든."

"네?"

그가 피식 웃었다. 한숨에 가까운 웃음이었는데 세인은 도균이 그 웃음과 함께 흘리는 말에 어쩐지 가슴 언저리가 간지러워졌다.

"찐한 연애하고 싶다며. 그거 하러 가자고."

"네? 제가 어, 언제요!"

"기억 안 나? 그럼 내가 하고 싶은 걸로 해."

"네? 지금 무슨……."

"내가 너랑 찐한 연애가 하고 싶다고."

"그, 그게 무슨…… 도, 도련님!"

쾅.

화장실 문이 매정하게 닫혔다.

도균은 방금 막 힘든 일을 끝낸 사람처럼 이마에 맺힌 땀을 닦았다. 홀로 남은 그는 앞으로도 이런 고난이 몇 차례나 자신을 기다리고 있을 것만 같은 막연한 불안감에 몸을 떨어야 했다.

쏴아아.

그리고 마침 욕실 안에서 물소리가 들리기 시작했다. 침실 옆에 딸린 드레스 룸에서 옷을 갈아입던 도균은 그 소리에 벼락이라도 맞은 듯 흠칫 놀라고야 말았다. 그리고 심장이 비정상적으로 내달리기 시작했다. 그리고 심장 한참 아래, 배꼽 아래 그 부분도 벼락에서 무사하지 못했다.

"젠장. 완전히 돌았군."

도균은 세인의 것과 다른 의미에서의 선행학습이 자신에게 필요하다는 걸 깨달았다. 군 복무하던 2년보다 더 고된 인내와 자제력이 필요한 시간이 다가오고 있음을 짐작한 그의 미간에 깊은 골짜기가 새겨지고 있었다.

"근데 정말 어떻게 제가 도련님 방에 있었어요?"

"내가 업고 들어왔으니까."

"별채에 데려다 놓으셨어야죠!"

"아버님이 현관 앞에서 몽둥이 들고 서 계시더라고."

"……목숨을 빚졌네요, 도련님."

첩보활동 중인 스파이마냥 주변의 눈치를 살피며 차고로 살금살금 걸음을 옮기는 세인이 속닥였다. 정신이 하나도 없는 것 같은 그녀는 도균이 경호를 '아버님'이라고 칭했다는 사실도 깨닫지 못한 채 혼자 스파이 놀이에 여념이 없었다.

"왜 그래? 무슨 죄지었어?"

"그럼 다 큰 여자가 다 큰 남자 방에서 널브러져 잔 게 동네방네 자랑할 일인가요?"

"아깐 남자 여자 아니라며."

"저는 그렇게 생각하지만 이 집 식구들은 그렇게 생각 안 한다고요. 가뜩이나 어제……! 후, 남들 눈에 띄어서 좋을 것 없으니 도련님도 좀 숙이세요. 키는 쓸데없이 왜 그렇게 커가지고……."

"그게 더 눈에 띄어. 수상하다고, 엄청."

언제 찾아냈는지 도균의 머플러로 얼굴을 칭칭 감싸 눈만 내놓은 그녀는 그가 스마트키로 멀리서 차 문을 열자마자 쏜살같이 그의 옆을 떠나 차 안으로 숨어들었다.

"뭐하는 거야?"

"뭐하세요, 얼른 타세요."

"왜 네가 운전석에 타?"

"걱정 마세요. 이래 봬도 저 면허 한 방에 땄다고요. 장롱이

긴 하지만……."

벌써 차 안을 뒤져 어디 있었는지 모를 선글라스까지 찾아
낀 세인이 멀뚱히 서 있는 도균을 올려다보았다. 아니, 대체 얘
는 정체가 뭐야. 도균은 가끔 자신이 이런 괴상한 여자에게 청
혼을 했다는 사실이 믿기지가 않았다.

"그게 아니라……."

"아, 진짜. 알았어요, 알았어."

드디어 좀 말이 통하겠구나 싶었다. 그녀가 차 앞을 빙 돌아
조수석 문을 열며 그에게 손짓하기 전까지는.

"타세요. 꼭 도련님 티를 내신다니까."

가능하기만 하다면 도균은 세인의 머릿속을 해부라도 해 보
고 싶은 심정이다. 모르긴 몰라도 그녀의 뇌구조가 보통에서 벗
어나 있을 것이라는 데 도균은 자신의 전 재산을 걸 수도 있었
다. 그는 뻐근해지는 뒷목을 잡으며 차를 돌아 세인의 옆에 섰
다.

"내가 아까 뭐라고 그랬지?"

"네엥? 아까요? 아까 언제요?"

"찐한 연애하러 가자고 했잖아. 잊었어?"

"아, 네. 근데요?"

설마 지금까지 남자랑 손 한 번 못 잡아 본 거 아니야? 뭐 이
렇게 천진난만해? 소풍 가?

"보통 이런 경우에는 넌 가만히 기다렸다가 내가 조수석 문
을 열어 주면……."

"잠깐! 방금 무슨 소리 못 들었어요?"

도균은 눈을 휘둥그렇게 뜨고 그의 입을 막은 세인의 손을 황당한 듯 내려다보았다. 확실히 남자의 것과는 다른 말랑거리는 손바닥의 감촉이……. 젠장, 지금 이런 상황에서조차 느끼는 내가 싫다.

도균이 짜증스럽게 세인의 손을 자신에게서 떼어 냈다.

"소리는 무슨 소리가 들린……."

"민세인, 이노무 계집애. 들어오기만 해, 아주 그냥 다리몽둥이를……!"

"히익! 얼른 타요, 얼른!"

경호의 목소리가 점점 가까워지고 있었다. 퍼렇게 질린 세인이 막무가내로 그를 조수석에 밀어 넣었다. 그는 거의 종이인형이 구겨지듯이 차 안에 강제로 타게 되었다.

순식간에 일어난 어처구니없는 상황에 그가 잠깐 얼이 빠져 있던 사이, 다람쥐처럼 쪼르르 운전석에 탄 세인이 그대로 차를 출발시켰다. 그의 차가 총알처럼 차고에서 튀어 나갔다.

"속도 좀!"

그리고 그 뒤로 2시간 동안의 상황은 그야말로…… 눈물과 비명과 경악과 위기와, 위기와, 위기와, 위기가 난무하는 전쟁이었기 때문에 정확히 기억할 수가 없다.

"제발 여기서 빠져. 빠지라고! 빠……! 지나쳤잖아!"

"갓길에라도 세워 봐, 제발……."

"휴게소! 휴게소! 휴……!"

"아냐! 지금 뭘 누른 거야! 꺼! 끄라고!"

두 사람은 그렇게 얼마 후 서해 어딘가에서 주체할 수 없는 침묵을 끌어안은 채 바다를 바라보고 있었다.

"제가 실전에 좀 약한 타입이라…… . 하하하! 이게 얼마 만의 바다야! 하하하! 파도 소리 조, 좋네요. 그, 그렇죠?"

"……."

"죽을죄를 지었습니다. 앞으로 다신 운전 따위 하지 않을게 요."

그녀가 눈물로 아롱거리는 눈동자를 강아지마냥 처량하게 뜨고는 바라보자 도균은 한탄스러웠던 마음이 봄눈 녹듯 사르르 흔적도 없이 사라지는 것을 느꼈다. 조금 전까지와는 다른 의미로 그의 얼굴이 심각하게 굳어졌다.

'나 언제부터 이렇게 쉬운 남자였지.'

그가 이런 문제로 고심하는 것을 모르고 세인은 어떻게든 그의 기분을 풀기 위해 있는 애교 없는 애교 다 끌어모아 그에게 아양을 떨고 있었다. 영혼의 꼬리가 용서를 구하며 살랑거렸다.

"도련님, 제가 정말 잘못했어요. 네? 석고대죄라도 할까요? 아직 봄이라고 하기엔 무리가 있는 날씨라 바다가 얼음장처럼 차가워서 잘못하면 심장마비로 급사할 위험이 있긴 하겠지만, 도련님께서 용서만 해 주신다면야 저 바다에 뛰어들어 기꺼이 한 마리 물개인들 못 되겠어요? 들어갈까요? 네? 저 지금 들어 갑니다!"

"그건 사과가 아니라 협박이야."

"어쨌든 먹힌다는 게 중요하죠."

"누구 총각귀신 만들 일 있어? 관둬."

세인이 달리기 자세로 시야를 어지럽히는 걸 참지 못하고 도균의 손이 그녀의 손목을 쥐었다. 세인이 멋쩍은 듯 뒤통수를 벅벅 긁었다.

"배는, 안 고파?"

"어휴, 아니에요. 주제에 배까지 고프면 저 정말 민폐……."

꼬르륵.

"……고프대요. 네, 제 몸은 참 정직해요. 저 그냥 민폐 캐릭터 하겠습니다."

"큭큭."

도균이 한 손으로 옆구리를 짚으며 웃음을 터뜨렸다. 파도소리에 그의 청량한 웃음소리가 어우러졌다. 세인은 뺨이 느닷없이 달아오르는 열감에 마른침을 삼키며 웃고 있는 도균을 넋을 놓고 바라보았다. 부드럽게 휜 눈매와 눈가에 접힌 잔주름이 참 매력적이라는 생각을 했다. 아니, 매력적이라기보다는 마력적이다.

"그래, 뭐 먹고 싶어?"

간신히 웃음을 멈춘 그가 물었다. 세인은 삼키던 침이 목에 턱 걸려 숨을 멈추었다. 공기가 모자라니 원래도 발그스름했던 얼굴이 금방 불타는 고구마가 되었다. 도균이 말을 못 하고 밭은 숨만 내쉬는 세인을 걱정스럽게 쳐다보며 그녀의 이마에 손을 얹었다. 그녀가 그에게 했던 그대로다.

"열 있어?"

어제의 그도, 지금의 나처럼 이렇게…… 떨렸을까?

"바람이 아직 찬데 너무 오래 나와 있었나."

이렇게, 아찔했을까?

"우선 차에 들어……."

"개, 개불이요!"

세인을 차로 이끌던 도균이 '뭐?' 하고 황당한 듯 되물었다. 다급한 마음에 아무 말이나 내뱉은 자신의 혀를 깨물어 버리고 싶은 처참한 기분으로 세인이 말을 이었다.

"개불이요. 해삼이랑 멍게랑, 그리고 또…… 아, 암튼 그런 게 심각하게 당겨요."

"이름이 뭐 그래?"

"이름이 왜요? 어? 설마 한 번도 안 드셔 보셨어요?"

도균이 찜찜한 얼굴로 고개를 끄덕였다. 세인은 놀라움에 좀 전까지 마음속을 울긋불긋 물들이던 온갖 상념을 잊고 서둘러 도균을 근처의 음식점으로 이끌었다. 마지못해 따라오는 도균을 보는 것이 왜 이렇게 신이 나는지 모를 일이라고 생각하며 세인은 참을 수 없는 웃음을 연신 터뜨렸다.

"이걸 먹겠다고. 이게, 먹는 거란 말이지."

"아, 진짜. 믿어 봐요. 맛있다니까?"

원래의 생김새도 괴상했지만 손질해 놓으니 더 괴상망측한 것을 세인이 먹으라며 들이밀자 도균은 자신이 할 수 있는 최대한으로 얼굴을 찡그려 보였다.

그는 이쯤에서 세인을 이해하려는 노력을 관두기로 했다. 우아하게 칼질까지는 아니더라도, 최소한 분식이라도 됐으면 이렇게까지 당혹스럽진 않았을 텐데. 전 세계를 통틀어 첫 데이트에 이런 걸 먹자고 드는 여자는 민세인 딱 하나일 것이다.

"난 됐다."

"진짜요? 진짜 안 먹어요? 정말?"

"몇 번을 물어. 정말 됐다고."

"흠. 예상은 했지만 역시 입맛이 어리시네요."

뭐? 개불인지 나불인지 모를 것을 참기름에 콕 찍어 맛있게 씹어 삼키는 세인을 보며 도균은 자신의 귀를 의심했다.

"어려?"

"네. 그 나이 먹도록 이런 것도 안 먹어 보고 뭐 하셨어요? 여기 이모한테 햄이나 소시지 반찬 있는지 여쭤 볼까요?"

"작작해. 정신이 미성숙한 너한테 들을 소린 아니니까. 버리고 가 버리기 전에 그거나 마저 먹어."

"정신이 덜 자라다니. 저 은근히 무르익은 여자예요! 스물넷이면 알 거 다 아는 나이거든요?"

알 거 다 아는 나이라. 도균은 세인의 심드렁한 말투에 급격하게 빨라지는 심장박동을 무시하며 무심한 투로 물었다.

"이를테면 어떤?"

열심히 젓가락을 움직이던 세인이 골똘히 생각에 잠기더니 이내 도균은 죽을 때까지 도전해 볼 수 없을 것 같은 그것을 집어 들었다.

"이게 왜 개불인지 아세요?"

왜지? 의뭉스러운 그녀의 미소가 음흉하다 느껴질 때쯤, 도균은 본능적으로 속이 타들어 가는 걸 느끼며 물컵을 집어 들었다.

"개의 불알같이 생겨서요."

읍. 큭. 하마터면 마시던 물을 그대로 세인의 얼굴에 뿜을 뻔했다. 다행히 그런 불상사는 면했지만 식도로 넘어갔어야 할 물이 기도로 탈선하는 바람에 마구 터져 나오는 기침을 참지 못했다.

"몰랐죠? 그래서 개불이래요. 개의 불알, 줄여서 개불. 근데 괜찮으세요? 피 토하시겠어요."

그 문제의 개불을 던지고 맞은편 자리에서 그의 옆으로 건너온 세인이 작은 손으로 도균의 등을 두드렸다. 그럼에도 도균은 충격에서 쉬이 헤어 나올 수가 없었다. 개의, 개의······.

"나 정말 궁금해서 물어보는 건데."

"네?"

"데이트라는 게 원래 이런 식인가?"

"몰라요. 저도 제대로 해 본 적이······. 근데 도련님도 데이트 같은 거 해 보신 적 없나 봐요?"

그럴 리가. 다만 이런 게 정말 데이트라면 자신이 이전에 경험한 모든 이성과의 만남은 데이트가 아니라는 얘기가 되니 지금 좀 혼란스럽기는 하다.

"나갈까요? 찬바람 좀 쐬는 게 좋겠어요."

세인이 아직 다 비우지 못한 개불 접시를 보며 안타까운 얼굴로 그렇게 물어왔을 때 도균은 기회를 놓칠세라 격하게 고개를 끄덕이고 말았다. 더는 저것을 냠냠거리며 맛있게 먹는 세인을 보고 있기가 힘들었다. 먹은 것도 없는 그에게 돈을 내게 할 수는 없다며 만류하는 세인을 반강제로 가게 밖으로 쫓아내고 계산을 마친 도균도 작고 허름한 횟집에서 후다닥 빠져나왔다.

"후식은 내가 결정할래. 아니, 앞으로 같이 밥을 먹을 때 모든 메뉴는 다 내가 정해."

도균이 단호하게 말했다. 조금 전과 같은 충격은 하루 한 번이면 족했다. 마냥 해맑게 자신을 쳐다보는 세인을 이끌고 도균은 바다를 훤히 볼 수 있는 탁 트인 전망으로 유명한 카페로 들어섰다. 서울의 일류 호텔 레스토랑과는 다른 고즈넉한 분위기가 인상적인 곳이었다.

"여기 좋네요. 바다도 보이고, 차도 맛있어요."

세인을 따라 앞에 놓인 허브차를 한 모금 넘긴 도균은 창밖의 아름다운 풍경과 귓가에 잔잔하게 내려앉는 클래식 선율에 빠져 정신없었던 몇 시간 동안의 기억을 잠시 내려놓을 수 있었다.

"아, 서울 올라가기 싫다."

그건 그도 공감했다. 연달아 그의 예상과 계획을 벗어난 사건들이 일어나 조금 피곤하고 지친 건 사실이지만 세인과 함께 있는 시간이 결코 싫지 않았······.

"올라가면 아빠한테 죽은 목숨인데."

이런, 젠장.

"후. 내가 잘 말씀드릴 테니 걱정 마."

"와, 정말요? 약속한 거예요! 무르기 없기!"

세인이 두 손바닥을 마주쳐 가며 좋아하자 도균은 금방 섭섭했던 감정을 잊고 가슴 한구석이 부풀어 오르는 자신을 깨닫곤 조소를 흘렸다. 세인에겐 정말 어쩔 수가 없는 모양이다.

"도련님이……."

"또."

"아, 오빠가 이렇게 착하게 나오니까 정말 다른 사람들 말이 맞는 것도 같아요."

테이블에 팔꿈치를 놓고 턱을 괸 세인이 드물게 그의 시선을 피하지 않으며 말을 걸어왔다. 도균 역시 전처럼 부러 표정을 굳히는 대신 희미한 웃음기를 띤 채로 세인의 말간 눈동자를 마주 바라보았다.

"무슨 말."

"땡잡았대요, 나더러."

하고 많은 좋은 단어 중에 하필 골라도 땡이라니.

"사실 지금도 이 반지가 아니면 내가 꿈꾼 건가 싶을 거예요. 워낙 느닷없었잖아요. 오빠도 인정하죠?"

"그래."

사실을 말하자면 그는 이미 오래전에 그 반지를 사 두었었다. 하지만 이렇게 빨리, 준비 없이 청혼을 하게 될 줄은 그 역시 몰랐었다. 그러니 세인이 쉽게 믿지 못하는 것도 무리는 아니라고 생각하는 도균이다.

"그냥이라고 그랬었죠? 그냥 나랑 결혼이 하고 싶다고."

"내가 말한 그냥은, 이 결혼과 네가 나한테 아무런 의미가 없다는 뜻으로 한 말이 아니야."

"그럼요?"

"아직 적당한 단어를 못 찾았을 뿐이지."

조금 시무룩해 보이던 세인의 눈이 도균의 말에 별이라도 박아놓은 듯 반짝거렸다.

"어떤 이유를 붙여야 하는지 모르겠다. 너랑 결혼을 하고 싶은 건 확실해. 결혼을 한다면 너 말고 다른 여자랑은 상상할 수가 없는 것도 확실하고. 미국에서 급하게 일 마무리하고 돌아온 가장 큰 이유가 너라는 것도, 부인하기엔 이미 늦었지."

"네?"

"미친 소리 같겠지만…… 보고 싶었다. 당장 못 보면 객사할지도 모른다는 걱정이 들 만큼."

심장이 쿵쾅쿵쾅 뛰었다. 생애 처음이었다. 남자에게서 보고 싶었단 고백을 듣는 건.

"같이 있고 싶어. 그 방식이 꼭 결혼이 아니어도 괜찮겠지만, 사실 지금 그것보다 더 간절히 원하는 게 없는 건 맞아."

"……."

"어째서냐고 물으면 설명할 길이 없다. 누군가가 밤새 생각나서 잠 못 자는 날도, 결혼이란 걸 하고 싶단 생각이 든 적도 전부 처음이니까. 정의하기엔 너무 복잡한 감정이라 그래. 그래서 그냥이라는 표현을 쓴 거고."

도균의 솔직한 고백에 세인의 커다란 눈동자 아래에 맑은 물웅덩이가 생겼다.

"갑작스럽고 엉망진창인 청혼이었다는 거 알아. 하지만 이 결혼으로 너한테 무조건적인 희생을 강요할 생각은 없어. 말했듯이 내가 원하는 건 진짜 결혼이다, 세인아. 나는 진짜 남편이 되고 싶어."

"……."

"널 괴롭히거나 장난질이나 하려고 결혼씩이나 하자는 미친 놈은 아니니까, 혹시 그런 의심을 했다면 안심해도 좋아. 노력할 거야. 기대도 되고."

평소와 다를 바 없는 무뚝뚝한 음성이었지만 빼곡히 전해져 오는 그의 진심에 세인의 코끝이 찡하게 아려 왔다.

"두 분이 어쩌다 아시게 되는 바람에 일이 좀 꼬였지만 네가 싫다고 하면 어쩔 수 없겠지. 기다릴 생각도 있어. 물론, 어머니께선 크게 실망하실 거다. 어쩌면 몸져누우실 수도 있고 며칠, 길면 몇 달간 가출하시거나 삭발시위나 단식투쟁도 불사할 유별난 분이라는 건 너도 이미 잘 알고 있을 거야. 아버님도 크게 낙심하실 것 같다. 이제 연세도 있으신데 혹시 쓰러지진 않으실지……."

도균은 점점 파랗게 질려 가는 세인의 얼굴을 보면서 안타까운 표정을 꾸며 내느라 혼이 났다. 아, 내가 공감과 협박에 이렇게나 소질이 있는 사람이었던가. 도균은 새로 알게 된 자신의 진면모에 경악할 따름이었다.

"뭐, 그래도 네가 싫다면 어떻게 결혼을 억지로……."

"할 거예요."

그렁그렁한 눈물을 달고 다부지게 주먹을 쥐어 보인 세인이 씩씩하게 말했다. 도균은 자꾸만 의지와는 다르게 위로 휘어지려는 입꼬리에 간신히 힘을 주며 방금 큰 결단을 내린 세인을 묵묵히 바라보았다.

"해요, 결혼. 전…… 솔직히 평생 결혼 같은 거 할 생각 없었는데요. 그냥 아빠 잘 모시면서 그렇게 사는 게 효도라고 생각했는데, 어제 그게 아니라는 걸 알았어요. 아빠가 그렇게 기뻐하시는 거, 처음 봤거든요."

정말 단지 그 이유뿐인 건가, 도균이 조금 슬퍼지려고 하는 찰나에 세인이 두 뺨을 사랑스럽게 물들이며 고개를 푹 숙였다.

"그리고 저도…… 도련님이라면 왠지 할 수 있을 것 같아요. 결혼."

귀 기울여 듣지 않으면 쉽게 놓쳐 버리고 말 것 같은 작은 목소리였다.

"사실, 제 첫사랑이었거든요."

"언제?"

갑자기 카페 안으로 쏟아져 들어오는 햇빛이 핑크색인 것만 같은 느낌은 착각이겠지? 놀란 티를 내지 않으려는 게 꼭 관심 없는 것처럼 멋없게 묻는 꼴이 되어 버렸다.

"중학교 1학년 여름에 다 같이 별장으로 피서 갔을 때요."

"뭐 그렇게 콕 짚어서야?"

"딱 그 며칠 동안이었거든요. 그러니까 첫사랑이죠. 뭘 잘 몰랐으니까."

"후…… 그래."

"그때 감기 걸린 채로 갔었는데 도련, 아니 오빠가 저 약도 챙겨 주고 간호도 해 줬었던 거 기억나세요?"

도균이 고개를 끄덕이자 세인은 그때가 새삼 떠오르는지 수줍은 소녀의 얼굴을 하고선 기어들어 가는 목소리로 말을 이었다.

"그때 오빠 좀 좋아했었어요."

"그런……."

"물론 제 감기가 낫자마자 오빠가 기다렸다는 듯이 계곡 물에 빠뜨려서 익사할 뻔했던 일이 있기 전까지만요."

세인의 얼굴이 금세 뾰로통해졌다.

"그래서 며칠 동안이란 거예요."

세인이 어깨를 으쓱하며 허브티를 쭉 들이켰다. 도균 역시 대체 왜 그때 자신이 그렇게 못되게 굴었을까 후회하며 세인을 따라 향긋한 허브티를 소주 마시듯이 한 입에 털어 부었다.

"어쨌든, 그러니까 결혼해요."

그래, 그게 왜 결혼의 사유가 되는지 이해는 안 가지만. 어쨌든 그때 네 병간호로 시간을 보냈던 며칠 동안의 이도균에게 이 영광을 돌리는 걸로…….

"제 칙칙했던 첫사랑을 블링블링하게 재구성하는 의미로다가."

세인이 싱긋 웃었다.

"선 결혼, 후 연애. 신선하잖아요. 재미있을 것 같고."

기대와 흥분으로 떨리는 목소리와 함께 세인이 도균에게 불쑥 손을 내밀었다.

"잘 부탁드려요, 도련…… 아니."

"……."

"잘 부탁드려요, 남편!"

샛말갛게 미소 짓는 세인의 손이 도균의 손을 잡고 힘차게 위아래로 흔들었다.

그때 도균은…… 그래, 인정하기 싫지만 온몸이 간지러워서 붕 뜨는 것 같은 생경한 느낌에 어쩔 줄을 몰랐다. 그리고 그게 세인의 입술 사이에서 나온 남편이라는 호칭 때문인 것도 결코 부인할 수 없었다.

3.

그날 여행 아닌 여행에서 돌아온 둘은 경호와 지연을 모아
두고 중대 발표를 했다.

"날짜 잡으세요."

팡파르라도 터질 줄 알았는데 도균의 그 말에 묵직한 침묵이
내려앉았다. 그러나 곧 팡파르 대신 다른 게 터져 나왔다. 지연
이 왈칵 눈물을 터뜨리며 세인의 두 손을 꼭 부여잡았다.

"기특한 것. 그래, 고맙다. 잘 생각했어. 우리 세인이 아니었
으면 저 녀석 꼬장꼬장한 노총각으로 혼자 늙어 죽었을 텐데.
아줌마가 세인이한테 이렇게 큰 짐을 떠맡겨서 어쩌니? 저 멋
대가리 없는 녀석 잘 좀 부탁한다, 세인아."

저기, 어머니. 저도 어디서 모자라단 소리는 안 들어 봤거든
요?

도균은 이 훈훈한 분위기를 차마 망가뜨리지는 못하고 뻐근

해져 오는 뒷목만 연신 손바닥으로 주물렀다. 하지만 사실은 손을 꼭 맞잡은 두 사람을 보고 있자니 대화 내용이 아무리 그를 깎아내리는 것이라 할지라도 기분이 썩 나쁘진 않았다. 어렸을 때부터 세인을 아꼈던 지연이고 그런 지연을 엄마처럼 따랐던 세인이니 아마 죽이 잘 맞는 고부지간이 될 것이다.

거기까지 생각하다 도균은 따뜻한 눈길로 세인을 바라보는 경호에게로 시선을 돌렸다. 처음 그를 보았을 땐 그렇지 않았는데, 어느새 그는 머리의 반이 희끗희끗한 노신사가 되어 있었다.

"아버님."

훌쩍거리던 지연과, 따라서 눈물을 글썽거리던 세인, 그리고 이 모든 상황을 봄볕 같은 시선으로 관망하던 경호까지 나지막한 도균의 한마디에 일제히 고개를 한 곳으로 고정시켰다. 순식간에 여섯 개의 눈동자가 자신에게로 꽂히자 부담스러워진 도균이 크흠, 하며 목을 가다듬었다.

"세인이 제가 잘 돌보겠습니다. 염려 마세요."

도균의 말에 다시 싸한 침묵이 그들을 덮쳤다. 그리고 정확히 5초 후, 경호가 도균을 와락 안으며 지연, 세인의 뒤를 따라 세 번째로 울음을 터뜨렸다.

"허윽! 내 딸 잘 부탁하네, 이 서방!"

도균은 통곡하듯 우는 세 사람 사이에서 혼이 나가 멍한 얼굴로 저보다 한참 작은 경호의 품에서 이리저리 흔들려야 했다.

아아, 나도 울어야 하는 건가.

잠깐 생각했지만 아무리 눈가에 힘을 주어도 동공만 시릴 뿐 눈물은 어림도 없었다. 남자는 태어나 세 번 운다는 말이 그의 발목을 잡았다.

"샴페인이라도 한 병 까야겠어요. 안성댁! 거기 내가 몰래 숨겨 둔 그거 있죠? 가져와요!"

대체 누구로부터 샴페인을 숨겨 놓았다는 것인가. 그게 설마 자신은 아닐 거라고 생각하며 도균이 눈썹을 찡그렸다.

곧 거나한 술상이 차려지고 지연은 자신의 허벅지 두께만 한 크기의 샴페인을 찬탄의 눈길로 바라보며 그 병을 손끝으로 쓸어내리고 있었다.

"내가 이런 날이 올 줄 알고 아껴 뒀었지. 그거 아니, 세인아? 이 녀석이 고등학교 때 몰래몰래 내 컬렉션에 손을 대지 뭐니? 이 녀석 한창 사춘기였을 때라 모르는 척하고 있었지만 내가 어떻게 내 애기들 줄어 가는 걸 모를 수 있었겠어. 녀석은 나름 완전범죄를 꿈꾼 모양인지 보리차를 타 놓곤 했는데, 제 엄마를 너무 물로 봤지."

"어머니. 그런 얘길, 하필 지금 하실 필요가……."

"듣자 하니 우리 세인이도 술 좀 한다면서? 아유, 그런 쫄깃한 정보를 왜 이제야 알려 주니? 며느리랑 술친구를 동시에 얻었네! 아차, 이거 마셔 봤니? 이런 게 다음 날 숙취도 없고 깔끔한 게 참 좋아."

"전 소주랑 맥주, 막걸리 전문이라서. 와아, 전 이렇게 큰 샴페인은 처음 봐요!"

너무 죽이 잘 맞을 것 같아 그게 걱정이라면 걱정이랄까. 동시에 한숨을 내뱉던 도균과 경호의 눈이 허공에서 부딪혔다. 두 사람은 약속이라도 한 듯 숨죽여 웃으며 잔을 맞부딪혔다.

"어머! 건배는 다 같이 해야죠! 다시, 다시!"

수선을 떠는 지연의 목소리와 함께 본격적으로 술판이 시작되었다.

햇빛이 감긴 눈 사이를 파고들었다. 창틀에 이름 모를 새가 앉아 짹짹거리며 게으름을 피우는 그의 정신을 흔들어 깨웠다.

도균은 '5분만 더' 하는 심정으로 옆구리를 파고드는 따뜻하고 말랑거리는 뭔가를 두 팔로 가두며 세게 끌어안았다. 베개인가? 의심이 똬리를 트는 찰나, 묘한 향기가 그의 코끝을 어지럽혔다. 자신이 쓰는 샤워 젤과 샴푸 냄새, 그 사이에 섞인 낯설고도 익숙한 달콤한 체향. 도균은 본능적으로 두방망이질 치는 가슴을 달래며 눈꺼풀을 밀어 올렸다.

"으음……."

세인의 헝클어진 머리가 바로 그의 턱 아래 있었다. 햇빛 때문에 눈이 부신지 자꾸 너른 품으로 파고들며 어두운 곳을 찾는 그녀에게서는 그의 몸에서와 마찬가지로 옅은 알코올 냄새가 배어 나왔다.

순간, 그는 세인을 안은 그대로 숨을 멈췄다. 그런 그의 머릿속만이 희뿌연 안개에 가려진 듯한 어젯밤의 일을 떠올리려 기민하게 움직였다. 하지만 끊겨 버린 필름은 어떻게 해도 다시 이어붙일 수 없는 법!

결국 포기한 도균은 신음하며 곤히 자고 있는 세인을 내려다보았다.

지난번 도균은 잠든 그녀의 곁이 아닌 창가 아래 소파에서 기다란 몸을 불편하게 구기고 잠이 들었었다. 어떻게 무방비 상태의 그녀 옆에서 잠들 수 있겠는가.

세인은 그를 철석같이 신뢰하는 모양이지만 도균은 아니었다. 그는 자신의 늑대스러움을 모르지 않았다. 그러니 정확히 셈하자면 오늘이 그녀와의 첫 번째 동침인 셈이다.

"아, 정말……."

아무리 결혼 약속을 했다지만 아직 식도 올리기 전인 남녀를 두 분은 대체 무슨 생각으로 한 방에 집어넣어 놓으신 거지.

도균이 두 어른의 대책 없는 행동에 한탄을 금치 못하고 있을 때, 갑자기 세인이 뒤척이며 자신의 얼굴을 벅벅 긁기 시작했다.

"뭐, 뭐야?"

짜증스러운 그녀의 표정을 보고 있자니 아무래도 얼굴에 아무렇게나 엉겨 붙은 머리카락 때문인 듯했다. 도균의 손이 서둘러 그녀의 머리를 빗어 넘겼다. 한결 편안해진 세인의 표정에 도균의 가슴에서 뭉게구름이 피어났다.

그는 비스듬히 누워 한 팔을 괴고 머리를 받친 뒤 본격적으로 잠든 세인의 얼굴을 감상하기에 이르렀다.

감은 눈은 옅은 쌍꺼풀과 함께 가로로 길어 개구쟁이 같은 느낌을 주었다. 적당히 앙증맞은 코와 화장 없이도 깨끗한 피부가 단정해 보였다. 무엇보다, 도균은 세인의 도톰한 입술이 좋았다. 그녀는 자신의 입술이 번데기나 누에고치를 연상시킨다며 세련되고 지적인 느낌의 얇은 입술을 선망하는 듯했지만 뭐니 뭐니 해도 세인의 얼굴에서 그의 시선을 가장 잡아끄는 것은 바로 그 붉고 통통한 입술이었다.

도균은 자신도 모르게 손을 뻗어 세인의 뺨을 손가락으로 슬쩍 쓸었다. 그 간단한 스킨십만으로도 그의 얼굴이 조금은 달아오른 것 같았다. 그러나 그는 거기서 멈추지 못하고 가속도가 붙은 손을 조금 더 아래쪽으로 미끄러뜨렸다. 하지만 그 아래라는 곳이 언감생심 그녀의 허락도 받지 않은 가슴이라든가 혹은 더 은밀한 곳을 지칭하는 건 절대로 아니다. 도균의 손끝이 머문 건 그저 잠들어 살짝 벌어져 있는 세인의 입술이었다.

"정신 차리자."

열렬히 키스를 나눈 것도 아니었다. 그저 살짝 눌러 본 것뿐인데, 그런데 그만 그의 아래가 불끈거리며 반란을 시작한 것이다. 아, 여기서 아래는 세인에게 써먹었던 그 아래가 아니라 '진짜 아래'다.

정신 차려. 너는 십 대가 아니야. 자, 이도균 넌 몇 살이지? 넌 서른이라고. 서른. 서른은 이래선 안 되는 거야. 이렇게 물불 안 가리고 아무 때나 일어서면 곤란한 거라고.

그는 눈을 질끈 감으며 자가 최면에 들어갔다. 지금이야말로 저번에 마음먹었던 인내와 자제력 기르기를 목표로 한 선행학습 시간이다. 그러나 곧 그는 견디지 못하고 눈을 번쩍 떴다. 막 잠에서 일어나 새하얗던 그의 흰자는 마치 밤을 꼴딱 샌 사람처럼 어느새 실핏줄이 드러나 있었다. 그는 본능과의 싸움에 지고 만 처참한 패배감과 함께 세인의 입술을 매만졌다.

그는 문득, 자신이 이런 아침을 무척이나 소망했던 과거의 어느 한 시기를 떠올렸다. 그건 그리 오래지 않은 몇 달 전이었다.

누군가 세인을 대체 언제부터 여자로 보기 시작했냐고 물으면 그는 정확히 언제라고 대답해 줄 수 없었다. 그건 그냥 봄이 되면 꽃이 피고, 꽃이 지면 열매가 맺히듯이 자연스럽게 일어난 일이었기 때문이다. 하지만 언제 처음 그녀와 결혼이라는 걸 하고 싶단 생각을 했느냐 물으면 그는 자신 있게 대답할 수 있었다. 해외 지사에서 근무했던 6개월 전, 평소와 다를 것 없이 어딘가 허전했던 어느 날의 아침이었다고.

스물아홉 이도균은 먼 타국 땅에서 벌써 몇 개월째 일에 찌든 무료한 날들을 보내고 있었다. 뭐, 새삼스러울 것도 없었다. 다만 무대가 한국에서 미국으로 옮겨졌을 뿐, 눈 떴을 때 혼자라는 건 뼈에 사무치도록 익숙한 일이었으니까. 그날도 스케줄은 두통을 유발할 만큼 빈틈없이 꽉 채워진 채로 그를 기다리고 있었다.

아침에 눈을 뜨자마자 침대에 멍하니 누워 새하얀 천장을 바라보며 오늘 해야 할 일들을 머릿속으로 떠올리는데 별안간 지루해졌다. 난 왜 이렇게 무미건조하고 재미라고는 하나도 없는 일상을 살고 있나, 회의가 들었다. 그리고 그때, 세인의 얼굴이 눈앞에 아른거린 건, 도균에겐 그야말로 마른하늘에 날벼락 같은 일이었다.

아니, 사실 따지고 보면 그렇게 갑작스러운 일은 아니었다. 도균의 미국행에 가장 큰 일조를 한 게 바로 세인이었으니까.

'솔직히 말해 줘요. 이도균 씨, 여자 있죠.'

'도균 씨, 무슨 딴생각을 그렇게 해요?'

'저기, 내가 하는 말 듣고는 있어요?'

'맘에 안 들면 차라리 맘에 안 든다고 하는 게 예의란 거 몰라요?'

위의 것들은 절대 한 여자의 입에서 나온 말이 아니었다. 각기 다른 여자들, 그러니까 도균이 좋다며 먼저 다가온 여자들이 그의 미지근한 반응에 지쳐 뺨이라도 올려붙일 기세로 쏘아붙인 말들이었다.

무엇이 그녀들을 그렇게 만들었는가 하면, 바로 시도 때도 없이 딴생각, 정확히는 세인의 생각에 잠기는 도균 때문이었다.

도균이 눈앞의 여자와 세인을 자신도 모르게 비교하는 건 거의 병적일 정도로 심각한 수준이었다. 같은 표정이라도 '세인이었더라면 더 귀여웠을 텐데', 같은 말이더라도 '세인이었더라면 더 재밌었을 텐데'로 시작해서…….

저 옷은 세인이한테 입히면 더 잘 어울릴 것 같은데.

이 여자는 향수냄새가 왜 이렇게 독해. 세인인 무슨 향수를 쓰지? 향이 꽤 좋던데.

아, 이 여잔 왜 이렇게 내숭을 떠는 거야. 민세인 그 선머슴이 들으면 콧소리에 경악을 하겠군.

너무 요란한 목소리야. 근데 세인인 집에 들어왔나? 감히 외박을 해? 지금 전화해 볼까?

이런 지경에 이르렀으니 여자들이 나가떨어지는 건 당연지사. 도균같이 잘난 조건의 남자에게 욕을 퍼부었다는 건 그만큼 그녀들의 마음고생이 심했단 반증이었다.

그리고 이윽고 도균이 세인의 생각으로 하루 대부분의 시간을 보내는 자신을 자각했을 때, 그는 당연한 수순대로 부정의 단계에 들어섰다.

아니야. 아닐 거야. 아니어야만 한다.

그러나 부정하면 할수록 도균의 모든 감각은 세인을 중심으로 움직이기 시작했다. 밤늦게 대문이 열리는 소리, 돌계단을 사뿐사뿐 오르는 소리, 별채의 현관문을 열고 닫는 소리, 신발을 벗고 방문을 여는 소리, 사락사락 그녀가 옷을 벗는 소…….

도균은 마치 스스로가 헐리웃 영화 속에 나오는 초능력자나 뱀파이어가 된 것만 같았다. 그렇지 않고서야 그렇게나 멀리 떨어진 곳의 소리가 바로 옆방에서 나는 것처럼 가깝게 느껴질 수가 없었을 테니까. 비단 청각뿐만이 아니었다. 도균은 세인의 뺨을 덮은 자잘한 솜털이 바람에 흔들리는 것조차 보이는 것 같았다. 그냥 한 마디로 미친 상태였다.

도균은 종알대는 세인의 입술을, 한 줌에 잡힐 것 같은 가녀린 목을, 한 팔에 감으면 어떤 느낌일까 상상하게 만드는 굴곡진 허리를 볼 때마다 온몸의 근육이 비명을 지르며 팽창하는 고통에 어쩔 줄을 몰랐다.

그래, 혈기왕성한 나이에 내가 너무 금욕적인 삶을 산 탓이다.

그래서 생전 처음으로 마음에도 없는 여자를 안아 보려고도 했었다. 그러나…… 젠장! 아예 서질 않았다. 귀찮지만 같이 있으면 꽤 재미있고, 눈에 안 보이면 어쩐지 답답하고 불안하게 만드는 여동생쯤이었던 세인이 어느새 그에게 여자로 인식된 이후부터 그는…… 성불구가, 빌어먹을 고자가 되고 만 것이다! 아, 물론 세인의 앞에서만은 예외였다. 그는 이미 상상 속에서 세인을 벗기고 물고 빨고 하며 이것도 하고, 저것도 해 보며 만리장성을 쌓아도 이미 여러 번 쌓았던 것이다.

그래서 고민 끝에 결심한 미국행이었다. 모든 건 그녀가 눈에 가까이 있기 때문이리라, 눈에서 멀어지면 마음에서도 멀어지리라 희망 속에 출국한 도균이었다. 그런데 이건 무슨 시추에이션? 미국 뉴욕의 한 펜트하우스 침대 위에 누운 도균의 귓가에 한 자락 노랫말이 흘러 들어온 건 바로 그때였다.

'아침이 오는 소리에 문득 잠에서 깨어, 내 품에 잠든 너에게 워어우 워어…….'

"워억!"

말도 안 돼! 나 지금 무슨 생각 한 거야? 내가. 나 이도균이 지금. 그 꼬맹이, 민세인과. 아침에. 한 침대에서 눈을 뜨고 싶다는 그런 기가 막히고 코가 막히는 상상을 한 건가? 다른 사람도 아니고 내가?

그날 그는 출근하지 못했다. 하루 종일 퀭한 얼굴로 침대 위에서 울부짖으며 자신의 감정을 확인해야 했다. 몸부림의 결과는 단순했다.

그는 세인이 보고 싶었다. 미국에 온 것을 뼈저리게 후회했다. 정확한 계기와 원인은 알 수 없지만 그는 세인을 여자로 느끼고 있었고 그래서 안고 싶었다. 하지만 단순히 잠자리만 같이하고 싶은 거냐 하면 그건 또 아니었다.

아아, 결혼. 그 단어가 침대 위를 구르던 그의 뒤통수를 가격한 것도 바로 그때였다.

그 나이 대의 남자들에게 그보다 더 자주 들려오는 단어는 없었다. 결혼을 하면 다 해결되겠구나. 내가 그 애를 보고 싶어하는 것도 당연한 게 되고, 밤엔 같이 잠들고 아침을 맞이하는 것도 일상이 될 것이다. 굳이 거창한 이유를 갖다 붙이지 않고 하는 선물도 부담스럽지 않게 될 것이고, 시시때때로 전화를 걸고 싶은 충동도 애써 참을 필요 없게 될 것이다.

그래! 결혼을 해야겠다!

그는 후다닥 스케줄을 정리하고 숨 돌릴 틈도 없이 바로 인천행 비행기에 올랐다.

그때 느꼈던 초조함과 불안함을 생각하면 세인을 품에 안고 있는 지금은 얼마나 행복한가.

아, 물론 동시에 고통스럽기도 하다. 너 이 자식, 그쯤 했으면 이제 포기하지? 아직은 네놈이 끼어들 때가 아니라고. 우리에겐 아직 수많은 고행의 시간이 남아 있단 말이다.

도균은 울상을 지으며 빳빳하게 일어서 있는 자신의 분신을 향해 마음속으로 빌었다. 세인은 애타는 그의 마음을 아는지 모르는지 아까부터 별 해괴한 잠꼬대 중이다.

"음냐⋯⋯. 어머니⋯⋯. 한 잔 더⋯⋯."

그래. 굳이 묻지 않아도 무슨 꿈을 꾸는지 알겠다. 도균이 피식 웃으며 세인을 바라보았다.

"그 꿈에 나도 좀 끼워 주면 어디가 덧나나."

시선 가득 하트가 묻어나는 걸 잠든 세인은 물론이고 도균 본인도 모르고 있었다. 그냥 그는 어쩐지 안아도, 안아도 부족한 마음에 세인을 가둔 팔에 조금 더 힘을 줄 뿐이다. 조금 더 꽉 껴안아 보면 이 갈증이 해소될 것도 같은⋯⋯.

"으음. 숨 막혀어⋯⋯!"

세인이 몸부림을 치며 눈을 떴다. 도균은 헉 소리와 함께 다시 눈을 감았다. 왜? 내가 왜 자는 척을 하지? 어이가 없었지만 이제 와 뺀질거리며 눈을 뜨기엔 타이밍이 영 아니다.

"으아. 나 왜 또 여기 있는 거야! 미쳤어, 미쳤어. 아니, 근데 이 싸람이 지금 손을 어디에⋯⋯!"

뒤척뒤척하던 그녀가 그의 손을 홱 떼어 거의 던지다시피 했다. 도균은 하마터면 눈을 번쩍 뜨고 일어나 내 손이 뭐, 가슴을 만졌냐, 아니면 엉덩이를 더듬길 했냐, 따질 뻔했다. 괘씸한 것. 남의 속도 모르고⋯⋯.

"근데, 어휴. 얼굴이 왜 이렇게 해쓱해? 일이 힘드신가."

세인의 말랑거리는 양손이 도균의 양 뺨을 감쌌다. 바로 코앞에서 느껴지는 숨결로 보아 얼굴 사이의 거리도 한 뺨이 채 안될 것 같다. 도균은 혼란과 욕망의 소용돌이에 빠져 허우적대기 시작했다. 잠꼬대인 척 고개를 움직이면 입술이 닿을 것도 같…… 아, 안 돼. 망상은 집어치워. 앤 그냥 내가 걱정되는 순수한 마음에…….

"식은땀까지 흘리잖아? 대체 무슨 악몽을 꾸길래."

그래, 차라리 악몽을 꾸는 거라면 좋겠다.

"또 열이 나네. 아무래도 안 되겠어."

아니, 열이 나는 건 아무래도 좋아. 지금 네가 하려는 짓, 이게 안 되는 짓이야. 이건 옳지 않아.

"도련님 실례 좀 할게요. 이게 다 도련님 열 내리라고 그러는 거거든요? 나 눈도 감았고, 절대 불손한 의도가 있어서가 아니니까. 단추만 몇 개 풀게요. 아, 혼자 뭐라고 중얼거리는 거야. 어우, 입은 또 왜 이렇게 바짝 말라? 근데 눈 감고 단추를 어떻게 풀지? 살짝만 볼까? 본다고 닳는 것도 아닐 텐데. 아냐. 어머. 지금 내가 무슨 생각을……?"

젠장. 뭐라는 거야. 손 못 치워? 안 돼. 위기야. 난 지금 거의 발정 난 짐승이나 다름이 없다고.

"좀만 볼까? 실눈만. 그래, 딱 실눈…… 엄마야!"

참을 인 자를 딱 백육십 개까지 마음에 새기던 도균이 참지 못하고 벌떡 일어나 그의 단추 주위에서 배회하는 세인의 손목을 낚아챘다. 이글거리는 그의 눈과 부끄러움에 데굴데굴 구르는 세인의 눈이 마주했다.

"……너 이러다. 진짜 위험해지는 수가 있다, 민세인."

"도, 도련님, 저기……."

"내 말 어디로 듣는 거야? 나 너무 믿지 말랬잖아."

"근데요, 저기……."

"네가 자꾸 이러는 건 내 도덕성과 인내력의 한계를 시험하
는……."

"도련님, 근데……."

"뭐! 아, 뭐! 근데, 뭐!"

"피 나요."

뭐? 그게 무슨 개풀 뜯어먹는…….

"여기. 코에서요. 도련님 코피 터졌어요."

세인의 손가락이 도균의 인중에 닿았다. 그녀가 걱정스러운
얼굴로 피가 묻은 자신의 손가락을 그의 눈앞에 들이댔다. 피였
다. 그것도 아주 시뻘건. 도균은 그 사실을 깨닫자마자 황급히
화장실로 도피해야 했다.

"한 달 후로 하기로 했어, 얘들아."

서 여사가 두 손을 마주치며 그렇게 말했을 때, 북엇국에 코
를 박고 있던 세인과 도균은 기함을 하며 고개를 쳐들고 말았
다.

"어머니, 너무 이른 것 아닙니까? 결혼이라는 게, 준비할 게
한두 가지가 아닐 텐데요."

"얘는, 쇠뿔도 단김에 빼라는 말 몰라? 미적지근하게 시간 끌다간 우리 세인이 맘 언제 바뀔지 몰라. 네 엄마의 추진력을 한 번 믿어 보도록 해, 아들."

"사모님, 저 마음 안 바꾼다고 약속드릴 테니까 천천히 하셔도……."

"어머, 세인아. 섭섭하게 사모님이 뭐야. 이제 어머니라고 하렴. 세인인 어떻게 불러 줄까? 이대로 쭉 세인이라고 할까? 아니면 새아가? 것도 아니면 딸?"

"딸도 좋고, 새아가도 좋고. 아이 참, 못 고르겠어요. 어, 어머님."

"골고루 섞어 부르지 뭐. 딱 하나 고르려니 나머질 포기하기가 아깝네? 호호호!"

세인은 금세 지연에게 휘둘려 뺨을 발그스름하게 물들이고 있고, 코에 휴지를 꽂아 넣은 도균만 이 상황에 어울리지 못하고 있을 뿐이다.

"근데 아들, 어쩌다 코피가 다 났어, 응?"

지연이 엉큼하게 웃으며 다 안다는 눈빛으로 도균을 건너보았다. 그게 아니라고요, 어머니. 그냥 저 혼자 쑈 한 거예요.

"오빠가 좀 과로했나 봐요. 저 때문에 어제 바다까지 가느라……."

세인이 미안한 듯 눈썹을 늘어뜨리고 도균을 흘끔거렸다. 지연이 의기소침해진 세인의 밥그릇 위에 반찬을 올려 주며 상냥하게, 그러나 더없이 은근한 어투로 속삭였다.

"아냐, 세인아. 저 코피는 그 코피가 아니란다. 저건 속에서 열이 나서 그런 거야. 세인이가 우리 도균이 마음에 불을 질러……."

"어머니!"

"아유, 깜짝이야! 알았어! 세인아, 아무것도 아니다. 마저 먹어, 마저."

"네? 아, 네."

도균은 사실 밥 생각이라곤 전혀 없었다. 그런데도 꿋꿋이 식탁 앞에 앉아 있는 이유는 바로 이래서였다. 서 여사의 입에서 또 무슨 엄한 소리가 나올지 몰라서.

"오늘 수업 있지? 가자, 데려다줄게."

그는 최대한 세인이 서 여사와 둘만 있는 상황을 줄여야겠다고 다짐했다. 역시나 서 여사가 안타까운 듯 입맛을 다시는 걸 보고 그는 속으로 승리의 쾌재를 부르짖었다.

세인이 교재를 챙기러 별채로 들어간 사이에 그림자처럼 도균의 옆에 소리도 없이 따라붙은 지연이 아들의 귓가에 바람을 훅 불어넣었다.

"아, 어머니!"

"왜. 새아가가 아니라서 실망하셨는가, 아들?"

예전부터 종종 들었던 생각이지만 이 집엔 아무래도 정상적인 사람이 없는 듯하다.

"아들, 내가 세인이한테 하는 말은 다 너 좋으라고 그러는 거야. 이 상태면 우리 아들 밤마다 염불만 외울까 봐. 엄마가 우리 세인이 성교육 자알 시켜서……."

"어머니, 그건 제발 당사자인 저한테 맡겨 주세요. 결혼하고 차근차근해도 늦지 않아요. 서두르다 탈납니다."

"차근차근 해서 언제 손자 손녀 안아 보니?"

"걱정 마세요. 농구팀 꾸릴 정도의 계획은 하고 있으니까요."

"어머! 얘는. 야망은 크게 가져야지. 우리 집 살림도 넉넉하고, 얼마 차이도 안 나는데 핸드볼은 안 되겠니?"

"쉿. 세인이 나와요."

두 사람 사이의 은밀한 계약을 상상도 못 하는 세인은 높게 올려 묶은 머리를 대롱대롱 흔들면서 돌계단을 총총 내려오고 있었다. 세인이 차 앞에 서자마자 도균은 저번처럼 자신이 조수석에 구겨 넣어지는 불상사가 생길까 봐 저도 모르게 냉큼 세인의 손을 잡고 조수석으로 이끌었다. 세인은 볼을 붉히며 자신의 작은 손을 꽁꽁 숨긴 도균의 커다란 손을 바라보았다. 자꾸만 온몸이 배배 꼬이는 것만 같았다.

그렇게 두 사람이 아직 처녀, 총각일 수 있는 마지막 한 달의 첫날이 흐르고 있었다. 어쩐지 쏜살같이 지나갈 것만 같은 한 달이었다.

"청첩장 보낼 명단은, 생각하고 있지?"

도균이 운전하는 차를 타고 등교를 하는 일상에 제법 익숙해진 세인의 눈꺼풀이 반쯤 감겨 있었다. 그녀가 아이보리색 가죽 시트에 몸을 파묻고 고개를 주억거렸다.

"명단이랄 것도 없는데요, 뭘. 성연이만 부를 거예요. 나머지 자리는 다 아빠 친구분들이 채워 주실⋯⋯."

"뭐?"

끼익. 도균의 놀란 음성에 이어 유연하게 잘 달리던 차가 도로 한복판에 우뚝 멈추었다.

"왜 서요! 초록불인데!"

신호를 확인한 세인이 소리치자 도균은 그제야 정신이 돌아온 듯 다시 액셀을 밟았다. 다행히 차량 통행량이 많지 않은 도로였길 망정이지 사고라도 났으면 어쩔 뻔했는가. 세인이 잔소리를 하려고 입을 여는데 도균이 한발 빨랐다.

"왜. 어째서 아무도 안 불러?"

"아무도라니. 성연인 사람 아니에요?"

"아니, 그런 뜻이 아니라⋯⋯."

세인의 대꾸에 할 말을 잃어버린 도균이 잠시 멍한 표정을 짓더니 이내 차도 바깥쪽으로 핸들을 기울였다.

"안 그래도 성연이가 언제 밥 한 번 얻어먹어야겠다고 난리예요. 물론 도련⋯⋯ 오빠는 바쁘시니까 제가 잘 구슬려서 대충 사 먹일게요. 부자 남편 얻게 생겼으니 등골까지 빼먹겠다고 벼르고 있긴 한데⋯⋯ 그래도 설마 제 과외비를 초과하진 않겠죠? 혹시 생각보다 많이 나오면 영수증 청구해도 돼요?"

"어? 어, 그래⋯⋯."

⋯⋯가 아닌데?

"잠깐."

도균의 가라앉은 목소리에 세인의 불안한 눈동자가 그에게로 꽂혔다. 도균이 느낀 그녀의 시선은 정확히 그것이었다. '설마, 돈 아깝다고 말 바꾸는 건 아니겠지?'라는.

설마. 나 이도균이야. 내가 그럴 리가.

"밥, 제대로 대접하지. 내가 직접."

"아뇨. 그렇게까지 무리하실 필요는……."

"무리라니. 내가 먼저 챙겼어야 하는 건데. 날짜 잡아. 근사한 곳 예약해 놓을 테니까. 초대할 수 있는 사람은 '다' 초대하라고."

그가 유독 한 글자를 강조해 말하는 걸 까마득히 모르는 세인이 고개를 갸웃거렸다.

"성연이밖에 없어요. 무슨 거창하게 예약씩이나……."

"어째서? 잘 생각해 봐. 많을걸. 이를테면…… 유독 잘 챙겨 주는 학교 선배 놈, 아니 님이라든지."

혹시 방금 들었을까? 이 갈리는 소리.

"없는데, 그런 선배."

"없을 리가 없어. 분명히 있어."

난 아직도 그놈 목소리가 생생하다고. 지금도 그 정체 모를 놈을 생각하면 뒷골이 당기는데, 없으면 안 되지. 도균의 눈동자 안에서 활활 타오르는 불꽃의 속성은 분명 질투가 틀림없으렷다.

"뭐, 있다고 하더라도 됐어요. 결혼하는 거 알릴 생각 없는데요, 뭘."

"뭐어!"

"아, 깜짝이야! 아까부터 왜 자꾸 버럭버럭!"

"왜! 왜 안 알리겠다는 거야, 왜? 그럼 앞으로도 쭉 처녀인 척하겠다는 거야?"

"네."

"뭐라고?"

당당함을 넘어 당돌하기까지 한 눈동자에 숨이 턱 막혔다. 처녀인 척이라니. 유부녀가 처녀인 척하겠다는 데에는 어떤 그럴싸한 이유를 갖다 붙여도 미심쩍기만 하다

도균은 끓어오르는 심화를 간신히 삭이고 차분히 계산에 들어갔다. 몰아세우거나 다그쳤다간 일이 더 꼬일 수도 있으므로. 그가 더없이 다정하고 나긋나긋한 목소리로 그녀를 어르기 시작했다.

"왜? 왜 처녀 행세를 하겠다는 거지? 나 돌아 버리는 꼴 보고 싶……."

물론 달랜다는 게 생각처럼 순조롭진 않다.

"이유를 말해 봐. 내가 납득할 만한."

"……그냥요."

"납득할 만한 이유를 대 보라니까. '그냥.' 그런 이유로 신부측 하객이 텅텅 비어서야 되겠어? 결혼은 일생에 딱 한 번이라고. 생각해 봐. 지인들이 나중에 알면 서운해하지 않을까? 넌 단순히 말하지 않는 거라고 생각하겠지만, 상대 입장에선 속이는 게 될 수도 있어. 예를 들면, 그래. 남 몰래 너를 짝사랑하고

있는 남자가 있다고 가정해 보자."

"그런 사람 없는데요?"

"있어!"

"네?"

"아, 아니. 가정이라고. 내가 방금 가정해 보자고 했잖아?"

진땀이 다 났다. 뭘 이렇게 쩔쩔매야 하나 자괴감이 들었지만 도균은 어쩐지 세인에게 죄를 짓고 있는 기분이 들었다. 그녀는 상상도 못 하는 비밀을 우연한 기회에 엿들어 버린 죄다.

"그러니까, 내 말은…… 그 짝사랑남은 자기가 좋아하는 여자가 유부녀라는 건 꿈에도 생각 못 할 텐데, 그 얼마나 잔인한 짓이야. 안 그래?"

물론, 나한테도 잔인한 짓이고.

"그런 가정이 현실로 일어날 가능성은 제로예요. 절 짝사랑하는 남자라니, 있었으면 제가 가만뒀겠어요?"

암. 그럼, 그럼. 그런 걸 가만둬선 안…….

"꽉 끌어안고 안 놔줬을 거예요."

"뭐?"

"모태 솔로나 다름없는데 물불 가릴 처지가 아니라고요."

세인이 그 대목에서 도균을 노려보았다. 갑자기 울컥하는 기분을 막을 수가 없었다. 그래, 여태껏 연애 한 번 못 한 게 순전히 누구 탓이던가.

도균과 얽혀 있다는 이유로 학창시절 내내 그녀에게 다가오는 남자는 없었다. 대학을 가면 달라질 줄 알았건만, 남자에 면

역이 없는 그녀는 남학생이 조금만 많은 자리에 끼면 거나하게 술 취한 사람처럼 얼굴부터 시뻘게졌다. 누군가 말이라도 걸어오면 긴장해서 말을 더듬기 일쑤였으니, 캠퍼스 커플은 꿈도 못 꿨다.

물론, 가끔. 아주 가끔 자신이 모태 솔로라는 비극의 원인이 도균이 아닐 수도 있단 생각을 해 보지 않은 건 아니었다. 특별하게 얼굴이 예쁘기를 하나, 몸매가 늘씬늘씬 쭉쭉빵빵이기를 하나, 옷도 늘 편한 걸 추구하고 또래들처럼 화장에 열 올리는 타입도 아니었다. 그러니 성연으로부터 늘 그런 인격모독적인 발언을 듣는 거다.

'넌 대체 무슨 자신감이냐?'

'네가 독신주의라는 건 선택이 아니라 강요에 의한 거라고 보는 게 맞지.'

등등등.

그러한 성연의 잔소리는 최근 단 하나로 귀결되었다.

'넌 이년아, 진짜 땡잡은 거야. 이유 불문하고 앵겨!'

"그럼 날 끌어안아야겠네."

"네, 네?"

"물불 가릴 처지 아니라며. 난 언제든 안길 준비가 되어 있다, 민세인."

하필 그 타이밍에 터져 나온 도균의 묵직한 저음에 세인은 생각을 들킨 것 같아서 화들짝 놀라고 말았다. 음식을 잘못 삼킨 것처럼 헛기침이 터져 나오고 얼굴은 벌겋게 달아올랐다.

"아니면 네가 안겨도 좋고. 발목 잡을래, 잡힐래?"

"네?"

"왜, 나 말고 네 발목 잡겠단 남자가 또 있어?"

"무, 무슨 소리 하시는 거예요."

"말 더듬네. 이건 순도 백 퍼센트 당황인데."

헛. 황당무계한 소리에 세인의 입에서 헛웃음이 튀어나온 건 당연지사. 그러나 차마 도균에게 안기는, 성연의 표현을 빌리자면 '앵기는' 상상 끝에 더듬거린 거라곤 털어놓을 수 없어서 세인은 그저 입을 일자로 꾹 다물 뿐이었다.

"누구야. 말 안 해?"

"그런 거 아니거든요?"

"내가 맞춰 봐? 같은 과 선배지? 유학 갔다가 얼마 전에 귀국했고. 맞지?"

"누구 얘기예요? 우리 학교 선배 중에 도련님이 아는 사람 있어요?"

"내가 아는 사람이 아니라, 지금 우리 얘기의 요점은……!"

강아지처럼 동글동글 깨끗한 까만 눈동자가 호기심을 담고 그를 빤히 응시했다.

"됐다. 가자, 가."

그가 한숨을 혹 내쉬고 놓았던 핸들을 다시 잡았다. 정말 아무것도 모르고 있는 게 분명하다. 알면서 시치미 떼는 거라면 아카데미 여우주연상 감이겠지만 그가 아는 민세인으로는 어림도 없다.

나처럼 불쌍한 놈이 또 있군. 탄식하며 그렇게 생각하던 도균이 혼자 뜨끔했다. 그딴 놈이랑 동질감을 느끼다니. 난 어설프게 연애놀음이나 하려는 풋내 나는 애송이랑은 다르지. 난 결혼을 할 거라고. 내가 이겼다! 내가 이겼…….

아, 근데 왜 자꾸 눈물이 나지.

"어쨌든 가만히 생각해 보니까 도련님 말씀이 맞는 거 같아요. 괜히 말 안 했다가 나중에 엉뚱한 오해 사는 거 별로 유쾌하진 않겠네요."

"그렇지? 그러니까……."

"조금 더 철저하게 숨길 필요가 있겠어요. 이럴 줄 알았으면 성연이한테도 비밀로 할걸."

세인의 다짐에 날 선 도균의 눈빛이 그녀의 옆얼굴을 콕콕 찔러 댔다. 그 시선의 의미를 제멋대로 해석한 세인이 하는 수 없이 설명을 시작했다.

"너무 잘난 사람이랑 엮이면 인생이 얼마나 고달파지는지 도련님은 죽었다 깨어나도 모르실 거예요."

"나보다 잘난 사람을 만나 봤어야 알지."

"네네. 어련하시겠어요."

세인이 조그만 입술을 뾰로통하게 내밀며 비꼬자 도균이 픽, 하고 웃음을 터뜨렸다. 뭐야, 농담이었어? 어이없어하는 세인의 표정에 도균이 서둘러 얼굴을 굳혔다. 요즘 세인의 앞에서 너무 흐물거린다 싶다. 체통 없이.

"그럼 어떻게 할까? 일 그만두고 백수 되면 민세인 인생이 덜 고달파지나?"

"뭐라고요?"

"살림하는 남편은 생각해 본 적이 없는데. 원한다면 검토해 보도록 하지."

"제발 농담은 농담답게 웃는 얼굴로 부탁드릴게요."

한탄조의 목소리에 자꾸 웃음이 나오려는 걸 참아야만 했다. 지금 이런 농담 따먹기를 할 때가 아니라는 깨달음이 불현듯 뒤통수를 강타했기 때문이었다.

"어쨌든 결론은, 결혼 사실을 비밀로 하겠다 이거지."

"네. 도련님 때문에 시달리는 건 제 학창시절만으로도 충분하니까요. 제가 도련님이랑 사귀었던 것도 아니고 단지 아빠가 저택의 집사로 일한다는 사실만으로도 그 지경이었는데, 도련님의 신부 자리요? 여기저기서 피라냐처럼 절 물어뜯으려고 달려들 거예요."

"혹은 그 반대일 수도 있지."

"반대라니요?"

"네가 내…… 아내라서 사람들이 함부로 대할 수 없을 거라는 생각은 안 해 봤어?"

아내라는 단어가 원래 이렇게 간지러운 느낌이던가? 도균은 쓸데없이 얼굴까지 뜨거워지는 스스로가 낯설어도 너무 낯설다.

"그러니까 이왕이면 더 많은 사람 축하받으면서 하자고. 결혼."

"식은 짧고 일상은 길어요. 설령 도련님 말씀처럼 제가 걱정한 것과 반대의 상황이 된다고 해도, 그건 그것 나름대로 문제라고요. 함부로 대하지 않는다는 건 절 어려워할 거란 소리잖아요? 앞으로 평범한 직장에 들어가서 평범하게 사람들이랑 어울리면서 살고 싶은 저한테 그건 너무 가혹해요. 여자도 서른 넘어 결혼하는 게 태반인 시대에 스물네 살 유부녀라는 것도 충분히 신기한 일인데, 것도 모자라 그 남편이 알 만한 사람은 다 아는 사회 지배층이라니. 윽, 저라도 껄끄러울 거예요."

"사회 지배층? 뭐야 그 고리타분한 단어는. 요즘 시대에 그런 게 어디 있어. 그리고 네 생각보다 나 별로 안 유명⋯⋯."

"도련님이 입고 계신 이 옷, 남들 일 년 치 월급이고요, 남들은 몇 십 년 걸려 이 차 한 대 값 모아서 내 집 마련이 꿈이라고요. 오빠가 쓰는 한도 없는 블랙카드, 일반 직장인들은 평생 꿈도 못 꿔요. 그리고 말이 나왔으니 말인데, 별로 안 유명하신 분이 저번 달에 잡지 인터뷰는 왜 하셨어요? 전 무슨 연예인 화보인 줄 알았어요. 그 인터뷰로 음지에서 활동하는 도련님 팬이 적어도 세 배는 늘었을걸요? 덕분에 제가 얼마나 피곤해졌는지 아세요?"

"연예인이라니, 그건 잡지사에서 입혀 준 대로⋯⋯. 그리고 나한테 팬 따위가 어디 있어? 난 그런 거 질색하는 사람이야."

"네. 그렇게 질색하는 거 이미 도련님 팬들도 다 알아요. 그래서 제가 좀 전에 그랬잖아요. 음지에서 활동한다고. 저 얼마 전에도 거액의 제의 받았는데? 도련님 팬티 한 장만 훔쳐 달라고."

"뭐? 그래서!"

도균이 거의 숨넘어갈 듯이 물었다. 이미 차는 일찌감치 학교 앞에 도착해 있었지만 두 사람의 이야기는 도무지 끊길 기미가 보이지 않았다.

"그래서는 무슨 그래서예요. 도련님 빨래바구니는 정말 보물단지예요. 검은색은 이미 있는 거라면서 값을 짜게 부르기에 아빠 꺼 구멍 난 거나 줘 버릴까 하다가……."

"민세인!"

"농담이에요, 농담. 제가 도련님 성격 제일 잘 아는데 설마 그런 짓을. 근데 그런 은밀한 유혹이 있었던 것만큼은 사실이에요."

세인이 능글맞게 웃으며 반달의 눈을 활처럼 휘었다. 그녀의 이런 애교스러운 모습에 그는 늘 논점을 잃곤 했다. 하객으로 시작해 팬티로 끝나는 스토리라니. 이게 세인이 의도해서라면 그녀는 도균의 짐작보다 훨씬 고단수임에 틀림없다.

"정말 안 알릴 거야?"

"네. 제가 학교와 곧 취업할 사내에서 왕따가 되고, 오빠 팬들로부터 테러당할 위험을 감수하면서까지 알려야 하는 이유가 있나요? 타당한 거라면 고집 꺾을게요. 절 짝사랑하는 남자가 생길지도 모른다는, 그런 일어날 가능성 제로의 터무니없는 가정 말고요."

도균은 심각하게 고민에 빠졌다. 이대로 세인에게 배려 넘치는 멋진 남자로 남는 대신 그녀의 일거수일투족을 감시하고 싶은 불안을 남겨 둘 것인가, 아니면 질투에 눈이 먼 치졸하고 미성숙한 남자가 되는 걸 감수하고 마음의 평화를 찾을 것인가.

젠장.

"그래, 그럼. 네가 싫다는데 강요할 수는…… 없지."

차라리 몰래 감시하는 쪽이 낫다. 질투하는 남자라니, 스스로가 생각해도 정나미가 다 떨어진다.

"이해해 주셔서 감사해요, 도련님."

그녀가 또 습관처럼 씩 웃었다. 소리도 없이 입가와 눈가에 걸리는 미소가 어째서 그렇게 예뻐 보이는지 모르겠다. 출근 시간 늦춰 가며 바래다준 보람이 있다고, 도균은 무의식적으로 그렇게 생각했다. 하지만 무의식적이라는 게 어찌 보면 굉장히 무서운 거라서 도균으로 하여금 '왜 내 눈엔 세인의 이런 미소가 이다지도 예뻐 보이는 것인가.'에 대한 깊은 생각을 가로막기도 한다.

그에게 그녀의 사소한 행동 하나하나가 예쁘고 사랑스럽게 보이는 건 가랑비에 옷이 젖듯이 당연한 것이 된 지 오래였다. 다만 도균이 이런 속내를 고스란히 내비칠 수 없는 건 상대가 세인 그녀이기 때문이었다. 도균은 세인에게 최대한 괜찮은 남자로 비치고 싶었다. 그리고 그녀의 미소 한 번 눈길 한 번에 좋다고 헤죽거리거나 볼을 붉히거나 하는 건 절대 괜찮은 남자일 수 없다는 게 도균의 생각이었다. 그래서 도균은 종종 세인의 앞에서 가식적이 되었다. 그녀의 감사 인사에 퉁명스럽게 대꾸하는 지금처럼.

"고마우면 내가 호칭 문젤 그만 지적하게 해."

"아. 하하. 이게 습관이라 참 고치기 힘드네요."

"결혼하고 나서도 도련님, 도련님 그럴 거야? 난 가사도우미가 아니라 아내를 원해."

아내라니. 그가 무심코 내뱉은 말에 이번엔 세인의 머릿속이 별천지가 되었다.

"알겠어요, 오빠."

"오빠도 제외. 동생 얻자고 하는 결혼도 아니니까."

"그럼요?"

그는 속으로 뜨끔했다. 너무 티 났나?

"그, 그렇다고 절대 자기라든지 여보라든지 그런 걸 바라는 건 아니고."

"그럼 뭐가 또 남지? 생각 좀 해 볼게요."

아쉬운 듯한 세인의 반응에 도균은 자신의 혀를 세게 깨물어 버렸다. 그냥 뒀으면 자기, 여보 소리 나왔을지도 모르는……. 너 미쳤구나. 전엔 누가 그리 부르면 온몸에 두드러기 나던 인간이.

"이러다 지각하겠어요. 가 볼게요. 태워다 주셔서 감사합니다."

혀가 얼얼해 대꾸하지 못하고 고개만 끄덕이자 세인이 차에서 사뿐 내려섰다. 유리마다 썬팅되어 있는 차에서 벗어나 햇빛 안으로 걸어 들어가는 세인의 뒷모습을 조금 더 오래, 자세히 보고 싶은 마음에 도균은 핸들을 끌어안듯 팔을 괴고 그 위에 얼굴을 기댔다. 그런 그의 시선을 느낀 것처럼 몇 걸음 걸어가던 세인이 뒤돌아섰다. 어서 가라는 의미로 그녀가 손을 흔들며 웃었다. 마주 손 흔들고 후진 멋지게 하면서 떠났어야 맞는데, 얼어 버린 것처럼 꼼짝하질 못했다.

세인이 픽 웃고는 다시 등을 돌려 그로부터 멀어져 갔다. 저녁에 집에서 또 볼 그녀인데도 아까워서 차마 시선을 떼지 못하는 도균의 시야에 별안간 이물질 하나가 끼어들었다.

누군가 그녀의 팔뚝을 팔꿈치로 쿡 찌르며 말을 걸었다. 친밀함이 느껴지는 제스처가 한눈에 보기에도 수상하기 짝이 없다.

저놈이군.

본능적으로 위험을 감지한 육감이라는 사이렌이 정신없이 울렸다. 나는 질투 따위 하지 않는다. 질투는 나보다 우월한 사람을 시기하는 유치한 감정이다. 고로 난 저놈을 절대 질투하지 않…… 이런, 빌어먹을!

운전석 문을 벌컥 열고 나온 도균의 기다란 두 다리가 평소의 느긋함을 잃고 조급하게 움직였다. 그리고 한 뼘 정도의 틈을 남겨 두고 걷던 두 사람 사이에 불쑥 끼어들었다. '어마야!' 하고 놀라는 세인의 어깨에 팔을 둘러 끌어당기는 대담함도 서슴지 않았다.

"내가 할 말이 있는 걸 깜빡했네. 수업 끝나고 집에 일찍 들어오라고. 우리, 집에."

말은 세인에게 하면서 시선은 시종일관 어리둥절한 표정의 남자에게 꽂혀 있었다. 이 자식, 가까이서 보니까 더……

못생겼는데? 이런 녀석이 감히 내 걸 넘봐? 기가 막히고 코가 막힐 노릇이었다. 누울 자리를 보고 다리를 뻗으랬다고, 저보다 하나도 나은 것 없어 보이는 놈이 세인의 발목을 잡으려고 했다는 사실을 떠올리자 외모가 사람의 전부가 아니란 말 따위는 이미 그의 뇌리에서 삭제되고 없었다.

"왜요? 무슨 일 있어요, 오늘?"

"꼭 무슨 일이 있어야 하나. 우리 사이에. 하하하. 그런데 이쪽은 누구?"

젠장. 이건 무슨 영역 표시나 다름없잖아. 게다가 방금 그건 웃은 거냐, 운 거냐. 도균은 연기처럼 사라져 버리고 싶은 충동을 느끼며 남자를 도전적인 눈빛으로 노려보았다. 남자가 흠칫하며 어깨를 떨었다.

"아, 우리 과 선배예요."

"가, 강남굽니다."

"아, 예······. 뭐 전 성북구 삽니다만."

그가 탐탁지 않게 대꾸했다. 보기와는 달리 집이 좀 사는 건가? 통성명도 하기 전에 주소부터 까라는 거야 뭐야?

"도련······ 아니, 오빠! 그게 아니라 선배 이름이에요. 남구 선배라고요!"

"뭐?"

교정을 노랗게 물들이던 봄 햇살은 어디로 숨고 썰렁한 기운만이 세 사람을 감돌았다.

"아, 알지. 농담이었어."

"괜찮습니다. 이름 때문에 오해받는 거 하루 이틀 일이 아니거든요. 성은 강, 이름은 남굽니다."

그 짧은 순간 속으로 백팔 번쯤은 거뜬히 욕했던 것 같다. 작명에 무심했을 것 같은 남자의 부모를 원망하기도 했다가, 안 하던 짓을 해서 굳이 망신을 자처한 스스로를 탓하기도 했다. 젠장. 그렇게 끼어들길 왜 끼어들어서…….

"……네. 전 이도……."

"도, 도련님!"

소개가 끝나기도 전에 세인이 찢어질 듯한 목소리로 도균을 불렀다. 도균과 남구, 두 사람 모두 깜짝 놀라 저들보다 더 놀란 듯한 세인을 바라보았다.

"도……련님?"

남구가 의아한 목소리로 중얼거리자 세인의 낯빛이 파리해졌다. 짧은 순간 그녀의 머릿속엔 수만 가지 생각이 스쳐 지났다.

"도, 도령님이라고 그랬는데. 하하. 여, 여기는 이도령 님, 아니. 이도령 씨예요. 저, 전 반드시 오빠라고 부르지만요."

횡설수설하는 세인의 영혼은 그녀의 몸을 반쯤 빠져나가 어디선가 너울거리고 있는 것 같았다. 도균이 눈을 부라리며 세인을 노려보았다. 두 사람 사이에 불꽃 튀는 시선이 오고 간다.

'왜 멀쩡한 이름을 네 맘대로 바꿔!'

'도련님은 인터넷에 이름 검색하면 나오는 사람이잖아요!'

'그럼 좀 그럴싸한 걸로 하던지! 이도령이 뭐야, 장난해?'

그 부분에 대해선 세인도 할 말이 없었다. 순간 튀어나온 도련님이란 말을 수습할 길이 그땐 생각나지 않았던 탓이다. 꼬리를 내린 세인을 보며 도균이 하는 수 없다는 듯 한숨을 쉬며 멋쩍은 얼굴로 남구를 바라보았다.

"이……도령입니다."

"아. 하하. 저만큼이나 특이한 이름이시네요."

"트, 특이하긴요, 선배. 도롱뇽쯤 되어야 특이한 이름이죠. 안 그래요? 이도령은 멋있잖아요. 이도령, 이도롱뇽. 이 도령, 이 도롱뇽. 도롱뇽이 아니라 다행이다. 하하하. 그, 그죠, 오빠?"

"……그만해 줄래."

미안한 마음에 안절부절못하며 되는대로 지껄이는 세인을 보며 도균이 이마를 짚었다. 피곤하다. 갑자기 몹시 피곤해졌다. 침묵이 흐르고 도균은 대체 자신은 누구인지, 왜 여기 있는지 심각한 딜레마에 허우적대고 있었다. 그때, 남구의 목소리가 참기 힘든 정적을 깼다.

"근데 세인이랑은 어떤……?"

자책하고 있는 도균의 귓가에 조심스러운 목소리가 꽂혔다. 때가 왔다. 그래. 내가 누구고 왜 여기 있는지 네놈에게 똑똑히 알려 주마.

도균은 비장한 각오와 함께 비스듬히 미소 지었다. 세인이 악마의 미소라고 평가하는 바로 그것이었다.

"그렇고 그런 사입니다."

"네……?"

"연애를 약속한 사이죠. 정확히 보름 후부터."

정확히는 연애를 빙자한 결혼을 앞둔 사이지만.

솔직하게 불었다간 세인이 난리를 쳐도 보통 난리를 칠 것 같지 않아서 도균은 그녀의 의사를 최대한 존중해 주자는 의미로다가 수위를 한참 낮추어 말했다.

"아차, 조만간 저희의 연애를 미리 축하하는 자리를 마련할까 하는데 시간이 되시면……."

"오빠아아악!"

물론 그마저도 세인의 질타를 받아야 했지만 도균은 해냈다는 만족감으로 충만한 마음을 가눌 길이 없었다. 그날 회사로 향하는 그의 차 안에선 콧노래가 연신 끊이지 않았다.

4.

"어, 어머니. 너무 꽉 조인 건 아닐까요? 버진로드 걷다가 질식사한 신부로 기사 날 것 같은데…….."

"얘는 농담도. **빼빼** 말라서는 흘러내리지나 않으면 다행이겠네."

"아유, 고부간에 어찌나 보기가 좋으신지. 사모님 저 정말 이 드레스 공수해 오기 힘들었답니다. 이 아이가 케이트 미들턴의 드레스를 디자인했던……."

들으면 들을수록 혼이 빨려 나가는 것 같은 이야기라 세인은 숨을 들이마시는 것조차 조심스러웠다. 까딱 잘못해 지퍼라도 터졌다간 저 여자가 케이트 미들턴을 외치며 기절이라도 하지 싶었다.

"근데 무슨 결혼을 이렇게 번갯불에 콩 볶아 먹듯 하세요? 혹시…… 손주 보시는 거예요? 배만 봐서는 모르겠……."

"아, 아니에요!"

거울 속의 낯선 자신이 부끄러워 시선을 줄곧 아래로 내리깔고 있던 세인이 손사래를 치며 부정했다. 그러자 지연이 한숨을 푹 내쉬며 뒤돌아섰다.

웨딩숍의 사장과 지연이 세인에게서 조금 떨어져 은밀히 숙덕였다. 속삭이는 목소리였지만 워낙 조용한 실내에 조금만 귀를 기울이면 세인도 충분히 알아들을 수 있을 정도였다.

"그러면 좋겠지만, 우리 아들놈이 그런 쪽으론 영 영악하질 못해요. 조금 덜 올곧아도 좋을 텐데."

"어휴. 이 대표님 신사적인 거야 이 바닥에 소문 자자하죠. 그런 분이 혼전 임신 생각이나 해 보셨을까……."

호, 호, 호, 혼전임신. 아아…… 현기증…….

"그래도 사모님, 식 일주일도 안 남았으니 조금만 기다리시면 되겠어요. 허니문베이비라는 것도 있고, 두 사람 다 젊으니까 늦어도 올해 가기 전에 들어서지 않겠어요?"

허, 허, 허, 허니문베이비…….

연타로 가해지는 충격에 수다의 주인공인 세인의 무릎이 후들거리기 시작했다. 게다가 12센티나 되는 높은 힐에 몸은 고꾸라지기 일보 직전이었다.

넘어지겠다. 어어? 넘어진다!

그런 생각을 하며 그 와중에도 드레스만은 살려 보고자 몸을 잔뜩 말던 그녀의 몸을 누군가 받아 냈다.

한쪽 눈을 찔끔 뜨자 도균의 얼굴이 코앞이다. 남은 눈까지 마저 뜬 세인의 눈이 휘둥그레졌다.

"오빠가 여기 어떻게……."

"신랑 될 사람이 보러 오는 게 당연하지. 오늘 드레스 맞추는 날이라고 왜 말 안 해?"

"아, 오빠 요즘 많이 바쁘신 것 같아서. 어, 저 어때요? 매일 청바지만 입다가 드레스라니, 좀 안 어울리는 것 같기도 하고……."

도균의 품에서 일어난 그녀가 간신히 균형을 잡으며 그를 향해 열없이 웃었다.

"뭐…… 꽤, 그럴싸해."

"네?"

주머니에 손을 꽂아 넣은 도균이 홱 고개를 돌리며 무뚝뚝하게 내뱉는 말에 당황한 건 오히려 그녀 쪽이었다. 이 남자, 귀가 왜 이렇게 빨개? 깨달은 순간 세인의 귓불도 따라서 달아올랐다.

"하하, 그, 그래요? 전 영 남의 옷 훔쳐 입은 것 같고 어색해서 잘 모르겠어요."

"자."

치맛단을 매만지며 눈을 굴리는 세인에게 도균이 테이블에 놓여 있던 부케를 집어 건넸다.

"이거 들면 되겠네. 손을 어디다 둬야 할지 모르고 있잖아."

도균은 속으로 자신에게 조소를 보냈다. 문제는 손 둘 곳을 찾지 못한 세인이 아니라 눈 둘 곳을 찾지 못한 자신이었다. 그런 그의 속을 아는지 모르는지 세인이 부케로 얼굴 반을 가린 채 눈만 빼꼼 내놓고 환히 웃었다. 귀여운 박수까지 곁들여서.

"그렇구나. 아, 이걸 잡으면 되는구나. 와아."

미쳤어. 이 상황에 박수를 왜 쳐? 세인은 울고 싶어졌다. 갑자기 긴장이 몰려와 숨도 못 쉴 지경이었다. 일주일 후면 결혼이라는 게 뒤늦게 실감 나자 심장 안에서 누군가 마구 널을 뛰는 것 같았다. 혼전임신, 허니문베이비 따위의 말을 들어서 그런지 이윽고 도균과 눈이 마주쳤을 때에는 온몸의 피가 다 말라 버리는 것 같은 갈증을 느꼈다.

"바보야. 꽃잎 다 떨어진다."

갑자기 다가선 도균의 손이 그녀의 쇄골 근처를 스쳤다. 온몸이 순식간에 얼었다가 녹는 듯 간지러운 기분으로 어깨를 움츠리는 세인의 코끝에, 연보라색의 손톱만 한 꽃잎을 쇄골에서 집어 얹어 놓은 그가 짓궂은 얼굴로 웃었다.

"예뻐. 결혼식 땐 더 예쁠 거고. 내 말 믿어."

"……."

"누가 청혼한 여잔데. 나 미적 기준 굉장히 까다로운 남자인 거 알지?"

가까워진 그에게선 이전엔 느낄 수 없던 달콤한 향기가 났다. 그의 짙은 머스크 향과 이름 모를 꽃을 얼기설기 엮어 놓은 부케에서 번지는 향이 어우러져 정신이 혼미해진다.

"그러니까, 좀 더 자신감을 가지라고. 민세인."

코끝을, 아니 그 위의 꽃잎을 두드리던 도균의 손가락이 장난스럽게 세인의 뺨을 쓸고 지나갔다. 뺨에 남은 그의 향이 그녀의 체향과 섞여 또 다른 향을 내는 것 같았다. 그리고 세인은, 그 향이 무척이나 좋아져 버릴 것 같은 예감이 들었다.

아침부터 정신이 하나도 없었다. 아니, 지난 일주일간 세인은 거의 유체이탈 상태였다고 보는 게 맞다. 지연의 손에 이끌려 매일매일 머리끝부터 발끝까지 풀코스로 짜인 관리를 받는 것이 그녀의 주된 스케줄이었으므로. 이제 그녀의 몸은 구석구석 전문가의 손길이 닿지 않은 곳이 없었다. 심지어 지연이 예약해 놓은 코스에는 여자의 가장 은밀한 부분까지 제모하는 프로그램이 포함되어 있어 세인은 거품을 물어 가며 벌인 반대 시위 끝에 겨우 그곳(?)을 사수할 수 있었던 것이다.

어쨌든 그녀는 지난 일주일 동안 잘나가는 연예인의 삶을 대신 살아 본 것 같았다. 그 끝에 얻은 것은, 연예인과는 거리가 먼 외모를 타고나게 해 준 부모님께 감사하는 마음을 가져야겠다는 깨달음이었다.

길게만 느껴졌던 하루하루가 지나고 드디어 디데이가 왔을 때 식의 당사자들보다도 더욱 긴장한 건 지연과 경호였다. 두 사람은 나란히 근처의 절로 새벽기도를 나가는 것도 모자라 아침식사 후 사이좋게 청심환까지 나눠 먹는 모습을 보여 세인과 도균의 웃음보를 터뜨렸다.

무튼, 지연은 각고의 노력 끝에 달라진 세인의 모습이 꽤나 흡족한 모양이었다. 지연은 기나긴 산통 끝에 탄생시킨 자신의 걸작을 바라보는 예술가의 눈빛으로 새하얀 면사포에 가려진 세인을 바라보았다.

"세인아, 정말…… 우리 아들한테 덥석 던져 주기 미안해서 어쩌니."

"죄송합니다. 어머니 아들이 좀 더 잘나질 못해서."

"어머. 엿듣는 건 신사가 할 짓이 아니지!"

방귀 뀐 놈이 성낸다는 건 딱 지금의 지연을 두고 하는 말일 것이다. 그나저나 세인은 좀 전까지 지연과 마주 보고 있던 상태에서 순식간에 그녀의 등만 바라보는 신세가 되었다. 지연의 철통 방어는 곧 세인과 혼인 서약서를 나누어 갖게 될 도균에게도 마찬가지였다.

"여긴 발길 말라니까 왜 뭐 마려운 똥개마냥 기웃거려?"

"뭐 마려운……. 하. 어머니, 저도 좀 아까워해 주시죠? 다른 사람들은 입에 침이 마르게 칭찬하는데, 어머니 보시기엔 저 오늘 별롭니까?"

"어차피 아들은 평상복이 슈트였으니까. 슈트나 턱시도나 거기서 거기지. 캐주얼이라든지 아예 과감히 트레이닝복을 입었더라면 차라리 신선한 맛은 있었겠다만."

세인이 지연의 뒤에서 몰래 킥킥거렸다. 이 집안에 서열이나 계급이 존재한다면 아마 도균이 가장 아래층을 담당하지 않을까 하는 생각이 들었다. 밖에선 이독종, 이독존이란 별명을 가진 도균이지만 집에선 유난스럽고 소란스러운 어머니에게 매번 져 주는 그저 평범한 아들에 불과했다.

"어쨌든 어서 나가. 맛있는 건 아껴 뒀다 제일 마지막에 먹어야 제맛인 거야."

"기대가 크면 실망도 크단 말이 있습니다, 어머니. 자꾸 이러시면 저 기대치만 높아져요."

"기대해도 좋아. 아들의 기대치가 백두산 꼭대기만큼의 높이라면 오늘 우리 새아가 비주얼은 히말라야 정상쯤은 거뜬하니까."

하, 어머님…… 그건 좀, 아니 많이 무리수예요.

결국 도균은 세인의 머리카락 한 올도 구경하지 못하고 씁쓸한 걸음으로 돌아서야 했다. 세인은 지연의 뒤에 숨어 제발 도균의 기대치가 백두산 정상에 오르지 않길 빌고 또 빌었다.

흔한 결혼식의 풍경과는 거리가 있는 모습이다. 높은 천정도 화려한 샹들리에도 없었다. 하지만 새파란 하늘과 국내 최고의 플로리스트가 장식한 웨딩 플라워가 그것을 충분히 대신하고도 남았다.

식은 소박했으면 좋겠다는 세인의 강력한 요구로 저택의 정원에서 치르기로 했다. 사실 소박보다는 비밀스러웠으면 하는 게 본뜻이었지만. 어쨌든, 결혼식에 성연만 부를 거라는 세인의 고집은 결국 도균을 함락시켰다. 그녀는 아침에 잠깐 보았던 정원의 풍경을 떠올리며 떨리는 심장을 주체하지 못했다.

사실 정원이라는 말은 그녀가 이 집 대문을 처음으로 들어섰던 십 몇 년 전에나 어울리는 단어이지 이젠 작은 숲이라는 말이 걸맞을 정도로 규모가 어마어마해졌다. 하객들은 저마다 집이 아니라 성이라는 말이 어울릴 것 같은 저택의 위엄에 놀라움을 금치 못했다. 각종 여성지와 인테리어, 조경 잡지사에서 하루가 멀게 취재 요청이 빗발치는 서 여사의 저택은 이곳이 도심 한가운데라는 것을 잊게 할 만큼 뛰어난 운치를 자랑하고 있었다.

도균은 준비된 자리가 모자랄 정도로 북적거리는 신랑 측 하객석에 비해 가뭄 든 밭에 듬성듬성 자란 풀뿌리처럼 비어 있는 신부 측 하객석을 못마땅한 듯이 바라보았다. 아무리 생각해도 애초 그의 계획대로 진행되는 거라곤 하나도 없었다. 그러나 가장 중요한, 신랑 신부의 이름이 적힌 명패에 이도균과 민세인이라는 이름이 나란히 쓰여 있다는 것만으로도 가슴이 벅차 뭐 어쩌랴 싶은 마음이었다.

"축하……드려요."

인파에 둘러싸여 인사를 하느라 정신없는 도균에게 누군가 다가와 손을 내밀었다. 얼굴을 확인하기도 전에 손부터 맞잡은 그가 고개를 들곤 놀란 표정을 지었다. 공 비서……?

"정말 축하…… 으흡. 드려요."

"아니 왜 울……."

"부디 행복하세요, 대표님!"

도균은 눈물을 흩뿌리며 빠른 속도로 달려 멀어지는 공 비서의 뒷모습을 멍한 얼굴로 바라보았다. 왜 저래? 남의 잔칫집에 와서 웬 눈물바람이야?

인상을 찌푸리던 도균이 곧 아차 싶은 표정으로 공 비서가 사라진 곳을 향해 안타까운 한숨을 흘려보냈다. 이놈의 인기란. 쯧. 그래서였군, 회사에 결혼 소식 전하고 얼마 안 가 공 비서가 휴직계를 낸 이유가.

―잠시 후 식이 시작되겠습니다. 하객 여러분께서는…….

공비서에 대한 생각도 잠깐이었다. 정원을 가로지르는 안내 음성에 사람들의 발길이 한 곳으로 향했다. 도균 역시 그들 사이에 섞여 붉은 융단의 시작점에 섰다. 자유분방한 파티 분위기 속에서 각자 모여 담소를 나누던 사람들의 시선이 한 곳에 고정되었다. 나이를 불문하고 식에 참석한 모든 여성들의 눈에 지금 도균의 모습은 미친 척 팔짱을 끼고픈 충동을 불러일으키는 완벽한 새신랑의 모습이었다.

밝고 경쾌한 클래식이 울려 퍼지던 정원 내에 결혼행진곡이 연주되기 시작했다. 신랑 입장을 힘차게 외치는 사회자의 목소리에 맞춰 도균이 발을 뻗었다. 그는 곧 세인 역시 걷게 될 버진로드를 신중하고도 늠름한 모습으로 한 발 한 발 디뎌 나갔다. 심장이 쿵쿵 뛰어 주변에서 환호하는 목소리가 까마득히 멀게 느껴졌다.

"아이고, 우리 신랑, 많이 긴장했나요?"

"닥……!"

쳐라, 인마.

도균이 말없이 눈을 부라리자 사회를 맡은 그의 이십 년 지기 친구, 재웅이 낄낄거리던 웃음을 뚝 멈추었다. 훗날이 두려

워진 그가 식순이 적힌 종이만 애꿎게 뒤적거리다가 진행 도우
미로부터 준비가 끝났단 사인을 받고선 다시 마이크를 잡았다.

"자, 이제 우리의 아름답고 어린 신부님을 모실 차례네요."

내 네놈이 '어린'을 유독 강조하는 걸 모를 줄 아느냐?

전에도 도균을 '도둑놈'이라고 놀리다가 분노의 발길질을 감
수해야 했던 재웅이 서둘러 신부 입장을 외쳤다. 도균 역시 친
구를 향한 삐딱한 시선을 거두고 장미 꽃잎을 녹여 색을 낸 듯
한 융단 위를 조심스럽게 걸어오는 세인에게 시선을 맞췄다. 아
니, 시선을 빼앗겼다고 표현하는 게 맞다.

위풍당당하게 가슴을 내민 지연이 도균을 응시하며 입모양만
으로 물었다.

'내 말이 맞지?'

도균이 보일 듯 말 듯 한 미소와 함께 고개를 끄덕였다. 허풍
일 거라고 생각했던 지연의 히말라야 정상설設이 사실일 줄이
야. 도균은 경호의 손을 잡은 채 점점 가까워지는 세인을 보며
아침에 지연이 권했던 청심환을 거절한 것을 뼈저리게 후회해
야 했다.

하얀 면사포에 싸인 세인의 얼굴은 흥분과 설렘, 그리고 약간
의 두려움을 가까스로 숨기고 있었다. 도균은 어쩐지 웨딩드레
스 속 후들거리는 세인의 두 다리를 훤히 투시해 볼 수 있을 것
같은 기분이었다. 지금 그가 딱 그랬으니까.

"이 대표…… 아니, 이 서방. 여기까지 나올 필요는 없었네
만."

"아, 제가 보폭이 좀 넓은 편이라서. 하하."

"그래. 절대 마음이 급해서는 아니겠지. 변명하지 않아도 괜찮네."

아버님, 세인이가 들어요…….

도균이 관자놀이를 누르며 얼굴을 숨겼다. 근처에 있던 몇몇 하객이 장인과 사위의 대화를 엿듣고 폭소를 금치 못했다. 세인도 잠깐 긴장을 잊고 미소를 지었다. 그리고 경호가 그런 그녀의 손을 드디어 도균 쪽으로 당겨 밀었다.

"잘 살거나. 이제 세인이는 미우나 고우나 자네 사람이야."

"아빠."

어느새 경호의 눈시울이 붉게 젖어 있었다. 비어 있는 엄마의 자리까지 메우기 위해 보통의 아빠보다 두 배, 세 배 노력했던 경호를 세인 역시 잘 알고 있었다. 그런 아빠에게 자신이 다른 딸보다 두 배, 세 배로 좋은 딸이었는지 자문하는 세인의 눈가도 눈물로 얼룩지기 일보 직전이었다.

"네, 아버님. 걱정 끼치는 일 없을 겁니다."

그때였다. 울먹거리는 세인의 손을 도균이 힘주어 잡았다. 피가 통하지 않을 만큼 강한 악력이었다. 그러나 통증은 느껴지지 않고 손끝을 타고 옮는 온기만이 가득했다. 어룽거리는 시야에 도균의 웃는 얼굴이 들어오자 흔들리는 배 위에 겨우 균형을 잡고 서 있는 것 같았던 조금 전의 혼란스러움은 흔적도 없이 사라졌다. 이상하게도 마음이 차분해진다.

"후. 갈까."

도균이 물었다. 맞잡은 손에서 옅은 떨림이 전해져 그 역시 긴장해 있다는 걸 가까스로 느낄 수 있었다. 세인이 피식 웃었다. 긴장 같은 거 전혀 모르는 사람인 줄 알았더니.

세인이 고개를 끄덕이자 도균이 자연스럽게 그녀를 리드하며 앞으로 나아갔다. 주례가 없는 대신 온갖 꽃무더기가 아름다운 아치를 이룬 채 그들을 기다리고 있었다. 끝나지 않을 것 같던 그 길의 마지막에 서서 마주 본 두 사람 앞에 지극히 지연의 취향인, 새하얀 가죽 바탕에 보석 장식으로 화려하게 마무리된 덮개가 인상적인 혼인 서약서가 놓여 있었다. 두 사람은 약속이라도 한 듯 동시에 심호흡을 한 후 덮개를 열었다.

"나 이도균은 맹세합니다. 절대 아내의 요리 솜씨를 구박하지…… 않겠습니다……?"

도균이 황당한 시선으로 세인을 쳐다보았다. 국가 기밀에 버금갈 정도로 철저한 보안 속에 봉인되었던 혼인 서약서는 두 사람이 행복한 결혼 생활을 위해 상대에게 바라는 점을 서로 적어 내기로 한 것이었다. 아니, 아무리 사전 검열이 없었다지만 혼인 서약서에 '요리 솜씨 구박하지 않기'라니. 지극히 세인다운 생각에 헛웃음이 터졌다.

"나 민세인은 맹세합니다. 남편 이외의 다른 남자는 절대 유혹…… 하지도 유혹당하지도 않겠습니다아아아?"

하? 세인의 눈썹이 흥미롭다는 듯 꿈틀거렸다. 도균은 그 표정을 만족스럽게 응시하며 다음 조항을 읽어 내려갔다.

"나 이도균은 사치…… 하지 않고 근검절약하여 가계 경제를 위험에 빠뜨리지 않도록 하겠습니다."

누가 들으면 내가 엄청 흥청망청 사는 줄 알겠다.

"나 민세인은 남편 이외의 다른 남자는 전부…… 후. 늑대라고 여기며 항상 경계하겠습니다."

이거…… 뭐하자는 거죠, 이도균 씨?

"나 이도균은 금연, 금주하고 운동을 게을리하지 않음으로써 최소한 신체…… 나이만큼은 아내와 같을 수 있도록 힘쓰겠습니다."

난 원래 금연인이야. 게다가 운동은 거의 중독 수준이라고. 신체 나이? 아마 내가 더 젊을 텐데. 그리고 술은…… 병나발이 특기인 민세인 씨가 할 말은 아니지 않나?

"나 민세인은 언제 어디서나…… 유부녀라는 사실을 각골명심하여 한눈팔지 않겠습니다."

저기요, 이도균 씨? 이거 좀 너무한 것 같은데요.

"나 이도균은 아내가 늙어 검은머리보다 흰머리가 많아지고, 허리가 굽고, 주름이 자글자……."

"왜요?"

"표현 좀 우아하게 고쳐 말하면 안 될까?"

"현실적인 표현이니까 토씨 하나도 빼놓지 말고 읽어요, 어서."

도균이 훅, 한숨을 내쉬었다. 이렇게나 각오가 필요한 내용이었으면 진즉 귀띔이라도 해 줬으면 좋았잖아. 속으로 원망을 중얼대다가 느릿하게 입술을 움직였다.

"……주름이 자글자글하고 뱃살이 늘어져도 절대 후회하지 않겠습니다."

그게 민세인인 이상은 무슨 일이 있어도.

"나 민세인은 이도균을 제외한 모든 남자를 돌같이 볼 것을 하늘과 땅에…… 아니, 무슨 하늘과 땅씩이나……."

"옆길로 새지 마."

"아. 흠흠. 하늘과 땅에 맹세하겠습니다."

나 모태 솔로라니까 무슨. 세인이 어이없는 듯 웃어 버렸다. 풀어 쓴 방식의 차이일 뿐 결국 모든 서약 조항이 한 가지 주제가 아닌가. 누굴 잠재적인 바람둥이로 보고.

두 사람이 남들은 모르는 치열한 눈싸움 끝에 마지막 문구를 입 맞춰 읽어 내려갔다.

"우리 두 사람은 첫사랑처럼 설레고 첫 연애처럼 달콤하게 살 것을 이 자리에 참석해 주신 여러분 앞에서 맹세합니다."

한없이 오그라드는 문구에 점점 작아지는 도균의 목소리를 알아챈 세인의 눈이 날카롭게 빛났다. 못 읽겠다고 버티다간 식장을 뛰쳐나가기라도 할 것 같은 세인 때문에 도균은 숨고 싶은 기분을 느끼면서도 꿋꿋이 읽어 내려갈 수밖에 없었다.

혼인서약서 낭독이 끝나자 여기저기서 박수갈채가 쏟아져 나왔다. 대체적으로 다들 웃음을 참지 못하는 분위기였다. '천하의 이독종이 벌써 어린 신부에게 꽉 잡혀 사는구나' 하고 안타까워하는 시선도 여럿 있었다. 뭐, 이 결혼에 갑과 을이 있다면 갑이 세인의 차지임은 도균 역시도 인정하는 바, 억울해할 것도 없었다.

"참 인상적인 혼인 서약서네요. 신랑의 오랜 친구인 저로서는 도무지 상상도 할 수 없는 그런……."

재웅이 눈물을 닦는 시늉을 하더니 갑자기 돌변해 눈을 빛냈다. 음흉한 미소가 얼굴에 가득했다. 다음 순서를 예감한 도균은 오늘 사회자라는 지위를 믿고 오만방자했던 자신의 친구를 흔쾌히 용서해 주기로 마음먹었다.

"자, 그럼 식의 하이라이트! 키스 타임이 빠져서야 되겠습니까, 여러분?"

재웅의 말이 끝나자마자 여기저기서 '키스해! 키스해!' 하는 부추김이 터져 나왔다. 그 와중에 독보적으로 지연의 목소리가 컸음은…… 세인을 제외한 그 자리의 모두가 눈치챌 수준이었다. 신랑 측 하객석 제일 앞에 앉아 있는 지연은 마치 치어리더에 빙의된 듯 파도타기라도 불사할 것 같은 비장한 표정으로 뒤에 앉은 사람들을 지휘하고 있었다.

세인의 빨간 볼이 새하얀 면사포로도 채 가려지지 않는다. 어찌할 바를 모르고 구원의 눈길을 보내는 그녀에겐 미안하지만 도균은 흥분의 도가니에 빠진 하객석에 찬물을 끼얹을 생각은 조금도 없었다. 그가 씨익 웃었다. 악마의 미소다. 깨달은 세인이 입술을 깨물며 도전적으로 눈을 치켜뜬 채 속삭였다.

"할 거예요?"

"뭘?"

"뭐, 뭐긴 뭐예요."

"글쎄. 뭘?"

"아, 키스요!"

도균의 시치미에 발끈한 세인의 음성이 커지자 사회자 쪽에서 감탄이 터져 나왔다.

"이야, 적극적인 신부입니다. 역시 젊음은 참 좋은 거예요. 그죠, 여러분?"

와아악! 비명에 가까운 함성을 들으며 세인은 자신이 결혼식장에 있는 것인지 아니면 아이돌의 콘서트 현장에 있는 것인지 헷갈리기 시작했다. 그리고 그 틈에 능구렁이 같은 도균의 손은 어느새 세인의 면사포를 넘기고 있었다. 장애물 없이 드러난 그녀의 뽀얀 얼굴은 은은하고도 우아한 신부화장 덕에 평소보다 수만 배 더 아찔하게 도균의 마음을 뒤흔들며 수줍…… 아니, 살벌하게 그를 바라보고 있었다.

"진짜 해요? 이렇게 사람들이 많은데?"

'키스해!' 를 부르짖는 사람들은 이미 일심동체가 되어 서태지와 아이들의 뒤를 잇는 '서 여사와 하객들' 을 결성 중이다.

"안 하면 폭동이라도 일어날 것 같은 분위기라서."

"으엇!"

도균이 천천히 입꼬리를 말더니 그와 반대되는 민첩한 손놀림으로 세인의 허리를 제게로 바짝 끌어안았다. 허리를 감싼 도균의 단단한 팔이 꼭 TV에서 봤던 거대한 보아 뱀 같다고 생각하며 세인은 꼭 기절이라도 할 것 같은 몽롱한 시선으로 바로 코앞에서 빛나는 도균의 눈을 홀린 듯 바라보았다.

"눈 감는 게 좋을걸."

"왜, 왜요?"

도균의 내리깐 눈동자에 갇혀 옴짝달싹못하는 세인이 물었다.

"이번엔 저번처럼 금방 끝내지 않을 거거든."

그리곤 그가 그녀를 덥석 삼켰다. 충고가 무색하게도 세인이 아직 채 눈을 감기도 전이었다. 한발 늦게야 질끈 눈을 감는 세인을 느낀 도균이 웃음을 터뜨렸다. 그러나 그 웃음소리는 세인의 입술 속으로 솜사탕처럼 녹아들어 그녀를 제외하고는 아무도 눈치챌 수 없었다.

아마도 지연의 것으로 추정되는, 아니 확신되는 목소리가 연신 '브라보!'를 외쳤지만 길어지는 숨 가쁜 키스에 모든 소리는 서서히 흐릿하게 번져 갔다. 머리 위로 휘날리는 꽃가루가 발등을 모조리 뒤덮을 때까지, 두 사람의 달짝지근한 입맞춤은 끝나지 않았다.

곤란함에 젖은 표정의 도균이 조수석에서 창밖으로 얼굴을 돌리고 앉은 세인을 흘끗거렸다. 그가 은근한 목소리로 말을 걸었다.

"언제까지 자는 척할 거야."

"……."

"부끄러워서라면 그럴 필요 없다니까."

"……."

"화……난 건가?"

"……."

묵묵부답인 그녀는 잠들지 않았음을 보여 주려는 것처럼 일부러 몸만 뒤척일 뿐 계속된 도균의 질문에도 꾹 다문 입을 열지 않았다. 도균이 애가 타 결국 먼저 백기를 들었다.

"좋아. 앞으론 절대 허락 없이 손가락 하나도 대지 않을……."

"그게 아니라……! 아아…… 아파."

도균의 말을 자르며 치고 나온 그녀가 입가를 손가락으로 누르며 울상을 지었다.

"이게 뭐예요! 사진이 다 얼마나 우습게 나오겠어요. 일생 한 번뿐인 결혼이랄 때는 언제고, 한 번뿐인 결혼식 사진에 저는 입술만 둥둥 떠다니게 생겼다고요! 신부 자리에 웬 붕어만 있을 거예요. 내 입술이 사탕이에요? 그러게 왜 그렇게 빨아 대요, 빨아 대길!"

"여자애가 무슨 말을 그렇게…… 적나라하게 해."

"맞잖아요. 내 말이 틀려요? 빨았어요, 안 빨았어요. 빨았냐고요, 안 빨았냐고요!"

제발 그놈의 빨았단 소리 좀……. 운전 중에 흥분하면 나만 위험한 게 아니라 너도 같이 위험해.

도균은 차마 대답하지 못하고 입술을 깨물며 끙, 신음만 삼켰다. 결국 바지춤이 조금 솟아오르고 말았다. 도균은 세인이 다시 토라져 창가 쪽으로 고개를 틀기를 빌어야 했다. 다행히 신이 그를 돕는지 멀리 목적지가 모습을 드러냈다. 재학 중인 세인 때문에 해외 신혼여행을 포기한 그들은 아쉬운 대로 별장에서라도 이틀쯤 묵고 오기로 한 것이다.

강을 둘러 거대한 편백나무가 울창한 숲을 이루고 있는 가운데, 나무와 대리석을 주재료로 만들어진 2층짜리의 별장은 세인이 어렸을 때부터 유독 좋아했던 곳이다. 차를 별장 앞에 대자마자 세인은 퉁퉁 부은 입술 따위는 금세 하얗게 잊고 신이 나서 뛰쳐나갔다.

"피곤하다더니."

열기가 식지 않은 아래쪽 녀석 때문에 아직 차에서 내리지 못한 도균이 세인의 뒷모습을 야속한 듯 쳐다보았다. 뭐, 절대로, 영화에서 본 것처럼 세인을 안고 별장에 들어서려던 계획이 틀어져서 그런 건 아니다. 뭐, 절대 아니다. 그럼. 아니지. 아니야. 아니라니까. 아니……지……?

차에서 내려선 그가 짐을 옮기는 동안 세인은 어느새 강가에서 백 번을 도전하면 백 번을 실패하는 물수제비에 열을 올리고 있었다. 짐을 침실에 둔 그가 세인을 찾아 나왔을 땐 산등성이 사이로 해가 뉘엿뉘엿 넘어가고 있었다.

"이제 포기할 때도 됐는데."

"죽기 전에 한 번은 성공할 거예요."

"후. 이리 줘. 잘 봐. 이렇게 손을 기울여야 해. 스냅이 중요하다고."

도균이 시범을 보였다. 석양에 주홍빛으로 물든 강 위에 동그라미 여러 개가 점점이 띠를 만들었다. 우와. 세인의 2배로 부푼 입술이 톡 벌어졌다. 왜 난 안 되지? 중얼거린 세인이 적당한 돌을 집어 들었다.

"이렇게 손을 기울여서…… 스냅을……!"

"……."

"……에이씨."

풍덩. 사위가 고요한 탓에 민망할 정도로 소리가 컸다. 풋. 웃음을 터뜨린 도균이 돌을 주워 몸을 일으켰다.

"이리 와."

그 말에 한 걸음 옮겼을 뿐인데 어느새 몸이 그의 넓은 품 안에 완전히 둘러싸여 있었다. 세인의 눈꺼풀이 당황을 감추지 못하고 경련하듯 위아래로 깜빡였다. 등 뒤로 맞닿은 도균의 가슴에서 일정한 박자로 힘 있게 뛰는 심장 박동이 그대로 전해졌다. 세인이 입 안의 여린 살을 깨물며 스스로에게 되뇌었다.

정신 차려. 무슨 엉뚱한 상상이야? 돌이나 던지자고. 돌.

"자, 손을 이렇게 해."

"아, 네. 네. 네."

"'네'를 몇 번을 하는 거야."

속도 모르고 도균이 킥킥대며 놀리자 세인의 얼굴이 지는 석양보다도 더욱 빨갛게 불타올랐다.

"아, 안 배울래요!"

"알았어, 알았어. 손목에 힘을 좀 풀어 봐. 너무 힘이 들어갔어."

힘이, 아…… 힘을 뺄 수가 없다고요. 이렇게 자꾸 만지작거리면…….

갈피를 잃은 세인의 눈이 우왕좌왕이다. 도균의 손에 감싸인 오른손이 마치, 그랬다. 신나게 눈싸움을 하다 얼어붙어 버린 손을 따뜻하게 데워진 이불 속으로 집어넣었을 때의, 그런 느낌. 부드러운 깃털이 쓸고 지나가는 것 같기도 하고, 눈에 보이지도 않는 가느다란 벌레가 멋대로 기어 다니는 것 같기도 한 묘한 느낌.

"던진다. 하나. 둘. 셋!"

세인은 눈을 질끈 감았고 그녀의 의지와는 상관없이 작은 손바닥 안의 돌은 쏜살같이 잔잔한 호수 위를 달려갔다.

"봐. 됐지?"

통. 통. 통.

성공했다. 수천 번도 더 넘게 던졌었는데, 이제야.

기뻐해야 마땅한데, 어째서 아쉬운 마음이 드는지. 쌀쌀함이 들이닥치는 등과 온기가 떠나 버린 손에 세인은, 되감기 버튼이 있다면 딱 5초 전으로만 돌리고 싶다고 생각했다.

저녁을 준비하거나 벽난로에 불이 꺼지지 않게 도와줄 별장지기가 짧은 메모만을 남겨 둔 채 행방불명됐다.

[불타는 밤 되시기를, 하고 써 놓으라고 사모님이 주문하셨습니다. 부디 사모님 실망시키지 마시고, 두 분 불타는 첫날밤 보내십시오.]

아, 어머니. 왜 제게 이런 시련을……

도균은 타닥타닥 불씨를 튀기는 벽난로를 망연자실 바라보았다. 세인이 피곤할 것 같아 씻으라고 올려 보내고 저녁을 부탁하려 별장지기인 장 씨의 행방을 열심히 찾았지만 결국 발견한 건 이 메모뿐이었다.

자포자기한 심정으로 냉장고 문을 여니 어지간한 요리는 뚝딱 만들어 낼 재료가 한가득이었다. 문제는, 그가 요리를 해 본 적이 없다는 데에 있었다.

"아아아악!"

그가 당근과 감자를 양손에 하나씩 들고 고민에 빠져 있을 때, 별안간 침실이 있는 2층에서 세인의 비명 소리가 울려 퍼졌다.

"왜! 무슨 일이야!"

"아, 아무것도 아니에요! 아무……!"

세인이 황급히 열려 있던 트렁크를 닫으며 손을 내저었지만 이미 도균이 전부 봐 버린 뒤였다. 어떻게 아느냐고? 도균의 모든 것 중 가장 솔직한 귀가 이번에도 여지없이 붉어져 있었기 때문이다. 그가 손에 들고 있는 당근처럼.

"이, 이, 이거 제가 가져온 거 아니에요. 정말이에요. 왜, 왜 이런 게 여기 있을까나? 아, 하하, 하하하하."

"……."

"시, 신기하죠? 세상에, 이런 건 어떻게 입는 걸까요? 이, 이렇게? 아니, 이렇게인가?"

"……그만해. 굳이 갖다 댈 필요는 없어."

텅텅텅.

도균의 손에서 힘없이 당근이 굴러떨어지는 소리였다. 속옷이라고 칭하기도 민망해지는 그것(?)들 앞에서 그는 손에 묻은 흙을 터는 것도 잊고 두 손으로 얼굴을 가렸다.

아, 어머니……. 왜 제게 이런 시련을…….

"어, 어떡해요? 옷이, 하나도 안 들어 있어요."

세인이 거의 울 듯한 목소리로 말해서 도균은 그만 얼굴을 감쌌던 손을 내려야 했다. 한 줄기 희망을 놓지 못하고 트렁크를 뒤적거리던 세인이 고개를 들더니 눈을 휘둥그렇게 떴다.

"도련님 얼굴이 흙투성인데요?"

"뭐?"

"무장공비 같아요."

그녀가 피식 웃으며 조금 전까지 도균의 손이 쥐고 있던 당근과 감자를 가리켰다. 아. 그제야 세인의 말뜻을 이해한 도균이 얼굴을 털어 냈다. 그러나 손이 이미 더러워진 탓에 지우려고 하면 할수록 지저분해질 뿐이다.

"뭐예요. 더 엉망이잖아요."

까르르 웃음을 터뜨린 세인이 오색찬란한 속옷으로 가득 찬 트렁크를 포기하고 일어서 도균 앞에 섰다. 그녀의 보드라운 손이 도균의 얼굴을 살살 털어 냈다.

"이럴 때 보면 오빠도 야무진 거랑은 거리가 한참 먼 것 같아요."

"네 비명 소리에 놀라서 그래. 강도라도 든 줄 알았다고."

"강도가 들어도 저 트렁크보단 덜 놀라울걸요."

"어머닌 대체 무슨 생각이신지……."

"힘들게 준비하셨을 텐데 그냥 입을까 봐요."

1초를 나노 단위로 쪼갠 정도의 짧은 침묵 끝에 도균이 세인의 손을 덥석 낚아챘다.

"……난 좋아."

위험하게 반짝이는 한 쌍의 검은 눈동자를 바라보며, 세인은 자신이 실수했음을 직감했다.

5.

왕방울 같은 세인의 눈이 느리게 끔뻑거렸다.

"네에? 방금 뭐라고······."

"못 들은 척하지 마. 제대로 들은 거 다 알아."

"······티 많이 나요?"

"엄청. 얼굴, 불타는 고구마 같아."

"하, 참! 도련님은 이제 코피 대신 귀에서 피 나나 봐요. 귀,
엄청 빨갛거든요."

젠장. 포커페이스 따위 개나 줘 버려.

얼굴에 묻은 흙을 털어 주던 자세 그대로 밀착되어 있는 둘
사이에 어색한 기류가 흘렀다. 도균은 세인의 마지막 말에 반사
적으로 온몸의 피가 모인 것처럼 느껴지는 자신의 귀를 움켜쥐
었다. 아, 뜨거. 무슨 용광로냐?

"훗, 그거죠?"

"뭐가?"

"어머님이 그러셨잖아요. 코피가 나는 게 제가 도련님 마음에 불을 질러서라고. 귀가 그런 것도 그런 거죠?"

그런 거, 그런 거, 대체 뭐가 그렇게 그런 건데? 그걸 지금 나한테 묻는 게 더 그런 거다. ……어라, 근데 요것 봐라?

"오호라, 내 생각과는 달리 사실은 청력도 좋고, 눈치도 좋았네, 민세인?"

"네?"

"그래. 이거. 아무것도 몰라요, 하는 표정으로 '네?' 하는 거. 어머니께서 코피 얘기하실 때도 너 이랬어. 난 네가 못 알아들은 줄 알고, 네 그 순수함을 지켜 주려고 중간에서 얼마나 고군분투했는지 알아?"

"그, 그럼 못 알아듣는 척하지, '아, 예에. 어머니. 제가 어머님 아들 마음에 불을 질러서 코피가 팡 하고 터졌나 봐요. 근데 불을 질렀다는 게 정확히 어떤 의미인가요? 전 정말 '아무!' 짓도 하지 않았는데, 자기 혼자 불붙은 건 어쩌나요?' 하고 맘에 있는 얘기 다 해야 했나요?"

"뭐? 나 혼자 불붙어? 아무 짓도. 안 했다고?"

세인이 도균의 얼굴 근처에 있던 팔을 내려 가슴 앞으로 꼬아 팔짱끼며 새침하게 대꾸했다.

그럼 나 혼자 발정난 거로구나? 이게 앙큼하다, 앙큼하다 빈 말로 그랬었는데 이제 보니 정말 앙큼하기 짝이 없네. 저녁 무렵이 되자 파르스름하게 돋아나기 시작한 턱수염을 매만지는 도균의 표정이 흥미롭게 변해갔다.

"아무 짓도 안 했죠! 제가 뭘 어쨌다고요."

"내 옷 벗겼어, 안 벗겼어? 벗겼냐고, 안 벗겼냐고."

숙녀한테 버, 버, 벗겼다느니, 그런 말 막 하기 있기에요?

"왜 대답 못 해. 했지? 아무 짓도 안 한 거 아니지? 했잖아, 무슨 짓. 내 단추 풀었잖아."

"단추에 손만 댔지 푸, 푼 건 아니었던 것 같은데. 그리고 제가 그랬던 건……!"

"아, 내가 열이 나는 것 같았다? 단순히 열만 내려 주려고 그랬다? 저얼대, 불손한 의미는 아니셨다?"

"네. 그, 그거죠. 전 그냥 다 죽어 가는 도련님을 보고만 있을 수 없어서, 이, 인도적인 차원에서……."

"아, 인도적인 민세인 씨는 너무 인도적이셔서 실눈을 뜨고 보네, 마네. 본다고 닮네, 안 닮네, 하면서 그렇게 뜸을 들이셨나? 정말 위급한 경우였으면 진즉 숨넘어가고도 남았을 만큼 긴 시간 동안 말이지."

"그, 그 정도로 긴 시간은 아니었을…… 텐데요……?"

고양이 앞에서 궁지로 몰리는 쥐의 심정이 이런 것일까? 그러게 왜 괜히 발끈해서는. 민세인, 요즘 이 인간이 좀 잘 대해 주니까 잊은 모양인데, 이도균이 누구야. 이독종, 이독존. 이거 다 네가 만들어 퍼뜨린 별명이잖아. 정신 안 차려?

세인이 한 발 한 발 가까워져 오는 도균 탓에 뒷걸음질 치면서 자신을 향해 소리쳤다. 감히 천하의 이도균을 놀려 보려 했다니. 어차피 빌 거 지금 빌까? 시간 끌어 봤자 나만 손해인데.

"아주 긴 시간이었어. 난 당시에 아주 건강한 상태였는데도 숨넘어가기 일보 직전이었거든."

"그렇게 느끼셨다면 저의 실수…… 왜, 왜 이렇게 가까이 와요. 뭐, 어, 어쩌려고요."

"그러게. 지켜 줘야 할 순수함이 애초에 없었다는데, 이제부터 내가 뭘 어쩔 것 같아?"

"……네?"

도균의 긴 손가락이 감질날 만큼 느릿하게 다가왔다. 원래도 단정했던 머리를 정리라도 해 주려는지 스윽 넘기더니 지독하게 우아하고 관능적인 움직임으로 귓바퀴를 훔치듯 스쳐 내려와 턱 선을 따라 쓰다듬고는 끝으로 그녀의 턱을 살짝 들어 올렸다. 마주 본 그의 얼굴이 사악하게 미소 짓고 있었다.

"그거 이제 안 통해."

"무, 무슨 소리예요."

"순진한 얼굴로 '네?' 하는 거."

"도, 도련……."

"이럴 때만 도련님 소리 나오는 것도 반칙. 잘 생각해 봐. 우리가 오늘 낮에 뭘 했으며, 왜 여기에 왔는지."

"그게……."

"맞아. 우린 오늘 결혼한 신혼부부지. 지금은 신혼여행 중이고."

저기 나도 대답 좀 합시다. 그렇게 가로챌 거 왜 물어봐요?

"그렇죠. 저도 그 정도는 알아요."

"그럼 얘기가 쉽겠네. 신혼여행은 왜 오는 거지?"

턱을 들어 올린 도균의 손이 점점, 점점, 점점 아래로 내려갔다. 목을, 쇄골을 지나 팔을 타고 내려온 그의 손이 세인의 허리를, 정확히는 움푹 틀어간 척추 위를 짚었다. 그곳을 진원지로 세인의 온몸이, 온 세포가 강진에 점령당했다.

아, 미, 미, 미치겠네. 나 어떻게 해야 해? 성연이가 뭐라고 그랬더라. 아, 몰라. 머릿속이 하얘. 근데 날 자꾸 어디로 모는 거⋯⋯. 으앗! 나 지금 치, 치, 침대에 누운 거 아니⋯⋯지?

"대답해. 신혼여행에서 보통의 신혼부부는 뭘 하면서 시간을 보낼까?"

"그, 글쎄요. 좋은 추억을 만들겠죠."

"무슨 추억?"

"마, 맛있는 것도 먹고, 또 산책 같은 것도 하고, 사진도 찍고⋯⋯."

"왜, 아예 짝짜꿍을 한다고 그러지."

"짝짜꿍도 못 할 건⋯⋯."

데굴데굴 눈 굴리는 소리가 다 들린다. 이러니 내가 놀리고 싶지. 나 원래 장난 같은 거 좋아하는 사람 아닌데. 뭐, 사실 다 장난은 아니고 십분의 일쯤은 진심이기도⋯⋯.

도균은 자학을 하는 심정으로 침대 위에 헝클어진 머리를 베고 누운 세인을 내려다보았다. 수채화 물감을 풀어 놓은 듯 발그스름한 얼굴이 설렘과 떨림을 고스란히 드러내었다. 정말, 첫

사랑에 빠진 소녀 같…….

"하지만 제일 주, 중요한 일정이 맛집 탐방이나 산책이 아니란 건 알아요."

"……뭐?"

"첫……날밤이잖아요. 솔직히 어머님이 바라시는 허니문베이비는 제가 아직 어리고 학교 졸업도 전이니까 힘들 것 같지만요. 저기…… 오빠도 아이가 급한 건…… 아니죠?"

방금 내 뒤통수, 뭐가 치고 지나갔나? 소녀는, 어디 갔나?

"조금 얼렁뚱땅한 결혼이긴 하지만 아내로서의 의, 의무랄까. 그런 것까지 얼렁뚱땅 넘어갈 생각은 없어요. 1교시 수업이 아닌 날은 아침도 할 거고, 물론 청소랑 빨래도요. 오빠도 역할 분담해 주셔야 해요. 오빠도 마찬가지지만 저도 처음 하는 결혼 생활이라 시행착오가 많을 테니까요. 그리고 2세 계획은 아직 구체적으로 생각해 보지는 않았는데, 물론 안 낳겠다는 건 또 아니고……."

이걸 어쩌지. 그냥 욕먹을 거 각오하고 미친 척 하고 싶은 대로 하면, 안 되겠지? 젠장. 그러니까 얼굴만 예쁘라고. 마음까지 예쁘지 말고.

끝으로 갈수록 횡설수설하는 세인의 말을 잠자코 듣고 있던 도균이 그녀의 이마에 손가락을 튕겼다. 아! 놀란 신음 소리와 함께 이마를 감싸 쥔 세인이 울상을 지었다.

"내가 한 말 잊었어?"

"무슨 말이요?"

"너한테 무조건적인 희생 강요할 생각, 없다고 했잖아."

도균의 나른한 목소리에 그때 그 바다 옆 카페로 옮겨 간 듯 귓가에 파도 소리가 들리는 것만 같다.

"너 밥, 빨래, 청소시키려고 결혼하잔 거 아니라니까."

"그래도……."

"이 결혼으로 네가 희생해야 하는 건 딱 하나야."

"뭔데요?"

"다른 남자랑 연애해 볼 기회."

그건, 굳이 결혼을 안 했어도 마찬가지였을……. 하, 나 지금 울고 있나?

"하기 싫은 건 억지로 하지 마. 첫날밤도, 2세도 급할 거 없다고."

이도균, 진심이야? 네 주니어는 동의 못 하는 모양인데.

"조금이라도 후회할 것 같으면, 하지 않는 게 맞는 거야. 싫은 데 괜찮은 척, 좋은 척, 그건 너뿐만 아니라 나까지 속이는 나쁜 짓이고."

도균이 씩 웃으면서 몸을 일으켰다. 옴짝달싹못하게 누르던 무게감이 사라졌는데 응당 느껴야 할 안도감 대신 서운함이 앞섰다. 물수제비에 성공했을 때와 마찬가지로.

숨이 막혀도 좋으니까 계속 안고 있어 줬으면, 조금 전의 그 미소 한 번만 더 보여 줬으면, 하고 그녀의 무의식이 바랐다.

어느새 침대에서 일어서 바닥에 굴러다니는 당근과 감자를 집어 드는 도균의 뒷모습을 보며 세인은 그 몰래 자신의 뺨을 때리며 정신 차리자고 수없이 되뇌어야 했다.

"볶음밥, 좋아해?"

"볶음밥이요?"

"어머니가 그 트렁크 말고도 또 다른 서프라이즈를 기획하셨어. 장 씨 아저씨가 흔적도 없이 사라지셨거든."

"네에?"

"고로, 저녁은 너랑 나 둘 중 하나가 해야 한단 소리인데 너보다는 내가 낫겠지. 난 누구랑 달리 실전에 강하니까. 볶음밥 정도야, 이것저것 넣고 볶기만 하면 될 텐데, 뭐."

후에 이 생각이 어떤 대참사를 몰고 올지 까마득히 모르는 채 도균이 자신만만한 얼굴로 손에 든 감자를 허공에 붕 띄웠다 받기를 반복했다. 도균이 요리를 한다고? 세인의 벌어진 입이 다물어질 줄을 몰랐다.

"욕조에 따뜻한 물 받아서 몸 좀 풀고 나와. 만찬이 기다리고 있을 테니까."

나 좀 멋있었냐.

도균이 흐뭇한 얼굴로 뒤돌아 방문을 나섰다. 어안이 벙벙한 세인의 얼굴이 닫히는 문 사이로 사라졌다. 탁, 하고 문이 닫히자마자 그의 몸이 기울었다. 겨우 벽을 짚어 쓰러질 것 같은 몸을 지탱한 그가 이마에 맺힌 식은땀을 닦아 내며 성이 나 있는 자신의 아래쪽을 노려보았다.

역시. 그냥 밀고 나갈 걸 그랬나. 저런 속옷, 나도 처음 보는 건데. 잘 챙겨 놨다가 나중에……. 아아, 위험하다. 그만 상상하자.

창백한 얼굴의 도균이 도망치듯 후다닥 아래층으로 향했다.

도균은 사라졌다. 그러나 혼자 남은 세인은 그가 남기고 간 강력한 여진 속에서 쉽사리 마음을 가라앉히지 못하고 있었다. 그녀는 비어 있던 욕조에 어느새 따뜻한 물이 넘쳐흐르는 것도 깨닫지 못하고 이게 다 성연의 엉뚱한 충고 때문이라며 자신의 친구를 열성적으로 흉보고 있었다.

'내가 전에 관상에 빠져서 독학을 좀 했잖아? 이 대표님 같은 턱이 관상학적으로 아주 정력가란 말이야. 그쪽으론 전혀 나무랄 데가 없어. 계집애, 넌 진짜 남편 잘 만난 거야. 허우대만 멀쩡하면 뭐해. 막상 벗겨 봤는데 새우깡 달고 있으면 여생이 고달픈 법이다.'

'그, 그만해, 박성연! 넌 진짜 남세스러운 것도 없냐?'

'남세스럽긴. 야, 부부를 정의할 수 있는 말은 무수히 많지만 그중에 내가 이 무지몽매한 친구에게 가장 추천해 주고 싶은 말은 '부부란, 공인된 섹스파트너다.' 바로 이거거든. 남들은 다 너희를 섹스하는 사이라고 생각할 거라고. 남들 눈에는 네가 딱 신혼여행에서 돌아오는 순간! 처녀가 아니라니까? 하긴 뭐, 요즘은 신혼여행까지 기다릴 필요도 없긴 하지만. 어쨌든 네가 돌아와서도 처녀잖아? 그럼 그건 대표님이 너무하신 거야.'

'너, 너무해?'

'당연하지! 그건 결혼을 재고해 볼 만큼 심각한 거다, 너. 관상은 전혀 그렇지 않지만 이게 백 퍼센트라고 할 수는 없으니

까. 대표님이 예외의 경우일 수도 있지.'

'예외?'

'그래, 예외. 이 대표님이 바로 그 새우깡남일 수도, 아니면 크기가 아니라 기능상의 문제가 있을 수도 있어. 발기부전이라든지, 조루증이라든지…….'

'야아아악! 박성연!'

'하긴, 대표님 정도면 밤일 부실한 것 정도는 용서 가능해, 그치? 나머지가 워낙 환상적으로 잘나셨……..'

아아아, 안 돼. 그만 생각해.

세인이 자신의 머리를 닭털 뽑듯 쥐어뜯었다. 고개를 마구 젓던 그녀의 시야에, 문제의 트렁크 사이로 삐져나온 와인색의 장미꽃 레이스가 정신없이 수놓인 팬티 한 장이 들어왔다. 세인은 치솟는 호기심을 억누르지 못하고 그것을 쭉 잡아당겨 뺐다. 아까 언뜻 대 보았을 때 사이즈가 마치 그녀를 위해 주문제작한 것처럼 꼭 맞는 것 같단 느낌이 들었었다.

"너무 화려해서 좀 그렇지만, 뭐 예쁘긴…… 예쁘네."

오, 이게 말로만 듣던 그 가터벨트라는 건가? 어머나 세상에, 앞에 잠금장치가 있는 브라도 있네? 티팬티…… 이게 그렇게 착용감이 좋다고 하던데, 내 보기엔 아무래도 엉덩이 사이에 낄 것 같은데.

트렁크 속은 말 그대로 신세계였다. 세인은 다른 건 까마득하게 잊고 속옷 매장에 쇼핑 나온 사람처럼 이것저것 끄집어내어 탐구하느라 정신이 없었다. 대부분이 포르노 여배우나 입을 만한 것들이었지만 개중에는 평소에 친구인 성연이 입이 마르도록 칭찬하던 종류의 것도 있었다.

"와! 이거 예쁘다."

트렁크를 뒤적이던 세인이 연분홍의 심플하지만 고급스러운 브라를 발견하고 번쩍 들어 올렸다. 색깔이며 디자인이 딱 그녀의 취향이다. 혹이 뒤가 아니라 앞에 있다는 것만 제외하면.

입고 벗긴 편할 것 같은데, 살짝 옷 위에 걸쳐 볼까?

세인의 팔이 브라의 어깨끈을 쑤욱 통과해 나왔다. 옷을 벗지 않고 입으려니 조금 팽팽한 감은 있었지만 만족스러운 착용감이다. 지연이 구입했으니 아마 모르긴 몰라도 그녀의 저렴한 속옷과는 비교가 안 될 고가의 것이리라. 역시, 비싼 건 값을 하나 보다, 하고 감탄하며 거울에 모습을 비춰 보고 있는데 아래층에서 우당탕, 쨍그랑 하는 소리가 그녀의 귓가를 때렸다.

"무슨 일이지?"

더 생각할 겨를도 없었다. 세인은 도균이 있을 아래층의 주방으로 한달음에 달려갔다.

"헉! 이, 이게 대체 다 뭐예요!"

"……별거 아니야. 내가 다 치울 거야. 근데 흠, 저기…….."

"무슨 전쟁 났어요? 여기만 폭격 맞았나?"

"저, 세인아…….."

"세상에! 이거 설마 당근은 아니죠? 요리랑 조각이랑 헷갈려요? 작품명, 대걸레. 뭐, 그런 건가?"

"비꼬는 건 나중에 하고 우선…….."

"실전에 강하다느니, 순 뻥이었어. 앞으로 주방 근처엔 얼씬도 하지……."

"민세인!"

도균의 높아진 목소리에 그제야 그녀의 입이 다물렸다. 이 꼴을 만들어 놓고도 할 말이 남았냐는 듯 의기양양 도균을 쳐다보던 그녀가 그의 움직이는 손가락에 시선을 고정했다. 도균이 가리키는 곳은, 그녀 자신의 가슴이었다.

"그거, 치워."

도균이 손을 휘휘 털며 비스듬히 몸을 돌렸다. 아니, 이게 왜 여기에! 당황해서 얼굴이 붉어졌던 그녀는 못 볼 걸 본 듯 정색하는 도균의 모습에 갑자기 오기가 치솟았다.

"왜요, 아까 내가 그냥 입을까 물었을 땐 좋다고 해 놓고선."

"좋은 말 할 때 얼른 벗으라고, 그거."

"뭐, 지금도 썩 좋은 말로 하는 것 같진 않은데요."

"너 후회해도 책임 안 진다."

흥. 후회는 무슨 후회.

콧방귀를 뀌는데 도균이 그녀를 마치 잡아먹을 듯 쳐다보았다.

"나 지금 너랑 오빠 동생 사이라고 자기최면 중이거든?"

"자기최면이요?"

"어. 이거 그만두면 어떻게 되는 줄 알아?"

"어떻게 되는데요?"

"남자 여자 되는 거지. 그거, 내 손으로 벗기게 될 거라고. 그것만 벗길까? 아주 홀딱……!"

그녀가 뒤도 안 돌아보고 부리나케 도망갔다. 폐허가 된 주방 안엔 한동안 혼자 남은 도균이 큭큭거리는 소리가 음산하게 내려앉았다.

결국 저녁 식사 준비는 세인의 몫이 되었다. 지켜본 결과, 그래도 그나마 그녀의 요리 솜씨가 그보다는 한 수 위였다. 도균은 세인이 저녁 준비를 할 동안 벽난로의 불이 꺼지지 않도록 장작을 집어넣다가 머리끝이 조금 그을리는 재난을 당했다.

긴 하루였다. 도균이 피곤에 찌들어 식탁에 앉아 프라이팬과 사투를 벌이고 있는 세인의 뒷모습을 물끄러미 바라보았다. 요리하는 여자의 뒷모습이 그렇게 사랑스럽다고들 하던······.

"으악! 왜 이래! 어머! 아, 망했다! 아, 따가워! 기름, 이거 왜 이렇게 튀어!"

그래. 저, 저런 모습도 나름 사랑스러워.

어쨌든 결과물의 모양은 그럴싸했다. 맛? 그냥, 먹고 죽지 않을 정도는 되었다.

"우리, 앞으로 요리는 사람 부르자."

"안 돼요. 남의 손 빌리기 시작하면 끝도 없다고요. 차라리 제가 학원을 다니겠어요."

"뭔가 배우는 거라면 내가 더 소질 있지 않을까."

"그럼 같이 다니든지요."

볶음밥을 한 수저 입에 떠 넣던 세인이 인상을 찌푸리며 말했다. 어우, 짜. 짜고 달아. 백지장도 맞들면 낫다고 했으니 같이 다니는 게 현명하겠어. 그런 다짐과 함께 허기진 배에 억지로 음식을 쑤셔 담았다.

설거지까지 마친 그들은 도균의 열성적인 장작 넣기의 결과로 굴뚝을 날려 버릴 듯 활활 불타고 있는 벽난로 앞에 앉아 노곤한 몸을 녹였다.

"……참 보람찬 하루였어요, 그렇죠?"

"……그래."

그리고 두 사람은 누가 먼저랄 것도 없이 쓰러지듯 잠이 들었다. 카펫 위에 웅크린 그들은 서로의 온기를 찾는 갓 태어난 고양이처럼 새벽 내내 서로를 꽉 끌어안은 채였다.

신혼여행에서 돌아온 세인은 성연에게 등신 머저리 소리를 들으며 여러 차례 등짝을 얻어맞아야 했다. 뭘 했냐는 친구의 질문에 세인이 기껏 얘기해 줄 것이라곤 물수제비라든가, 주방을 전쟁터로 만든 얘기라든가, 혹은 여행 이틀째 날 산책을 하다 산등성이에서 구른 일, 숨은 맛집을 찾겠다고 설치다 길을 잃은 일 따위의 것들이었다.

"그래도 사진은 건졌다."

학교 가는 길에 사진관에 들러 핸드폰카메라로 찍은 사진을 인화했다. 찍히는 것에는 취미 없다고 버티던 도균을 겨우 구슬려 얻어 낸 것이었다. 마지막 강의를 마치고 파김치가 된 세인이 캠퍼스 벤치에 앉아 가방을 뒤적였다. 하루 종일 궁금한 마음에 애가 달았던 그녀는 비장한 마음으로 사진을 한 장씩 넘겼다.

그들이 별장을 떠날 때쯤 어슬렁거리며 등장한 장 씨 아저씨의 손을 빌려 찍은 사진 속에는 꽤 다양한 표정의 도균이 들어차 있었다. 놀려 보고 싶은 뚱한 표정, 어쩐지 사람을 주눅 들게 하는 무표정, 얄밉게 딴청 피우는 얼굴, 세인의 투정에 억지로 손가락을 브이로 만든 모습, 귀찮게 하는 그녀의 볼을 쭉 잡아 늘리며 웃음이 터져 버린 얼굴…… 그녀보다 한 걸음쯤 뒤에 서서 남몰래 미소 짓는 얼굴.

"이거, 맘에 든다."

역시, 연속 촬영으로 해 놓길 잘했어. 세인이 뿌듯하게 미소 지으며 웃고 있는 도균의 얼굴을 손가락으로 쿡쿡 찔렀다. 그녀의 두 뺨이 늦봄의 햇살과 같은 빛을 띠었다. 그건 웃고 있는 도균의 눈동자가 사진 속 그녀 자신을 향하고 있기 때문일 것이다. 카메라를 봐야지, 어디 엉뚱한 델 보는 거야, 하고 투정부렸지만 설레는 얼굴만은 감출 수가 없다.

세인은 사진을 조심스럽게 접어 지갑의 필름칸 안에 고이 집어넣었다. 원래는 그녀의 주민등록증이 있던 자리에 세인과 도균이 나란히 웃고 있게 되었다.

배우 할 것도 아닌데 쓸데없이 잘생겼어. 내가 상대적으로 너무 못나……

"뭘 보는 거야?"

"악!"

지갑을 탁! 소리 나게 닫으며 비명을 지르는 세인의 앞에 얼굴 하나가 천연덕스럽게 생글거리며 등장했다. 사진 속의 누군

가와는 정반대의 분위기지만 역시나 잘생긴 걸로는 둘째가라면 서러울 정도의 외모를 자랑하는 그는,

"선배. 아, 놀랐잖아요."

차승조다. 그녀보다 5살 위의 그는 건축학과 졸업생으로 지금은 자신의 형을 도와 건축사무소를 운영하고 있었다.

"학교엔 어쩐 일이에요?"

"총장님께서 저녁이나 같이 하자고 하셔서."

"부자 사이에 무슨 호칭이 그렇게 딱딱해요. 이미 알 만한 사람은 다 아는데."

승조가 능청스럽게 웃었다. 집안까지 완벽한 그가 학사모를 쓰던 날 눈물깨나 쏟았던 여학생이 한둘이던가. 눈물도 모자라 콧물까지 짜는 그들을 보며 세인은 신입생 때 술자리에서 승조를 처음 보고 못 올라갈 나무는 쳐다보지도 말자, 다짐한 게 얼마나 잘한 일이었던지 새삼 깨달았었다.

"저녁 전이면 같이 먹자."

"과외 있어요. 그리고 과외 없더라도 가족 식사에 언감생심 낄 생각 없거든요?"

"어때서. 아버지 너 귀여워하셔."

"총장님께서야 뭐, 모든 재학생을 어여삐 여기시죠."

누가 부자 아니랄까 봐 다들 병적으로 상냥하고 친절해. 가훈이 홍익인간 아닐까. 사진을 다시 가방에 조심스럽게 넣으며 대꾸하는 세인의 머리를 승조가 강아지 다루듯 쓰다듬었다.

"아닌데. 넌 특별 대운데."

왜 꼭 남의 머리는 엉망으로 만들어 놓나 몰라.

세인이 반항기 서린 눈빛으로 승조를 홱 노려보며 고개를 뒤로 뺐다. 그가 어깨를 으쓱하며 자신의 손을 내려 보더니 이내 주머니에 두 손을 찔러 넣었다.

"코스모스 졸업이지?"

"네. 이번이 마지막 학기예요."

"취업은?"

"선배만큼은 아니지만 그래도 나쁘지 않은 곳에 들어갈 수 있을 것 같아요."

"우리 사무소엔……."

세인이 승조의 말을 가로막으며 고개를 설레설레 저었다. 거긴 승조 같은 스펙의 사람이나 꿈꿔 볼 만한 곳이었다. 승조가 재학 시절 국내는 물론 해외 유명 공모전에서 입상한 경력을 나열하자면 이력서 한 장으로는 턱도 없이 모자랄 거라고 세인은 확신했다.

"너 정도 되는 인재면 우리 쪽에서 모셔와야지."

"비꼬는 거죠? 요즘 선배네 사무소 문턱 높기로 소문이 자자하던데요, 뭐."

"내 건가? 형 거지."

"그거나 그거나."

세인이 심드렁하게 중얼거리며 벤치에서 일어섰다. 과외 시간이 가까워 오고 있었다.

"가려고?"

"네. 지금 맡은 애, 엄마가 하도 극성이라 1분만 늦어도 난리 나요."

"어딘데. 데려다 줄게."

"저녁 식사는 어쩌고요. 됐어요."

"아직 시간 있어. 물어볼 것도 있고."

섬세하고 다정하지만 그렇다고 절대 소심한 것과는 거리가 먼 승조인데, 어쩐지 굉장히 뜸을 들이는 기분이다. 백팩을 고쳐 멘 세인이 뭐냐는 듯 눈썹을 들었다 놓았다.

"아까, 뭐 보고 있냐고 물었었잖아."

"네?"

"혹시 남자친구? 연애하나, 민 후배?"

아, 그냥 궁금해하지 말고 갈걸. 뜻밖의 질문에 말문이 막힌 세인이 눈만 깜빡이자 승조의 눈썹이 가운데로 모였다.

"정말인가 보네?"

"……뭐, 네. 그렇다고…… 볼 수 있죠. 어떻게 아셨어요?"

"남구가 그러더라고. 학교 앞에서 네 예비 남자친구 봤다고. 성북구 사는 이도령 씨라던데. 도롱뇽이 뭐라고도 했었는데……."

정확히 말하면 예비 남편이었죠, 그때는. 지금은…… 그냥 남편이고요.

"이, 이도령이에요. 남구 선배는 뭘 그렇게 자세히……."

세인이 곤란한 얼굴로 관자놀이를 긁적였다. 도균이 말한 게 이런 거구나 뒤늦게 실감이 났다. 어째 예상과는 다르게 말하지 않는 게 아니라 속이는 기분이 들어 찜찜했다.

"……이거, 이런 식이면 왠지 억울해지는데."

"네? 뭐라고 하셨……."

"아냐, 아무것도."

"아무것도 아닌 게 아닌 것 같았는데."

"별로 듣기고 싶지 않은 혼잣말."

허리를 굽힌 승조가 얼굴을 가까이하고 씨익 웃었다. 세인이 뒤로 물러나며 혀를 찼다.

"아아, 현기증 난단 말이에요. 선배도 참, 쓸데없이 잘생겨 가지고."

"하하. 뭐라고?"

"질리도록 들은 말일 텐데, 새삼스럽게. 하긴 듣고 또 들어도 기분 좋은 말이죠?"

"무뚝뚝한 민 후배님 입으론 처음 듣는 말이라 그런가, 감회가 남다르네."

"어, 저 무뚝뚝해요? 안 되는데……."

"안 된다니, 뭐가?"

"친구가 여자의 가장 강력한 무기 중에 하나가 애교라고 그랬던 게 생각나서요. 요리에, 애교에, 배워야 할 게 한두 가지가 아니네요."

혼자 무슨 망상에 빠져 있는지 금세 시무룩해진 세인을 보며 승조의 안색이 어두워졌다. 듣고도 믿지 않았었는데, 직접 마주한 세인에게선 막 연애를 시작한 사람에게서 느껴지는 특유의

달뜬 기운이 고스란히 엿보였다. 남자에는 전혀 관심이 없는 것처럼 철벽을 치고 있어 겨우 마음을 접었었는데.

아니, 실은 그게 아닐지도 모른다. 마음이라는 걸 종이 다루듯 쉽게 접었다, 폈다 할 수 있을 거라고 생각한 건 오만이었다. 이렇게 마주 보고 있으면, 산소가 희박해지는 것 같은 묘한 긴장감이 여전한 걸 보면.

"아, 늦겠다!"

갑작스레 튀어나온 세인의 목소리에 승조는 자신의 얼굴에 남은 미련의 조각을 서둘러 털어 냈다. 그런 자신을 깨닫고 승조는 홀로 쓴웃음을 삼켰다. 직접적인 고백을 제외하고 생각해 낼 수 있는 모든 방식으로 관심을 표현해도 알아차리지 못했던 세인인데, 미련? 아쉬움? 굳이 갈무리하지 않아도 모를 세인이다.

그에게 고백했던 수많은 여자들이 그의 표정 변화 하나하나에 기뻐하고 절망했던 걸 생각하면, 세인의 이런 태도는 자신을 친한 선배 이상으로는 절대 생각해 본 적이 없다는 걸 방증했다. 그래서 유난히 편했고, 그래서 더 가까이 두고 싶었던 후배였는데.

"선배, 저 갈게요. 다음에 한 번 봐요!"

"……그래."

후다닥 쏜살같이 교문을 향해 자취를 감추는 세인의 뒷모습을 보며 승조는 생각했다. 그렇게 편했던 그녀가 언제부터 불편해진 것일까. 그리고 그 불편함에도 불구하고 자꾸 함께 있고 싶었던 게 대체 언제부터인가. 나중에 한 번 보자는 의례적인 인사가 불만스러워진 게 대체, 언제부터였나.

"……이제 와서."

뭘 어쩔 건데, 차승조.

그가 자신을 힐난하며 쓸쓸히 걸음을 옮겼다. 당연히 총장실로 향할 것 같던 그의 발걸음이 교내 주차장으로 향했다. 교문을 유유히 빠져나간 그의 차가 버스정류장 안의 누군가를 발견하고 멈추었다. 벨소리가 들려 안주머니에서 핸드폰을 꺼내 전화를 받았다.

"네, 아버지."

[박 조교가 너 학교에서 봤다던데, 어디냐?]

"아, 나왔어요."

[하여간, 아들놈들은 이래서 재미가 없어. 이왕 온 거 좀 들렀다 가면 오죽 좋아?]

"다른 볼일 때문에 간 거라서요."

[졸업한 학교에 볼일이 또 뭐가 있어?]

툴툴거리는 아버지의 목소리를 귓가로 흘리며 승조는 버스를 타는 세인의 모습을 새기듯 눈에 담았다.

이젠 어쩔 수 없다는 생각을 하면서도 그와 상반된 마음에 순식간에 현혹되고 마는 스스로에게서 도망치듯이 그의 차가 빠르게 앞으로 튕겨져 나갔다.

6.

"어유, 이젠 정말 가게 하나 차리셔도 되겠어요."

"하하! 과찬이십니다."

"아뇨, 정말 날이 갈수록 일취월장하시니! 이달의 수강생 자리는 묻지도 따지지도 말고 이 대표님 차지일 거예요."

"뭐, 자랑은 아니지만. 새로 기획 중인 한식 브랜드 런칭 파티 때 쉐프 대신 저더러 직접 시연을 하라고 여기저기서 요즘 난립니다, 선생님. 아주 피곤해요."

저기, 그 정도는 아니거든요, 이도균 씨?

세인이 불퉁한 얼굴로 도균이 방금 막 만든 잡채와 갈비찜을 맛보았다. 딱 맛만 봐야지 했던 초심은 온데간데없이 그녀의 젓가락이 몇 번 더 도균의 요리를 입으로 가져다 날랐다.

그래, 그녀보다 그가 학습력이 좋은 건 인정한다. 근데 겨우 잡채, 갈비찜 마스터한 걸로 어딜 쉐프를 운운해? 이번 달 마지막 수업 주제가 신선로던데, 그것까지 배우고 나면 회사고 뭐고 때려치우고 아예 요리사로 전향할 기세다.

"그에 비해, 우리 사모님은……. 저번에 싸 가지고 간 그 된장찌개는, 어떻게…… 설마 드셨어요?"

설마 드셔? 그래, 설마 드셨다!

도균에게 사심이 있는 게 분명한 학원 선생님의 뼈 있는 질문에 세인이 아무 말도 못 하고 부글부글 끓는 속을 삭였다. 타버린 갈비찜만 젓가락 끝으로 쿡쿡 찔러 대고 있는데 단단한 손이 그녀의 등을 둘러 팔을 힘 있게 쥐었다.

"된장찌개는 제가 만든 것보다 제 와이프가 만든 게 더 맛있더라고요. 집에서 제가 그 찌개로 밥을 두 공기나 해치웠습니다."

세인은 머리를 푹 숙여 머리카락 사이로 달아오른 두 뺨을 간신히 도균의 시야로부터 숨겼다. 아무리 들어도 적응되지 않는 와이프란 호칭 때문인지, 아니면 은근 슬쩍 그녀를 감싸는 그의 말 때문인지 뺨에 몰린 열기가 쉽게 가시질 않았다.

도균의 말에 '그럴 리가 없는데…….'를 연발하는 선생님을 뒤로한 채 유야무야 수업을 마치고 건물 밖으로 나온 그들은, 누가 먼저랄 것도 없이 헉 하는 신음과 함께 후다닥 그늘로 옮겨 섰다. 어느새 봄은 성큼 뒤로 물러나고 완연한 여름이었다.

"이제 곧 방학이지?"

"졸업생한테 방학이 어디 있어요. 취업이죠. 으, 너무 덥다. 우리 빨리 집에 가요!"

"기다려. 차 안은 더 뜨거워. 학원 들어가 있다가 5분 후에 나와."

인상을 찌푸린 그가 땡볕 아래 세워 둔 차 쪽으로 걸어가는 것을 보며 세인은 피식, 했다. 안 그런 것 같아도 의식하고 지켜보면 배려나 매너가 몸에 익은 사람이다.

요즘 세인은 시집 참 잘 갔다는 성연의 말을 몸소 체험하고 있는 기분이었다. 요리 솜씨가 더 낫다는 이유로 식사를 준비하는 건 도균의 몫이 된 지 오래였고, 손만 갖다 대면 엉망이 되어 어쩔 줄을 몰랐던 둘만의 신혼 생활도 차츰 자리를 잡아 이젠 도균 없이 썰렁한 집은 왠지 낯설게 느껴지기까지 했다.

저택에서 같이 살겠다는 세인의 고집은 결국 지연을 꺾지 못했다. 그녀는 신혼은 신혼다워야 한다는 자신의 의지를 끝까지 고수해 기어이 도균과 세인을 분가시켰다. 그러나 경호는 여전히 그 저택에 머물고 있었다. 경호만큼 저택 일에 밝은 사람도 없었고, 지연이 특히 아끼는 정원은 경호의 손이 없이는 절대 유지될 수 없었다. 지연의 끈질긴 설득으로 결국 경호의 귀농 계획은 무기한 연기되었다. 더 이상 두 사람 사이의 호칭이 사모님과 민 집사님이 아니라는 것만 아니면 전과 달라진 건 하나 없었다.

아니, 도균을 향한 세인의 감정을 제외하고 말이다.

몇 개월 전과 전혀 다른 의미로, 세인은 도균과 단둘이 있는 시간이 굉장히 어색하고 불편했다. 제어할 수 없는 긴장과, 흥분, 그리고 오늘처럼 제멋대로 붉어지는 얼굴은 분을 넘어 거의 초 단위로 그녀를 곤란에 빠뜨리고 있었다. 게다가, 최근에는 위험한 망상까지 가세해 그녀를 괴롭혔다.

"좀 더 있다 오라니까."

"무, 무슨 땀을 그렇게 흘려요."

세, 세, 섹시하게.

이게 다 성연의 망할 성교육 때문이다. 성연은 최근 속칭 야한 동영상을 세인에게 지속적으로 보여 주는 걸 취미로 삼고 있었다. 여자로서의 본능을 넘어 이젠 인류와 번식이란 단어까지 들먹거리며 열변을 토하는 성연이 알리고자 하는 건 간단했다.

'너희, 섹스리스 부부야.'

그런 걸 꼭 해야 하나? 지금도 충분히 만족해, 하고 대답했던 초반과는 달리 세인은 요즘 부쩍 조바심이 들었다. 신혼여행 때 얄궂은 농담을 툭툭 던진 이후, 서울로 돌아온 그는 전혀 딴 사람처럼 너무나 점잖게 행동했다. 말 그대로 정말 손가락 하나 까딱하지 않았다. 같은 침대에서 자고 일어나도 예전처럼 코피를 쏟는 일도 없었다. 정말이지 이건 배신이다.

"무슨 생각을 그렇게 해?"

"배신자."

"뭐?"

"배신자라고요, 배신자. 도련님은 배신자예요."

"대체 뭐가 불만이기에 도련님 소리도 모자라 배신자야?"

때마침 빨간색으로 바뀐 신호에 차를 멈추면서 그가 그녀를 향해 눈썹을 세웠다. 세인이 콧방귀를 뀌며 고개를 창 쪽으로 쌩하니 돌렸다.

그런 무서운 표정으로 겁준다고 말할쏘냐. 아니, 말한다고 쳐. 뭐라고 말해? 날 왜 자빠뜨리지 않느냐고? 헉! 세상에. 성연이 말투가 옮았어. 자빠뜨리다니!

"요즘, 그 강남구랑은 어때?"

"남구 선배요? 남구 선배는 왜요?"

경악에 허우적대던 세인이 도균의 질문에 의아한 듯 되물었다. 도균이 남구에 대한 소식을 물은 건 이번이 처음이 아니었다. 가끔 가다 문득 생각난 것처럼 묻고는 했는데 세인은 그게 어쩐지 영 수상했다. 뭐라고 딱 집어 설명할 수는 없지만.

"밥을 사 준다거나 영화를 보여 준다거나. 같이 술 한잔하잔 소리는 감히 안 했겠지?"

"그 짠돌이가요? 설마요. 매일 괴롭히기나 하지."

"괴롭혀?"

"만나면 반갑다고 헤드락, 헤어질 땐 또 만나요 헤드락. 요즘 격투기에 미쳐 산다더니 누구 목 졸라 죽일 기세에요."

제깟 놈이 나도 간신히 참고 있는 스킨십을!

"그, 그래?"

도균이 경련하는 안면근육을 주체하지 못하고 어설프게 미소 지었다. 난 여유로운 남자야. 난 민세인의 남편이야. 최면으로 마음을 가라앉히는 그에게 세인의 짜증스러운 목소리가 와 닿았다.

"진짜 저번엔 너무 아프고 열이 받아서 저도 모르게 선배 뒤통수를 후려쳐 버렸어요. 그러니까 대뜸 '네가 나한테 어떻게 이럴 수 있어!' 그러는 거 있죠? 삐진 게 어찌나 오래가던지. 왜 그렇게 사람을 못 괴롭혀 안달인지 모르겠어요. 남구 선배 볼 일이 줄어든다는 게 저한텐 가장 큰 졸업선물일 거예요."

세인의 말이 길어질수록 히죽거리는 도균의 얼굴은 세상을 다 가진 듯했다. 후후후, 음산하게 웃는 도균을 세인이 미심쩍은 눈으로 흘낏거렸다. 그러거나 말거나 도균은 싱글벙글이었다.

"좋아. 앞으로도 쭉 그렇게 둔하도록 해."

"뭐예요, 그거. 욕이죠!"

"아니, 칭찬."

둔하다는 게 어떻게 칭찬이냐며 토라지는 세인의 뒤통수를 도균은 오랫동안 흐뭇한 눈길로 바라보았다. 하지만 핸드폰을 넘어 들려오던 목소리를 생각하면 불안한 건 여전했다. 언제 강남구 그 자식이 없던 용기를 끌어내 세인을 흔들어 댈지 모른다고 생각하는 도균의 귓가로, 몇 개월의 시간을 넘고서도 바로 어제의 것처럼 생생한 목소리가 흘러들었다. 술에 취한 세인이 도균이 건 전화를 술김에 받아 버린 것이 사건의 시발점이었다.

[세인아, 민세인. 정신 차려.]

[어어. 선배다아. 선…… 음냐…… 배에.]

[무슨 술을 이렇게 마신 거야.]

[…….]

[완전히 곯아떨어졌네. 성수야, 세인이 좀 내 등에 업혀 봐.]

세인이 딴 놈 등에 업혔을 것을 상상하면 지금도 도균은 손이 부들부들 떨렸다. 아, 핸들 잡고 이러면 위험하지. 정신 차려, 옆에 마누라 태웠는데 안전 운전해야지.

그러나 눈에 바짝 힘을 주는 도균의 회상은 불행히도 거기서 끝나지 않았다.

[너 인마, 내 앞에서 이렇게 무방비로 있지 말라고 몇 번을 말해.]

[……]

[이렇게 자꾸 나 무시하면, 나 발끈해서 확 고백해 버릴지도 모른다, 민 후배.]

[……]

[그러면 너…… 나 선배로도 안 보려고 하겠지.]

좀스러운 놈. 남자라면 적어도 나 정도는 돼야지. 아무리 생각해도 그 사건 다음 날 바로 청혼이라는 돌직구를 날린 스스로의 과단성이 너무나 대견한 도균이다.

하하하. 강남구, 넌 내 상대가 못 돼!

콧바람을 흥얼거리는 도균이 모는 차는 여름날의 열기로 이글거리는 아스팔트 위를 시원스레 내달렸다. 그러나 그게 잘못든 길이라는 걸, 그때의 도균은 꿈에도 생각지 못하고 있었다.

세인은 뜻밖의 전화를 받고 멍해져 있는 상태였다. 통화를 끝내고 한참이 지나서야 그녀는 서둘러 나갈 채비를 했다. 세인이 헐레벌떡 지도교수인 황 교수님의 연구실로 들어섰을 때, 그녀는 심혈을 기울이며 구레나룻에 난 흰 머리를 뽑고 있었다.

"교수님!"

"어어, 마침 잘 왔다. 눈이 침침해서 이게 영 안 집혀. 바리깡으로 확 밀어 버리려던 참인데, 와서 여기 이거 좀 뽑아 줘."

보편적인 여교수의 이미지와는 너무도 동떨어진 황 교수의 부탁에 세인은 달려온 목적도 잊고 어느새 손에 족집게를 들고 있었다. 세인은 처음에 한 가닥이 목적이었던 것을 까맣게 잊고 어느새 알 수 없는 사명감과 불타는 승부욕에 사로잡혀 교수의 머리를 본격적으로 헤집고 있었다.

그렇게 금방 한 시간이 흘렀다. 꾸벅꾸벅 졸던 황 교수가 검은머리가 뽑혀 나가는 느낌에 번쩍 눈을 떴다. 그리곤 물었다.

"근데 무슨 일로 왔니?"

그러게요. 흰 머리 뽑으려고 온 건 분명 아니었던 것 같은데. 잠깐 멍해졌던 세인이 무릎을 탁 쳤다.

"교수님, 저 혹시 〈공간과 숲〉에 추천서 넣으셨어요?"

"응? 아, 응. 그래. 내가 얘기한다는 걸 깜빡했네. 승준이…… 그러니까, 숲의 차승준 이사랑 얼마 전에 같이 식사하다가 네 얘길 좀 했다."

"차승준 이사님이면, 승조 선배 제일 큰형이시죠? 근데 숲이면…… 제가 거기 들어갈 깜냥은 아니에요, 교수님. 저 주제 파악 확실한 거 모르세요?"

"내 말 들어 봐. 지금 강릉에 무슨 별장인지, 펜션인지 하여튼 공사 들어가는데, 조경 쪽 담당하던 여직원이 만삭이라 곧 길게 휴가를 낼 것 같다네? 건축주는 유난히 까다롭지, 손은 모자라지. 혹시 졸업생 중에 나무 좀 다룰 줄 아는 녀석 있으면 추천 좀 해 달라기에 네 논문이랑 설계도면 보여 줬더니 꽤 마음에 든 모양이더라. 그래, 연락 왔든?"

세인이 고개를 끄덕였다. 저번에 승조와 마주친 일도 있고 해서, 혹시 승조의 입김이 들어간 건 아닐까 하고 의심했던 그녀는 자신의 예상을 빗나간 황 교수의 말에 머릿속이 복잡해졌다.

"거 포트폴리오 들고 가서 면접이나 한번 봐. 같은 값이면 다홍치마라고, 공사판에서 흙먼지 마시는 거야 어딜 가든 마찬가지인데 이왕이면 돈 많이 주는 데 가면 좋잖니."

구구절절 맞는 말만 하는 황 교수의 설득에 세인은 결국 꿈이라도 꾼 듯 몽롱한 얼굴로 연구실을 빠져나왔다. 그런 그녀의 핸드폰이 부르르 몸을 떨며 문자가 왔음을 알렸다. 면접 일시가 적혀 있는 안내 문자였다. 세인은 핸드폰 액정을 뚫어져라 보다가 이내 두 주먹을 가슴 앞에서 불끈 쥐어 보였다.

"그래, 까짓 거 죽기 아니면 까무러치기다, 뭐!"

그리고 며칠 후, 세인은 밑져야 본전이란 마음가짐으로 참석한 면접에서 그야말로 잭팟을 터뜨렸다.

"어머니임! 많이 드셔야 해요, 이건 제 취직 턱이니까요! 아빠도!"

"요 깜찍한 것! 이젠 신사임당이 따로 없네. 이 궁중떡볶이랑 떡갈비는 지금까지 내가 먹어 본 것 중 최고다, 새아가! 우리 새아가 강남에 목 좋은 데 가게 하나 내주련?"

"아유, 어, 어머님도 참……. 저 근데 어머니, 이 문어숙회랑 냉채는 어떠세요?"

"이것도 네가 한 거니? 아니지?"

어머니, 그렇게 기대에 찬 눈빛으로 물어보시면…….

"네. 배, 배달시켰어요."

"그럼 그렇지. 이건 문어가 영 아니야. 먹다가 강냉이 나가겠다. 비린내도 좀 나고. 냉채는 어째 뗗고 쓴 것이……."

어머니…… 그럴 리가요. 새벽에 노량진에서 펄떡대는 걸 사 와다 막 삶은 건데요……. 그리고 냉채가 뗗을 수도 있는 건가요?

"아, 하하. 그, 그렇죠? 냉동 문어가 그렇죠, 뭐. 아빠! 그거 먹지 마, 강냉…… 아니, 치아 상해."

"큭. 크크큭."

세인의 도끼눈이 구석에서 몸을 말고 웃음을 삼키는 도균을 향했다. 그래, 그랬다. 지연과 경호가 맛있다고 콕콕 집어내는 것들은 전부 도균이 만든 것, 그리고 저녁 식사가 끝나면 장렬하게 음식물쓰레기통으로 직행할 것들은 전부 세인이 만든 것들이었다.

얄미워, 얄미워. 하여간 인간미 없어!

"아들, 안 뗗어? 그걸 웃는 얼굴로 먹다니…… 호러 무비가 따로 없구나."

아랫입술이 댓 발 나온 세인이 지연의 말에 옆에 앉은 도균에게로 시선을 돌렸다. 냉채를 국물까지 후루룩 마신 도균이 '캬!' 하는 소리와 함께 접시를 내려놓았다.

"국물이, 국물이 끝내줍니다, 어머니."

"세인아, 얘 오늘 이거 말고 뭐 또 잘못 먹은 거 있니?"

세인이 말없이 어색하게 웃고는 도균의 옆구리를 팔꿈치로 쿡 찔렀다. 도균이 몸을 기울여 세인의 귓가에 작게 속삭였다. '한 그릇 더.' 이런 모습을 성연이 본다면 분명 한 단어로 도균을 정의했을 것이다.

팔불출.

처음엔 무슨 말도 안 되는 소리냐 비웃었는데, 이젠 성연의 말을 백번 수긍하고도 남는 세인이다. 이 정도면 나 예쁨받는 아내 맞나? 혼자 쑥스러운 생각에 빠져 고개를 푹 숙이고 밥알을 세고 있는 그녀의 정수리 위로 경호의 벅찬 음성이 흩어졌다.

"좋은 데 들어간다고? 야, 우리 딸 출세했네!"

"출세는 무슨. 처음엔 엄청 정신없을 텐데, 뭘. 강릉까지 왔다 갔다 해야 하고. 아빠가 생각하는, 고상하게 책상 앞에 앉아서 도면이나 그리는 거랑 실전은 많이 다르니까. 게다가 난 말단이잖아."

"우리 새아가 고생해서 어쩌니? 도균이가 사무소 차려 준다는 거 왜 거절했어, 응?"

"어, 어머님. 그러다 오빠 파산하면 어쩌시려고……."

세인이 풋, 웃자 타이어처럼 질긴 문어를 열심히 씹어 대던 도균이 더없이 진지한 음성으로 대꾸했다.

"그깟 사무소 열두 개라도 더 차려 주지. 말만 해."

너무 진지해서 어이없을 정도의 묵직한 목소리였다. 거기다 대고 지연은 또 맞장구를 쳤다. '열둘 받고 열다섯 콜!'이라고.

유쾌한 저녁 식사였다. 하룻밤이라도 좋으니 자고 가시라는 권유에도 불구하고 지연과 경호는 한사코 두 손을 내저으며 저택으로 돌아갔다. 그리고 배웅하러 따라나선 세인에게 지연은 자신의 며느리를 사나운 풍랑 속에 빠뜨릴 말 한마디를 폭탄 투하하듯 던지는 것도 잊지 않았다.

'신혼여행 때 그 캐리어, 장롱 속에 넣어 놨다. 유용하게 쓰렴.'

찡긋하고 윙크까지.

신혼여행 첫날, 그 캐리어 때문에 무슨 사단이 났었는지 지연은 아마 짐작도 못 하고 있을 것이었다. 결코 좋은 기억이 스민 물건은 아니건만, 세인은 지연의 말에 자연스럽게 긴장하기 시작하는 자신을 이해할 수 없었다.

"먼저 씻어"

"네? 뭐, 뭐, 뭘요!"

양팔을 가슴 앞으로 교차해 기울어진 십자가 모양을 만들고 숨넘어갈 듯 놀라는 세인에게 도균의 의아한 시선이 따라붙었다.

"난 설거지할 테니까 너 먼저 씻고 쉬라고."

"네? 아, 네. 씨, 씻어야죠. 씻…… 어, 전화 온다."

때마침 울리는 핸드폰이 너무나 반갑다. 식탁 위에 놓여 있던 핸드폰을 세인이 후다닥 달려가 집어 들었다.

"여보세요!"

[아, 응. 세인아.]

"누구…… 아, 선배?"

[응. 누구 전화 기다리는 중이었어? 혹시 남자친구?]

"네?"

승조에게서 흘러나온 남자친구란 단어에 세인이 저도 모르게 도균을 흘끔거렸다. 고무장갑을 낀 채 팔짱을 낀 그가 가늘게 뜬 눈으로 그녀를 주시하고 있었다. 세인은 취조하는 듯한 눈빛에 뜨끔해서 눈을 얼른 내리깔았다. 저런 예리한 시선 앞에선 다 들켜 버릴 것 같다. 씻란 말에 자신의 머릿속이 어떤 새빨간 상상들로 어지러웠었는지.

[방금 엄청 반가운 목소리로 전화 받았잖아. 남자친구 전화 기다리는 중인데 내가 방해했나?]

"아, 아뇨, 아니에요. 기다리는 전화 없어요."

[그럼 전화 건 사람이 나라서 그런 거라고 오해하는데.]

"예? 아, 예. 그럼요."

세인의 대답이 이렇게나 대강인 이유는 바로 도균 때문이었다. 도균은 그 큰 키로 엉거주춤 허리를 굽힌 채 세인의 통화 내용을 엿듣기 위해 아닌 척 그녀의 주위를 배회하고 있었다. 세인은 그게 정신이 나가 버릴 정도로 신경 쓰였다. 승조의 목소리가 그의 귀에까지 흘러들까 봐 걱정이 되어서가 아니라, 와이셔츠를 걷어붙인 도균에게서 번져 나오는 자극적인 머스크 향이나, 꽃분홍색의 고무장갑 밖으로 드러난 눈을 뗄 수 없게 만드는 팔뚝의 잔 근육, 그런 것들 때문이었다.

아, 아찔하다.

"저, 근데 무슨 일로……."

"으에취! 푸에취!"

세인이 어서 통화를 마쳐야겠다는 생각에 서둘러 용건을 물으려던 찰나였다. 도균이 별안간 과장된 몸짓과 함께 재채기를 터트렸다. 그것도, 핸드폰을 대고 있던 세인의 오른쪽 귀 바로 그 옆에서. 놀란 세인이 핸드폰을 떨어뜨릴 정도로 큰 소음이었다.

"까, 깜짝이야!"

"감기인가."

무슨 일이 있었냐는 듯 심상한 얼굴로 코끝을 쥐었다 놓은 그가 바닥에 구르는 핸드폰을 집어 들기 위해 몸을 숙였다. 요즘 스마트폰, 하여튼 쓸모없이 성능 한번 끝내준단 말이야. 도균은 눈썹을 구기며 아직도 통화가 이어지고 있는 핸드폰의 통화 종료 버튼으로 손가락을 가져갔다. 그러다 아차 싶어 순순히 세인에게 핸드폰을 건넸다. 싱긋 웃는 그의 얼굴이 맛있는 걸 숨겨 놓고 시치미 떼는 표범 같다.

"다행히 아직 안 끊겼다, 여, 여보."

세인이 입을 떡 벌렸다.

그렇게 보지 마, 젠장. 지금 소름 돋은 거 너뿐만이 아니니까.

도균이 솜털이 돋아난 자신의 팔뚝을 내려다보며 어깨를 부르르 떨었다.

"내, 냉채가 문제인가? 무, 문어인가? 왜 이러세요? 어디 아프……."

"어, 끊겼다. 저쪽에서 끊었나 봐."

도균은 세인의 말이 상대에게 전해지기 전에 서둘러 몰래 종료 버튼을 눌러 버렸다. 그리곤 더없이 자연스러운 몸짓으로 핸드폰을 자신의 바지 주머니에 집어 넣었다. 혼이 나가 버린 세인이 이상함을 느끼지 못하는 건 당연했다.

"생각이 바뀌었어."

"……네?"

"씻지 마."

"무, 무슨……."

"너 오늘 못 쉬어. 내일 주말이니까 하루쯤 밤새는 건 상관없겠지."

바, 밤이요? 밤을 왜 새요? 왜요? 뭘 하려고요? 뭘 하면서 밤을 샐 건데요? 전 아직 밤을 샐 정도론 마음의 준비가 되지 않았…….

"나가자."

"……녜?"

나가요? 좋은 집 두고 왜? 침대도 저기 있는…….

"데이트해야지. 잊었어? 우리 지금 연애 중이라고. 나가서 영화도 보고 드라이브도 하고, 속성으로 끝내 버리겠어."

도균이 고무장갑을 벗어 던졌다. 그리고 세인은 꽃단장할 새도 없이 도균의 손에 끌려 집을 나섰다.

"……여보?"

승조는 끊어진 전화를 한참 동안이나 놓지 못하고 멍한 눈으로 쳐다보았다. 전등이 하나만 켜져 있어 은은한 어둠이 내려앉은 사무소에 혼자 남은 그의 입술 사이로 머지않아 허탈한 한숨 소리가 새어 나왔다.

딱히 용건이랄 걸 찾지 못하고 충동적으로 건 전화였다. 야근에 지쳐 조금 날카로워져 있었던 것 같기도 하고, 아니면 창을 넘어 비쳐 들어오는 가로등 불빛에 조금 감성적이었던 것도 같다. 이유야 어찌 되었건 승조는 문득 세인의 목소리가 듣고 싶었다. 하지만 이런 뜻밖의 전개라니.

불쾌한 감각이 심장을 을씨년스럽게 훑으며 생채기를 냈다. 승조는 문득 손에서 통증을 느꼈다. 억센 손아귀 힘이 그도 모르는 사이 무선 전화기를 산산조각 낼 듯 세게 죄고 있었다. 아니, 실제로 조각조각 부서져 내리는 건 그의 마음이었다.

승조는 멋대로 심장을 파고드는 이 쓰린 감정이 질투심이라는 걸 깨닫곤 초조하게 마른세수를 했다.

생각보다 더 괜찮은 연애를 하고 있는 모양이구나. 생각보다 더 두 사람의 관계가 깊을지도 모르겠다.

단지 잠깐 끼어들었던 목소리 하나로 승조는 무수히 많은 불길한 상상을 했다. 그리곤 조소했다. 그의 큰형이 혀를 차며 했던 우스갯소리가 새삼 떠올랐다.

'너 그 명언 모르냐? 골키퍼 있다고 골 안 들어가는 거 아니라고.'

소싯적 다른 남자와 5년째 연애 중이던 큰형수에게 첫눈에 반해 결국 결혼까지 밀어붙인 승준다운 충고였다. 하지만 아무래도 자신은 형만 한 강심장은 못 될 모양이었다. 감정을 전부 내비쳤을 때 세인이 보일 반응이 이렇게나 겁이 나는 걸 보면. 선후배라는 연결고리마저 그녀 쪽에서 잘라 버리면 어쩌나, 이렇게 조심스러운 걸 보면.

그렇게 스스로의 감정을 헤집던 승조는 문득, 자신이 생각보다 더 간절히 세인을 원한다는 사실을 알았다. 그녀를 잃고 싶지 않다는 두려움의 크기는 그녀를 좋아하는 마음의 크기와 비례했다. 승조는 착잡한 마음에 쓰디쓴 커피만 연신 들이켰다.

감정의 무게를 깨닫자 그는 더 심각해지고야 만다. 뭘 어떻게 해야 할지 감을 잡을 수가 없다. 다른 남자가 아닌 그 자신을 향해 웃는 세인을 보고 싶었고, 함께 시간을 보내고 싶었다. 지금껏 몇 번의 연애 경험 중 다른 여자들이 그에게 해 달라고 졸랐던 귀찮은 일들이 세인을 떠올리면 꼭 해 보고 싶은 것들로 순식간에 변모했다. 하지만 그건 그녀를 누군가에게서 빼앗아 와야 가능한 일들이다. 그녀가 소중히 여기는 사람을 그녀에게서 떨어뜨려야만 할 수 있는 일들이었다.

그게 과연 옳은 일인지 승조는 혼란스러웠다. 자신의 어리석은 욕심 때문에 세인이 혹시 상처 입게 되지 않을까 걱정스러웠다. 더 솔직히 말하면 세인에게서 버려지는 것이 그녀의 남자친구가 아니라 그 자신이 될까 봐 무서웠다.

다 식어 버린 머그잔을 매만지던 그의 손이 서랍을 열었다. 승조의 손에 딸려 나오는 액자 안에는 학사모를 쓴 그의 옆에서 말갛게 웃는 세인의 얼굴이 있다. 긴장감에 가면을 쓴 것처럼 어색한 자신의 모습에 반해 반짝거리며 스스로 빛을 내는 것 같은 세인의 생기발랄한 얼굴이 손에 잡힐 듯 선명했다. 그래, 그랬었다. 울먹거리며 편지를 건네던 여후배들 사이에서 세인은 밝은 얼굴로 그를 툭 치며 졸업 축하한단 인사를 아무렇지도 않게 내뱉었었다. 그게 얼마나 서운하고, 또 비참한 기분을 안겨 주었던가. 그 길로 승조는, 학교에서의 마지막 날이니 미친 척 고백이라도 해 보자 했던 계획을 접어야 했다.

세인과 관련하면 모든 기억이 지나칠 정도로 생생했다.

복학하고 처음 참석했던 과 술자리에서 신입생이었던 세인을 처음 봤던 날, 자기소개를 시키자 토마토처럼 새빨개진 얼굴로 더듬더듬 말을 마치던 모습. 처음 마셔 보는 막걸리에 '맛있다!'를 연발하다가 구급대원의 신세를 질 뻔해 그의 가슴을 철렁이게 만든 일. 그룹 과제 때 부탁을 거절하지 못해 혼자 도서관에서 밤을 새며 다른 조원의 몫까지 해내던 씩씩함. 장학금을 받았다며 신이 나 한턱 쏘겠다던 귀여운 거드름.

그 모든 것이 그의 시선을 빼앗았다. 아니, 빼앗긴 건 시선이 아니라 마음이었다. 승조는 아무리 노력해도 그 마음을 쉽게 되찾아 오지 못할 것 같은 예감에 몸서리쳤다.

"아쉽지만 저녁 식사는 이미 했으니 패스하고. 말해 봐. 어떤 데이트를 원해?"

도균이 버릇처럼 핸들에 팔을 괴고 물었다. 세인은 최근에 그가 저런 자세로 자신을 빤히 쳐다볼 때마다 가슴 깊은 곳이 보글보글 끓는 묘한 기분에 사로잡히곤 했다.

봄엔 느끼지 못했는데, 여름인 지금은 도균의 새하얀 셔츠 소매가 시시때때로 그녀의 망상에 불을 지피고 있었다. 그가 핸들을 안듯이 감싸면 얇은 천이 팽팽하게 당겨져 그 아래의 단단한 팔이 고스란히 들여다보이는 것 같았기 때문이었다. 그리고 비스듬히 고개를 꺾어 바라보는 그 시선은 위험하리만치 관능적이었다.

세인은 침을 꿀꺽 삼키고 정면을 주시한 채 말을 더듬었다.

"그, 글쎄요. 드, 등산 데이트?"

"야밤에 실족사하는 게 꿈꿔 온 데이트인가?"

"아, 그렇구나. 그럼 놀이동산? 아, 폐장 시간 지났겠다."

"기다려."

그는 흡사 '내 사전에 불가능이란 없다.' 란 명언을 남긴 나폴레옹에 빙의된 듯 날렵하고 위풍당당하게 어딘가로 전화를 걸기 시작했다.

"공 비서, 늦은 시간에 미안합니다. 그…… 유성그룹 신 전무님 연락처 좀 알려 줘요. 아, 별일은 아니고 데이트 때문에 놀이동산에 가려고 하는데 시간이 늦어서 부탁을 좀 드릴까 하……."

거기까지 들은 세인이 놀라 서둘러 도균의 핸드폰을 **빼앗았**
다. 전화를 꺼 버린 그녀가 경악에 찬 눈길로 소리쳤다.

"미치셨어요?"

도균은 그녀가 왜 이렇게 언성을 높이는지 전혀 모르겠다는
기색이다.

"미쳤냐니? 가고 싶달 땐 언제고 왜 변덕이야."

"혹시 도련님, 그 드라마 알아요? 꽃보다 남자."

"뭐야, 그 느글거리는 제목은."

"제가 엄청 욕하면서 본 드라마거든요. 거기 보면 재벌 남자
주인공이 게 먹으로 홋카이도 가자고 그러고, 우동 먹으로 삿포
로 가자고 그래요. 그런 비현실적이고 낭비벽에 찌든 데이트를
낭만이라고 생각하는 여자들을 엄청 비웃었다고요, 제가."

"삿포로에 정말 잘하는 우동집 있긴 해. 먹어 보면 너도 낭비
벽이란 소리 못 할 텐데. 가 볼래?"

"아이, 참! 제 말의 요지는! 그런 건 제가 꿈꾸는 데이트가
아니라는 겁니다, 도련님아!"

뭐지, 이 묘하게 기분 나쁜 억양은?

도균이 턱을 긁적이며 그럼? 하는 얼굴로 세인에게 답을 구
하고 있었다. 잠시 후 세인이 입매를 끌어 내리며 결심한 표정
을 지었다.

"우선, 우리 이 으리으리한 차부터 버리도록 하죠."

"차 없이 데이트를 어떻게 해."

"차 없이 하는 데이트, 제가 가르쳐 드릴게요."

세인이 그 말을 남기고 먼저 밖으로 나섰다. 도균 역시 하는 수 없이 그녀의 뒤를 따라 해가 쨍쨍하던 낮과는 달리 가벼운 바람이 부는 거리 위에 섰다. 주머니에 손을 찔러 넣은 도균의 팔을 세인이 잡아끌고 어딘가로 향하기 시작했다. 그의 까만 눈동자가 세인의 손이 닿은 자신의 팔에 머물렀다.

"근데, 많이 해 봤나?"

"뭘요?"

"차 없이 하는 데이트."

"무슨 뚱딴지같은 소리예요. 어! 버스 온다. 타요, 타요! 놓치면 10분 더 기다려야 한다고요."

세인이 달리는 바람에 도균 역시 달려야 했다. 버스 문은 그가 꼿꼿이 선 자세로 통과하기엔 그 높이가 너무나 낮았다. 먼저 버스에 올라탄 세인이 문득 생각난 듯 '2명이요.' 라고 말했다.

그럼 난 요금을 안 내도 되는 건가? 의아해할 틈도 없이 세인이 도균의 팔을 끌어당겼다. 비어 있는 2인석 자리의 창가 쪽에 세인이 냉큼 앉았다. 멀뚱히 서 있는 도균을 올려다보며 그녀가 혀를 찼다.

"앉든가, 아니면 손잡이라도 잡아요. 차 출발하면……."

"어엇!"

"……그렇게 나자빠지고, 그러거든요."

푸훗! 웃음을 터뜨린 세인이 도균에게 손을 내밀었다. 그가 인상을 찌푸리며 그 손을 잡으며 일어섰다. 그리곤 세인의 충고대로 서둘러 자리에 앉았다.

"모양 빠지게. 굳이 왜 이런 불편한 데이트를 선호하는지 모르겠네."

"신선하지 않아요? 오빠 한 번도 이런 데이트는 해본 적 없을 거 아니에요."

"나 신선하자고 이러는 척 말하지 마."

"물론, 저도 지금 무지막지한 신선함을 느끼고 있고요."

"맨날 타고 다니는 버스면서 신선함은 무슨."

도균이 좁고 불편한 의자에 허리를 이리저리 움직이며 심드렁하게 대꾸했다. 그 와중에 그녀가 창문을 힘겹게 열려는 걸 발견한 그가 팔을 뻗어 창문을 열어 주었다. 세인이 방긋 웃으며 도균을 돌아보았다.

"저도 교통카드로 두 명 찍은 건 처음이란 말이에요. 내가 버스 창문이랑 씨름할 때 남자가 도와준 것도 처음이고요. 엄청 신선하겠죠?"

"그……래?"

입꼬리 원위치해라, 이도균. 아까 자빠진 걸로 이미 오늘 치 쪽은 다 팔렸다.

"네. 남편이랑 제대로 하는 첫 데이트인데 이 정도는 특별한 게 맞죠. 다른 여자들이랑 질리도록 했을 데이트 코스는 싫어요."

아까는 느끼지 못했던 온기가, 열린 창문 사이로 불어 들어오는 바람에 가득 실려 있는 것 같았다. 그리고 도균은 여름인데도 그 따스한 바람이 조금도 불쾌하게 느껴지지 않았다. 그는 들쑥날쑥 제멋대로 요동치는 마음을 내색하지 않으려 애를 써야 했다.

"데이트 따위가 질리게 느껴질 만큼 한가했던 적 없어. 그러니까 어떤 데이트였든 나는 신선했을 거라고."

세인이 놀란 눈으로 도균을 응시했다. 정면을 향한 그의 무뚝뚝한 눈가가 조금은 휘어 있는 것도 같았다. 세인은 발그레해진 뺨을 식히기 위해 창가 쪽으로 고개를 바짝 들이대며 기어들어가는 목소리로 중얼거렸다.

"……다행이네요."

아랫입술을 깨물며 미소를 참는 세인을 흘끔거리던 도균이 짜증스럽게 머리를 긁적였다. 그러다 후, 하고 한숨 쉰 끝에 그의 손이 움직였다. 무릎 위에 다소곳이 올라가 있던 세인의 손이 도균의 손바닥 안으로 숨었다. 그녀의 고개가 단박에 그에게로 돌아갔다.

"속성으로 하자고 했잖아."

퉁명스러운 도균의 말에 세인의 웃음이 결국 터졌다.

"그리고 이 정도는 되어야 특별하다고 할 수 있는 거라고."

"푸훗. 네. 결혼식 이후론 처음이니까, 우리가 연애를 시작하고 오늘이 처음 손잡은 날이겠네요. 역사적인데요?"

"그래. 그 정도 의미는 두어야 내가 버스까지 탄 게 안 억울하지."

세인이 작게 킥킥거렸다. 하여튼, 표현에 참 인색한 남자다.

덕분에 계속 태연한 척하는 도균을 놀려 주고 싶은 고약한 장난기가 발동해 버렸다.

잡힌 손을 꼼지락거리던 그녀가 조심스럽게 도균의 어깨에 머리를 기댔다.

"이러면, 얼마나 더 특별해지는 걸까요?"

도균이 숨을 참는 것이 느껴졌다. 그리고 그를 골탕 먹이려던 그녀 역시 그의 긴장에 전염되어 숨을 멈췄다.

석고상처럼 굳은 세인의 갈피를 잡지 못하는 눈동자가 바쁘게 창밖을 향했다. 그녀는 현기증을 불러일으킬 만큼 휘황찬란한 네온사인 간판들을 의미 없이 읽어 갔다.

가, 감자탕. 감자탕엔 역시 우거지가 빠지면……. 깨, 깨소금도 필수지. 대구탕. 대구는 살보단 내장이……. 곤이, 곤이 그게 참 맛있는데. 그게 어느 부위지? 간? 창자? 아, 정자 주머니라고 했던 것……. 아, 난 잔인한 여자야.

세인의 얼굴이 불어오는 바람으로도 차마 식힐 수 없을 만큼 달아올랐다. 그리고 도균의 뺨 역시도 달아오르고 있었다. 아니, 부어오르고 있었다. 마구 휘날리는 세인의 머리카락이 그의 뺨을 철썩철썩 때렸다.

그래도, 아무래도 좋다. 창밖의 시끄러운 소음도 좋고. 승차감 제로의 이리저리 흔들리는 버스도 좋았다. 도균은 자신의 바보스러움에 경악하면서도 세인의 물음에 또다시 바보스러운 무언의 대답을 했다.

이보다 더 특별할 수는 없을 거라고.

그러나 사실은 어제보다 오늘이 더 특별한 것처럼, 내일은 오늘보다 더 특별한 날이 될 것임을 알고 있었다. 한계에 다다랐다고 느껴지는 이 특별함이, 더 이상은 불가능할 것만 같은 이 행복감이 그녀에게 차곡차곡 쌓이는 감정과 함께 커지고 있다고.

돌연 웃음이 나왔다. 세인이 그의 어깨에 기대고 있던 고개를 들어 동그랗게 뜬 눈으로 바라보았다. 도균은 풀어진 표정을 황급히 수습하며 손을 뻗어 세인의 머리를 다시 제 어깨에 기댔다.

"내릴 때까지 계속 이렇게 있어."

"무, 무거울 텐데……."

"어. 무겁긴 엄청 무거워. 조그만 게 보기랑은 다르네."

"뭐가 어째요?"

"학생 때, 책 가득 들어 있는 가방 딱 벗어 놓으면 기분이 어땠어?"

"갑자기 그게 무슨 뚱딴지같은 소리예요?"

도균의 손이 꾹 누르고 있어 그의 표정을 볼 수 없는 세인은 답답해 미칠 노릇이었다. 갑자기 웬 책가방 타령이야? 내 머리가 책가방처럼 무겁단 소리야? 질문의 의도를 몰라 헤매는 그녀가 빤히 보여 도균은 간신히 웃음을 참아야 했다.

"난 허전하더라."

"어깨가 가벼워지면 기분이 좋아야 하는 거 아닌가?"

그러게. 그런데 이상하게 허전하더라고.

귀찮고 성가셨던 그녀가 어느 날인가부터 자신과 서서히 거리를 두기 시작했을 때에도. 그게 못 견디게 허전했었다. 종일 그의 뒤를 병아리처럼 따르며 혼자만의 수다를 떨던 그녀가 행여 자신과 마주칠까 발소리를 죽이고, 실없을 정도로 헤실거리며 눈을 맞춰 오던 그녀가 그의 앞에서 고개를 숙이며 표정을 감췄을 때도. 그게 끔찍하게 허전했다.

"나중에 어깨 아프다고 내 탓 하면 안 돼요."

"네 남편 어깨 튼튼하니까 걱정 마."

칫. 두고 보자고요.

쫑알대는 세인이 옆에 있어서 다행이라고. 다시 그 반짝거리는 눈동자로 눈을 맞춰 줘서 고맙다고. 도균은 낯 뜨거워 말로 하지 못하는 마음을 대신해 세인이 조금 더 편안하도록 자세를 고쳐 앉았다. 그렇게 얼마 가지 않아 그대로 잠들어 버린 세인의 머리에 기대 도균 역시 짧지만 달콤한 잠에 빠져들었다.

그를 끌고 세인이 도착한 곳은 한강이었다. 아직 열대야가 찾아오긴 이른 감이 있었지만 여름 기분을 내 보고자 하는 사람들로 인해 한강변은 일찌감치 소란스럽고 북적거렸다. 군데군데 텐트가 솟아 있고, 돗자리를 깔고 동그랗게 모여 앉은 사람들도 보였다.

"다음엔 낮에 와서 자전거 타요. 여기 자전거도 빌려서 탈 수 있거든요."

"굳이 왜 빌려서 타? 기다려, 내가 지금 괜찮은 걸로……."

또 주머니에서 전화기를 꺼내 드는 도균을 보며 세인이 잽싸게 말을 이었다.

"커, 커플 자전거요! 그냥 자전거는 저도 집에 있어요."

"커플?"

"네. 두 사람이 한 자전거를 앞뒤로 나란히 앉아서 탈 수 있게 만들어 놓은 거예요."

무서워서 무슨 말을 할 수가 있나. 세인은 좀 더 시간이 지난 후 안정적인 가정경제를 위해 꼭 도균의 통장을 수중에 넣고야 말리라고 다짐했다. 자칫 방심했다간 몇 년 안에 길거리에 나앉겠다 싶다. 부자는 망해도 삼 대는 간다지만 요샌 다 옛말이지, 하고 세인이 생각할 수 있는 건 도균의 회사가 얼마나 탄탄한 자본력을 바탕으로 하는지 모르기에 가능한 일이었다.

"자전거 타는 게 다음이면, 오늘은 뭘 할 생각인데."

"이렇게 손잡고 한강 구경하는 것만으로도 좋지만, 역시……한강 하면 치맥 아니겠어요?"

"치맥? 수맥 뭐 그런 건가?"

"치킨과 맥주요!"

세인이 딱하다는 눈으로 도균을 바라보았다.

"요샌 멀쩡한 단어를 멋대로 줄이고 섞어 말하는 게 유행인가 본데, 저기 여주에 잠들어 계시는 세종대왕님이 아시면 관 뚜껑을 돌려차기로 날려 버리……."

"치킨은 외래어니까 상관없어요. 이상한 데 딴죽 걸지 말고 지갑 좀 빌려 줘요. 교통카드만 달랑 들고 와서 현금이 없어요."

멋쩍어진 도균에게서 지갑을 받아 든 세인이 어딘가로 쏜살같이 달려 나갔다. 다른 곳 가지 말고 여기 꼼짝 말고 있으라는 그녀의 명령에, 그는 엄마를 기다리는 아이 같은 심정으로 세인이 다시 모습을 드러낼 때까지 자세 한 번 흐트리지 않았다.

솔직히 말하자면 불안했던 것 같다. 버스에서부터 내내 잡고 있던 손을 놓고 멀리 점이 되어 가는 세인을 보는데 가슴이 아릿하기까지 했다. 그냥 그대로 세인이 자신이 있는 곳을 잊어버리고 찾아오지 못할 것만 같았다. 그녀 없이 뉴욕에서의 생활을 어떻게 견뎠나 싶을 정도로 도균은 세인이 없는 스스로가 타인처럼 낯설게 느껴졌다.

"얼음 땡 놀이해요? 앗, 동상인가? 훠이, 훠이. 이거 몇 개?"

양손에 뭔가를 잔뜩 들고 돌아온 세인이 도균의 눈앞에 손을 흔들며 장난스럽게 웃었다. 그가 후, 하고 숨을 토해 냈다.

"잠깐만 기다려요. 금방 끝내주는 야식상을 대령할 테니까."

세인이 옆구리에 끼고 있던 돗자리를 펼치기 시작했다. 하필 제일 큰 사이즈를 골라 왔는지 거대 은갈치와 혈투를 벌이는 왜소한 어부처럼 보이는 세인의 손에서 도균이 돗자리를 낚아챘다.

"식사 준비는 원래 내 담당이야. 영역 침범하지 말고 가만히 있어."

달려오는 바람에 숨이 차 헐떡거리는 걸 알아채고 이러는 건 아닐까? 세인은 뚝딱뚝딱 돗자리를 펴고 그 위에 치킨과 맥주, 마른안주를 차례로 놓는 도균을 보며 은근한 미소를 지었다.

자꾸 도균의 행동 하나하나에 의미를 부여하게 된다. 그리고 그렇게 의식하며 보기 시작한 도균의 행동들은 사소한 것 하나까지도 그녀를 고맙고 설레는 감정 속에 빠뜨렸다. 냉정하고 권위적인 사람이라고 생각했는데, 알고 보면 엉뚱하고 귀여운 면이 많았다. 바로, 지금처럼…….

"치킨 놓는데 뭐 그렇게 각을 잡아요? 여기 레스토랑 아니라고요. 대충 놓고 먹으면 되지, 날 새겠네."

"보기 좋은 떡이 먹기도 좋다고, 가장 이상적이고 먹기 편리한 방향으로……."

"아, 됐어요, 됐어. 앉아요. 자! 여기, 맥주!"

돗자리 위에 먼저 철퍼덕 앉은 세인이 도균에게 맥주 캔을 휙 던졌다. 포물선을 그리며 날아가는 그것을 캐치하는 도균의 동작은 매끄러웠고 심지어 우아하기까지 했다. 아 놔, 저 남잔 무슨 맥주 캔 하날 받아도 사람 심장 떨리게 저래? 가만히 왼쪽 가슴 위를 지그시 눌러 보는 세인의 긴장감을 도균의 난감해하는 목소리가 누그러뜨렸다.

"나, 맥주는 잘 못 마시는데."

알코올 도수와 상관없이 사람마다 몸에 잘 받는 술이 있기 마련이었다. 맥주 열 캔을 마셔도 끄떡없는 세인이 소주 한두 잔에 무너지듯이, 양주 한 병으론 눈 하나 깜짝 않는 도균에게는 맥주가 쥐약이었다. 그는 유난히 맥주에 약했다. 맥주가 아니더라도 보글보글 거품이 올라오는 마실 것은 모두 그와 궁합이 맞지 않았다. 그래서 콜라나 사이다 같은 탄산음료와도 담을 쌓고 산 지 오래인데.

"에이, 주당인 거 다 아는데 이제 와서 빼는 거예요? 내가 잡아먹기라도 할까 봐?"

아니, 내가 잡아먹기라도 할까 봐.

앓는 도균의 속을 아는지 모르는지, 세인이 직접 입구를 딴
캔을 그의 손에 재차 쥐여 주었다. 그녀는 그가 이렇게 바닥에
아무렇게나 앉아 마시는 술이 못마땅해서 이러는 거라고 오해
하고 있었다. 쯧, 그놈의 도련님 병!

"스카이라운지는 아니지만, 이렇게 마시는 술도 꽤 분위기
있고 좋아요. 믿어 보시라니까요?"

믿어 보시라니, 무슨 시골 장터에서 약장수 된 느낌이네. 세
인이 목을 가다듬으며 여전히 멀뚱히 캔 입구만 바라보고 있는
도균의 맥주에 자신의 맥주를 부딪쳤다. '짠!' 하는 추임새와
함께 그녀가 먼저 스타트를 끊는다.

도균은 희미하게 보이는 목젖을 위아래로 흔들어 가며 맛있
게 맥주를 마시는 세인을 멀거니 쳐다보다가 캔을 입에 가져다
댔다. 손바닥을 차갑게 식히는 감동에 유혹당하지 않기란 불가
능했다. 그의 몸이, 몇 년 전 마지막으로 마셨던 여름날 맥주의
느낌을 기억하고 있다.

조금만, 딱 한 모금만 마시지, 뭐. 그리고 누구나 예상할 수
있듯이, 그 한 모금은 두 모금이 되고, 세 모금이 되고, 마침내
는 다음 날의 카오스를 몰고 올 만취의 세계로 그를 이끌었다.

7.

정신은 이미 각성했건만 눈이 떠지지 않는 그런 아침이 있다. 도균은 깨질 것 같은 두통에 오른손으로 이마를 짚으며 끄응, 신음을 흘렸다. 멍석말이라도 당한 듯 온몸이 뻐근하고 욱신거렸다.

도균은 이대로 하루 종일 드러누워 있고 싶은 기분을 가까스로 억누르며 힘겹게 눈꺼풀을 밀어 올렸다.

팔랑거리며 흩날리는 커튼 사이로 햇빛이 파고들어 눈을 찔렀다. 그는 기지개를 키려 유난히 묵직하게 느껴지는 왼쪽 팔에 힘을 주었다. 헌데 꿈쩍도 하지 않았다. 움직이지 않을 뿐만 아니라 감각조차 없었다. 그는 잠든 사이 팔이 잘려 나가기라도 했나, 하는 우스꽝스러운 생각과 함께 고개를 왼쪽으로 돌렸다.

으억!

놀란 심장이 활어처럼 펄떡댔다. 도균의 흔들리는 동공 안에,

잠든 세인의 얼굴이 가득 찼다. 한두 번 동침한 것도 아닌데 뭘 새삼스럽게 놀라느냐고?

젠장. 그 수많은 밤중에 세인이 속옷 바람이었던 적은 단 한 번도 없었다!

새근새근 잠들어 있는 세인이 열린 창문 사이로 불어 들어오는 아침 바람이 찬지 어깨를 웅크리며 도균 쪽으로 더 바짝 달라붙었다. 종이 한 장 겨우 들어갈까 싶던 틈마저도 완벽하게 사라졌다. 레이스로 장식된 핑크빛 브라가 도균의 옆구리에 찰싹 붙었다. 살짝 드러난 가슴 윗부분엔 깊은 골이 생겼다. 거기까지 확인한 도균이 눈을 질끈 감았다.

나무아미타불관세음보살. 염불을 아는 데까지 외던 그가 눈을 다시 뜨곤 자신의 가슴 위에 다소곳이 올라 있는 세인의 자그마한 손을 바라보았다.

으어헉!

난 어째서 맨가슴인가!

꿈에서나 봤던 세인의 모습에 평소라면 불끈 일어섰을 아래쪽도 워낙 당황한 탓인지 잠잠했다. 그 정도로 놀랐단 말이다. 그는 동상처럼 굳은 채로 재빨리 머리를 굴렸다. 조각조각 난 필름이 퍼즐이 완성되듯 이어지기 시작했다.

'오빠, 이렇게 있으니까 우리 이제 진짜 연인 같아요.'

조각 난 필름의 시작은 세인의 흐린 음성부터였다.

'제가 도련님으로 모신 게 한두 해가 아니라서인지, 아무리 오빠라고 불러도 여전히 어려웠어요. 그런데 같이 버스도 타고, 이렇게 바닥에 앉아서 맥주도 같이 마시고 하니까……이제야 오빠도 나랑 똑같은 사람이구나, 하는 생각이 들어요.'

그럼 어젯밤 이전에 나는 사람이 아니라 뭐였냐? 도균은 잠든 세인에게 속으로 넌지시 물었다. 물론 답은 없었다.

'우리 사이의 거리가, 6개월 전엔 10미터였다면, 지금은……한 1미터?'

그때 세인의 말을 듣는 자신의 얼굴이 어땠었는지는 아무리 노력해도 떠오르지 않았다. 아마 헤벌쭉 벌어지려는 입매에 힘을 주느라 정신없었겠지. 기억엔 없어도 짐작하긴 충분했다.

그래, 그래서 이 아찔한 속옷 차림은 1미터가 된 걸 자축하는 쇼라도 되는 거야, 뭐야?

한숨을 내뱉은 도균이 조심스럽게 몸을 움직였다. 세인이 깨지 않도록 나무늘보에 빙의해 느릿하게 침대에서 내려온 그가 이불을 그녀의 목까지 끌어 올려 덮었다. 저 새하얀 살갗은 아침부터 감당하기엔 정말이지 너무나 육욕적이다.

"잡생각 말고 샤워나 하자."

머리가 엉망이 될 때까지 헤집으며 도균이 욕실로 들어가고, 머지않아 물소리가 새어 나왔다. 그리고 또 머지않아, 비명 소리가 샤워기 소리에 섞였다. 닫힌 문에 가로막힌 소리는 다행히 잠든 세인에게까지 닿지 않았다.

"……내가 대체…… 무슨 짓을……."

머리 위에서 세차게 물이 떨어지는 것도 의식하지 못한 채 도균은 퀭한 눈으로 거울에 비친 자신을 바라보았다. 수면 아래

가라앉아 있던 필름 조각 하나가 예고도 없이 훅 하고 그의 뇌를 향해 강펀치를 날렸다.

'자고 싶다.'

이게 정녕 내 목소리인가? 휘청거린 도균의 손이 벽을 찾아 짚었다.

'졸리세요? 이제 그만 들어가요. 어느새 시간이……'

'자고 싶다고.'

'네, 그러니까요. 버스 끊겨서 택시 타야겠다. 콜택시 부를게요. 일어나실 수는 있겠어요?'

세인이 작은 몸으로 자신을 받치듯 부축하던 기억이 생생했다. 그녀는 정말 멀쩡했다. 맥주엔 자신 있다는 말은 헛소리가 아니라 진짜였다. 물론 지금 중요한 게 그건 아니다. 택시를 타고 집에 들어온 이후, 그게 문제였다.

'자고 싶다.'

'오빠 취하니까 되게 귀엽네. 자면 되지 왜 보채요. 자장가라도 불러 줘요?'

기억 속의 자신이 미간을 찌푸렸다. 지금 거울을 통해 보이는 모습처럼.

'안 눕고 왜 그렇게 앉아 있어요. 혹시 속 안 좋으세요?'

침대맡에 앉아 있던 그에게 그녀가 물었다. 찌푸린 얼굴이 어딘가 불편해서인 줄 알았는지 세인이 걱정스러운 얼굴로 가까이 다가왔다. 도균은 오지 말라고 소리쳤다. 어제의 세인이 들을 수 있을 리 없겠지만.

'찬물 좀 떠올⋯⋯.'

세인이 사정거리 안에 들어왔을 때, 그의 손이 그녀의 손목을 잽싸게 잡아챘다. 도무지 술에 취한 사람의 것이라곤 볼 수 없는 날렵함이었다. 놀라 그를 바라보던 세인의 눈은 완벽한 구체였다. 진부하지만, 사슴 같은 눈망울이라는 표현이 더없이 잘 어울리는 눈동자였다.

'자고 싶어.'

'네, 그러니까 얼른 누우세요.'

'너랑.'

'네. 저도 씻고 누울 거예요. 먼저⋯⋯.'

'하고 싶어.'

'⋯⋯ 눼?'

이대로 증발할 수는 없는 건가. 바닥으로 추락해 부서지는 물방울을 보며 도균은 차라리 그 파편이 되어 사라지고 싶었다.

'⋯⋯ 안고 싶어.'

기억상실증 걸리는 법, 그런 거 인터넷에 치면 나오려나.

'도, 도련님⋯⋯?'

'그런 식으로 도망치는 거 식상하지 않나? 네가 어떤 식으로 부르든 내가 네 남편이란 사실은 변하지 않는데.'

술 취한 놈이 말은 참 또박또박 잘했네. 빌어먹을.

'술이 과, 과하셨⋯⋯.'

'키스해도 돼?'

'⋯⋯ 네?'

'키스, 해도 되냐고.'

세인의 목울대가 꿀렁였다.

'네. 그, 그거야 뭐⋯⋯.'

'허락했다, 네가.'

'으앗!'

타임머신이 존재한다면 전 재산을 털어서라도 사 버릴 자신이 있었다.

그 말을 마지막으로 한참이나 두 사람 사이에 대화는 없었다. 아니, 대화가 필요치 않았다. 침대 위의 성숙한 남자와 여자에겐 음성보다 더 좋은 대화 수단이 있었으니까.

도균이 세인의 손목을 잡은 손에 힘을 주자 그녀가 그의 위로 무너져 내렸다. 그의 입술이 정확히 그녀의 입술을 찾아 머금었다. 프러포즈 때의 유치한 뽀뽀도, 결혼식 때의 옅은 입맞춤도 아니었다. 진한, 그야말로 상대의 모든 것을 삼킬 듯한 격렬한 키스였다.

밭은 숨을 마주 댄 입술 사이로 흘려보내는 세인을 순식간에 침대에 눕힌 도균의 손이 그녀의 얇은 티셔츠를 밀어 올렸다. 커다란 손은 다른 곳을 거치지 않고 바로 그녀의 가슴을 향했다. 꽉 모아 담으면 손바닥을 가득 채울 듯한 크기의 말랑거리는 젖가슴이 그의 손아래에서 이지러졌다.

'하⋯⋯. 도련님, 잠깐만요! 분명 키스만이라고⋯⋯.'

'입술에만 한다곤 안 했지.'

숨 쉬라고 잠깐 틈을 준 사이에 세인이 급하게 소리치자 도균이 입술이 다시 그녀의 입을 막았다. 그가 아껴 마지않는 그녀의 도톰한 입술이 도균의 이에 잘근, 깨물리고 빨아당겨졌다. 거부하는 세인에게 도균이 내린 벌은 볼이 홀쭉해질 정도로, 쭙하는 소리가 새어 나갈 정도로 광포한 입맞춤이었다.

그 철부지가 제대로 된 대책을 세우기엔 자신이 너무 거세게 밀어붙였을 것이다. 쉼 없이 물을 쏟아 내는 샤워기 꼭지를 잠근 도균이 일그러지는 얼굴을 손바닥으로 마구 쓸었다.

숨을 헐떡대는 세인의 티셔츠를 벗기는 일은 누워서 떡 먹는 것보다 더 간단한 일이었다. 원래도 헐렁거리던 트레이닝팬츠? 손 안 대고 코 풀기였다. 세인을 순식간에 속옷 차림으로 발가벗겨 놓고 도균 역시 와이셔츠를 내팽개치듯 벗어 던졌다.

잘록한 세인의 허리를 위아래로 쓰다듬으며 그가 그녀의 목덜미에 입술을 문질렀다. 간지러운 건지, 무서운 건지 목을 잔뜩 움츠리는 세인의 빗장뼈를 도균이 혀끝으로 느른하게 더듬었다. 허리와 배꼽 주변을 살살 간질이던 손이 다시 가슴을 움켜쥐었다. 그가 한 손으로 브라의 어깨끈을 끌어내리며 다른 손으론 골반에 걸쳐진 팬티 가장자리를 매만졌다. 그 모든 장면이 그의 눈동자 위로 영화처럼 흘러갔다.

네가 진짜 미쳤구나, 이 짐승 같은 새끼야.

도균은 속으로 온갖 욕을 스스로에게 퍼부으며 제발 어제의 기억이 여기까지이길 간절히 바랐다. 정말 끝까지 가기라도 했으면 지금 이 자리에서 목을 매달아도 지은 죄를 갚기엔 모자랄 것 같았다. 세면대를 쥔 양 손등에 힘줄이 툭 불거졌다. 눈을 감고 심호흡을 하자 나머지 기억들이 해일처럼 그를 덮쳤다.

바들바들 떠는 세인을 손바닥 아래로 고스란히 느낄 수 있었다. 그게 긴장 때문이든, 두려움 때문이든, 그녀가 준비되지 않았다는 사실은 확실해 보였다. 그는 그녀의 쇄골 언저리에 파묻었던 얼굴을 들고 주먹을 꽉 쥔 채 눈을 질끈 감은 세인을 내려다보았다. 앳된 얼굴이 아랫입술을 사리물고 울 것 같은 얼굴을 하고 있었다. 갑자기 술이 확 깨는 기분이었다. 아니, 애초에 취한 게 맞기는 했나. 이러려고 취하고 싶었던 건 아닌가. 별의별 생각이 다 들었다.

도균은 세인을 누르고 있던 몸을 천천히 일으키며 그로 인해 끌어 내려진 어깨끈을 원래대로 되돌려 놓았다. 세인이 뎅그렇게 뜬 눈을 깜빡이며 그를 쳐다보았다.

'네 말이 맞다. 내가 술이 과했어.'

그때 세인이 내뱉었던 한숨은 분명 안도의 의미였으리라.

'괜찮아요?'

'아니.'

쪽팔려서. 미안해서. 죽을 것 같다. 어제도, 지금도.

짧게 대꾸하곤 두통 때문에 얼굴을 찌푸렸다. 세인은 계속 걱정스러운 얼굴이었다. 속옷만 입고 그렇게 다정한 얼굴 하지 말라고 속으로 얼마나 소리쳤던가.

'머리 아프죠? 찬물 좀 떠올······.'

침대에서 일어서던 세인을 덥석 낚아챘다. 꺅, 하고 비명을 지르는 그녀를 끌어안고 그가 푹신한 이불 위에 드러누웠다.

‘필요 없어. 나 같은 놈은 머리 아파도 싸지.’

‘네?’

‘자자. 아무 짓도 안 해. 얌전히 안고만 잘게. 못 미덥겠지만.’

실크보다 부드러운 살갗이 벗은 가슴팍에 스치자 몸에 불이 확 붙었다. 그 감촉이 어찌나 인상적이었는지 하루가 지난 지금에도 몸이 순식간에 더워지는 바람에 도균은 찬물을 틀어 온몸에 마구 끼얹으며 폭풍 같은 세수를 해야 했다.

곧 다시 침실로 돌아온 도균의 얼굴은 10년을 욕실에서 보낸 사람처럼 수척해져 있었다. 새하얀 이불을 돌돌 말고 있는 세인에게 다가간 도균의 손이 한참의 머뭇거림 끝에 그녀의 반듯한 머리카락을 쓰다듬었다. 흘러내린 앞머리를 가다듬던 그가 허리를 숙여 동그랗게 드러난 이마 위에 입을 맞췄다.

“남편 자격 미달이군.”

미안, 하고 중얼거린 그가 서둘러 드레스 룸으로 향했다. 세인이 깨고 나면 도저히 그 얼굴을 마주 볼 자신이 없어서 빛의 속도로 출근 준비를 마친 그가 밖으로 나섰다. 잠시 후, 토요일이라는 사실을 까맣게 잊은 그를 반긴 것은 텅텅 비어 황량하기까지 한 본사 빌딩이었다.

빌딩이 숲을 이루고 있고 그 사이를 이리저리 가로지르는 검은 아스팔트 위는 지글지글 끓고 있었다. 회사들이 밀집해 있는 강남의 주말은 점심시간임에도 평일보다 고요했다. 드문드문 길을 걷는 사람들은 햇빛을 받으면 살이 녹아들까 걱정하는 것처럼 그늘만을 골라 발을 옮기고 있었다. 이상고온 현상이란다. 높은 습도 때문에 불쾌지수도 무한으로 상승하는 날씨다.

"아, 상쾌해!"

샛노란 린넨 셔츠를 입은 세인이 양팔을 벌리며 그렇게 소리치자 지나던 사람들이 흠칫 놀라며 그녀와의 거리를 넓혔다. 그러거나 말거나, 주변의 시선을 깨닫지 못한 세인은 그 자리에서 한 바퀴 빙글 돌기까지 했다.

"힛."

걸음을 멈춘 그녀의 두 뺨이 복숭앗빛으로 달아올랐다. 어제 일을 떠올리는 세인은 곧 꿈꾸는 듯 몽롱한 얼굴이 되었다.

도균에게 현대 비뇨의학으론 해결할 수 없는 심각한 결함이 있을 거라는 성연의 추리는 어제부로 빗나갔다. 결혼 후 백 일이 가까워져 오는데도 세인을 처녀로 남겨 두는 건 그 이유 말고는 설명이 안 된다는 게 성연의 생각이었다. 세인은 성연이 앞에 있는 듯 득의양양한 표정을 지었다. 그럼 그렇지, 누구 남편인데.

성연의 표현을 빌려 설명하자면 어젯밤 일은 '불발', '미수'에 그친 것이었지만 세인은 똑똑히 느낄 수 있었다. 허벅지에 닿던, 도균의 튼튼한 '그것'을. 그녀를 집어삼킬 것 같던 안달하는 눈빛을. 악물던 이, 그녀를 정신 못 차리게 하는 머스크 향기.

그는 완전무결한 수컷이었다. 게다가 더 놀라운 건, 그녀 자신도 완전무결한 암컷이었다는 점이다.

사실은 내가 엄청난 요부였던 건 아닐까? 팜므파탈, 뭐 그런 거!

세인은 도균의 손과 입술이 스치고 지나갈 때마다 자신의 몸이 내보였던 반응을 생생히 기억했다. 그가 깊게 입을 맞춰 올 때 저도 모르게 잔뜩 꺾인 허리. 가슴을 움켜진 그의 손아귀 아래에서 단단히 일어섰던 유두. 허리를 쓰다듬는 손길과 허벅지를 파고드는 무릎에 자꾸만 터져 나올 것만 같던 신음.

하나하나 되짚던 세인이 짧게 탄식을 내뱉었다. 설마, 나 그거 느낀 거야? 오르가즘!

"내, 내가 지금 무슨 생각을."

뒤늦게 자신이 있는 곳이 인도 한복판이라는 사실을 깨달은 세인이 자신의 뺨을 찰싹찰싹 때렸다. 세인은 자꾸만 유혹의 손짓을 보내는 음란마귀를 애써 물리치고 다시 한 번 목적지를 되새겼다.

돌아오는 월요일이 자신의 첫 출근 날이었다. 세인은 그전에 〈공간과 숲〉에 사전답사를 하러 나온 참이다. 집에서 거리는 얼마나 걸리는지, 출퇴근 땐 어떤 버스를 타야 하는지, 지난번 면접 보러 왔을 땐 미처 생각하지 못했던 것들을 시뮬레이션하기 위해 나온 그녀의 발걸음이 가벼웠다. 멀리 사무실이 있는 빌딩이 보이자 그녀의 볼이 오목하게 패였다.

12층짜리 빌딩의 5, 6층이 숲의 사무실이었다. 세인은 빌딩 앞에 서서 벅찬 기분으로 건물을 올려 보았다.

"아자!"

"날 보러 오는데 기합까지 넣을 필욘 없을 테고."

주먹을 불끈 쥐며 각오를 다지는 세인의 귓가로 익숙한 목소리가 흩어졌다. 그녀는 주먹 쥔 그 자세 그대로 고개를 돌려 목소리의 주인공을 확인했다.

"선배!"

"오랜만이다."

승조가 웃으며 인사를 건넸다. 아니, 웃는 게 맞나? 눈은 우는데 입만 웃는 것 같은 설명하기 힘든 표정이었다.

"무슨 일로 왔어?"

"사전답사요. 잘 부탁드립니다, 선배, 아니 차 차장님!"

사전답사? 세인이 한 말을 중얼거리는 승조에게 세인이 허리를 꾸벅 숙이며 인사했다. 그러다 풋, 하고 웃는다.

"근데, 선배. 차 차장님이라고 하니까 발음이 재밌지 않아요? 차 차장님, 차 차장님. 빨리 말하면 짜짜장님이 되는데요?"

세인은 뭐가 그렇게 우스운지 연신 '차 차장님'을 반복하고 있었다. 무거운 습기를 담은 바람이 그의 목덜미를 스치고 지나갔다. 승조는 가슴 근처가 뻐근해지는 감각에 미간을 좁히며 더디게 물었다.

"무슨 소리야. 차장님이라니, 네가 날 그렇게 부를 일이……."

"어, 제가 말씀 안 드렸어요? 저 숲에 붙었어요. 황 교수님 추천으로요. 선배, 이제 제 사수 되시는 거예요."

손가락으로 브이를 만들어 얼굴 근처에서 흔드는 세인이 멋쩍은 듯 혓바닥을 날름 뺐다. 그 사소한 행동에도 승조의 심장은 멎었다 다시 움직이기를 반복했다. 중증이라고 생각했다. 그래서 더 위험했다. 그런데, 그런 세인이……

"우리 회사에…… 입사한다고?"

매일매일, 보게 된다고.

당차게 고개를 끄덕이는 세인을 보며 승조는 입술을 세게 깨물었다.

"저 일 못한다고 너무 구박하시면 안 돼요. 토요일인데 출근하신 거예요? 점심 전이시면 제가 사고 싶은데 괜찮으세요? 미리 로비하려는 거 아니라곤 말 못 하지만."

세인이 발랄하게 웃었다. 승조의 얼굴에 그늘이 깊어진다.

손 닿는 곳에 두어선 안 될 사람이다. 그녀로 인해 자신이 무너질 거라는 걸 승조는 뻔히 내다볼 수 있었다. 미소 한 번에 이리저리 휩쓸리며 떠내려갈 스스로를 너무나 잘 알았다.

"그래."

그래도 어쩔 수 없겠지. 밀어내기엔 너무나 아까운 사람이니까. 약도, 보상도 없는 마음앓이에 시달리게 될 것을 알면서도 뿌리치지 못할 만큼, 탐나는 사람이니까.

내가 왜 그랬을까. 내가 왜.

도균은 다음 날인 일요일에도 꼭두새벽에 일어나 출근 아닌 출근을 했다. 어젯밤엔 새벽 2시가 넘어서야 집에 들어갔다. 그를 기다리기라도 했는지 거실 소파에서 몸을 웅송그리고 잠들어 있는 세인 때문에 깜짝 놀라 야밤에 쇼크사할 뻔도 했다. 소복같이 새하얀 잠옷이라니, 원피스도 아니고 바지와 세트로 된 잠옷은 밝을 때 보면 열혈 유도선수요, 어두울 때 보면 영락없는 처녀귀신이었다. 그로서는 절대 이해할 수 없는 취향이다.

어쨌든, 깨어 있는 세인과 마주치지 않아서 다행이라고 가슴을 쓸어내리며 조심스럽게 그녀를 침대 위로 옮겨다 놓았다. 그리고 그는 소파에서 겨우 쪽잠을 자고 날이 밝기도 전에 도망쳐 나온 길이다.

주말인 게 차라리 다행이다. 평일이라 공 비서가 출근했더라면 걱정스러운 얼굴로 온갖 차를 권하며 성가시게 굴었을 것이다. 텅텅 빈 사옥에 이따금 도균이 절규하는 소리가 메아리처럼 울렸다. 당직을 서는 보안요원들은 울부짖는 총각귀신의 환영을 떠올리며 몸을 부르르 떨었다.

"미친놈."

잘 참아 왔었다. 물론 세인이 졸업 작품 준비 때문에 눈코 뜰 새 없이 바빴기 때문에 하는 수 없이 참아진 것도 있었다. 신혼여행에서 돌아온 후 꼬박 하루 걸러 학교에서 밤을 샜고, 집에 들어와서도 서재에서 도면을 그리다 책상 위에 엎어져 자기 일쑤인 그녀였다. 먹이도 먹이 나름이라고, 시들시들 다 죽어 가는 사냥감을 보며 군침을 흘릴 만큼 굶주리진 않았다. 늘 뽀얗던 피부는 까칠하지, 없던 다크서클을 액세서리마냥 눈 밑에 대롱대롱 달고 다니지, 양치를 하다 깜빡 조는 바람에 목구멍을

칫솔로 찔러 피를 토하는 일도 있었다. 그런 세인을 보며 남자로서의 욕구를 연상시키기엔 죄책감이 느껴졌던 것이다.

그러고도 정신을 못 차리고 요리교실은 고집스럽게 꼬박꼬박 출석했다. 졸업 후로 미루자고 해도 꿋꿋했다. 그걸 딴에는 아내의 의무라고 여기는 모양이라 한숨이 절로 나왔다. 도균은 필연적으로 요리 공부에 열을 올리지 않을 수가 없었다. 그렇지 않으면 그 비실대는 몸에 식사 담당은 제가 하겠다고 나설 위인이 바로 자신의 아내였으니까.

세인이 학교에서 밤을 새는 날에 그가 집에서 편하게 쉬었던 적은 단 하루도 없었다. 학원에서 배운 요리를 집에서 복습하고, 요리 서적을 사다가 수험공부 하듯 레시피를 달달 외우기도 했다. 그런 발군의 노력으로 마침내 그는 학원에서 이 달의 수강생 영예를 거머쥠과 동시에 밥통을 사수할 수 있었던 것이다.

식사를 준비하는 잠깐의 시간 동안 세인이 눈을 붙이는 걸로 도균은 인생 계획에 없던 요리 공부에 대한 보상을 충분히 받았다. 부부관계? 그건 지연에게도 말했듯이 서둘러서 될 일이 아니었다. 그리고 바라 마지않던 부부가 된 이상 초조해할 건 없었다. 혹시 몰라 강남구 쪽을 예의주시했으나 한 달에 걸친 추적에도 싱거울 만큼 아무런 사건도 일어나지 않았으므로. 그렇게 불만이 아주 없진 않지만 그래도 나름 만족스러운 신혼 초입이었다.

이놈의 못된 입, 나쁜 손, 못되고 나쁜…… 아랫도리만 아니었더라면 말이다.

그는 이 모든 고난의 원흉인 자신의 뻔뻔한 손을 원망스럽게 내려다보았다. 어제 일에 대한 죗값으론 얼마가 적당할까? 보름? 한 달? 반년? 설마…… 그 이상 근신해야 하는 건 아니겠지? 그는 재판장에 선 피의자와 같은 침통한 두려움에 젖어들었다.

10에서 1로 줄여 놓았던 거리가 이젠 100미터쯤으로 벌어졌겠군.

입 안을 잘근잘근 씹다가 테이블에 놓인 핸드폰을 집어 들었다. 왼손이 망친 일을 오른손이 수습하게 하라, 라는 속담도 있지 않은가?

핸드폰을 두드리는 도균의 얼굴이 그 어느 때보다도 진지했다. 수십억이 좌지우지되는 계약서에 서명을 할 때에도 이만큼 경직되진 않았었던 것 같은데, 하고 자조했다.

[네가 좋아하는 조기조림해 뒀다. 아침 챙겨 먹도록.]

젠장. 식모냐? 유모야?

[저기, 금요일 밤 일은 실수였어. 그렇다고 또 진심이 아예 없었던 건 또 아니지만, 내가 억지로 뭘 어떻게 해 보려는 나쁜 의도는 결코……]

주절주절. 꼴사납다. 나쁜 의도가 아니라고? 입에 침이나 발라.

[그러게 내가 맥주 못 마신다고 했어, 안 했어? 앞으론 고집 부리지 말도록 해.]

책임 전가하시겠다? 옹졸한 자식.

[화 많이 나셨소, 부인?]

너 같으면 화나지 안 나냐?

도균이 핸드폰을 테이블에 내동댕이쳤다. 그가 머리를 아무렇게나 헤집으며 의자에 몸을 깊게 파묻었다. 결혼하면, 부부가 되면 전화를 할 때나 문자를 보낼 때 갖가지 핑계거리를 일부러 찾아 갖다 붙이는 수고를 하지 않아도 될 줄 알았다. 그런데 아니다. 부부와 연인, 그 경계선에 애매하게 발을 걸치고 있어서일까. 배불러 포만감에 젖었던 마음이 갑자기 고프다, 모자라다, 아우성이다. 이대로는 안 돼. 그는 다시 한 번 마음을 다잡았다. 출발선에 선 육상선수처럼 비장한 얼굴이었다.

잠에서 깬 세인이 눈을 비비며 습관처럼 제 옆을 살핀다. 곧 그녀의 입술 사이로 '허!' 하는 어이없음의 한숨이 터져 나왔다.

"대체 언제 들어왔다 간 거야?"

어젯밤 도균을 기다리다가 분명 거실 소파에서 잠들었었다. 몽유병은 없으니 자는 도중 제 발로 침대로 기어들었을 리는 없고, 밤늦게 들어온 그가 옮겨 놓은 것이 분명했다. 얼굴 한 번 보기 되게 힘드네. 세인의 입술이 저도 모르게 비죽댔다.

목이 깔깔해 주방으로 향했다. 순면 재질의 새하얀 잠옷바지가 걸음에 맞춰 팔락댔다. 하품을 하며 컵에 물을 쪼르륵 따르던 그녀는 익숙하고 반가운 냄새에 코를 킁킁거렸다.

"조기조림!"

세인은 데우기도 전에 젓가락을 꺼내 냉큼 맛부터 봤다. 식었어도 끝내주는 맛이다.

이 정도면 천부적인 거야. 그게 아니면 똑같은 학원에서 똑같이 배우는데 수준 차이가 이렇게까지 날 리가 없어.

도균이 따로 시간을 내 요리공부를 한다는 걸 짐작도 못 하는 세인은 제 손은 손이 아니라 발이라며 길게 한탄을 했다. 하지만 한탄은 한탄이고 조기는 조기다. 세인은 도균이 만들어 놓은 조기조림으로 밥 한 공기를 뚝딱 해결했다. 한 그릇 더 먹을까 고민하며 숟가락을 빨다가 문득 '그는 아침을 먹고 갔을까?' 하는 의문이 들었다. 지금 시각은 8시. 먹는 데 30분쯤 걸렸다고 치고. 머릿속으로 시간을 계산해 보던 그녀는 처음 맛보았던 조기조림이 차갑게 식어 있었다는 걸 상기하곤 입을 떡 벌렸다.

주말은 쉬라고 있는 거라고. 이 일중독 말기환자 같으니! 세인은 혀를 차며 방 안으로 달려가 핸드폰을 집어 들었다.

[일요일인데 또 출근하신 거예요?]

약 올리니? 이건 아니야.

[퇴근은 언제 하세요?]

아직 아침인데 보채는 것 같잖아. 탈락.

[아침 식사는 하셨어요?]

공복이라고 그러면 뭐, 도시락이라도 싸려고? 아서라, 민세인. 네 망손으로 도시락? 그건 윤봉길 의사의 도시락 폭탄보다 더 위협적인 거라고.

"하아."

세인이 길게 한숨을 쉬며 털썩 주저앉았다. 대체 일이 얼마나 바쁜 거야? 시무룩해진 그녀가 불현듯 고개를 쳐든다. 주소록을 뒤져 공 비서의 번호를 찾아낸 세인이 침을 꿀꺽 삼켰다.

"여보세요? 공 비서님. 안녕하세요, 저 세인이에요. 쉬셔야 하는데 연락드려서 죄송해요. 저 다름이 아니라…… 요새 오빠 회사일이 많이 바쁜가요? 주말인데 어제 오늘 출근을 해서……. 네? 아뇨! 제가 쫓아냈을 리가, 저희 부부싸움은 아직……. 아, 네. 네. 네. 아, 제가 괜히 걱정을 했네요. 주말 잘 보내세요. 네."

세인이 멍한 얼굴로 전화를 끊었다. 공 비서의 말을 요약하자면 이러했다.

바쁜 일? 전혀 없다. 그리고 설사 일이 바쁘더라도 주말엔 출근하시지 않는다. 상사의 초과근무는 부하직원의 초과근무를 부르고 그건 결과적으로 업무의 효율을 떨어뜨린다는 경영철칙 아래, 정해진 근무시간은 철저히 지키시고 남은 업무는 댁에서 보신다. 그러니까 아마도…… 회사가 아니라 다른 곳에 가셨을 거다.

"다른 곳? 다른 곳 어디?"

궁금해서 안달이 났다. 전화를 해? 하지만 뭐라고? 공 비서님께 여쭤 보니 주말엔 출근을 안 하신다면서요? 그럼 어디신데요?

의부증 환자 같다. 꼴불견이다. 부부라고 해서 일거수일투족 보고하고 보고받을 의무도 권리도 없는데. 게다가 우린 아직 온

전한 부부도 아니지.

세인이 고개를 저었다. 자꾸만 이것저것 해 보고 싶은 충동을 불러일으키는 얄궂은 핸드폰을 주머니 속 깊이 찔러 넣었다.

"자, 여기는 오늘부터 우리랑 함께 고생하게 될 민세인 씨."

호기심 어린 시선이 여기저기서 번쩍번쩍 빛났다. 출근 전 집에서 다잡았던 결심이 새하얗게 흩어지고, 소개를 하는 목소리는 몇 번 더듬기까지 했다. 그래도 환영은 열렬했다. 입 안의 여린 살을 은근히 깨물며 어색하게 웃던 세인이 사무실의 풍경을 눈으로 훑다가 내내 그녀 쪽으로 향해 있던 시선 하나와 맞부딪혔다. 승조가 씩 웃으며 장난스럽게 고개를 기울였다. 세인역시 대꾸하듯 눈으로 웃었다.

첫날은 역시 정신없이 시간이 흘렀다. 세인은 혼을 도둑맞은것 같은 표정으로 이리 뛰고 저리 뛰었다. 손이 모자란다는 게빈말은 아닌지 업무량이 만만찮아 기가 죽는다. 점심시간을 삼십 분쯤 남겨 놓고 나자 그나마 숨 돌릴 틈이 생겼다.

"오늘 신입도 왔는데 점심 맛있는 거 먹어요, 팀장님!"

세인을 빌미로 간만에 포식 좀 해 보려는 직원들이 일제히 목소리를 높였다. 순한 인상의 김 팀장이 웃는 얼굴로 메뉴 추천을 받았다. 스시부터 꽃등심까지 다양한 의견이 나왔다. 그때였다.

"저, 여기가 〈공간과 숲〉 건축 사무소 설계팀 사무실입니까?"

연미복에 가까운 정장을 입은 중후한 모습의 남자가 갑자기 등장해 물었다. 의뢰를 하러 온 건축주인가? 다들 의문으로 눈을 빛내는 가운데 김 팀장이 나서서 고개를 끄덕였다. 제대로 찾아온 것에 안도했는지 남자가 웃었다.

"안녕하십니까. 저는 A호텔 레스토랑 지배인 김일환입니다."

신분을 밝힌 남자의 시선이 고개를 갸웃거리는 팀원들을 쭉 훑었다. 세인도 무슨 일인가 하는 호기심에 까치발을 들며 고개를 삐죽 내밀고 있었다.

"아! 거기 계셨군요. 사모…… 아니, 민세인 양. 첫 출근을 축하드립니다!"

남자의 반가운 목소리에 수십 개의 눈동자가 세인을 향했다. 다른 사람들은 알아채지 못했겠지만 세인은 분명히 들었다. 한 글자가 빠져 미완성인 그 단어. 사모님. 이 남자, 도균을 알고 있다. 자신의 정체를 알고 있다. 등 뒤로 식은땀이 주르륵 흘렀다.

"누, 누구신지……."

"1층 테라스에 여러분을 위한 특별한 만찬이 준비되어 있습니다. 지금이 점심시간 맞습니까? 제가 혹시 너무 일찍 찾아온 건……."

"아니에요!"

"그럴 리가! 어쩜, 딱 맞춰 오셨어요!"

"어디요? 1층이요? 1층 테라스?"

남자가 말을 마치기도 전에 모두들 쏘아붙이듯 물으며 누가 붙잡을세라 급히 사무실을 빠져나갔다. 마치 남아공 어디쯤의 초원 위에서 흙먼지를 일으키며 내달리는 무소 떼처럼 우르르. 모래폭풍이 지나간 자리엔 얼이 나간 세인과 의뭉스런 미소를 걸친 남자만이 남았다.

이게 무슨…… 이게 대체 무슨 상황이지?

"내려가시죠. 주인공이 빠져서야 되겠습니까."

"아니, 갑자기……. 도련님이 준비하신 거예요?"

"자자, 음식이 식겠습니다. 금강산도 식후경이라고 식사하시고 궁금해하셔도 늦지 않아요."

등을 떠미는 힘에 의해 세인이 멍한 얼굴로 걸음을 옮겼다. 두 사람마저 1층으로 향하자 이내 사람들로 북적거리던 사무실에 썰렁한 기운이 감돌았다. 그 가운데 승조가 싸하게 가라앉은 얼굴로 세인이 사라진 문을 바라보고 서 있다.

뺏긴 것 같은 기분이 든다. 손안에, 내 것이었던 것을 누군가 가로채 간 느낌.

우습지. 단 한 번도 그의 것이었던 적 없는 세인인데. 아니, 이런 마음 한 자락 꿈에도 모르고 있을 여자인데. 오늘 하루, 아니 겨우 몇 시간 시선 닿는 곳에 줄곧 그녀가 있었을 뿐인데.

같은 공간에서 같은 공기를 마시고 있다는 것만으로도 가슴이 벅차서 그냥 그것만으로도 내 사람이 된 것만 같았다. 회사를 나서는 순간 다른 남자의 애인인 세인이지만 여기, 이 공간에서만큼은 그녀의 온 신경을 제 것으로 돌릴 수 있었으니까. 그가 하는 말에 귀를 기울이며 고개를 끄덕이고, 호의와 친절로 가장한 그의 사심에 환하게 웃으며 고맙다고 해 주니까. 짧은 시간 마치 내 것이라도 된 것처럼 착각하고 있었다.

미련하긴. 시선이 닿는 곳에 세인이 있었던 게 아니라 세인이 있는 곳에 자꾸만 시선이 가고 말았던 거겠지. 오늘 하루 처리해야 할 일은 하나도 손대지 못하고 바쁘게 다다다 움직이는 여자에게 온 신경을 빼앗겨서. 그녀의 관심을 빼앗았다고 생각했나? 빼앗은 건 아무것도 없다. 오로지 빼앗겼을 뿐.

승조가 쓰게 웃었다. 세인의 비어 버린 자리를 흘끗 내려다본 그가 걸음을 옮겼다. 승조의 발이 멈추는 곳은 역시 세인이 있는 곳이 될 터였다.

"세인 씨, 덕분에 간만에 입이 호강하네."

"나도, 나도. 이 호텔 뷔페 비싸서 인터넷에 식사권 싸게 올라오기만 기다리고 있었는데. 근데 여기 이렇게 출장으로 나오기도 하나 봐요?"

"보통의 경우는 그렇지 않습니다만, VVIP 고객님의 요청에는 저희가 특별히 이렇게 출장 서비스를 하기도 합니다."

지배인의 자부심이 느껴지는 목소리에 세인이 휘청했다. 이 양반은 축지법 쓰나. 아까 저쪽에 있더니 언제 여기까지 와서는 괜한 대답을.

"VVIP요? 누구? 세인 씨, 누구? 혹시…… 남자친구?"

"아니요! 그럴 리가. 하하. 아, 아빠가 무리하셨나."

"오, 세인 씨 부잣집 딸내미구나?"

"아니요! 저희 집은 그냥 소시민⋯⋯."

"소시민이 A호텔 VVIP라는 게 말이 돼? 겸손할 거 없어. 요즘은 집안도 스펙이라는데, 뭘."

당황하며 손사래를 치는 세인을 향해 '에이-' 하고 야유한 직원들이 하나둘 음식을 퍼 담기 위해 흩어졌다. 졸지에 갑부집 딸이 된 세인이 어깨를 축 늘어뜨리는데 주머니에서 핸드폰이 진동했다. 그녀가 힘없이 전화를 꺼내 들었다.

"여보⋯⋯."

[딸! 점심 맛있게 먹고 있어? 어때? 맘에 들어? 다들 좋아하지? 음식은 입에 맞고?]

"어머니?"

들뜬 지연의 목소리가 세인이 채 여보세요, 란 말을 맺기도 전에 튀어나왔다. 아, 이게 다 어머님 작품이었구나. 그녀가 사람이 없는 곳으로 몸을 움직이며 이마를 짚었다.

"어머님이셨어요? 저한테 미리 귀띔이라도 해 주시지. 놀랐어요."

[그럼 서프라이즈가 아니잖니. 첫 출근 축하한다, 새아가!]

갑작스런 이벤트에 당황하고 곤혹스럽긴 했지만 그래도 그건 고마움의 감정과는 별개였다. 세인은 어쩐지 뭉클해서 시큰거리는 콧날을 손가락으로 세게 비볐다.

[저기 근데 세인아⋯⋯. 아니, 아니다. 비밀은 지켜야지. 아휴, 입 간지러워.]

"네? 어머님, 뭐라고 하셨어요?"

[아니야. 점심 맛있게 하고, 주말에 쉬면 고부간에 다정히 피서나 가자꾸나.]

"피서요? 어디 가고 싶은 곳 있으세요?"

[으응. 백화점.]

아……. 네, 어머니. 역시 피서엔 백화점이죠.

세인은 터진 웃음을 갈무리하며 출출한 배를 채우기 위해 눈이 빠질 만큼 휘황찬란하게 진열되어 있는 음식들 앞에 섰다. 메뉴는 정말이지 상상초월이었다. 랍스터부터 시작해 북경오리, 인도 커리까지 전 세계의 요리가 위풍당당 쌓여 있는 걸 눈으로 쭉 훑던 세인은 망설임 없이 한식 코너로 향했다.

성연으로부터 종종 입맛이 노티 난단 소리를 듣는 그녀는 소담한 나물반찬과 더덕구이, 언양식 불고기 앞에서 이성을 잃었다. 그렇게 접시 위에 탑을 쌓아 빈자리에 앉아 젓가락을 들었을 때, 건너편에 자리를 잡은 승조가 입을 열었다.

"아버님이 준비하신 거라고?"

"네? 아, 네에."

막 입 안으로 넣은 밥알이 하마터면 밖으로 튀어나올 뻔했다. 실은 아버지가 아니라 어머님이, 그것도 시어머니의 서프라이즈 선물이라고는 할 수 없어서 눈만 데굴데굴 굴려야 했다.

"아버님께 감사하다고 꼭 전해 드려."

승조가 눈을 접으며 웃었다. 세인은 식도를 타고 넘어가는 밥알이 모래알처럼 서걱하게 느껴져 물을 한 컵 비운 후에야 비로소 '네.' 하고 대답할 수 있었다. 승조의 말을 필두로 여기저기서 잘 먹겠다는 둥 고맙다는 둥의 인사가 쏟아졌다. 가시방석 속에서 밥알만 세던 그녀는 한참이 지나서야 정신없이 음식들을 맛보았다.

"어?"

젓가락을 입에 문 채 고개를 갸웃거리는 세인의 눈동자가 동그래졌다. 가져온 메뉴를 종류별로 맛본 그녀의 입술이 점점 놀라움에 벌어졌다.

낯선 음식에서 내 남자의 향기가 난다.

대한민국 최고 호텔의 조리장이 만들었을 음식에서 도균의 손맛이 떠올랐다. 몇 주 전 학원에서 나물무침과 더덕구이를 배울 때 도균이 만들었던 것도 딱 이런 맛이었다. 세인의 젓가락이 부지런히 움직이기 시작했다. 어느새 바닥을 비운 더덕구이를 보며 세인은 아쉬움에 입맛을 다시며 감탄했다. 아무래도 도균에게 이직을 권유해 봐야겠다고. 아무래도 자신의 남편에게 천재 쉐프의 자질이 있는 것 같다고 말이다.

8.

"아유, 출근 첫 날부터 외근을……. 미안해서 어쩌지?"

임신 8개월 차에 접어든 양 대리가 곤란한 얼굴로 세인을 바라보았다. 세인은 남산만 하게 부푼 양 대리의 배를 신기한 듯 응시하다 퍼뜩 정신을 차리고 아니라며 사람 좋게 웃었다.

점심시간이 끝나기도 전 강릉의 현장에서 전화가 걸려왔다. 그리고 곧바로 급히 외근 나가야 할 일이 생겼다.

이유가 우스웠다. 완공일까지 일정이 빠듯한데 현장에서 인부들 사이에 편 가르기 싸움이 나 공사가 답보 상태란다. 공사판에서 뼈가 굵은 현장소장이 타일러도 보고 호통도 쳤지만 주먹까지 오고 간 사이에 쉽게 해소될 골이 아니라 결국 SOS까지 걸려온 것이다.

이런 일로 멀고도 먼 강릉까지 가야 하나 싶었지만 별수 없었다. 누군가는 나서서 문제를 해결해야 했으니까.

"차 차장님이 알아서 해결하실 거야. 세인 씨는 옆에서 그냥 보고 배우기만 해. 이런 일 생각보다 비일비재하거든. 아, 세인 씨가 차장님 후배라고 그랬나?"

"네. 말이 선후배지, 학교 다닐 때 차장님이 워낙 인기가 좋으셔서 말 한 번 붙이기도 어려웠지만요."

"이야. 예전에도 지금처럼 재수 없는 타입이었구먼, 차 차장?"

옆에서 대화를 훔쳐 듣던 김 팀장이 승조를 쳐다보며 농담을 건넸다. 그렇게 사무실 직원들의 환송 속에 승조와 세인이 나란히 지하주차장으로 향했다.

"차장님, 원래 이럴 때는 제가 운전해야 하는데. 제가 정말 운전면허는 한 방에 땄거든요? 근데…… 그게 실전이랑 많이 다르더라고요. 누가 저한테 절대 운전대는 잡지 말라더라고요."

세인이 내려가는 엘리베이터에 서서 민망한 기색으로 중얼중얼거렸다.

"제가 몰면 강릉이 아니라 해남에서 멈출 거예요. 땅끝마을이요."

"어떤 사람?"

"네?"

"좀 전에 그랬잖아. 어떤 사람이 운전하지 말랬다고."

다른 내용은 귀에 들어오지 않았다. 승조의 관심을 끈 건 바로 '누가' 그 두 글자였다.

"아, 제가 그랬나요?"

부러 딴청을 피우는 세인을 보아 답은 듣지 않아도 **뻔했다.**
저렇게 쑥스러워하는 세인이 승조는 낯설었다. 털털하고 남학생
들과 스스럼없이 과격한 장난을 즐기던 그녀인데.

"이런 표정도 있구나."

"네?"

속마음이 허락도 없이 밖으로 튀어나오고 만다. 승조는 주머
니에서 차 키를 꺼내며 세인의 머리 위에 손바닥을 올려 쓰다듬
었다.

"아, 샘나서 운전 제대로 할 수 있을지 모르겠다."

"네? 그게 무슨 뜻이에요?"

"지금 눈에 뵈는 게 없을 것 같단 뜻."

엥? 세인이 눈썹을 일그러뜨리며 승조의 말을 해석하려 열심
히 머리를 굴린다. 어느새 조수석 문을 열고 기다리는 승조에게
달려가며 그녀가 소리쳤다.

"제가 운전시켜서 화나신 거예요? 맞죠!"

승조는 그냥 웃고 말았다. 맞네, 맞아! 확신을 갖고 되묻는
세인을 조수석에 태우고 문을 닫은 그는 입술을 아프게 깨물은
채였다.

"아아아."

"헉, 아프십니까?"

"아, 아닙니다, 윤 기사님. 남자가 이깟 걸로 아프긴요. 하하
하!"

젠장.

아팠다. 눈물 나게 아팠다. 도균은 한층 조심스러워진 윤 기사의 투박한 손이 세심하게 연고를 바르는 것을 내려다보며 소파에 힘없이 머리를 기댔다. 물집이 잡힌 양손은 결재서류에 사인을 할 펜조차 잡기 버거울 정도였다.

보통 2인분, 많아야 지연과 경호의 몫까지 4인분의 요리만 하다가 대인원을 위한 요리를 하려니 온몸이 조각조각 부서지는 기분이었다. 체력 하난 자신 있었는데……. 요새 요리학원 다니랴, 세인 몰래 청소, 빨래 같은 집안일 처리하랴 여유시간이 없어 운동을 통 못 했더니 그것도 다 옛말이 되었다.

도균은 군복무시절 행군 끝에 발에 물집이 잡혔을 때와 견주어도 손색이 없을 만큼 망가진 손을 보며 자신의 요리를 맛있게 먹었을 세인을 떠올렸다. 취업 기념으로 뭐라도 해 주고 싶은데 필요한 것도 없다, 갖고 싶은 것도 없다 했던 세인을 위해 떠올린 이벤트였다. 그런데 그 공을 왜 지연에게 돌렸느냐고?

자칫하면 그 밤의 실수를 무마하려는 꼼수라 오해할지 모른다는 생각에서였다. 어쨌든 이벤트란 다 자기만족을 위한 것 아니겠는가?

"근데 대표님, 정말 전 이번에 대표님 보면서 감동했습니다. 대표님같이 완벽한 분도 이렇게 노력을 하는데…… 저도 앞으로 이 한 몸 불살라 와이프한테 충성해야겠다, 다짐했습니다."

"불사를 것까지야 뭐 있습니까."

"하아. 대표님께서 아시는지 모르겠지만 저랑 제 와이프도 나이 차가 꽤 많이 나서…… 고달플 때가 한두 번이 아닙니다."

도균의 귀가 쫑긋했다. '이건 몰랐던 사실인데.' 생각하다 조금 미안해졌다. 매일 얼굴을 마주하는 직원의 가정사에 이리도 무심했다니. 하지만 티를 내선 안 되겠지.

"알죠. 나이 차이가…… 여섯이던가요?"

"아, 띠동갑입니다."

"아, 그러니까요. 열둘."

괜찮아. 전혀 어색하지 않았어. 발음이 비슷하잖아? 여섯. 열둘.

"결혼식에서 봤을 때 막 고등학교 졸업한 소녀 같던 모습이 기억이 나는데, 잘 지내시죠?"

"저어…… 저희 식은 안 올렸습니다, 대표님."

침착해. 침착하라고, 이도균. 네가 이 정도의 위기도 헤쳐 나갈 수 없는 그런 나약한 사람이냐?

"……아, 그렇군요. 제가 착각을 했나 봐요. 죄송합니다, 윤 기사님."

그래, 나 나약하다.

손의 통증이 더 심해지는 기분이라 도균은 속으로 끙 하고 신음을 내뱉었다.

"괜찮습니다. 대표님이야 워낙 바쁘시니 착각하실 수도 있죠. 그나저나 애가 걸음마 시작하고 나서부터는 저랑 와이프 둘 다 잘 지내는 거랑은 영 거리가 멀게 삽니다. 잠깐만 한눈을 팔아도 넘어지고 들이박고, 응급실만 벌써 두 번을 갔습니다."

"아이요? 아이가 있으십니까?"

윤 기사가 도균을 의아하게 쳐다보았다. 결혼을 한 부부 사이에 아이가 있는 건 어찌 보면 지극히 자연스럽고 당연한 일인데 도균이 마치 그 둘 사이의 상관관계를 처음 알게 된 사람처럼 펄쩍 뛰며 놀란 음성으로 되물었기 때문이다.

"네. 아들 녀석인데 잠시도 가만있질 않거든요."

"아니, 어떻게……."

"네? 왜 말씀을 하시다 마십니까?"

"아, 아닙니다."

도균이 황급히 얼굴을 쓸어내렸다. 하마터면 '어떻게 성공했냐.'는 물음이 튀어나올 뻔했다. 세상에. 그는 여섯 살 차이도 넘지 못해 고행 중인데, 그는 어떻게 아들까지 두었단 말인가. 배워야 할 사람은 윤 기사가 아니라 바로 자신인 것 같았다.

"고생 많으시죠, 대표님?"

도균이 부러운 눈빛을 감추지 못하고 있는데 마치 그 속을 다 읽은 양 윤 기사가 넌지시 물어왔다. 이걸 잡아떼야 하나 말아야 하나 고민하는 사이, 그보다 다섯 살 많은 윤 기사는 도균의 상처투성이 손을 보며 안쓰러운 듯 혼자 말을 이어 갔다.

"세인이, 아니 사모님께서 뭐랄까……. 철이 없으신 건 아닌데, 남녀 관계에 있어 너무 순수하시다고나 할까. 아니, 아예 그쪽으로 관심이 없다고 해야 하나."

"어떻게든 좋게 돌려 말씀하시려는 윤 기사님 의도 잘 알겠어요. 괜찮으니 편하게 말씀하세요."

도균은 속으로 윤 기사의 말에 격하게 고개를 끄덕이며 애잔한 시선으로 대꾸했다. 맘 같아선 윤 기사의 두 손을 꼭 부여잡고 그간의 고충을 전부 털어놓고 싶은 심정이었다.

"그럼 기탄없이 말씀드리겠습니다. 사실 도련님 미국 가 계실 때 제가 큰사모님 명으로 종종 망원경 들고 사모님 학교에서 잠복한 일이 있었죠. 감시나 사찰 수준은 아니었고, 그냥 큰사모님께서 하도 '우리 세인이 누가 채 가면 어쩌나' 하고 걱정을 하셔서……."

아니, 이 큰일 날 사람아! 욱하려던 도균은 얼마 전까지 강남구의 일거수일투족을 보고받던 자신을 떠올리곤 뜨끔하며 먼 산을 쳐다보았다.

"어쨌든. 그러는 동안 사모님을 좋아하는 게 분명한 학생을 하나 발견했는데, 같은 과 선배였더란 말입니다."

"아, 알아요. 그 자식, 아, 아니. 그 학생."

"아, 알고 계셨습니까? 전 솔직히 불안했습니다. 그 학생이 얼굴도 꽤 잘생겼고…… 물론 대표님만큼은 아니지만요! 근데 어딘가 묘하게 순정만화 주인공 같은, 왜 그 여자들이 열광하는 그런 타입 있잖습니까?"

강남구가? 전혀 아니던데. 굳이 따지자면 놀부가 떠오르는 스타일이지.

도균이 의아한 듯 고개를 기울였다. 하지만 자칫하면 강남구가 아니라 그 자신이 질투에 눈이 먼 놀부로 비칠까 봐 입 밖으로 속엣말을 꺼내진 못했다. 그리고 어쩌면, 정말 질투에 눈이 멀어서 강남구의 외모를 저도 모르게 무의식적으로 폄하하고 있는 건지도 모른다는 은근한 불안감도 작용했다.

"그 남학생, 따르는 여학생들이 많은 걸 보니 인기도 좋은 모양이었습니다. 듣자 하니 집안도 교육자 집안이고."

이, 인기가 좋아? 그건 둘째 치고 교육자 집안의 작명 센스가 그 모양일 수 있는 건가.

"후배들 챙기는 데 아끼지 않는 걸로 봐서는 집에 돈도 좀 있는 것 같았고."

이름부터가 돈 없으면 안 될 것 같은 느낌인데 새삼스럽게 뭘…… 근데 강남구 이 비열한 자식, 감히 돈으로 환심을 사려고 들었다?

도균은 윤 기사의 말에 일희일비, 아니 일비일비―悲―悲하며 속으로 격분을 토하고 있었다. 윤 기사의 입을 통해 듣는 강남구의 이미지는 너무나 긍정적인 것이라 그는 손이 다친 것도 잊고 어느새 불끈 쥔 주먹을 파르르 떨고 있었다.

"아무튼 누가 봐도 괜찮은 학생이 그렇게 티를 내는데도 사모님은 전혀 눈치를 못 채시더라고요. 아, 같은 남자로서 나중엔 그 남학생이 안쓰럽기까지 했습니다. 차라리 속 시원하게 고백이라도 했으면 싶었지만, 사실 그 상황에 대뜸 고백부터 했으면 사모님은 분명 당황스럽다며 도망부터 생각했을 겁니다."

그거 내가 잘 알지. 대뜸 청혼했다가 미쳤냐는 소리까지 들었었는데. 아니, 근데 듣자 하니 윤 기사님, 대체 누구 편이십니까?

"사모님이 알아주길 바라면서 그렇게 오래 주위를 맴돌았는데도 결국은 고백까지 가지 못하더라고요. 그 남학생 참 건실하고 착했는데. 잘 지내려나."

"아주 잘 지내고 있습디다."

있, 있습디다? 윤 기사는 도균답지 않은 말투를 듣고 그제야 혼자만의 생각에 빠져 주절거리던 입을 다물었다. 도균의 두 눈동자는 붉은 화염에 휩싸여 있었다. 처음 보는 격한 반응이 신기해 윤 기사는 이성을 잃고 속마음을 말로 내뱉고 말았다.

"대표님, 지금 질투하시는 겁니까?"

그것도 과거의 남자에게?

윤 기사가 놀라서 두 손으로 자신의 입을 틀어막았지만 이미 엎질러진 물이었다. 도균의 표정이 순간 싸하게 가라앉았다. 윤 기사는 마치 곧 날아들 칼을 막듯이 입을 가렸던 손을 내려 자신의 목을 감쌌다. 집에서 제비처럼 입을 벌리고 기다리고 있는 여우 같은 마누라와 토끼 같은 아들놈이 생각나 눈물이 눈앞을 가리려는데 별안간 도균이 '하하하!' 하고 웃음을 터뜨렸다.

"질투요? 하하하하! 제가요? 제가? 왜 이러십니까, 윤 기사님. 저 이도균입니다. 하하하! 질투라니요. 무슨 농담을 그렇게…… 황당하게……."

웃지 마세요. 더 무섭습니다. 차마 하지 못하는 말을 표정에 담는 윤 기사를 보며 갑자기 정색한 도균이 말했다.

"날 잡으시죠."

"네? 무, 무슨 날을……."

제가 해고되는 날 말씀이십니까?

"윤 기사님 내외랑 저희 부부, 식사 한 번 같이 하시죠."

황당한 도균의 말에 순간 윤 기사의 말문이 막혔다. 그런 그의 두 손을 붕대가 어설프게 감긴 손으로 꽉 부여잡으며 도균이 비밀스럽게 눈을 빛내며 목소리를 낮췄다.

"두 분은 최대한 다정한 모습을 보여 주시면 되는 겁니다. 12살 차이는 대수롭지 않은 진정한 부부의 모습이요."

"네? 아, 네. 네."

"아드님도, 꼭, 데리고, 나오시고."

윤 기사는 최면이라도 걸린 듯 고개를 끄덕일 수밖에 없었다.

"이건 제가 아부하려고 하는 소리가 아니라요. 차장님 정말 운전 잘하시는 것 같아요."

"우리 둘이 있을 땐 굳이 차장님 소리 안 해도 돼."

"습관 안 들이면 다른 직원들 앞에서 실수할까 봐요."

"네 말대로 짜장님 같아서 싫어. 선배란 호칭이 더 듣기 좋아, 나는."

승조답지 않게 단호한 목소리에 세인은 쿡, 웃음을 터뜨리며 알았다 고개를 끄덕였다. 휴게소에 들러 음료를 하나씩 손에 든 그들은 강릉에 가까워질수록 맑아지는 공기를 폐 속 깊이 가두어 돌아가려는 듯 누가 먼저랄 것도 없이 크게 숨을 들이켰다.

"이런 외근이면 나쁘지 않은데요? 드라이브하는 것 같다고 하면, 차장…… 선배 화낼 거죠? 선배는 힘들게 운전하는데."

"그 정도로 승차감이 좋진 않을 텐데."

"네?"

"눈에 뵈는 거 없이 하는 운전이라."

세인은 그저 승조가 농담하는 줄 알고 연방 웃음을 흘리기 바빴다. 강릉으로 향하는 내내 종알대는 세인의 목소리와 대꾸하는 승조의 나직한 목소리가 조화를 이뤘다. 그렇게 두 사람은 세 시간 정도를 달려 80퍼센트 정도 완성 단계에 이른 별장 건설 현장에 도착했다.

흙먼지를 헤치고 차에서 내린 두 사람을 현장 총책임자인 김 소장이 반겼다. 후덕한 인상의 그와 세인이 첫 인사를 나누는 동안, 승조는 별장을 둘러보고 있었다. 콘센트 위치 하나까지 설계도에 맞게 설치되었는지 꼼꼼히 확인하는 승조를 보며 세인은 남몰래 혀를 빼물었다. 재학 내내 과 수석을 놓치지 않았다는 소문이 있었는데 그게 참말인가 보다.

"흠잡을 데 없네요. 소장님이 고생 많으셨겠습니다. 싸운 게 이번이 처음이 아니라던데."

승조의 말에 김 소장이 기다렸다는 듯 푸념을 늘어놓기 시작했다. 주범은 전기를 담당하는 송 부장과 배관을 담당하는 서 부장이었다. 계기는 정말 사소한 것이었지만 끝은 한 사람의 코뼈가 내려앉을 정도로 격했던 주먹다짐이었다.

"그래서 다들 지금 어디 계십니까? 저녁이나 하면서 얘기하는 게 낫겠습니다."

김 소장이 기다렸다는 듯 핸드폰을 들어 여기저기 전화를 걸

기 시작했다. 꼬일 대로 꼬여 평소라면 김 소장의 집합 명령에
불복했을 인부들은 승조가 내려왔다는 소식에 다들 도살장에
끌려 나온 소마냥 죽상을 하고 단골 막창집으로 모였다. 차장이
란 직급이 그리 대단한 건 아니었지만, 그가 '숲' 차승준 대표
이사의 동생이라는 걸 감안하면 감히 반항이란 있을 수 없었다.
게다가 그의 혁 소리 나는 집안은 두말하면 입 아플 지경이니.

"자주 내려와 살폈어야 하는데 제가 그간 너무 무심했습니
다. 그만 기분들 푸시고 한 잔 받으세요."

승조의 부드러운 말투에 굳은살이 박인 거친 손으로 소주잔
을 움켜쥐는 그들은 서로 눈치만 보며 한 마디도 하지 못했다.
세인도 가만히 앉아 있기 뭐해 자리에서 일어나 뾰로통한 얼굴
을 한 인부들에게 일일이 제 소개를 하며 술을 권했다. 모름지
기 화해를 하는 데 술만 한 촉진제도 없는 법이다.

"근데 참 참하니 곱구먼. 아들 있었으면 딱 며느리 삼겄어.
그러고 보니 두 사람 이렇게 나란히 앉아 있웅께 아주 잘 어울
리는 한 쌍이여! 안 그런가들?"

"아따. 처녀 총각 낯부끄럽게 별말을 다하는구먼?"

"뭐, 어때서 그려. 차장님이 올해로 스물아홉이신가? 나는 그
나이에 우리 셋째 봤어!"

술이 들어가 초반의 팽팽했던 긴장감이 누그러지자 패가 갈
렸던 사람들은 어느새 주먹 대신 진득한 농담을 주고받으며 언
제 싸웠냐는 듯 껄껄거리며 웃고 있었다.

"청춘 남녀가 같이 일하다 보면 웅? 손도 잡고 싶고 그런 것

이지. 캬. 나도 우리 마누라 일하다 만났지 않나. 보아하니 차 차장은 은근히 마음이 있는 눈친데?"

자꾸 그쪽으로 흐르는 주제에 세인은 겉으론 웃어넘기고 있었지만 속으론 진땀을 빼고 있었다. 혹시 승조가 불쾌해하진 않을까 걱정이 됐던 것이다.

"에이, 차장님은 워낙 인기가 좋으셔서 전 눈에도 안 차실 거라고요. 학교 다닐 때도 늘씬한 게 꼭 모델 같은 여자들이 주변에 얼마나 바글바글했는지, 말도 못 해요."

"그래? 하긴, 우리 차장님 참 잘생기셨지! 암만? 탤런트 해도 될 얼굴인디! 아차. 차 차장, 여자친구 있는가?"

세인은 화제를 제게서 다른 곳으로 돌린 데 안도하며 노릇노릇하게 구워진 막창을 입 안에 욱여넣고 승조를 쳐다보았다. 테이블에 둘러앉은 모든 사람들의 시선이 승조의 입에 꽂혀 있었다.

"아니요. 없습니다."

다들 김이 샌 듯 푸시시 하는 한숨을 흘렸다.

"아니, 차 차장같이 이렇게 빠지는 거 없는 남자가 애인이 없다는 게 말이 돼?"

"오랫동안 좋아한 여자가 있는데, 그쪽이 워낙 눈치가 없네요. 제가 마음고생하는 거 상상도 못 하는 것 같아요."

승조의 눈동자가 막창에 영혼을 맡긴 듯한 세인의 모습을 담았다. 하얀 볼이 터질 것처럼 커다랗게 싼 상추쌈을 입에 넣고 우물거리는 그녀가 '맛있다.' 하고 감탄하는 모습을 보며 하는 수 없이 미소가 걸렸다.

"아따, 많이 좋아하는 갑네?"

"네. 제 마음도 몰라주고 매번 엉뚱한 소리만 하는데…… 그것까지 예뻐 보일 지경이니까요."

여기저기서 '캬!' 하는 감탄사가 흘러나왔다. 누군가는 젊은 시절 연애하던 때를 떠올리는지 볼에 발갛게 홍조가 피기도 했다. 안쓰러운 듯 혀를 차던 김 소장이 승조의 어깨를 투박하게 다독였다.

"그럴 때는 직구밖에 더 있는가? 변화구를 아무리 던져도 안 먹히면 그땐 정면승부밖에 길이 없는 거야."

"그럴까요?"

"그럼! 좋아한다. 사랑한다. 너밖에 없다. 두 눈 똑바로 보면서 얘기하는 거지. 빼도 박도 못하게."

김 소장이 건넨 술잔을 한 입에 털어 내는 승조와 막창을 입에 넣던 세인의 시선이 부딪힌 건 그때였다. 승조가 씩 웃었다. 세인은 괜히 움찔했다. 도균의 고급스러운 입맛 때문에 거의 몇 개월 만에 마주한 막창에 너무 정신을 팔았던가, 뒤늦게 아차 싶었던 것이다. 막창을 조심스럽게 내려놓은 세인이 이를 드러내며 어색하게 웃었다.

"그럴까?"

"네?"

뭐, 뭘요? 대화를 놓치고 있던 세인이 속으로 제 머리를 힘껏 쥐어박았다.

"직구 던지면 잘 받아 주려나."

대체 뭔 소리야. 눈을 굴리며 '허허.' 하고 실없이 웃기만 하는 세인을 보며 그가 풋, 웃음을 터뜨렸다.

"아냐. 많이 먹으라고."

그리고 세인의 접시에 막창을 집어다 놓아주는 승조를 본 사람들은 저마다 음모가 가득한 눈길을 주고받으며 누가 먼저랄 것도 없이 고개를 끄덕이고 있었다.

"아이고, 너무 오랜만에 봐서 우리 차 차장님 술 약한 걸 내 깜빡했네. 자고 가야 되겠구먼."

"아, 아닙니다. 잠깐 쉬고, 늦더라도 오늘 출발해야죠."

가물가물 흐려지는 시야에 눈을 느리게 깜빡이며 자리에 일어선 승조의 몸이 살짝 기울자 다들 이때다 싶어 달려들어 그를 부축했다.

"이렇게 취해서 뭘 쉬었다 간다고 그래! 안 돼! 큰일 날 소리 말고 자고 내일 가시게. 밝은 날 차 차장이 한 번 봐 줘야 할 문제도 있어서 그래."

"……문제요? 어떤……."

"어어, 그런 게 있어."

없으면 만들면 되지. 김 소장은 속으로 히죽 웃으며 승조를 멀뚱히 서 있는 세인에게 떠밀었다.

"아유, 이거 세인 양한테 미안해서 어쩌나. 우리가 다들 너무 취해 버렸네. 세인 양이 제일 말짱한 것 같은데, 우리 차 차장

부탁 좀 해도 되겠지?"

"네? 아, 네. 그, 그럼요."

세인이 얼떨떨한 얼굴로 승조의 한 팔을 끌어안으며 고개를 끄덕였다. 그녀는 속으로 아랫입술을 비죽 내밀고 있었다. 여성 우대는 핑계고, 뒤처리할 사람이 필요해서 제가 술잔만 잡으면 그렇게 만류하셨군요? 투덜거림을 속으로 감춘 채 그녀는 미리 약속이라도 한 듯 일사불란하게 흩어지는 사람들을 망연자실 바라보았다.

어둠이 내려앉은 썰렁한 거리 위, 채 붙잡을 틈도 없이 사라진 그들로 인해 세인은 승조와 단둘이 덩그러니 남겨졌다.

"선배, 괜찮아요? 가서 술 깨는 약이라도 사 올까요?"

"아니. 괜찮아."

"그러게 그걸 다 받아 마시면 어떡해요. 하긴, 작정하고 먹이긴 하더라. 걸을 수는 있겠어요?"

세인이 고개를 끄덕이는 승조의 팔을 어깨에 들쳐 메고 걸음을 옮기기 시작했다. 아슬아슬 이어지던 승조의 걸음걸이가 골목을 빠져나왔을 때 크게 휘청거렸다.

"아무래도 안 되겠다. 조금 쉬었다 가요."

승조를 길가 벤치에 앉혀 놓은 세인이 주위를 두리번거렸다. 불이 환히 켜진 편의점을 발견한 그녀가 한 발 떼려는 순간, 그가 그녀의 손목을 덥석 낚아챘다.

"괜찮아."

"하나도 안 괜찮아요. 가서 물이라도 사 올게요. 잠깐만 기다리고 계세요."

"정말 괜찮다니까. 가지 말고 여기 앉아."

"혼자 있기 무서우셔서 그런 건 아니죠? 금방이에요. 저기 바로 앞이에요."

"위험해서 안……."

"지금 누가 누굴 보살피는지 잊으셨나? 여기 가만히 계세요. 아셨죠?"

세인이 억지로 승조의 손을 떼어 내고 달려 나갔다. 승조는 흐릿한 눈으로 세인의 모습을 좇으면서 마른세수를 했다. 이런 모습 꼴사나울 텐데. 아무리 정신 차리려 노력해도 손가락 하나 제 것 같지 않았다.

"여기요, 선배. 좀 마셔요."

세인의 이마엔 어느새 송골송골 구슬땀이 맺혀 있었다. 아무리 밤이라고 해도 여름이다. 그녀는 관자놀이를 타고 흐르는 땀을 아무렇게나 닦아 내며 승조의 옆에 털썩 앉았다. 그리곤 음료를 마실 생각은커녕 가만히 내려다보기만 하는 승조를 의아한 듯 바라보았다.

"딴 거 사 올까요? 이게 숙취 해소 음료 중에 제일 비싼 건데……. 그냥 물로 사 올까요?"

"아니. 그냥……."

"그냥?"

"아까워서."

네? 하고 묻는 세인을 응시하는 승조의 얼굴엔 웃음기라곤 하나도 없었다.

"아까워서 그래."

선배가 많이 취하긴 취했구나, 하고 속으로 중얼거리는 세인의 머리를 쓰다듬는 승조다.

"아깝다. 그냥 마셔 버리기가."

세인이 고개를 저으며 승조의 손에서 음료를 가져갔다. 뚜껑을 따고 다시 내미는 그녀가 콧잔등에 주름을 만들며 푸, 하고 웃었다.

"이거 열 개든 백 개든 사 드릴게요. 그러니까 아까워 마시고 쭉 드세요."

역시, 변화구는 소용없나.

김 소장의 말을 떠올리며 승조는 하는 수 없이 음료를 마셨다. 그때, 세인의 핸드백에서 전화벨이 울렸다. 액정을 바라본 세인의 얼굴이 어둠 속에서도 확인할 수 있을 만큼 붉게 달아올랐다. 그 모습을 지켜보는 승조는 입이 썼다. 좀 전까지만 해도 사탕처럼 달았던 음료가 지금은 소태처럼 쓰디썼다.

"선배, 저 전화 좀 잠깐 받고 올게요."

세인이 엉거주춤 엉덩이를 뗐다. 그리고 승조는 술기운을 핑계 삼아 세인의 손목을 다시 쥐었다.

"안 받으면 안 돼?"

"네?"

후회할 짓이라는 걸 뻔히 알면서도 멈출 수 없는 순간이 있다. 승조에겐 지금이 그랬다. 아니, 세인을 원하는 마음이 그랬다. 너무 아파서 후회할 게 뻔한데도 어쩔 수가 없다.

"……부탁이다. 받지 마라, 세인아."

세인은 계속해서 벨을 울려 대는 핸드폰과 자신의 손목을 꽉 쥐고 있는 승조의 손을 번갈아 쳐다보았다. 그리고 그녀는 조금의 망설임도 없이 승조의 손을 떼어 냈다.

"죄송해요. 꼭 받아야 하는 전화라서."

핸드폰을 꼭 쥔 채 조금 떨어진 가로등 아래로 걸어 들어가는 세인을 보던 그는 벤치에 벌러덩 누워 눈을 감아 버렸다. 입술 사이로 허탈한 웃음이 새어 나왔다.

아니요. 직구를 던지는 순간 저는 아웃일 겁니다, 김 소장님.

그렇게 괜히 엉뚱한 사람에게 억지스러운 원망을 보낼 따름이었다.

"흠흠. 어? 안 돼! 아악!"

목을 가다듬는 사이 전화가 끊겼다. 세인이 눈썹을 늘어뜨리며 핸드폰을 탁탁 때렸다. 자신이 받지 않아서 도균이 전화를 끊어 버렸다고 생각하기 싫은 그녀는 차라리 핸드폰이 고장이길 바랐다. 그리고 다시 벨이 울렸다.

역시 때리면 다 된다니까. 그녀는 속으로 쾌재를 부르며 행여 벨이 끊어질까 얼른 통화 버튼을 눌렀다.

"여보세요!"

[……네 남편 귀 안 멀었는데.]

헙. 목소리가 너무 컸나?

"죄, 죄송해요."

[뭐가 그렇게 신나?]

"아, 그냥……."

뭐, 뭐라고 하지?

"마, 막창을 먹었거든요. 너무 맛있어서……."

[막창은 또 무슨 음식이야? 어쨌든, 빈말이라도 절대 나 때문이라곤 안 하시는군.]

세인이 입술을 삐죽 내밀었다. 빈말이 아니라서 오히려 말하기가 어렵다는 걸 왜 몰라주실까.

"치. 왜 전화했는데요?"

[남편이 와이프한테 전화하는데 뭐 용건이 필요한가.]

세인은 저도 모르게 남은 한쪽 손으로 얼굴을 감쌌다. 뜨끈해진 뺨이 더운 여름밤인데도 전혀 불쾌하지 않다.

"남편은 무슨. 주말 내내 혼자 어디 가서 코빼기도 안 보여 줬으면서."

[그래서?]

"그래서는 무슨 그래서예요."

[그래서 내가 보고 싶었단 소리네? 얼마나?]

'무슨 엉뚱한 소리예요!' 하고 바락 소리를 질렀지만 속마음을 들켜 버린 부끄러움에 깨문 입술은 어쩔 수가 없었다. 세인은 손부채질을 하며 별이 촘촘히 박힌 강릉의 하늘을 올려보았다. 문득 도균과 함께였다면 더 좋았을걸, 하는 아쉬움이 그녀를 덮쳤다.

"어디예요?"

[집. 연락도 없이 늦는 아내를 혼자 기다리는 중이지.]

"아! 미안해요. 연락할 틈이 없었어요."

[없었다는 게 정말 틈이 확실해?]

"그게 무슨 말이에요?"

[없었던 게 틈이 아니라 관심이라면 내가 엄청 섭섭할 거라는 말.]

세인은 마치 도균이 바로 앞에 있는 것처럼 손사래를 치며 격하게 부정했다.

"그럴 리가! 절대로! 절대로 아니에요!"

도균의 픽, 하는 웃음소리가 들린 후에야 그녀는 자신이 또 음량 조절에 실패했음을 깨닫곤 좌절했다.

"놀리면 재밌어요?"

[어. 근데 눈앞에 두고 놀리는 게 더 재밌어. 어디야? 데리러 갈게.]

"좀 많이 먼데. 무조건 데리러 올 거예요?"

[아니. 나 바쁜 사람인 거 몰라? 딱 수도권까지만 가능해.]

어이가 없다는 듯 웃은 세인이 그럼 그렇지, 하고 중얼거렸다. 그녀의 시선은 줄곧 하늘에 수놓인 별에 닿아 있었다. 다음 번에 같이 별 구경이라도 가자고 해야겠다.

세인은 그렇게 혼자 다짐하며 재차 어디인지 묻는 도균에게 나직이 대답했다.

"강릉이에요."

어째서 이 시간에 강릉에 있느냐는 도균의 놀란 목소리가 날아들었다. 오늘 돌아갈 수 있을 거라고 생각했는데 본의 아니게 일정이 틀어져 어쩐지 도균에게 미안해졌다. 기다리고 있다고 했는데……. 아니, 말만 그렇지 정말 기다렸을지는 모르는 일이다. 주말 내내 전화 한 통 없었는걸.

[출근 첫날부터 외박을 하시겠다?]

"외박이 아니라 외근입니다."

[외박이든, 외근이든. 그래서 강릉 어디?]

목소리에 철심을 박는다면 이런 느낌이 아닐까. 세인은 도균의 딱딱한 음성에 모순적으로 기분이 묘하게 들뜨는 것을 깨닫고는 머쓱한 듯 머리를 긁적였다. 그러나 입술을 비집고 실룩실룩 튀어나오는 웃음을 어찌할 도리가 없다.

"오시려고요? 바쁘다면서요. 그리고 강릉은 수도권에서 한참 벗어나잖아요."

[지금 웃은 건가?]

"왜요? 웃으면 안 돼요?"

[뭐, 내가 그쪽 때문에 우스워지는 게 하루 이틀 일도 아니고. 많이 웃으십시오.]

"나 때문에 우스워져요? 그게 무슨 말이에요?"

[강릉 어딘지 안 불면 가출 신고하겠다는 말.]

유행어인가. 이 말투, 아까도 들었던 것 같은데. 대화를 곱씹다 눈을 굴리던 그녀는 벤치 위에 누워 있는 승조를 발견하곤 아차 싶었다. 술 취한 어린양을 보호관찰 중이었다는 걸 그만

새까맣게 잊고 있었다.

"저 혼자면 주워 가 달라고 애원하겠는데 저 차장님이랑 같이 와서 안 돼요. 내일 마저 해결할 일도 있고. 마음만 감사히……."

[남자?]

"네?"

[여기서 퀴즈. 차장님의 성별은?]

"남……."

아무 생각 없이 도균의 질문에 대답하던 세인이 한 글자 내뱉다 말고 놀란 얼굴로 말을 뚝 멈췄다.

"성별은 왜요? 남자면 질투하실 생각이에요?"

[…….]

"말도 안 돼."

[오늘 내가 무슨 짓을 했는지 안다면 이 정도로 말도 안 된다고 하진 못할 거다.]

"오늘 대체 무슨 일이 있었는데요?"

[됐어. 이벤트는 자기만족이니까. 빨리 대답이나 해.]

그가 하는 영문 모를 소리를 듣고 있으면 대체 누가 헛소리를 하고 있는 건지 헷갈릴 때가 많았다. 세인은 조금 더 도균을 물고 늘어질까 하다가 누워 있는 승조를 보고선 생각을 고쳐먹었다.

"남자 아니에요……."

세인이 뜨끔한 얼굴로 말을 흐렸다. 그래, 승조는 친절한 학교 선배고 자상한 직장 상사일 뿐이지 남자는 아니니까, 뭐. 신체적인 성별이 중요한가? 내 마음이 남자가 아니라잖아. 내 마음이.

도균에게 거짓말을 했다고 생각하기 싫은 세인이 도리질을 쳤다. 솔직하게 남자라고 했다가는 두 시간 후 강릉에서 폭주족에 빙의된 도균의 모습을 보게 될 것만 같은 불길한 예감이 스쳤기 때문에 선택한, '선의의' 거짓말쯤으로 해 두기로 했다.

[나 말고 남자는 다 뭐라고?]

"……느, 늑대?"

[훌륭한 대답이야. 거기서 강원도 꽃미남이 수작 걸 때 잊지 말고 되새기도록.]

세인이 터진 웃음을 주워 담지 못하고 말했다. '강원도에 꽃미남 없던데요?' 그러자 도균은 심각한 목소리로 대꾸했다. '원빈 고향이 강원도야.'

세상에. 원빈 같은 남자가 자신한테 수작을 걸 리가 있겠는가? 아니지. 그 까다로운 이독존의 미적 기준을 통과하고 청혼을 받아 낸 걸 생각하면 그리 승산이 없진 않을지도……. 혼자 망상에 빠져 있던 세인이 곧 화들짝 놀라 고개를 흔들었다.

"의, 의처증은 정신병이에요."

[연애하는 자들은 다들 약간은 미치광이랬어.]

"그럼 우리 지금 연애질 중이에요?"

[당연하지. 그렇지 않고서야 내가 이렇게 오래 전화길 붙들고 있을 리가 없으니까.]

덜컹. 심장이 멋대로 롤러코스터를 탄다.

[그러니까 너도 나한테 좀 미쳐 보도록.]

이미, 어느 정도는 미쳤는지도 몰라요.

하지도 못할 말을 삼키느라 버거워 입술이 달싹거렸다. 그런 그녀의 마음을 알아챈 것처럼 도균이 퉁명스럽게 말했다.

[내일은 퇴근하면 바로 와. 너 좋아하는 코다리찜 해 놓을 테니까.]

그렇게 뚝 끊겨 버린 전화를 세인은 한참이나 귀에서 떼어 놓지 못했다.

설마 나보다 코다리를 더 그리워하는 건 아니겠지?

"아니."

민세인이라면 충분히 가능한 얘기지.

도균은 코다리에 참패해 비참한 기분으로 불이 붙은 것 같은 오른 뺨에 부채질을 했다. 길고 긴 통화 끝에 잘 달구어진 맥반석이 된 핸드폰을 노려보며 내일 당장 발열에 가장 강한 기종으로 바꿔 버리겠다고 다짐했다. 세인과의 통화 시간을 줄일 자신은 없으니까.

그나저나 이게 웬 독수공방이냐.

도균은 어쩐지 오늘따라 만주벌판처럼 광활해 보이는 침대를 보며 한숨을 내뱉었다. 도저히 보고 싶어 참을 수가 없어서 큰맘 먹고 일찍 귀가한 참이었다. 겨우 이틀인데 그게 또 '겨우'는 아니었다. 세인의 웃는 얼굴을 보지 못해 이 년처럼 더디게 흘렀던 이틀이었다.

그냥 가서 얼굴이라도 보고 올 걸 그랬나. 한 10분이라도.

저도 모르게 그리 생각하다가 도균은 화들짝 놀랐다. 강릉까진 아무리 밟아도 왔다 갔다 5시간이 훨씬 넘는다. 도균은 자신이 세인과의 10분을 위해 5시간을 통째로 날려 버릴 수도 있다는 사람인 것에 어이가 없었다. 하긴, 오전 내내 더덕 꽂힌 석쇠를 놓지 않았던 불굴의 집념에 비하면 5시간 운전하는 건 별스러운 일도 아니다.

생각에 잠긴 도균은 습관처럼 스스로에게 물음표를 던졌다.

모든 그답지 않은 행동과 생각들의 바탕인 이 감정이 어떤 것인지. 미국에 가기 훨씬 이전부터 그를 괴롭혔던, 세인의 앞에만 서면 심장이 죄여드는 것 같은 이 낯선 감각의 정체가 무엇인지.

한참 동안 심각한 얼굴로 고민하던 그가 '젠장!' 하는 소리와 함께 베개에 얼굴을 파묻었다. 세인의 샴푸 냄새가 은은하게 퍼져 나오는 베개에 코를 묻고 죽은 듯 숨을 들이쉬던 그는 에라, 모르겠다! 하는 심정으로 다시 벌떡 몸을 일으켰다.

왜 자꾸 얼굴이 보고 싶은지, 왜 자꾸 목소리가 듣고 싶은지. 그 '왜'에 대한 정답을 찾는다고 뭔가가 바뀔 거란 기대가 없었다. 답을 찾은 후에도 여전히 남들 보기에 덜떨어진 팔불출 짓을 하는 건 여전할 것 같았다. 그러니 지금도…….

"하여튼 취향하고는."

핸드폰으로 '막창'이나 검색하고 있겠지. 손질 단계의 막창

사진을 보며 그가 인상을 구겼다. 하얗고 길쭉하고 쪼글쪼글한 게 도저히 이건 만질 수가 없을 것 같았다. 물론 먹을 수도. 아니지, 그나마 개불보단 나은가?

마음을 굳힌 그는 늦은 시간이라는 것도 잊고 어딘가로 문자를 보냈다.

그날 밤, 그의 요리 선생님은 탕평채로 예정되어 있던 이번 주말의 강습 일정을 막창구이와 전골로 바꾸느라 진땀을 빼야 했다.

다음 날, 승조는 눈을 뜨자마자 발견한 반듯한 글자에 두통도 잊은 채 웃음부터 흘렸다. 포스트잇을 손에 든 채 침대에서 일어선 그가 향한 곳은 냉장고 앞이었다.

[어제 선배 꼬장 부리는 거 동영상으로 다 찍어 놨으니 각오하세요. 전 바로 옆방이에요. 준비 마치시고 전화하시면 바로 튀어 나가겠습니다. 아, 일어나시면 꼭 냉장고부터 열어 보시고요.]

열 맞춰 나란히 줄 서 있는 다섯 개의 숙취해소음료를 보며 그는 웃는 동시에 아픈 얼굴이 됐다. 이 사랑스러운 여자를 어쩌면 좋을까. 가질 수도, 그렇다고 놓을 수도 없는데.

어젯밤에 들어올 때 사서 넣어 뒀는지 차갑다 못해 시린 초록색의 유리병을 승조의 손이 재차 매만졌다. 갈증에 목이 갈라지는 것 같은데도 차마 마셔 버릴 수가 없다. 그저 세인의 손이 닿았었다는 것만으로 평범한 것은 어느새 특별한 것이 되었다.

승조는 결국 다섯 병 중 단 한 병도 마시지 못했다.

[호텔 아래에 차 빼 놓고 있을게. 천천히 나와.]

천천히고 자시고 할 것도 없이 세인은 이미 완벽한 준비 상태였다. 아, 눈 밑의 칙칙한 다크서클만 제외한다면.

어젯밤 한숨도 자지 못했다. 도균과의 통화가 불러온 후유증이었다. 커피 한 사발을 들이마신 듯 심장이 밤새 쿵쾅쿵쾅 뛰어 댔다. 머리는 의지와는 상관없이 도균이 했던 말들을 재생하고, 재생하고, 끊임없이 반복했다. '도대체 왜 이러는고?' 하니…… 답은 보고 싶어서였다.

그가 내린 운전금지령만 아니었으면 승조의 차라도 끌고 서울로 향할 뻔했다. 그저 단 10분이라도 좋으니 같이 있고 싶었다.

이독종의 원대로 되나 봐. 정말 미치광이가 되어 버렸나 봐.

붉어진 뺨을 감싸고 밤새 침대 위를 굴렀던 세인이 녹초가되어 호텔을 빠져나오자 승조의 차가 그 앞에 섰다. 세인이 문을 열고 조수석에 털썩 앉았다.

"안녕히 주무셨어요, 선배."

"어. 나는 그런데…… 세인이 넌 아닌 것 같은데?"

"선배 보시기에도 저 지금 많이 퀭한가요? 정 떨어질 만큼은 아니죠?"

"아니야. 절대."

"아, 다행이네요. 당장 오늘 저녁에 만날 텐데."

조수석 천장에 달린 거울을 내려다 눈 밑을 비춰 보던 세인이 한숨을 푹 쉬었다.

"누굴 만나?"

"남펴……."

잠을 못 자 해롱거리며 생각나는 대로 말하려던 그녀가 놀라 입을 다물었다. 빨간 신호에 차를 멈춘 승조가 그녀를 돌아보았다.

"남, 뭐? 남자친구?"

"아니요. 남……구 선배요!"

"남구?"

"네. 하하. 선배 그 소식 들으셨어요? 남구 선배 9월에 결혼하신대요. 3년째 유학 중인 임을 오매불망 그리시더니, 결국 골인하시네요."

"벌써?"

"벌……써인가요? 하, 하긴…… 좀 이르죠?"

세인은 더듬거리다 혀를 깨물고는 얼굴을 찡그렸다. 남구의 나이 스물여섯이었다. 스물여섯의 결혼도 이르다고 생각하는 승조가 자신이 스물넷에 유부녀라는 걸 알면 어떤 반응을 보일지 상상만으로도 아찔했다.

"서, 선배는 결혼 안 하세요?"

"그러게. 나한테 시집오겠단 여자가 없네."

세인이 야유를 보냈다.

"에이, 설마요."

"정말인데."

"선배 정도면 완전 특 A급 신랑감이죠. 인물 좋지, 성격 좋지, 능력 좋지. 삼박자 다 갖췄는데."

"그럼 네가 시집올래?"

지금 그 말, 누군가가 들었으면 세계 3차 대전 일어났을걸요.

세인은 속말을 삼키며 피식 웃었다.

"농담도. 아, 선배 한 가지 결점이 있긴 하다."

"결점?"

"주사요, 주사. 기껏 음료 사다 주면 안 먹겠다고 고집부리질 않나. 전화 왔는데 받지 말라고 생떼를 쓰질 않나."

세인이 푸념조로 늘어놓으며 은근히 그를 놀리고 있었다. 한 달간은 이걸로 우려먹어야지, 하고 승조의 당황한 표정을 기다리는데 그가 오히려 태연한 얼굴로 말했다.

"그거 주사 아니었어."

"아니긴요! 선배 어제 완전 취했었거든요?"

"맞아. 취했지."

뭐야. 아직도 술이 덜 깬 거 아니야? 운전대 맡겨도 돼?

앞뒤가 맞지 않는 말에 세인이 떨떠름한 시선으로 그를 쳐다보았다. 승조는 그런 세인의 속이 훤히 들여다보여 작게 미소 지었다.

"네 말 맞아. 어제 나 많이 취했었어."

"그죠?"

"그래도 그건 주사가 아니라 취중진담이라고 해야겠다."

복잡한 문제처럼 알쏭달쏭한 말에 세인이 미간에 잡은 주름을 풀지 못하자 승조가 손가락을 뻗어 그녀의 미간을 건드렸다.

"……그냥 주사라고 해 버리면."

거기 쏟아부은 용기가 불쌍하잖아.

"해 버리면? 해 버리면 뭐요?"

"이렇게 맞을 줄 알라고."

"악! 왜 때려요! 주사를 주사라고 하는데!"

그녀가 꿀밤을 맞은 이마를 감싸 쥐며 소리쳤다. 하지만 이 순간 더 억울한 쪽은 자신이 아니라 승조라는 걸 알 리 없는 세인이었다.

9.

김 소장이 말했던 문제는, 사실 문제 축에도 못 끼는 다소 어처구니없는 것이었다. 어제 술에 취해서가 아니었더라면 애꿎은 숙박비만 날려 버렸다고 생각했을 것이다.

하지만 세인은 몸이 편한 사무실보다 먼지 날리는 공사현장이 훨씬 더 좋았다. 외관이 거의 완성된 별장 앞엔 경상남도 어디에서 이식해 왔다는 회화나무가 우거져 있었다. 세인은 후에 잔디를 깔고 주변에 철쭉 같은 알록달록한 꽃을 피우는 관목까지 심어 놓으면 완벽하겠다고 생각하며 나무를 손으로 쓸어내렸다.

"그늘 괜찮지?"

"네. 어디서 이런 좋은 나무를 구해 왔을까요?"

"이 별장 주인이 워낙 정원에 욕심이 많아서 양 대리가 엄청 힘들었다더라."

세인이 고개를 끄덕이며 나무 아래 털썩 앉았다. 흙바닥이라 바지가 엉망이 될 텐데도 별로 대수롭지 않게 여기는 게 뻔했다. 세인의 이런 면이 처음엔 무척 신선했었다. 예쁘기만 하다면 봄바람에 치마가 뒤집어지는 것도 불사하는 보통의 여대생과 달리, 제 몸만 한 가방을 등에 업고 그것도 모자라 양팔 가득 책을 안은 채 쫓기듯 다음 수업이 있는 강의실로 달려가는 모습이 신기해서 저도 모르게 관찰하기 시작했었다.

"선배, 우리 언제 출발해요?"

"차에서 좀 자. 조금 있다 바닥 자재 도착할 거라니까 그것까지만 확인하고 올라가자."

승조는 졸음이 내려앉아 끔뻑거리는 세인의 눈꺼풀을 알아챘다.

"아니에요. 일하러 와서…… 낮잠 자면 안 되죠."

말은 그렇게 하면서 나무에 기댄 고개가 자꾸만 옆으로 쓰러진다. 승조가 더 이상 대꾸하지 않자 세인도 입을 다물었다. 대신 새근거리는 소리가 들려왔다. 안 잔다더니. 그럴 줄 알았다는 듯 싱긋 웃은 승조가 세인의 앞에 쪼그려 앉았다.

"어……!"

세인의 고개가 옆으로 스르륵 기울자 승조의 긴 팔이 판단도 전에 앞서 나갔다. 세인의 작은 머리가 그의 손에 쏙 담겼다.

이런 적이, 전에도 있었다.

학창시절 종종 도서관에서 밤을 새우느라 자판기 커피를 손에 쥐고 벤치에서 꾸벅꾸벅 졸던 세인을 발견하곤 했었다. 쏟아지는 커피를 세인 몰래 받아 내느라 손이 데었던 적도 있었지만 그저 몇 번이나 되새겨도 즐겁기만 한 추억이다.

멀리 보이는 수평선으로부터 해풍이 불었다. 나뭇잎이 흔들리고 그 사이로 지금만큼은 불청객인 햇빛이 비춰 들었다. 쪽잠을 자는 세인이 미간을 찡그렸다. 승조는 나머지 한 손까지 마저 그녀의 앞으로 뻗었다. 커다랗게 펼친 손이 이마 위에 차양을 만들자 불편했던 얼굴이 금세 평온해진다. 승조는 팔이 아픈 것도 잊고 세인을 따라 희미하게 웃었다.

"내가 전에 그랬지. 내 앞에서 무방비하게 굴지 말라고. 확, 고백해 버릴지도 모른다고."

술 취해 그의 등에 업혀 있던 세인이 기억할 리 없는 대사였다.

"그 말, 취소야."

이 무거운 마음 풀어헤쳐 놓고 '그저 더 이상 안 보면 그만이다.' 라고 놓아 버릴 수 있는 정도는 이미 너무 오래전에 넘어 버린 것 같았다. 눈꺼풀 안에 새겨진 줄도 모르고 눈 감아버리면 된다고 오만했었다. 세인만큼이나 무방비하게 전부 드러난 승조의 표정은 참담했다. 이 마음 들키지 않기 위해 앞으로 그녀 앞에서 자신이 얼마나 더 작아질지, 그래서 얼마나 더 아프게 될지 가늠조차 할 수 없었다. 하지만, 그럼에도 불구하고……

"좋아한다."

이제는 무슨 짓을 해도 돌이킬 수가 없을 만큼.

승조는 전의 마음과 달리, 세인이 오래오래 지금과 같길 바랐다. 그의 마음에 대해선 조금도 짐작하지 못하는 채로. 의심조차 않는 채로. 아무것도 모르는 채로.

"좋아한다, 세인아."

그래서 이렇게 비겁하다 할지라도. 잠든 그녀에게라도 실컷 고백할 수 있도록.

그날 퇴근하고 집에 돌아온 세인은 예고했던 코다리찜 말고도 온갖 막창 요리가 즐비한 저녁 식탁에 한 번 놀라고, 여기저기 성한 곳 없이 반창고투성이인 도균의 손에 두 번 놀랐다.

"어디 격투기 대회라도 나갔다 왔어요?"

"격투기보다 더 치열한 싸움이 있었지. 앉아."

별일 아니라는 듯 대수롭지 않게 대답한 도균이 의자를 빼 세인을 앉혔다. 막 지은 고슬고슬한 밥을 담으려 몸을 돌리는 도균의 손을 세인이 덥석 잡았다.

"지금 이 손으로 이걸 다 차린 거예요?"

도균이 당황하는 사이 반창고를 떼어 냈다가 불에 덴 흔적을 발견한 세인이 경악을 했다. 도균이 자신의 손을 꼭 잡고 이리저리 돌려보는 세인을 보며 남몰래 흐뭇한 웃음을 지었다.

"그렇다고 할 수 있지."

"미쳤어, 진짜."

"뭐?"

"덧나면 어쩌려고 물을 묻혀요!"

세인이 찌푸린 얼굴로 자리에서 벌떡 일어섰다. 지금 화낸 거야? 예상치 못한 전개에 도균이 대처법을 찾지 못하고 있는 사이 세인은 식탁을 벗어나더니 곧 품에 비상약 상자를 안고 들어왔다.

"손 이리 주세요. 요리는 잘하면서 반창고는 어쩜 이렇게 삐뚤빼뚤하게 붙였어요?"

세인이 타박을 하며 도균의 손을 끌어당겼다.

"아파요? 많이 따갑죠."

그녀가 '호호' 하고 부는 숨결이 도균의 손을 간지럽혔다. 저가 더 아픈 얼굴로 소독약을 바르는 세인을 보며 도균은 억지로 눈썹을 일그러뜨리며 말했다.

"여기도. 여기도 불어 봐. 따갑다."

"여기요?"

"아니, 여기."

"여기?"

"어. 그리고 여기도."

세인은 산소 부족으로 현기증이 날 지경이었지만 내색하지 않고 연신 바람을 불었다.

"근데 어쩌다 이랬어요? 격투기보다 치열하단 싸움은 대체 뭐고."

"있어. 그런 게. 그보다, 어제 점심은 맛있게 먹었나? 어머니께서 서프라이즈 선물하셨다며."

"아, 들었어요? 그러게요. 저 정말 깜짝 놀랐어요. 근데 정말 맛있더라고요. 호텔 음식은 역시 다르구나, 했어요."

"뭐가 그렇게 맛있었는데?"

"다 맛있었지만…… 으음, 전 더덕구이요."

도균이 씰룩씰룩 위로 올라가려는 입꼬리를 견디기 위해 몰래 허벅지를 꼬집고 있다는 걸 세인은 아마 죽어도 알지 못할 것이다.

"그게 그렇게 맛있었어?"

"네. 꼭 도련…… 오빠 손맛 같았어요."

뜨끔한 도균이 아무 말도 하지 못하자 세인이 내내 그의 손을 치료하느라 아래로 처박고 있던 고개를 들어 올렸다. 그가 자신의 말에 감동해서 말을 잇지 못하는 것 같아 세인은 저도 모르게 그가 귀엽단 생각을 하며 웃음을 터뜨리고 말았다.

"그러니까 혹시 나중에 사업이 질리면, 우리 같이 식당해요. 오빠는 안에서 요리하고, 난 손님 받고. 우린 아마 떼돈 벌 거예요."

"싫어."

"왜요? 그냥 나만 먹기엔 너무 아까운 실력인데."

세인이 아쉬운 듯 입맛을 다시며 말했다. 그리고 도균은 뭐, 그런 뻔한 이유를 묻느냐는 듯 심드렁한 투로 입을 열었다.

"애초에 그러려고 배운 거야. 너 먹이려고."

세인의 얼굴이 빨갛게 익었다. 도균은 세인이 붙여 준 반창고를 흡족하게 쳐다보며 이어 말했다.

"그러니까 맛없어도 무조건 맛있다고 해 주고, 요리하다 다

치면 오늘처럼 이렇게 약 발라주는 거 잊지 말고."

말없이 입술만 깨무는 세인에게 얼굴을 가까이 들이민 도균이 그녀의 볼을 쭉 잡아 늘렸다.

"아셨습니까, 부인?"

정신없이 고개를 끄덕이는 세인을 보는 도균의 입가엔 어느새 미소가 선연했다.

유난히 무더운 여름이라며 뉴스는 매일같이 날씨 얘기로 시작했다. 세인 역시도 생애 가장 뜨거운 여름을 보내고 있었다.

"하아. 하아. 조금만…… 쉬면 안 돼요?"

"안 돼. 하아. 중간에 쉬면…… 더 힘들어."

"하아. 벌써…… 한 시간째란…… 말이에요."

"겨우…… 하아…… 한 시간이지."

"오빠도…… 버티기 힘들잖아요."

"내가? 아니…… 하아. 전혀. 밤을 새도 끄떡없어."

야속한 소리에 세인은 그만 자리에 철퍼덕 주저앉아 버렸다.

"아, 못 해! 안 해! 전 더는 못 가요! 안 가요!"

"누구 입에서 먼저 등산 소리가 나왔더라?"

"제가 말한 건 동네 뒷산 정도였죠. 저번 주엔 지리산, 오늘은 설악산, 다음 주엔 어디요? 한라산? 게다가 제일 어렵다는 코스만 골라서!"

"다이어트할 거라며 뒷산으로 돼? 그리고 한라산은 네가 다금바리 먹고 싶대서 가는 거다. 내가 회 뜨는 법이랑 다 배워

났다니까."

내가 어린앤가? 먹을 걸로 유혹한다고 넘어가게?

"……매운탕도요."

"그래, 매운탕도."

입술을 삐죽이며 엉덩이를 털고 일어서는 세인에게 도균이 손을 내밀었다. 세인은 못 이기는 척 그 손을 잡았다. 이제 손을 잡는 정도의 스킨십은 스스럼없는 사이가 되었다. 뭐, 부부 지간에 이런 걸 스킨쉽이라고 의식하는 게 우습긴 하다.

"물 좀 주세요. 갈증 나서 쓰러질 것 같아요."

세인이 바닥을 드러낸 자신의 물통을 거꾸로 들어 탈탈 털며 말하자 도균이 자신의 가방에 걸려 있는 물통을 내밀었다. 세인이 팔을 뻗어 받으려는 순간, 도균이 물통을 든 손을 하늘 높이 치켜들었다.

"뭐하는 거예요?"

"뭐하려는 거 같은데?"

실로 오랜만에 마주하는 그 미소다. 이독종의 악마의 미소.

도균이 얼마 남아 있지 않던 물통의 물을 제 입 안에 털어 넣어 버렸다. 아니, 이 사람이! 마누라가 목말라 죽겠다는데! 세인이 씩씩거리자 도균이 허리를 숙이며 입술을 내밀었다.

"뭐, 뭐하자는 거예요?"

양 볼 가득 도토리를 집어넣은 다람쥐처럼 볼을 부풀린 도균이 세인을 빤히 쳐다본다. 그가 자신의 입을 손가락으로 가리키며 눈으로 말했다. '선택해. 말라 죽든가, 마시든가.'

"됐어요! 치사하게!"

눈을 흘기곤 돌아서는 세인의 팔이 도균에게 휘어 잡혔다. 앗, 하는 세인의 짧은 비명을 도균의 입술이 삼켜 버렸다. 세인은 눈을 휘둥그레 뜬 채 그에게서 넘어오는 물을 저도 모르게 꿀꺽 삼키고야 말았다.

그게 끝일 줄 알았건만 도균의 본 목적은 따로 있었던 듯 물이 고였던 자리에 곧 그의 혀가 침범해 들어왔다. 그의 혀는 사라져 버린 물을 찾듯이 그녀의 입 안 곳곳을 훔치고 나서야 만족한 듯 떨어졌다.

"더 맛있지?"

그러고 나선 이렇게 능청거리다니.

"누가 보기라도 했음 어쩌려고……."

세인이 입술을 손등으로 가리며 주변을 살폈다. 그런 그녀의 뺨에 보란 듯 입을 맞추며 그가 대꾸했다.

"그래서 항상 제일 힘든 코스로 오르는 거야."

이런 짓 하려고. 그가 다시 입을 맞췄다. 세인은 이 꾀 많은 남자에게 오늘도 속수무책 녹아 버리고 말았다.

"꼭 그 나무여야 한대요?"

"뭐 용이 하늘로 승천하는 모습이라나. 태어나서 그런 명목은 처음 봤다면서 끝까지 고집이야."

"대형이면 이식하는 데 하루 이틀 걸리는 것도 아니고. 뿌리돌림부터 시작하려면……."

"시간이나 돈은 얼마가 들어도 상관없다는데."

그럼 뭐 문제될 게 있느냐는 식으로 세인이 근심 가득한 김 팀장의 얼굴을 바라보았다. 나이에 비해 젊고 세련된 외모의 김 팀장은, 지금만큼은 마흔에 가까운 실제 나이보다 훨씬 더 늙어 보였다.

"나무 소유주가 죽어도 안 판다고 버티고 있어. 천이 넘게 불렀는데도 눈 하나 깜짝 안 해. 보니까 돈 몇 푼 더 받으려는 심산으로 그러는 게 아니야."

"그럼요?"

"뭐, 조상 누가 심은 거라 절대 안 된대. 부정 탄다고."

옆에서 듣고 있던 송 대리가 김 팀장을 대변해 세인에게 말했다. '그렇구나.' 하고 고개를 끄덕이는 세인을 두 사람이 간절한 시선으로 바라보았다. 그를 느낀 세인이 도망치기 위해 엉거주춤 의자에서 엉덩이를 뗐다.

"두 분이 포기하신 걸 저 같은 초짜가 괜히 나섰다간 일만 더 커질 거예요. 하하하. 그럼 전 이만."

그러나 얼마 못 가 결국 송 대리에게 잡혀 버리고 말았다.

"신입의 패기는 다 어디로 갔지? 겨우 두 달 만에 이렇게 변절해도 되는 건가요, 민세인 씨?"

"그래도 방법이……."

"그 양반 갓난쟁이 때부터 애지중지 키운 손녀딸이 있대. 근데 3년 전에 독일인가 어디로 유학을 갔다네? 거기가 좀 멀어? 3년 동안 한 번도 못 봤나 봐. 거의 상사병 수준이라고 하더라고."

"그, 그래서 지금……."

"바로 그거야. 그 손녀 나이가 딱, 세인 씨랑 동갑이야. 우연도 이런 우연이 없다, 그치?"

기회도 이런 기회가 없고.

김 팀장은 이제 그나마 일이 손에 익기 시작한 막내에게 이런 막중한 짐을 맡기는 게 미안한 듯 그녀와 눈을 마주치지 못했고, 송 대리는 제 할 일을 떠넘겨 마냥 싱글벙글이었다. 이건 객관식도, OX문제도 아니다. '네'만이 정답인 주관식이었다. 결국 울며 겨자 먹기로 골치 아픈 일을 떠맡게 되었다.

세인은 체념한 얼굴로 오고 가는 사람이 적은 옥외 계단으로 향했다. 주머니에서 핸드폰을 꺼낸 그녀가 경호에게 전화를 걸었다.

"아빠, 나 차 좀 빌려 주세요."

[안 돼.]

"딸한테 너무 단호하시네."

[너 운전 못하는 거 하늘이 알고, 땅이 알고. 이 서방도 알고, 나도 알아. 무슨 사고를 치려고 그래?]

"일 때문에 가야 할 곳이 있어서 그래요. 아빠의 자랑스러운 이 서방님께선 절대 반대하면서 차 키 안 내줄 거고. 아빠밖에 없어요. 버스도 안 다니는 두메산골이래요."

자식 이기는 부모 없다고 세인은 결국 퇴근길에 경호의 차 키를 손에 넣었다.

다음 날, 그녀는 부디 무사 귀환하길 빈다는 모두의 걱정 속에 지리산 자락으로 향했다. GPS를 켜 놓고, 새하얀 목장갑을 낀 채 잔뜩 얼어 운전하는 그녀의 차는 굼벵이 저리 가라였다. 이래선 오늘 안에 도착이나 할 수 있을지 염려스러웠다.

소변이 마려워 방광이 터질 것 같은데 차선을 바꾸는 게 무서워 주저하던 그녀는 규모가 크고 시설이 잘 갖춰진 휴게소에 밀려 아무도 찾지 않는 작고 허름한 휴게소에 겨우 들를 수 있었다.

그녀가 급한 일을 해결하고 나왔을 때, 제주도 출장 중인 승조로부터 전화가 걸려왔다.

[얘기 들었어. 거기 도로 포장도 안 된 정말 산골짜기라는데 너 혼자선 못 가. 서울로 방향 돌려. 여기 일 이르면 내일 중으로 끝나니까 조금 기다렸다가 나랑 같이 가자, 세인아.]

"마음만 감사히 받을게요, 선배. 이건 제가 맡은 일이니까 저 혼자 해낼 거예요."

세인의 곧은 음성에 승조도 더 할 말을 찾지 못한 듯 결국 백기를 들고 말았다. 세인은 휴게소에서 잠깐 쉰 후 다시 출발했다. 그러나 아나나 다를까 그녀는 3시간 후 길을 잃고 산을 헤매고 있었다. 승조의 말대로 도로 포장도 되지 않은 외진 곳이라 어느 지점부터는 GPS도 소용이 없었다. 그래서 송 대리가 기껏 약도까지 그려 줬건만, 산중에 약도가 무슨 소용이란 말인가.

"여기인가? 여기…… 아까도 왔던 곳 같은데."

해는 뉘엿뉘엿 져 가고 있는데 인가는 눈 씻고 찾아봐도 보이지 않고 사방이 온통 나무와 인삼밭이다. 급기야 계속 헤매고 다니느라 기름까지 달랑거리고 있다. 세인은 우선 차를 세웠다. 노란 흙먼지가 거품처럼 일어나는 가운데 세인은 차 문을 열고 나섰다. 약도를 이리 돌리고 저리 돌리며 그녀는 지친 듯 보닛에 엉덩이를 걸쳤다.

"동서남북 표시를 해 줘야 할 거 아니야. 어디가 위인데?"

배터리가 나가 버린 핸드폰은 이미 무용지물. 송 대리와 하도 통화를 하는 바람에 아슬아슬하더니 결국 꺼져 버렸다.

산중이라 하늘이 금방 어두워지기 시작했다. 나무 뒤로 숨는 해를 보며 세인은 초조한 마음을 가눌 길이 없었다. 이러다 산짐승에게 잡아먹히면 어쩌지? 별생각이 다 들었다. 그냥 승조랑 같이 올 걸 그랬나. 오늘 안에 돌아갈 수 있을 줄 알고 도균에게 외근이란 소리도 안 했는데.

세인은 나무가 흔들릴 때마다 그 뒤에서 뭔가가 튀어나오는 건 아닐까 소스라치게 놀라며 정처 없이 걸음을 옮겼다. 아래로 계속 내려가다 보면 언젠간 인가가 나오겠지, 하는 생각이었다.

"어!"

아무렇게나 자란 나무에 얼굴을 긁혀 울상이던 세인이 뭔가를 발견하곤 반가움에 저도 모르게 탄성을 내질렀다. 집이다! 그녀는 앞뒤 잴 것 없이 달려 나갔다. 멀리서 보았을 때에도 다 스러질 것처럼 허술해 보였지만 가까이서 보니 폐가가 아닐까 싶을 정도로 낡고 오래된 집이다.

"계세요?"

불도 꺼져 있고, 인기척도 없다. 세인은 덜컥 겁이 났다. 귀신의 집같이 으스스해서 절로 뒷걸음질이 쳐졌다. 우물쭈물하던 그녀는 크게 기합을 넣고 나서야 누런 창호지를 바른 문을 조심스럽게 잡아당겨 열었다.

"!"

방 한가운데 누워 있는 인영을 발견했을 때, 그녀는 처음에 그것이 시체인 줄 알고 놀라서 엉덩방아를 찍었다. 그런데 방 안의 어둑함에 눈이 익고 나자 사람의 가슴이 오르락내리락하는 것이 보였다. 세인은 엉덩이에 묻은 먼지를 털 겨를도 없이 방 안으로 뛰어들었다.

"할아버지! 하, 할아버지!"

입가에 하얀 토사물이 묻은 채로 정신을 잃은 할아버지를 보고 아연실색한 세인이 주위를 두리번거렸다. 흑백영화에서나 볼 법한 전화기가 있어 그리로 손을 뻗었다. 장식용이면 어쩌나 싶었는데 다행히 신호가 가 그녀는 주저할 것 없이 119를 불렀다. 바로 출동하겠단 대답을 듣고 전화를 끊은 그녀는 불안함에 어쩔 줄을 몰랐다.

함부로 흔들거나 자세를 고쳤다간 더 큰일이 날까 봐 손도 대지 못했다. 어두컴컴한 방에서 맨몸으로 눈보라에 내몰린 듯 오들오들 떨던 세인은 저도 모르게 전화기를 안아 들었다. 언제부터인지 얼굴은 눈물범벅이 되어 있었다.

[여보세요.]

"허엉. 흑."

[……민세인?]

"어어엉!"

[무슨 일이야! 어디야, 너!]

그 순간 생각나는 건 경호도, 지연도 아닌 오로지 도균뿐이었다. 다급하게 소리치는 도균의 목소리에도 느껴지는 거라곤 그저 다행이란 생각뿐이라서 세인은 어린아이가 된 듯 그렇게 목 놓아 울어 버렸다.

"어어엉."

"……."

"허어어어엉."

"……."

"도오련니임, 무서워 죽겠어요. 흑흑흑."

"……그만합시다, 이도균 씨."

세인은 민망함에 달아오른 얼굴을 감추느라 내내 도균에게서 등을 돌리고 앉아 있었다. 도균이 그런 세인의 허리를 뒤에서 답삭 끌어안았다.

"뭐, 뭐하는 거예요!"

"이제 와서 튕기시겠다, 이건가?"

"튕기다니요?"

"어엉. 보고 싶어요, 도련니임. 분명히 들었는데."

"제, 제가 어, 언제요?"

이럴 땐 무조건 발뺌이 상책이다. 세인은 허리를 꽉 옭아맨 도균의 팔 안에서 몸을 비틀며 뚱하게 대꾸했다.

"그렇지. 그렇게 오리발 내미실 줄 알았소, 부인."

도균의 태도가 너무 여유로운 게 불길하다고 느낀 순간, 갑자기 그녀 자신의 우스꽝스러운 목소리가 고요한 병원 복도를 울렸다.

[허어엉. 무서워. 어흑. 보고…… 흑. 보고 싶어요, 도련님.]

"녹음을 했어요?"

세인이 괴력으로 도균의 팔을 풀어내고 그의 핸드폰을 향해 손을 뻗었다. 그러나 재규어처럼 날래고 잽싼 그가 허우적거리는 그녀의 손에 핸드폰을 순순히 뺏길 리 없었다.

"난 모든 통화가 자동 녹음이 되거든."

그가 씩 웃었다. 승리자의 미소였다.

"얼마나?"

"네?"

"얼마나 보고 싶었냐고."

도균이 얼굴에서 장난기를 지운 채 묻자 입술이 아교를 발라 놓은 듯 떨어지질 않았다. 다만 할아버지를 수술실로 들여보내고 혼자 복도에 남아 공황에 빠져 있다가 헐레벌떡 달려온 그를 봤을 때와 마찬가지로 왈칵 눈시울이 뜨거워질 뿐이었다.

도균이 숨을 길게 내쉬며 세인의 뺨을 손가락으로 쓸었다.

"우리 와이프, 이제 보니 어마어마한 울보구나."

"……."

발끈할 기운도 없었다. 세인은 고인 눈물을 떨어뜨리지 않기 위해 눈에 바짝 힘을 주었다. 그런 그녀를 알아채고 도균이 픽 웃으며 세인의 볼을 쭉 늘어뜨렸다.

"왜 참아? 그냥 울지."

"놀리지 마세요."

"놀리는 거 아닌데."

그를 노려보자 도균이 기습적으로 세인의 눈에 입을 맞췄다. 반사적으로 감긴 눈에 눈물이 톡 하고 뺨으로 떨어졌다.

"나 때문에, 내가 보고 싶어서 우는 건 괜찮잖아."

"……그런 게 어디 있어요."

"내가 이렇게 눈물 닦아 주면 되니까."

다정한 그가 기어이 그녀를 울렸다.

"언제 어디서든."

도균이 세인의 젖은 입술에 입을 맞췄다. 세인은 그 순간만큼은 장소가 병원이라는 것도 잊고 도균의 목을 힘껏 끌어안았다.

울면 안 된다고. 울면 아빠가 속상하니까. 아빠가 힘들어하니까. 그러니까 울지 말자고. 어린 시절부터 울음을 꾹꾹 눌러 담는 법에만 익숙했던 어린 소녀는 언제나 이렇게 울 곳이 필요했는지도 모른다.

"약속한 거예요. 언제든. 어디서든. 제가 울면 와서 눈물 닦아 준다고요."

머루 알처럼 까만 눈동자 아래 눈물을 그렁그렁 매달고 세인이 새끼손가락을 내밀었다. 사춘기 소녀들이나 할 법한 유치한 손장난에 피식 웃으면서 도균이 제 손가락을 걸었다.

"그래. 그럼 이제부터 이건 다 내 거네."

도균이 세인의 뺨에 묻은 눈물을 손가락으로 찍어 보이며 속삭이자 세인이 입술을 뾰족하게 내밀었다.

"칫. 그게 뭐야."

"딴 놈한테 눈물 맡기지 말란 소리지 뭐겠습니까, 부인."

그런 그녀의 볼을 쭉 늘려 억지로 웃는 얼굴을 만들어 놓고는 도균이 웃음을 터뜨렸다. 자주 볼 수 없는 그의 웃는 모습이 너무 근사해서 세인은 차마 눈도 깜빡이지 못하고 멍하니 도균을 눈에 담았다. 심장이 고장 난 것처럼 쿵쾅쿵쾅 뛰었다.

아파서 희미한 시야에 간호하는 도균의 걱정스러운 얼굴이 비쳤던, 중학교 1학년 어느 날처럼. 그때, 비정상적으로 빠른 심장박동이 아파서가 아니었음을 알았던 것처럼, 세인은 지금도 자신의 몸이 하는 말을 정확히 해석할 수 있었다.

나, 다시 첫사랑에 빠졌나 봐요. 도련님.

엉망진창이다. 결혼 먼저. 그리고 연애. 가장 처음이었어야 할 떨리는 사랑의 감정이 마지막이 됐다. 하지만 아무리 뒤죽박죽인 순서라도 세인은 불안하지 않았다. 그녀가 다시 첫사랑에 빠진 상대는 자신의 남편이니까. 언제든. 어디서든. 그녀가 울면 달려와 안아 주겠다는 남자이니까.

수술실에서 나온 의사가 조금만 더 늦었으면 큰일 날 뻔했다는 말로 그녀를 칭찬했다. 뇌출혈이었다. 2주 정도는 마음을 놓아선 안 되겠지만 어쨌든 수술은 성공적으로 끝났으니 예후가 좋을 거라고 의사는 넌지시 기대감을 비쳤다.

안도감에 다리가 풀린 그녀를 도균이 옆에서 단단히 지탱했다. 또 가슴이 촐싹댔다. 정확히 1시간 전부터 세인은 그의 손가락 하나만 닿아도 움찔거리는 지경에 이르렀다. 그는 전과 다름없는 이도균이고, 자신 역시 전과 다름없는 민세인인데 그 1시간 전을 기준으로 전혀 다른 사람이 된 것 같았다. 아니, 세상이 달라진 것 같았다.

넥타이가 어깨로 넘어갈 정도로, 이마와 앞머리가 땀에 흥건히 젖을 정도로, 빨갛게 충혈 된 눈으로. 그렇게 달려와 그 단단한 가슴에 자신을 가두듯 꽉 끌어안던 도균이다. 그의 가슴에서 느껴지던 진동과 어지럽게 흩어지던 가쁜 숨소리를 세인은 또렷이 느낄 수 있었다. 그건 그 어떤 언어로 된 고백보다도 가장 생생하고 노골적인 감정의 표현이었다.

'무슨 일 생긴 줄 알고 내가 얼마나……! 그러니까 왜 말 안 듣고 운전을 해!'

그저 왈칵 눈물이 쏟아졌었다.

'미안. 화내는 게 아니라……. 여기 왜 이래. 다쳤어?'

그녀의 얼굴에 범벅인 눈물을 닦다가 나무에 긁힌 조그만 상처를 발견하고 큰일이라도 난 것처럼 소리치며 얼굴을 찌푸리던 것도. 그저 다…….

"고맙습니다."

"별게 다."

세인에게 캔 음료를 건네던 도균이 새삼스럽다는 듯 픽 웃었다. 세인의 고맙단 말에 담긴 무수한 의미를 모른 채 그녀의 옆에 털썩 앉은 도균은 갈증이 심했었는지 음료를 한 번에 다 들이켰다.

"많이 피곤하죠?"

잠깐도 쉬지 않고 서울에서 이곳 함양까지 계속 내달렸을 도균을 알았다. 그렇지 않고서야 그렇게 빨리 도착할 수 없었을 테니까.

"당연하지! 엄청 피곤하다. 아, 피곤해. 이러고 잠깐 눈 좀 붙여야겠다."

도균이 부러 과장된 목소리로 그렇게 말하며 잽싸게 세인의 무릎에 머리를 붙이고 누웠다. 그녀가 놀란 듯 주위를 두리번거렸지만 해가 지고도 한참이 지난 시각에 병원 옥상에 올라와 있는 사람은 그들을 제외하곤 아무도 없었다.

"전부터 궁금했는데. 대체 남들 눈치를 왜 그렇게 보는 거지?"

"네?"

"우리가 무슨 불륜 커플도 아니고. 누가 뭐라고 하겠냐고. 부부가 애정행각 좀 하겠다는데."

아래에서 빤히 올려다보는 도균 때문에 세인은 신경 쓰여 죽을 맛인데 그는 이런 태연한 소리나 하고 있다. 콧구멍이 다 들여다보이면 어쩌지? 아, 머리카락 때문에 허벅지가 간지러워. 고개를 숙이면 얼굴이 호빵만 하게 보이겠지? 이런 사소한 걱정으로 머릿속이 빙빙 도는 것 같다. 그녀는 이렇게나 긴장이 되는데 그는 너무 아무렇지 않아 보여 얄밉다.

"뭘 그렇게 봐?"

"하, 하늘이요."

"하늘? 새카맣고 아무것도 없는 거 봐서 뭐해."

"아무것도 없다니요. 저, 저기 별이 엄청 반짝이잖아요."

"비행기야."

"아……. 비, 비행기구나. 비행기가 별처럼 반짝이기도 하는구나! 하하……하."

그가 쿡 웃었다. 그 웃음소리에 세인의 눈동자가 아래로 굴렀다.

"그래. 이렇게 날 보셔야지, 부인. 별도 없는 하늘은 그만 보시고."

천천히 뻗어진 도균의 손이 고개를 아래로 숙이는 바람에 앞으로 쏠린 그녀의 머리카락을 자그마한 귀에 걸었다. 덕분에 빨갛게 달아오른 얼굴을 다 들켜 버리겠지만, 세인은 최면에 걸린 것처럼 움직일 수 없었다.

"나한테 전화해 줘서 좋더라."

어쩌면 이렇게 똑바로 쳐다볼까. 난 눈도 못 마주치겠는데.

"무서울 때 보고 싶은 사람이 나라서 다행이라고 생각했어."

눈만 못 마주치는 거면 다행이게. 숨도 못 쉬겠어. 성연아, 이럴 땐…… 어떻게 해야 해? 누구라도 좋으니 알려 줬으면.

세인의 머리카락을 매만지던 손이 스르륵 떨어졌다. 잠깐 눈

붙이겠다는 말이 정말이었는지 도균의 눈꺼풀도 떨어진 손처럼 스르륵 힘을 잃고 있었다. 이러다 감기라도 들면 어쩌나 싶어 깨우려던 세인은 지금이 여름이란 사실을 깨닫곤 그를 흔들기 위해 들어 올렸던 손을 천천히 내렸다.

"……그런 상황에서 남편 말고 달리 누가 또 떠오르겠어요."

세인이 혼자만 들을 수 있을 만큼 작은 목소리로 중얼거렸다. 그가 들었더라면 분명 또 놀리려고 들었을 테니까.

그녀는 수줍게 웃으며 도균의 머리카락을 조심스럽게 매만졌다. 생각지도 못하게 그의 머리카락이 너무 부드러워 세인은 내심 깜짝 놀랐다. 따로 관리라도 받나? 샴푸 모델해도 되겠네. 실크 같은 감촉에 세인의 손이 쉽사리 거둬지질 않았다. 그녀의 눈이 잠든 도균의 얼굴을 찬찬히 훑었다.

그 흔한 트러블 하나 없이 깨끗한 피부와 반듯한 이마. 짙은 눈썹과 남자치곤 긴 속눈썹. 쭉 뻗은 날렵한 코. 약간 까슬하게 돋은 턱수염. 세인은 도균이 잠에서 깰까 봐 주저하면서도 그의 얼굴을 손끝으로 조심스럽게 더듬는 것을 멈추지 못했다. 그리고 마침내 끝이 살짝 말린 듯 매력적인 입술에 손가락이 닿았을 때, 그녀는 전율하듯 숨을 멈췄다.

언젠가부터 잦아진 입맞춤. 그러나 세인은 그때마다 매번 혼절할 것 같은 기분에 도균의 입술을 제대로 느껴본 적이 없었다. 밀려 들어오는 그의 혀는 늘 그녀의 입 안 뿐만 아니라 정신까지 휘저어 놓았기 때문에.

매끄럽고 도톰한 입술 선을 어루만지던 세인의 허리가 천천히 접히기 시작했다. 도둑질을 하는 것처럼 심장이 쿵쿵 속절없이 뛰었지만 그만두고 싶은 생각은 없었다. 마침내 세인의 입술이 도균의 입술과 맞닿았다.

뜨겁지도, 차갑지도 않은 기분 좋은 온도. 세인의 입매도, 눈매도 즐거운 듯 휘었다.

이렇게 촉촉한 입술이구나. 이렇게 부드러운 입술이었구나. 이런 향, 이런 맛이구나. 달콤해. 신기해.

그저 그대로 입술만 대고 있던 세인이 문득 제 행동에 부끄러움을 느끼고 굽혔던 허리를 펼 때였다. 자고 있는 줄 알았던 도균의 손이 그녀의 목을 끌어당겼다.

"뭐가 그렇게 조심스러워."

"아, 안 잤······."

"내가 지금까지 가르친 건 다 어쨌어? 구워 먹었나? 삶아 먹었어?"

그게 무슨······.

영문을 모르고 눈을 키우는 세인을 올려다보는 도균의 눈은 별도 없는 까만 밤하늘 같았다. 아슬아슬. 맞닿는 듯, 아닌 듯. 겨우 스치기만 할 정도로 떨어진 두 사람의 입술 사이로 도균의 목소리가 흩어졌다.

"제대로 하라고. 감질나게 건드리지만 말고."

그녀의 목을 감싼 그의 손에 어느 순간 힘이 실리는가 싶더니 떨어졌던 입술이 닿고 그 사이로 뱀처럼 미끈거리는 혀가 침범하는 건 순식간이었다. 도균의 혀가 언제나처럼 긴장으로 굳어 버린 세인의 혀를 감싸 제 쪽으로 유인했다.

그제야 도균의 말을 이해한 세인은 머릿속이 하얗게 비워지는 기분이었다. 그러나 공황상태인 머리와는 상관없이 몸은 솔직하게 반응하기 시작했다. 그녀 역시 그의 안이 궁금했다. 세인의 자그마한 혀가 도균의 입술을 갈랐다.

적당히 따스한 입술과는 달리 그 속은 마치 용암처럼 뜨거웠다. 그리고 그 향은, 그 맛은 황홀할 정도로 달콤해서 한숨마저 나왔다.

꿀을 마시는 나비처럼 오로지 주어진 일은 그뿐인 양 키스에 몰두하던 세인이 숨이 모자라 입술을 뗐을 때, 도균이 애무하듯 그녀의 뺨을 쓸었다.

"많이 컸네, 민세인."

장난스럽게 하는 말투와는 다르게 눈동자는 더없이 진지했다. 그 시선에 세인은 갑자기 목이 말랐다. 그러나 물로는 해소될 것 같지 않은 갈증이었다.

10.

"좋아요. 좋군요. 하하하하하! 좋은 아침입니다, 여러분!"

나 뭔가 달라 보이지 않습니까? 이거 입이 근질근질해서 참을 수가 있나.

"……오늘 대표님, 좀 이상하시지 않아?"

"이상이 아니라 수상이지. 그렇게 공들이던 투자 건, 저쪽에 뺏겼는데도 싱글벙글했다잖아. 그럴 수도 있다고."

"헐. 정말?"

"응. 아! 세 달 동안 거절하던 잡지 인터뷰. 그것도 승낙하셨대."

"앞으로 절대 인터뷰는 안 하실 거라더니?"

"말도 마. 맘 바뀌시기 전에 지금 당장 카메라 가져가겠다고 했더니 그러라고 그랬대. 그래서 지금 대표실에 잡지사 사람들와 있다더라. 그것도 그렇게 끔찍해하시던 여성지!"

"오, 마이 갓!"

오늘 사내는 늘 냉정을 잃지 않던 대표의 이상 행동 때문에 하루 종일 들썩이고 있었다. 그러나 때아닌 봄바람에 사로잡힌 문제의 주인공은 연신 터지는 카메라 셔터에도 가로로 찢어질 듯한 입매를 수습하지 못하고 있었다.

"무슨 좋은 일 있으신가 봐요, 이 대표님."

"아아, 이런. 티 내지 않으려고 했는데. 하하하!"

평소라면 상대가 상대이니만큼 질문 하나하나 심사숙고했을 에디터는 기회는 이때다, 라는 것을 본능적으로 직감했다.

"사진은 이쯤이면 충분할 것 같고, 이제 인터뷰 좀 할게요. 괜찮으시죠?"

"그럼요, 그럼요."

소파에 느긋하게 앉은 그는 잠시도 가만히 있지 못하겠다는 듯 팔걸이에 둔 손가락으로 리듬을 타고 있었다. 에디터는 손에 든 종이를 뒤적거리더니 코끝으로 내려앉은 안경을 추켜올리며 물었다.

"결혼하신 지 4개월 차 신혼부부시잖아요."

네! 정확히는 124일째입니다만!

속으로 커다랗게 외치는 것과는 달리 도균은 겉으론 여유로운 척 고개를 끄덕였다.

"하하. 결혼 생활 어떠신가요? 묻는 게 무의미할 것 같긴 하지만요."

"아―주 만족스럽습니다. 여러분, 결혼하십시오. 결혼은 절대 인생의 무덤이 아닙니다."

"인생의 무덤이 아니라면, 이 대표님은 뭐라고 표현하고 싶으신가요?"

"축복이죠. 여러분, 단언컨대 결혼이란 인생의 축복입니다."

그가 버릇처럼 말끝에 하하하, 하고 웃는 것을 에디터는 넋 놓고 지켜보았다. 아, 탐난다, 이 남자. 그녀는 이 순간 취재를 나온 에디터가 아니라 매력적인 나비 앞에 꽃잎을 떠는 한 떨기 꽃이었다.

그러나 다음 인터뷰 항목을 읽은 그녀는 곧 시무룩해졌다. 그래, 이 남자는……

" '아키남' 이라고 들어 보셨나요?"

"네? 그게 뭐죠?"

"얼마 전 한 설문조사에서 1위를 하셨거든요. 거기서 얻으신 별명인데 아직 안 들어 보셨나 봐요."

"아키남? 일본어인가요? 무슨 뜻이죠?"

"아내 키우는 남자요. 아, 나쁜 의미는 아니랍니다. 2위가 제이슨 스타뎀이었으니까요."

혹시 그가 기분 나빠하지 않을까 걱정하던 그녀는 별 기색 없는 도균의 반응에 가슴을 쓸어내렸다. 아내 키우는 남자라. 무심하게 중얼거리며 턱을 쓸던 그가 문득 생각난 듯 물었다.

"그쪽은 몇 살 차이죠?"

"아, 로지가 스무 살 어리다고 알고 있어요."

아아. 거 고생깨나 하시겠군.

도균은 얼굴도 모르는 헐리웃 배우에게 속으로 위로를 건넸다. 스무 살이라니. 여섯 살 차이를 뛰어넘는 것도 이렇게 아등바등 힘이 드는데. 세인을 떠올린 그는 다시 어제의 일을 떠올렸다. 그리곤 저도 모르게 다시 웃음을 터트릴 것 같은 입술을 손으로 쓰윽 가렸다.

"근데 정말 다들 너무나 궁금해하고 계시거든요. 베일에 싸인 이 대표님 아내분, 대체 어떤 분이신가요? 듣자 하니 마성의 매력을 가진 초절정 베이글녀란 소문이 있던데요."

잠자코 에디터의 목소리를 듣고 있던 도균이 고개를 갸웃했다.

"베이글녀는 또 뭡니까?"

"아, 베이비 페이스랑 글래머를 합친 단어예요. 외모는 청순하고 아이 같은데 몸매는 글래머러스한……."

죄송한데 그 안에 글래머가 들어 있는지 제가 아직 확인을 못 해 봤습니다만.

도균이 쓰고 있던 웃는 얼굴의 가면에 미세한 실금이 가자 에디터는 제 방정맞은 혀를 깨물어 버리고 싶은 기분이었지만 겉으론 태연을 가장하는 것이 그나마 프로패셔널에 가까울 것 같아 어색한 웃음을 터트렸다.

"하. 하하. 이 대표님 표정을 보아하니 자, 잘못된 소문인가요?"

"아닙니다. 그냥 잠시 너무 행복해서요."

"네?"

"마성의 매력을 가진 초절정 베이글녀의 남편이 다름 아닌 저라니. 이런 행운이 어디 있겠습니까."

하하하!

웃음과 눈물의 공존이란 이런 거겠지. 에디터는 죄수의 심정으로 서둘러 다음 질문으로 넘어갔다. 아내의 장점을 묻는 질문이 나오자 이 남자, 경련 같던 웃음을 멈추고 팔불출이 아닐까 싶을 정도로 나열하는 게 도무지 끝이 없다. 도저히 못 들어 줄 지경이라 결국 중간에 끊어야 할 지경이었다. 들은 그대로 인터뷰를 써서 낸다면 대한민국 부부들 사이에 한바탕 전쟁이 일어날 것은 분명했다.

에디터는 질문 항목을 눈으로 훑으며 어떤 것이 가장 우리 잡지 독자들의 가슴을 두근거리게 할 만한 것인가를 계산했다. 그래, 이거다. 그녀는 자꾸 코끝으로 흘러내리는 안경을 검지로 밀어 올리며 아내까지 있는 주제에 배 나오고 머리 벗겨지진 못할망정 파릇파릇한 이십 대처럼 심장 떨리게 잘생긴 남자를 흔들리는 시선으로 응시했다.

"이건 제 개인적으로도 너무 궁금한 질문인데요. 이 대표님께서 아내분께 반하게 된 계기랄까, 그런 게 있을까요? 사랑에 빠지게 된 사건 같은 거, 말이에요."

"……네?"

"계기나, 사건이요."

"아니요. 그거 말고. 제가 뭐에…… 빠져요?"

그녀는 자신이 또 무슨 실수를 저질렀나 싶어 얼굴색부터 창백해졌다. 그러나 아무리 머리를 굴려 봐도 심기를 거스를 만한 질문은 아니었는데.

"사랑에…… 빠지게 된…… 이라고 말씀드렸습니다만……."

끝내주게 맑은 날씨였다. 그런데 남자는 휘몰아치는 폭풍 속에 벼락을 맞은 얼굴이었다. 에디터의 예리한 눈은 도균을 속속들이 파헤칠 것처럼 끈질기게 그의 얼굴을 좇았다. 그는 더 이상 웃고 있지 않았다. 그렇다고 좀 전의 '베이글녀'를 얘기할 때처럼 어딘가 슬프고 상념에 젖은 표정이었느냐 하면 그건 또 아니었다. 지금 이 남자의 표정을 정확히 한 단어로 표현하자면…….

충격.

"사……. 방금 사……."

"사랑이요."

쇼크.

"대, 대표님! 이 대표님! 어머! 괜찮으세요?"

"……죄송하지만 인터뷰는 여기까지 하죠. 제가 저혈압이 또 도졌네요."

파리하게 질린 얼굴의 도균이 비틀거리며 일어섰다. 아아, 지병이 있는 상남자라니. 아슬아슬한 매력까지.

모든 모성본능을 풀가동해 멍한 눈동자를 빛내는 여자를 버려 두고 그는 서둘러 대표실을 빠져나갔다. 5분 후, 그가 앉아 있는 곳은 근처 개인 병원의 작은 회전의자 위였다.

"여기 계셨네, 영웅 민세인 양."

세인이 볼에 닿는 차가운 감촉에 화들짝 놀라며 뒤를 돌아보았다. 아이스커피를 손에 든 채 웃고 있는 승조가 시야에 들어오자 그녀는 다행이라는 듯 가슴을 쓸어내렸다.

"아아, 선배였구나. 전 송 대리님인 줄 알고."

"송 대리가 왜?"

"혼자 보내서 미안하시다고…… 괜찮다는데도 계속 쫓아다니셔서 숨어 있는 중이었어요."

"숨어 있기엔 너무 탁 트인 장소인데?"

승조가 세인의 옆에 앉으며 웃음기 어린 목소리로 말했다. 세인은 볼이 홀쭉해지도록 빨대를 있는 힘껏 빨았다.

"여기 제 아지트예요. 옥외 계단은 많이들 안 다니시더라고요. 근데 저 여기 있는 거 어떻게 아셨어요?"

"아주 관심이 많거든. 민 후배의 일거수일투족에 대해서."

승조가 검지를 세운 양손을 관자놀이에 갖다 댔다. 이렇게 매일 안테나를 세우고 있다고. 그가 농담하자 세인이 피식 웃었다.

"이러니까 선배가 아직 여자친구가 없는 거예요."

"이러니까, 라니?"

"누구에게나 너무 친절하니까요. 질투 나서 버티겠어요? 미저리 속편 찍거나 제풀에 지쳐 나가떨어지거나, 둘 중 하나일걸요?"

"하하. 뭐라고?"

"선배가 만약 여자였으면 분명히 이런 소리 들었을 거예요. '어머, 쟤 또 끼 부린다!'"

명랑한 세인의 목소리가 듣기 좋아서 승조는 그 내용에도 불구하고 미소를 거둘 수가 없었다. 실은 세인이 단단히 오해하는 부분이 있었다. 그는 사실 그다지 남에게 친절한 성격이 못 되었다. 고등학교 때까지만 하더라도 왕따를 자처할 정도로 누군가와 관계를 맺는다는 것에 피곤함을 느끼던 그였다.

100퍼센트 좋기만 한 일은 없다. 승조는 훌륭하고 명망 높은 교수 부부의 아들로 태어나는 행운을 얻은 동시에 늘 사람들의 관심 한가운데에 있어야 하는 불편함을 감수해야 했다. 어린 시절부터 항상 그의 뒤를 따라다니던 수많은 눈동자에 가끔은 압사당하는 기분이었다. 뭐든 잘 해낼 거라는 사람들의 기대감, 부모님의 이름에 누를 끼치지 않아야 한다는 부담감.

사춘기를 지나면서 그는 자신에게 완벽을 요구하는 주변과 적당히 벽을 쌓는 법을 익혔다. 그건 고독한 대신 편리했다. 외로움 따위 별것 아니란 생각이 들 만큼 달콤한 편리였다. 그런 그를 변화시킨 게 바로 세인이었다.

세인에게 해 주고 싶은 것이 많아질수록, 세인과 함께하고 싶은 것이 늘어 갈수록 승조는 자신이 쌓아올린 견고한 벽을 허물어야 했다. 캠퍼스에서 스치듯 마주치는 걸로는 성이 안 차서. 같은 강의를 듣는 걸로는 만족이 안 되기 시작해서. 그렇게 승조는 세인이 있다는 술자리에 가고, 세인이 가입했다는 동아리에 들고, 세인이 참가한다는 MT에 참석했다.

그의 핸드폰 전화번호부를 꽉 채운 번호들은 그래서 전부 대학시절 이후의 인연이었다.

"왜 그렇게 빤히 보세요? 무섭게."

"이제 민 후배한테만 끼 부려 볼까 하고. 어때, 무서워?"

"네. 누가 생각나서 등골이 오싹하네요."

세인이 어깨를 부르르 떠는 시늉을 했다. 금세 바닥을 드러낸 커피가 아쉬운지 아무것도 딸려 올라오지 않는 빨대를 쪽쪽 빠는 세인에게 승조가 자신의 것을 쥐여 주었다. 세인이 그가 입을 댄 빨대를 바꿔 낄 생각도 하지 않고 냉큼 입에 물었다.

지금처럼 세인이 아무 생각 없이 하는 행동에 혼자 온갖 상상에 젖던 스물다섯의 무더웠던 어느 날이 떠올라 승조는 슬프게 미소 지었다. 이 떨림의 정체를 자각했을 때 그는 세인에게 있어 이미 누구에게나 공평하게 상냥한, 친절병에 걸린 선배가 되어 있었다.

"……그 누구 말이야. 남자친구 말하는 거지?"

"컥! 쿨럭! 켁!"

"천천히 마셔."

등을 두드려 주는 승조를 야속하게 쳐다보며 세인은 속으로 소리쳤다. 이건 빨리 마셔서 그런 게 아니거든요!

"제대로 들은 적이 없는 것 같아서. 네 남자친구 이야기. 어떤 사람이야?"

"그, 그게 갑자기 왜 궁금하실까요, 우리 차장님께서?"

"갑자기 아닌데. 말했잖아. 나 민 후배한테 무지하게 관심 많다고."

　세인은 속이 시끄러웠다. 그녀를 무한 신뢰해 주는 승조의 눈을 마주 보고 있자니 양심이라는 놈에 모서리가 생기더니 몸속을 구르며 이곳저곳을 찌르고 다녔다. 그녀가 침을 꿀꺽 삼켰다. 다른 사람도 아니고, 승조라면 괜찮지 않을까? 선배가 여기저기 소문내고 다닐 성격은 아니잖아.

　마음을 굳힌 세인이 두 주먹을 불끈 쥐었다.

　"선배, 그게 실은 남자친구가 아니라 남펴……."

　"아아, 이런. 사내 연애 현장 목격인가?"

　정수리보다 훨씬 더 위에서 호탕한 목소리 하나가 날아들어 그녀의 말허리를 댕강 잘랐다. 기껏 비장한 심정으로 입을 열었던 세인은 허무에 젖어 목소리의 주인공을 확인할 생각도 하지 못한 채 '허허' 하는 헛웃음만 흘렸다. 그리고 승조는 고개 돌려 확인하지 않아도 목소리의 주인공을 알 수 있었다.

　"아, 이사님."

　쳇. 이사고 나발이고 알 게 뭐…… 뭐? 이사님?

　"아, 안녕하십니까! 신입사원 민세인입니다!"

　"아이고, 조심해요. 계단에서 구르면 큰일 나요."

　그녀가 오뚝이처럼 발딱 일어나 허리를 90도로 꺾어 가며 인사하자 두 계단씩 내려와 성큼 앞에 선 승준이 세인의 앞에 얼굴을 디밀었다. 생글생글 웃는 얼굴이 승조와 닮은 듯하면서도 미묘하게 달랐다. 전체적으로 선이 부드러운 승조에 비해 승준은 이목구비가 하나같이 큼직큼직해 무척 시원스런 인상이다.

"인사가 늦었네. 우리 식구 된 거 환영해요, 민세인 양."

"아, 네! 감사합니다!"

승준이 악수를 청했고 세인은 그 손을 힘껏 쥐고 흔들었다.

"궁금했는데 이렇게 얼굴 보게 되어서 좋네. '진짜' 우리 식구 되면 더 좋을 것 같지만."

"네?"

"형."

"아아, 수습 기간 무사히 마치고 정직원 되시라고. 근데 악수를 이렇게나 열심히 하는 신입은 또 처음이네."

승준의 손을 무지막지한 힘으로 위아래로 흔들던 세인이 '아!' 하는 탄식과 함께 손을 놓았다. 승준이 승조의 코앞에 손을 흔들며 엄살을 부렸다.

"천하장사 후배를 둬서 든든하시겠어. 네 형 손가락 뼈 무사한지 좀 볼래?"

외모의 다름만큼이나 형제는 성격도 달라 보인다. 세인은 형 동생이 바뀐 듯한 두 사람을 신기한 듯 번갈아 보았다.

"이사님, 신입사원 앞에서 체통 좀 지키시죠."

승조가 나지막하게 혀를 차자 승준이 '까다로운 놈.' 하고 투덜거렸다. 무표정한 동생을 슬쩍 노려보던 승준이 호기심 어린 눈동자를 세인에게로 돌렸다.

"그런데, 우리 집안 애물단지랑 단둘이 오붓하게 뭐 하는 중이셨는지 물어봐도 될까요?"

"애물단지요?"

"어디 모자란 것도 아닌데, 그 흔한 여자 친구 하나 없어서 온 식구들 걱정시키는 이놈이요."

승준이 승조를 가리켰다. 애물단지란 표현이 웃겨서 실소를 흘리던 세인이 곧 아연실색했다. 단둘이. 오붓하게. 유난히 세게 발음됐던 단어들을 깨달은 그녀가 새하얗게 질린 얼굴로 손사래를 쳤다.

"아아, 오해 마세요! 절대 그런 거 아니에요. 만연 차승조 선배님, 아니 차장님께 제가 감히……."

"만연?"

혹시 승준이 승조와 자신의 담백한 관계를 오해하는 건 아닐까 싶어 생각나는 대로 횡설수설 내뱉던 세인은 아차 싶은 얼굴로 입술을 지그시 깨물었다. 만연이 뭐냐 재차 캐묻는 승준에게 세인은 결국 곧이곧대로 실토하고 말았다.

"……만인의 연인이요."

"만인의 연인이요?"

"……네에. 승조 선배 호號예요. 대학 때 저희 학교 여학생들이 그렇게 불렀거든요."

세인이 승조의 눈치를 살폈다. 기가 차서 말을 잇지 못하는 승조를 향해 세인이 한껏 처량한 표정을 지어 보였다.

"하하하! 맘에 드는 별명인데? 그래서 세인 씨는 우리 차만연 씨 어떻게 생각해요?"

그, 그렇게 비꼬시면…….

벌린 입을 다물지 못하는 세인을 대신해 승조가 끼어들었다.

"안 바쁘십니까, 이사님?"

"네. 한가해서 따분하던 참입니다만, 차만연 차장."

"……형."

참다못한 승조가 이를 으득 갈았다. 그러자 겁먹은 듯 오버액션을 취하는 승준이 세인에게로 바짝 몸을 숙여 속삭였다.

"이것 봐요. 이놈이 순한 양 코스프레를 하고 있어서 다들 깜빡 속는데, 사실은 속에 짐승남이 들었다니까요?"

"……짐……승남이요?"

"에, 그러니까. 스트롱과 소프트의 퍼펙트한 하모니랄까? 누군가는 이 녀석보고 더블에스 차라고 부르더군요. 그야말로 모든 여자들의 이상형 아닙니까? 낮엔 상냥한 신사였다가 밤엔 으르렁대는 짐승으로 돌변……."

"형, 그거 직장 내 성추행이다."

"아아! 그런 거 아니에요. 오해 말아요, 세인 씨. 그냥 내가 궁금한 건……."

궁금한 건?

"우리 까칠이가 만인의 연인이면, 세인 씨도 그 만인 중에 한 사람이었나 하는 거거든요."

대체…… 제게 무슨 대답을 바라십니까, 이사님.

승준은 솜사탕을 바라보는 어린아이처럼 눈을 빛냈고, 승조는 자포자기한 듯 두 손으로 얼굴을 감싸 버렸다. 세인은 더디게 눈을 깜빡였다. 썰렁한 기운이 감도는 세 사람 사이에 광풍을 타고 검은 비닐봉지 하나가 스쳐 지났다.

저것은 어디에서 왔고 또 어디로 흘러가는가.

모든 것이 비현실적인 상황 속에서 춤을 추듯 날아가는 검은 봉지를 따라 시선을 느리게 돌리는데 별안간 비상구 문이 벌컥 열렸다.

"세인 씨! 할아버지 깨어나셨……. 어머, 이사님도 같이 계셨어요?"

호들갑떠는 양 대리의 목소리에 세인은 그제야 잠에서 깬 듯한 느낌이다.

"할아버지 깨어나셨다고요?"

"응. 방금 병원에서 전화 왔어."

"아. 죄송합니다, 이사님. 저 얼른 가 봐야 할 것 같아요."

허리를 잽싸게 접었다 편 세인이 걸음을 떼려는 순간, 승준이 그녀의 소매를 덥석 쥐었다.

"대답은 해 주고 가셔야지, 민세인 사원?"

와. 뭐, 이런 집요한 사람이 다 있어?

세인은 하마터면 속에 있는 말을 그대로 소리로 낼 뻔했다. 하지만 그런 집요함 덕분에 지금의 아내와 결혼까지 할 수 있었던 승준이다. 승준의 부담스러운 시선과 비상구에 서서 자신을 기다리는 양 대리에 의해 세인이 쫓기듯 대답했다.

"저, 전 주제 파악이 확실한 편이라……."

그리곤 또 소매를 잡힐세라 쏜살같이 계단 위를 달려 사라져 버리는 세인이다. 좁은 옥외 계단엔 장정 둘만 나란히 남았다.

"들으셨습니까, 차만연 차장?"

"뭘."

"주제 파악이라는데? 내 미래의 제수씨가 될지도 모르는 분께서 말이야."

"앞서가지 좀 마."

"근데 말이다. 짝사랑하는 거, 네 이 잘난 얼굴에 미안하지도 않냐?"

이 좋은 날 여자가 사라진 자리만 뚫어져라 바라보는 동생이 영 못마땅해 승준이 이죽거렸다. 허나 반응이 없는 승조 때문에 승준은 곧 흥미를 잃었다.

영 만만한 상대는 아니네. 푸념 끝에 휘파람을 분 승준이 동생의 어깨를 두어 번 두드리곤 먼저 자리를 뜬다. 혼자 남은 승조는 난간에 놓은 두 잔의 아이스커피에 꽂힌 시선을 오랫동안 거두지 못했다.

주제 파악이 확실하다. 저건 완곡하고 예의 바른 '아니요' 야. 알고 있잖아?

단호한 '아니요' 보다는 완곡한 '아니요' 가 희망적이지. 안 그래?

그의 머릿속에 사는 두 명의 서로 다른 차승조 사이에 한바탕 승강이가 벌어졌다. 승조는 결국 후자의 손을 들어 주었다.

장 박사는 점심으로 먹은 알탕의 알에서 새끼가 부화해 역류하는 것 같았다. 그만큼 눈앞의 환자가 불편하단 소리다.

"전문가에게 정확한 진단을 받고자 왔습니다."

말은 그런데 풍기는 아우라는 전혀 그렇지 않은 환자였으므로. 귀족적인 외모로 보아선 당장이라도 '네가 감히 날 진단해? 무엄한 것.' 하고 비웃음을 날릴 것 같은 남자는 어울리지 않게 잔뜩 심각한 얼굴이었다. 큰 키와 떡 벌어진 어깨 탓에 원래도 크지 않은 의자가 우스꽝스러워졌다. 어른이 아이 전용 의자에 앉은 것처럼.

장 박사는 헛기침을 몇 번 한 후에 남자를 훑어보던 시선을 거두었다.

"어디가 불편하셔서 오셨죠?"

"제가 사…… 사……."

"사사? 저기 환자분 정확히 증상을 말씀해 주셔야……."

"사랑에 빠졌답디다!"

아이씨, 깜짝이야!

절규하는 듯한 도균의 음성에 의사의 코끝에 아슬아슬하게 걸쳐 있던 안경이 툭 하고 무릎 위로 떨어졌다.

"……네? 사랑이요?"

"예. 아! 혹시 절 신문이나 TV에서 보셨을까 봐 하는 말이지만, 상대는 제 와이픕니다. 불순한 상상하진 마시고. 제가 궁금한 건 그러니까…… 제가 정말 그 사, 사랑이란 것에 빠진 것인가 하는 겁니다. 증상을 말씀드리죠. 우선, 떨어져 있으면 무지하게 궁금합니다. 보고 싶은 거라고도 표현할 수 있겠네요. 어느 정도냐 하면, 당장 못 보면 죽겠다 싶어서 1년짜리 프로젝트를 2개월 만에 끝내 버리고 귀국했을 정도입니다. 일주일 동안의 총 수면 시간이 겨우 10시간에 불과했다면 믿으시겠습니까?"

"저, 저기. 환자분……."

"그렇게 돌아왔는데 세상에, 감히 제 와이프를 눈독 들이는 놈이 있더라고요. 그걸 알았을 때는 피가 거꾸로 솟는 것 같았죠! 눈이 홱 돌더란 말입니다! 전화로 그 망할 놈의 고백을 엿들었을 때 제 손엔 한정판 만년필이 어느새 두 동강 나 있더군요! 판매용으로 제작된 게 아니라 살 수도 없는 제 만년필이 말입니다! 거기 박힌 다이아몬드를 합하면 자그마치 십팔 캐럿……! 아, 발음이 좀 강했는데 오해 마십시오, 선생님."

"저, 저기……."

"아, 제가 잠시 딴 길로 샜군요. 그래서 결과적으로 결혼을 하게 됐는데, 전보다 더 상황이 심각합니다. 결혼을 해도 제 와이프의 시간과 관심을 온전히 독차지하지 못한다는 일종의 불안감이랄까요? 혹자는 그랬죠. 원하는 것을 가진 후에도 그것을 계속 원하는 것만큼 어려운 건 없다고요. 지금 제가 딱 그 꼴인 것 같습니다. 제 손, 이 상처투성이 손이 보이십니까?"

의사는 코앞에서 흔들리는 커다란 손에 넋 나간 얼굴로 고개를 주억거렸다.

"자그마치 더덕 50개를 이 손으로 구웠단 말입니다!"

남자는 반창고가 붙은 자신의 손을 노려보며 침통한 얼굴로 소리쳤다. 의사는 정신이 하나도 없었다. 숨 가쁜 추격 영화를 보는 것처럼.

도균이 마른세수 끝에 피로에 젖은 눈을 들어 의사를 응시했다. 의사는 그 시선에 갑자기 딸꾹질이 나와 생수를 벌컥벌컥 들이켰다.

"선생님, 제가 정말…… 사랑에 빠진 게 맞습니까?"

"아…… 제 소견으론……."

도균이 침을 꿀꺽 삼켰다.

"그런 것 같습니다만."

아아.

의사는 도균의 신음에 크게 당황했다. 남자는 마치 시한부 선고라도 받은 것처럼 절망하고 있었다. 의사는 떨리는 목소리로 도균의 말을 되짚으며 입술을 열었다.

"……보고 싶어 하고. 질투하고. 상대의 마음을 얻을 수 있다면 무슨 짓이든 마다하지 않는 것이……."

"그게 얼마나 비합리적인가는 중요하지 않죠. 완전히 통제를 잃는다고요. 이게 정신병과 다를 것이 뭐가 있습니까?"

"플라톤 역시 정확히 그렇게 말했답니다. 사랑은 심각한 정신병이라고. 실제로 사랑에 빠진 사람의 뇌를 MRI로 촬영한 결과, 강박증 환자의 뇌 사진과 비슷했다고 하니, 아주 틀린 말은 아니죠. 다만 그 집착의 대상이 특정한 물건이나 행위가 아닌 사람이라는 것이 가장 큰 차이점이 되겠습니다만……."

아아, 젠장.

남자는 이제 신음도 모자라 나지막한 욕설까지 덧붙이며 두 손에 얼굴을 묻었다. 괜한 말을 덧붙였나? 의사는 어떻게든 이 남자를 달래 보내야 할 것 같은 이상한 사명감에 사로잡혔다.

"그, 그렇지만 사랑을 질환이라고 할 수는……."

"아니요! 이건 병입니다, 병! 아주 끔찍하고 무서운 병이라고요!"

도균은 그 망할 사랑에 미쳐서 스스로의 인생을 말아먹은 것도 모자라 죄 없는 다른 사람의 인생까지 송두리째 흔들어 놓은 한 남자를 떠올렸다. 한때 아버지라는 이름의 남자였던. 그러나 미련 없이 아내와 자식의 손을 놓고 다른 여자의 손을 잡아 버린 잔인한 남자를.

"……치료법은 없겠죠?"

"치료법이라면…… 글쎄요. 지금처럼 부인하실 것이 아니라 해 보는 것 말고는 달리 없을 것 같습니다만."

"해 보라고요?"

"네. 마음껏 즐기시는 겁니다. 표현하고, 원하고, 주고 싶은 것을 아낌없이 주세요. 사랑에도 유효기간이 있다는 말이 있죠. 열정이 지배하는 순간이 끝나길 기다리는……."

"그 유효기간이 끝나면 저더러 이혼을 하란 말씀이십니까?"

아차, 상대는 부인이라 했다.

의사는 한숨이 절로 나왔다. 뭐, 이렇게 복잡하게 산단 말인가. 아니, 오히려 그 반대인가? 자신의 감정도 정확히 모르면서 덜컥 결혼을 해 버렸으니. 오히려 단순하다고도 할 수 있겠다.

"여, 열정이 사라진다고 관계가 끝나는 것은 아닙니다. 함께한 시간과 추억이 있지 않습니까. 열정이 사라지는 동안 그 자리에 대신 다른 감정이 채워지죠. 책임감이라든지, 친밀함이라든지. 흔히들 '정'이라고 말하는……."

"정은 한 가정을 지킬 수 있을 만큼의 힘이 없어요. 정은 열정에 너무 쉽게 지더군요. 적어도 제가 아는 누군가는 그랬습니다."

의사는 그 누군가가 누구인지 물어보려다 세상이 끝난 것 같은 얼굴을 한 남자를 보곤 마음을 바꿨다. 섣불리 끼어들 만한 영역이 아닌 것 같았다.

"그럼 대체 말씀하신 수많은 증상, 아니 행동의 이유를 대체 뭐라고 생각하셨습니까?"

"적어도 사랑 같은 허무맹랑한 감정보다는 훨씬 고차원적이고 복잡한 것일 거라고 생각했습니다."

"사랑보다 고차원적이고 복잡하고, 숭고하고 신비한 감정이 또 있을까요?"

"숭고? 아니요. 사랑을 설명하는 데 적합한 단어는 따로 있습니다. 구제불능이라든지, 저주라든지, 이성의 결핍이라든지, 반편이라든지……."

인간은 늘 이유가 필요한 동물이었다. 그 역시 수많은 순간 '왜?'라는 질문에 가로막혔었다. 그때마다 깊게 생각하고 싶지 않았던 건 바로 이래서였나. 또다시 아버지의 마지막 얼굴이 아른거렸다. 냉정하고 몰인정하게 그의 손을 쳐 내던 사내가.

"환자분의 사랑이란 감정에 대한 느낌이 어떤 건지는 잘 알겠습니다. 그럼 아내분의 감정은 지금 어떠십니까. 아내분께선 사랑한다고 말씀하시지 않나요?"

"아니요, 아직······."

"그렇군요. 그럼 아내분이 사랑을 고백하신다면 그때도 사랑을 허무맹랑한 것이라고 하실 생각이십니까?"

도균은 움찔했다. 단 한 번도 그런 생각을 해 보지 않았다. 아니, 못 했다. 사랑을 고백하는 세인이라. 그가 첫사랑이었다고 털어놓던 세인의 모습이 아버지의 차가운 환영을 밀어냈다. 도균은 그때의 벅차게 뛰던 심장박동을 생생히 기억했다. 아이러니한 일이다. 그렇게 끔찍한 사랑인데 그 사랑을 입에 담는 세인은 딱 '눈에 넣어도 아프지 않을 만큼' 어여뻤다. 도균은 점점 혼란에 온몸이 파 먹히는 기분이었다.

"······글쎄요. 지금으로선 그런 날이 과연 오기는 할지 상상이 가질 않습니다만."

의사는 축 가라앉은 목소리로 대꾸하는 도균의 어깨를 저도 모르게 토닥이고 있었다. 남자가 동그란 의자에서 힘없이 몸을 일으켰다.

"시간을 너무 많이 뺏었네요. 이만 가 봐야겠습니다."

엉거주춤 따라 일어선 의사를 등지고 문으로 향한 도균이 문고리를 돌리다 말고 돌아섰다.

"다음번에 또 와도 되겠습니까?"

의사는 곤란한 듯 관자놀이를 긁적였다.

"같은 문제로 상담하시려는 거라면, 옆 건물 5층에 신경정신과로 가 보시는 게 더 유익할 겁니다. 저희 병원은······ 성기능에 불편함을 느끼시거나 배뇨 장애가 있으실 때 찾아와 주시고요."

아아. 남자가 탄식했다. 그는 그제야 테이블에 놓인 남성의 성기 모형을 바라보았다.

"여기는 그럼……."

"비뇨기과입니다."

도균이 고개를 꾸벅 숙였다.

"……제가 급해서 제일 가까운 병원으로…… 죄송합니다. 실례 많았습니다."

남자가 문을 닫고 사라졌다. 의사는 기진맥진해서 의자에 털썩 쓰러졌다. 이토록 그를 긴장시키는 환자는 처음이었다. 마침 들어오는 간호사에게 오늘 오후는 휴진할 거라고 알린 그는 저녁으로 장어를 먹겠노라 다짐했다. 몸보신이 절실했다.

지금은 유학 가 한국에 없는 손녀와 단둘이 살던 할아버지에겐 보호자라고 할 만한 사람이 없었다. 마침 이틀 후가 토요일이어서 주말에 들르겠다고 병원에 말하고선 전화를 끊었다. 어두컴컴한 방 안에 쓰러져 있던 할아버지를 떠올리면 아직도 마음이 무거웠다.

"주말에 가 볼 거라고? 같이 가 줄까?"

통화 내용을 엿듣던 송 대리가 넌지시 물었다. 세인은 고개를 끄덕이려다가 별안간 떠오른 생각에 뺨을 물들였다.

"……아니요. 저 혼자 다녀올게요."

도련…… 아니, 남편한테 같이 가자고 해야겠다! 데, 데이트 겸!

"그래. 이번에 가면 그 소나무 얘기도 좀 물어봐. 이런 말 하긴 뭐하지만 생명의 은인인데, 설마 나한테 하셨던 것처럼 소금 뿌리시진 않을 거야."

"소금 세례 받으셨어요?"

송 대리가 우울하게 고개를 끄덕였다. 그런 그에겐 알겠다고 했지만 세인은 수술한 지 얼마 되지도 않는 할아버지에게 나무 얘기를 꺼낼 생각은 없었다. 하더라도 조금 나중의 일이었다. 생각에 잠겨 있던 세인의 주머니에서 핸드폰이 부르르 떨며 문자가 왔음을 알렸다. 핸드폰에 '땡'이라고 저장된 이름의 도균으로부터 도착한 메시지였다.

[오늘 늦을 것 같다. 기다리지 말고 먼저 자.]

도균다운 군더더기 없는 깔끔한 문자였다. 그러나 묘하게 싸한 느낌이 든다. 세인은 답장을 누르고 한참을 고민하다 그냥 통화 버튼을 눌러 버렸다. 그러나 도균이 전화를 받지 않는다. 결혼 후 단 한 번도 없었던 일이다.

그때는 설마 그가 자신의 전화를 피하는 중이란 생각까진 하지 못했다. 그러나 남들은 불태우며 보낸다는 금요일도, 요리 수업이 있는 토요일도, 데이트 겸 문병을 계획했던 일요일도 같은 문자를 받은 그녀는 오로지 한 가지 생각밖엔 할 수 없었다.

이 남자가, 아니 이 남편이 지금 나를 피하고 있다!

함양으로 향하는 버스 안에서 세인은 똑같은 내용의 문자가 연달아 네 개 쌓인 것을 보며 부들부들 떨어야 했다.

　팔순을 넘긴 노인답지 않게도 할아버지는 의식을 찾은 후 하루가 다르게 기력을 회복하고 있다고 했다. 오른팔과 다리에 약간의 마비 증세가 있긴 하지만 차차 치료하면 호전될 것이고 중환자실도 비교적 빨리 탈출했단다. 이런 기쁜 소식에도 세인의 얼굴에 드리워진 먹구름은 가실 기미가 보이지 않았다. 세인은 의사에게서 할아버지의 상태를 전해 들은 후 입원실로 향했다.

　"아가씨여? 내 병원 데리고 온 처자가?"

　마침 점심을 드시고 계시던 할아버지가 깐깐한 눈동자로 세인을 마주했다.

　"네, 처음 뵙겠습니다. 민세인이라고 해요. 식사 중이셨어요? 물 좀 더 떠다 드릴까요?"

　김 노인의 호락호락하지 않은 시선이 그녀를 관찰하듯 응시했다. 그러나 머리가 도균으로 가득 차 터져 버릴 것 같은 세인은 다른 생각 따위 할 여유가 없었다. 입술을 짓씹으며 멍하니 정수기에 물통을 대고 있다가 물이 흘러넘쳐 간호사의 짜증스러운 시선을 받아야 했다. 시무룩한 얼굴로 물통을 껴안은 채병실 문을 열자 할아버지의 불호령이 떨어진다.

　"물 뜨러 간다더니 우물 파고 왔어? 이 늙은이 목말라 죽일 참이여? 젊은 처자가 굼뜨긴 왜 이리 굼떠! 에잉, 쯧쯧."

　"……죄송합니다."

　세인은 물통을 더 세게 끌어안았다. 그녀의 눈가가 점점 젖어

들고 있었다. 혀를 차던 김 노인이 아연실색했다.

"아, 아니 누, 누가 보면 내가 때린 줄 알아! 어, 얼른 뚝 못 혀!"

"죄송합……니다. 어흑. 죄송해요, 할아버지."

도균의 말대로 정말 울보가 되어 버렸나 보다. 세인은 하염없이 김 노인을 향해 허리를 꾸벅이며 죄송하다는 말만 반복했다. 참으려고 발버둥을 칠수록 그런 그녀를 약 올리듯 눈물이 줄줄 새어 나온다. 언제 어디서든 닦아 준다던 그 손을 기다리는 건지도 모른다. 도균 때문에 눈물이 나는데 그 와중에도 도균을 떠올리는 꼴이라니. 세인은 더 서러워져서 목 놓아 울어 버렸다. 그곳이 4인실 병실이라는 것도 잊고.

다들 쳐 두었던 커튼을 걷고 무슨 일인지 흥미로운 눈으로 구경하는 중이었다. 김 노인이 끄응, 하는 소리와 함께 이마를 짚고 드러누웠다. 말려도 소용없을 것 같아 이불을 머리끝까지 홱 덮어 버렸던 그가 계속 이어지는 통곡에 결국 옆에 있던 휴지갑을 들어 세인 쪽으로 휙 던졌다.

"그만 울어! 머리 아파!"

놀란 세인의 눈은 물에 빠진 유리구슬처럼 반짝이고 동그랬다. 문득 손녀 생각이 난 김 노인이 조금은 누그러진 목소리로 쏘아붙였다.

"골 울려 죽겠어! 얼른 가서 휠체어 갖고 와!"

"휘, 휠체어는 왜요?"

"이렇게 눈치가 없어서야. 쯧. 휠체어로 뭘 할까! 타고 나가려고 그러지!"

"아, 네, 네. 자, 잠시만요."

김 노인의 불호령에 세인은 여전히 품에 물통을 안은 채로 후다닥 병실을 빠져나갔다. 팔순의 노인은 칠칠치 못하다며 혀를 차면서도 세인이 언제 들어오나 연신 문 쪽을 흘끗거렸다.

휠체어에 김 노인을 태우고 옥상으로 올라온 세인은 또 한바탕 눈물바람을 일으켰다. 그녀는 통곡 중간중간 도균의 이름을 울부짖었다.

"허어엉! 여기서…… 허엉! 뽀뽀! 어흑! 뽀뽀도 해 놓고오! 허허어엉……."

한참만에야 울음을 그친 세인을 보며 김 노인이 입을 비죽거렸다.

"속 썩이는 사내놈이 있었구먼? 하여간 요즘 것들은 무슨 연애를 그리 죽자 살자 하는지. 눈물이나 뽑는 별 볼 일 없는 놈이걸랑 늦기 전에 뻥 차 버려!"

"별 볼 일 없는 놈 아니에요!"

손등으로 눈물을 훔치던 세인이 잔뜩 쉰 목소리로 빽 소리를 질렀다. 영 순둥이처럼 보이던 세인이 발끈하자 김 노인은 속으로 내심 놀란 눈치였다.

"그럼 별 볼 일 있는 놈이여? 면상이 좀 반반한가 봐?"

"……뭐. 거, 거의 영화배우 뺨치긴 해요……."

"에끼. 얼굴이 밥 먹여 주는감? 자고로 사내는 처자식 안 굶기는 게 제일이여! 돈은? 잘 벌어 와?"

"……대, 대한민국 상위 1% 정도는……."

"그럼 뭣이 문제여? 처자 말고 딴 여편네라도 꼼쳐 둔겨?"

"우리 남편 그런 사람 아니거든요!"

벤치에 앉아 있던 세인이 벌떡 일어서며 빽 소리 질렀다. 김 노인이 머리를 감싸며 노려보자 그제야 세인은 볼륨이 너무 컸다는 걸 깨닫고 슬그머니 꼬리를 내렸다.

"근디 말여…… 방금 남편이라고 들은 것 같은디?"

세인이 멍한 얼굴로 눈을 깜빡였다. 김 노인은 당황한 그녀가 소처럼 긴 속눈썹을 위아래로 팔랑거리는 걸 즐겁다는 듯 바라보았다.

"처자가 아니라 샥시였구먼?"

"아, 아니…… 하, 할아버지께서 잘못 들으신 것 같으……."

"내가 시방 요 환자복 입고 있다고 무시하는감? 요 두 귀로 똑똑히 들었응께 발뺌하지 말드라고!"

세인은 꿀 먹은 벙어리가 되어 붕어처럼 입만 벙긋거릴 뿐이었다. 어쩌다 이렇게 됐을까, 세인이 자괴감에 무릎 사이에 얼굴을 묻었다. 하지만 이제 와 어쩌랴. 후회란 아무리 빨라도 늦은 것을.

"거 나한테 좋은 수가 있는디. 함 들어 볼텨?"

세인의 고개가 번쩍 들렸다. '뭔데요!' 소리치자 김 노인은 귀청 떨어진다며 또 호통을 쳤다.

"거 남자는 자고로 말여……. 야시시한 거 입고 엉덩이 살랑살랑 흔들어 주면……"

"할아버지!"

"참말로! 이 늙은이 귀 안 먹었당께!"

금방이라도 뽑힐 듯 흔들거리는 앞니를 드러내며 장난꾸러기처럼 웃는 김 노인을 보며 세인은 붉어진 얼굴에 연신 손을 흔들어 바람을 끼얹었다.

"뭐가 문젠겨? 생긴 것도 반반하고, 돈도 썩 잘 벌고, 계집질도 안 하는디, 왜 대낮부터 눈물바람이여?"

세인이 우물쭈물거렸다. 잠깐 고민하던 그녀는 절대 비밀이라며 신신당부한 끝에 입을 열기 시작했다. 어린 시절 그들의 첫 만남부터 기상천외한 결혼 과정까지. 그녀가 말을 마쳤을 때는 하늘 꼭대기에 떠 있던 해가 산 너머로 반쯤 얼굴을 내리고 있었다.

"이유를 모르겠어요. 갑자기 절 왜 피하는 걸까요? 이 문자좀 보세요. 4일 내내 외박이라니요! 왜일까요? 대체 왜 외박을……."

"그걸 왜 나한테 물어봐?"

"네?"

"가서 직접 물어보면 되잖여. 서방이 집에 안 들어오면 직장에라도 쳐들어가야 할 것 아녀? 엄한 데서 질질 짠다고 서방이 알아주는감?"

세인에겐 무척이나 복잡했던 문제가 김 노인의 한 마디로 인해 단번에 해결되었다. 세인은 유레카를 외치던 고대 그리스의

학자만큼이나 격양된 표정이었다.

"좋아 죽겠다며? 좋아 죽겠으면 죽을 각오로 덤비란 말여. 결혼만 하면 뭘혀! 지금 소꿉장난하는겨? 가락지 나눠 낀다고 애가 들어서는감? 그 뭣이냐…… 루주! 새빨간 루주 입술에 찍어 바르고, 야시시한 거 딱 걸치고……"

"하, 할아버지, 지금 문제의 요지는……!"

어느새 샛별이 반짝이는 가운데 세인의 어쩔 줄 모르는 목소리가 수줍게 메아리쳤다.

11.

뭔가를 결정하기까지는 상당히 오랜 시간을 필요로 하지만 우선 결심을 하고 나면 실천에 옮기는 행동력 하나는 타의 추종을 불허할 정도로 남다른 세인이다.

서울로 돌아온 그녀는 집에 와 우선 경건한 마음으로 목욕재계를 마쳤다. 그러고 나서는 용의주도하게 공 비서와 윤 기사에게 전화해 도균의 행방을 쫓는 것도 잊지 않았다.

세인은 장롱 문을 활짝 열어 젖혀 놓고 고민에 빠졌다. 그에게 예뻐 보이고 싶었다. 솔직히 김 노인의 야살스런 목소리가 아른거리지 않았다면 거짓말일 것이다.

"야시시……. 루주가 살랑살랑……."

무의식중에 중얼거리던 그녀가 화들짝 놀라 자신의 뺨을 탁탁 때렸다. 정신 차려. 네 몸뚱이는 그런 종류의 유혹이 가능한 스펙이 아니야. 세인은 지연이 놓고 간 캐리어를 원망스럽게 노려보며 주문처럼 되뇌어야 했다. 저건 판도라의 상자다. 저걸 여는 순간 세계는 혼란에 휩싸이는 거야.

결국 평소 입는 속옷 위에 무난한 살구색 계열의 원피스를 골라 입고 현관 앞 거울에 저를 비춰 본 세인이 '아자!' 하는 소리와 함께 기합을 넣었다. 무슨 수를 써서라도 남편의 가출에 종지부를 찍으리라.

믿기 힘들지만, 아니 믿기 싫지만 도균은 멀쩡한 집을 두고 며칠째 호텔에 투숙 중이란다. 호텔로 향하는 버스 창문에 머리를 기댄 세인은 깊은 생각에 잠겼다. 대체 왜? 우리가 점점 진짜 부부의 모습에 가까워진다고 생각했던 건 나 혼자만의 착각이었나?

도균의 가출 원인에 여러 가설을 세우던 그녀는 마침내 가장 끔찍한 가설을 떠올리곤 눈을 동그랗게 떴다.

남편이…… 변절했다? 그에게 절대 일어나서는 안 되는 심경의 변화라도 생긴 게 아닐까?

그러나 곧 세인의 확장된 동공은 제자리를 찾았다. 다른 사람도 아니고 도균이다. 그가 그렇게 손바닥 뒤집듯 변심할 리 없다고 세인은 확신했다. 그러나 안심은 얼마 가지 못했다. 그보다 더 끔찍한 가설은 없을 거라고 생각했는데 한 가지가 더 있었다.

어쩌면…… 변절이 아니라 깨달음이 불러온 가출일지도 모른다는.

세인은 도균의 다소 황당한 프러포즈를 상기했다. 그의 입을 타고 흘러나왔던 단어들이 주마등처럼 그녀의 뇌리를 스쳤다.

결혼이 하고 싶으니까.

너무 복잡한 감정이라 정의할 수가 없는.

그 정의할 수 없다던 복잡한 감정의 정체를 드디어 알아낸 건지도 모른다. 그런데 그게 사랑이 아니라면. 그러면…….

"……난 어떡하지?"

난 이미 이렇게나 도련, 아니 남편이 좋아져 버렸는데.

그때 호텔 맞은편 정거장에 도착한 버스의 뒷문이 활짝 열렸다. 세인은 두 가지 갈림길에 서서 결정을 내리지 못하고 있었다. 그런 그녀를 기다려 주지 않고 버스 뒷문이 서서히 닫히고 있다. 세인이 벌떡 일어나 다급한 목소리로 소리쳤다.

"저, 저 내려요, 기사님!"

으리으리한 호텔 건물을 마주 보고 선 그녀를 떠밀 듯 등 뒤에서 바람이 불었다. 세인은 김 노인의 말을 떠올리며 흔들리는 마음을 새로이 다잡았다.

죽도록 좋으면 죽을 각오로 덤벼야 하는 거야!

그녀는 잔 다르크라도 된 것처럼 비장한 결기가 서린 표정으로 호텔 로비에 들어섰다. 마침 기다리고 있던 윤 기사가 달려와 그녀에게 호텔 룸 키를 넘겨주었다.

"사모님, 파이팅!"

로비에 있던 다른 투숙객들의 의뭉스러운 시선에도 불구하고 세인 역시 커다랗게 파이팅을 외쳤다. 그리곤 곧장 엘리베이터를 타고 올라가 도균이 묵고 있다는 스위트 룸 앞에 섰다. 마누라 애간장을 그리 태우더니 스위트 룸? 하여튼 뼛속까지 부르주아야!

세인이 구시렁거리며 카드 키를 입구에 대자 잠금이 풀렸다. 그녀에게 마지막 머뭇거림의 시간이 찾아왔다. 열고 들어간 이후론 절대 무를 수가 없다. 그 끔찍한 가설들을 확인받고 쫓겨날 수도 있다. 오지 않는 게 나을 뻔했다고 후회할 수도 있다.

그러나 세인은 결국 그 문을 열었다. 도균이 자신을 피하는데 자신마저 진실이 무서워 도균을 피한다면 이대로 영영 끝일 것 같았다. 그걸 견디기엔 도균이 너무나 보고 싶었다.

조명을 몇 개만 켜 놓은 실내의 조도는 어두운 편이었다. 세인은 눈이 천천히 어둠에 익숙해지기를 기다렸다. 그러나 시각 이전에 후각이 먼저 그가 있는 곳을 알아냈다. 그는, 그녀의 남편은 새하얀 이불을 끌어안은 채 잠들어 있었다. 침대 쪽으로 걸음을 옮길수록 희미한 알코올향이 점점 짙어졌다.

침대 아래 굴러다니는 이름 모를 양주병이 그녀의 발에 채였다. 세인은 조심스럽게 다가가 도균의 얼굴 앞에 손을 쫙 펼쳐 흔들었다. 얼마나 곤히 잠들었는지 깨지도 않는다. 가출도 모자라 술까지. 대체 무슨 일이 벌어지고 있는 건데?

며칠 새 살이 5킬로는 빠진 것 같은 도균을 보고 있자니 안타까운 마음에 또 눈물이 퐁퐁 솟구칠 것 같았다. 날 이런 울보로 만들어 놓고, 손가락도 걸어 놓고. 왜 여기서 이러고 있는 거야?

아랫입술을 질끈 깨문 세인의 손이 도균의 뺨을 감쌌다. 그

좋던 피부도 까칠하다. 윤 기사님 말로는 주말 내내 호텔 밖으로 한 발자국도 나가질 않았다더니 면도도 거른 모양이다. 면도뿐일까, 밥도 걸렀음이 분명하다. 도균이 자기 관리에 소홀한 자를 얼마나 혐오하는 사람이던가. 그런 그를 이 지경으로 만든 문제를 부디 자신이 해결할 수 있기를 세인은 간절히 바랐다.

"……못생겨졌다, 도련님."

"못생긴 얼굴은 왜 자꾸 더듬는데?"

"까아악!"

공포 영화에서 관에 누운 시체가 눈을 번쩍 뜨는 것처럼 그가 예고도 없이 벌떡 일어났다. 놀란 세인이 뒤로 나자빠졌다. 나자빠졌다는 건 순화된 표현이고 실은 침대 아래로 굴러떨어졌다는 게 정확하다.

"아야야……."

떨어지면서 침대 옆 탁상 다리에 머리를 부딪친 세인이 신음하자 도균이 한달음에 달려와 그녀를 번쩍 안아 올렸다. 세인은 눈 깜짝할 사이에 도균의 팔에 안겨 푹신한 침대 위에 조심스럽게 놓였다.

"생각보다 훨씬 격한 재회였습니다, 부인."

살짝 부어오른 세인의 머리를 손바닥으로 문지르는 도균이 평소와 다름없는 장난스런 투로 말했다. 세인은 한순간에 긴장이 풀려 버렸다. 얼떨떨한 기분이 가시자 불현듯 원망이 밀려들었다. 이 방문을 열기까지 자신을 괴롭혔던 무수히 많은 끔찍한 가설들이 생각난 탓이었다. 도균을 노려보는 세인의 눈이 금세 물기로 일렁이기 시작했다.

"지금 울어?"

"네! 울어요! 울 거예요! 울라면서요? 울어도 괜찮다면서요! 울 거야! 펑펑 울어 버릴 거라고요! 밤새 울 거예요! 어어어엉!"

그러니까 내 옆에 있어요. 내 눈물 닦아 준다고 약속했잖아!

정말 하고 싶은 말은 뒤의 것이었으나 봇물 터지듯 흘러나오는 눈물 때문에 결국 삼키고 말았다. 대신 그가 유령처럼 홀쩍 사라져 버리기라도 할까 봐 와이셔츠 소매를 꽉 끌어 쥘 뿐이었다.

"이렇게 많은 눈물을 여태 어떻게 숨기셨을까."

도균은 제 와이셔츠를 구명줄처럼 세게 쥔 세인의 작은 손을 바라보았다. 세인이 울고 있는데도 가슴은 기쁨으로 숨도 못 쉴 만큼 벅차오른다. 이 어린 아내가 자신을 찾아 여기까지 왔다는 게 신기하고 놀라웠다. 그 의사의 말이 맞는다면 이것도 사랑에 빠졌기 때문에 가능한 기분일 텐데……. 그런 생각을 하자 또 속이 뒤집어질 것처럼 울렁거렸다.

"알았어. 내가 잘못했다."

"어어엉. 하루도 아니고……. 이틀도 아니고……. 흐윽."

"다 큰 성인이 외박도 할 수 있고 어쩌고 하던 건 누구였……."

손으로 마구 눈물을 닦아 내던 세인이 도균을 와락 끌어안았다. 세인이 무지막지하게 달려드는 바람에 균형을 잃은 도균의 몸이 뒤로 넘어간 건 그야말로 찰나의 일이었다. 순식간에 천장을 보고 눕게 된 도균은 후, 하고 신음해야 했다.

"여기가 지금 호텔이라는 걸 알고 이러는 걸까, 내 와이프는."

"흑. 그게 뭐요……."

"게다가 침대 위고."

"그래서요……?"

"상당히 야릇한 자세고."

세인이 도균의 가슴팍에 묻었던 얼굴을 빠끔히 들어 올렸다. 울어서 붉어진 코끝이 꼬집고 싶을 만큼 앙증맞다.

"뭐 어때요? 우리가 불륜 커플도 아니고, 부…… 부부가 애…… 애정행각 좀 하겠다는데."

"……뭐라고?"

"……나더러 많이 컸다면서요."

대체 지금 이 여자가 무슨 아찔한 소리를 지껄여 대는 건가.

"……나는 도련님 처음 봤던 일곱 살짜리 꼬마도 아니고, 첫사랑이 뭔지도 몰랐던 중학생 소녀도 아니라고요."

"지금 무슨 소릴……."

"스물넷이에요. 자그마치 스물넷. 민증 받은 지가 언젠지도 까마득한 스물넷."

서른인 나도 까마득하단 표현은 안 쓰는데……. 도균은 황당해하는 표정을 숨기지 않았다.

"왜 집에 안 들어왔어요? 왜 내 전화 피했어요? 술은 왜 이렇게 많이 마셨어요? 그 깔끔한 성격에 면도는 왜 안 했는데요?"

세인이 채 마르지 않은 눈동자에 야속한 마음을 담아 그를 응시했다. 수많은 질문 중에 어떤 것부터 대답해야 할지 몰라서, 아니 그 많은 질문의 답은 결국 딱 하나인데 솔직하지 못한 대답일 것이 뻔해서 그는 다문 입술을 열 수가 없었다.

"빨리 대답해요! 지금 제가 내리려는 결정에 도련님 대답이 엄청 중요하단 말이에요!"

"무슨 결정?"

"혹시…… 이제 제가 귀찮거나 싫어졌어요? 제 남편이 된 걸…… 후회하세요?"

도균의 물음을 못 들은 척 무시한 세인은 여전히 그의 위에 엎어진 채, 그가 시선을 피할 수 없도록 까칠한 두 뺨을 꽉 움켜쥔 채였다.

"나 화낸다."

"아니란 소리죠? 그럼…… 혹시 다른 여자가 좋아졌어요? 아니면 술김에 실수를 했다거나……."

"나 방금 나도 모르게 욕할 뻔했어. 얼토당토않은 소리 그만하지?"

"남자들은 인생에 한 번쯤은 술 취해서 그런 실수를 한단 칼럼을 어디서 봐서……."

도균의 거친 반응에 세인은 주인에게 사고 친 걸 들켜 버린 강아지처럼 측은하면서도 애교스러운 표정으로 말을 얼버무렸다.

"나한테 달랑 문자 한 통 보내 놓고 괜찮았어요?"

"괜찮았냐니?"

"내가 보고 싶지 않았냐고요."

대체 이 작은 몸 어디에서 이런 가공할 만한 힘이 나오는 건지 놀라울 따름이었다. 도균은 뺨을 콱 틀어쥐고 있는 세인 때문에 고개를 돌리는 걸 포기하고 눈을 질끈 감았다.

"왜 대답 못 해요? 나 안 보고 싶었어요? 내가 어디서 울고 있지는 않나 걱정되진 않았어요? 밥은 제대로 먹는지, 또 차 몰고 나가서 엉뚱한 데 헤매고 다니진 않는지. 하나도 안 궁금했……."

"내가 어떻게 그럴 수가 있었겠어! 술을 아무리 퍼 마셔도……!"

도저히 네 생각 말고는 다른 건 아무것도 할 수가 없었는데. 그리고 이게 다 그 역겨운 사랑 때문이라는데.

이제껏 세인에게 져 준단 심산으로 가만히 누워 있던 그가 세인의 손을 떼어 내고 몸을 일으켰다. 나흘간 그는 그 끔찍한 감정을 부정하기 위해 안간힘을 썼다. 사랑이 아니라는 증거를 찾기 위해 몸부림을 쳤다. 그러나 소용없었다. 자신이 완벽히 사랑에 빠진 상태라는 것을 부정할 방법을 찾지 못하자 그의 뇌는 급기야 그 짐승만도 못한 남자를 미화하기 시작했다.

그때는 고작 열 살 남짓한 어린 소년이었으니까. 그 나이엔 감당하기 힘든 충격이었을 테니까, 기억은 더욱 극단적인 모습으로 남았을지도 모른다고. 잘 생각해 보면 아버지도 그리 나쁜 사람은 아닐지 모른다고.

거기까지 생각한 그는 화장실로 달려가 헛구역질을 했다. 도저히 삼켜지지 않는 감정을 몸이 거부하고 있었다. 그렇게 엉망인 상태로 세인을 볼 수가 없었다. 이런 혼란을 느끼게 만든 세인에게 혹여 원망 섞인 푸념이라도 하게 될까 봐 두려웠다. 그런데 이 여자는 굳이 여기까지 찾아와서…….

"저한테도 물어봐 주세요."

저 초롱초롱한 눈으로 한다는 소리가.

"'나 얼마나 보고 싶었어?' 하고요."

"……."

"이번엔 솔직하게 대답할 거예요. 물론 울지도 않을 거고."

여전히 그의 마음속에선 치열한 전쟁이 한창인데 자꾸 세인이 그 한복판에 다이너마이트를 던진다. 도균이 얼굴을 아무렇게나 쓸며 침대에서 몸을 일으켰다. 아니, 일으키려고 했다. 세인에게 잡힌 손만 아니었더라면. 어설프게 키스해 오는 앙증맞은 입술만 없었더라면.

세인은 쿵쾅거리는 자신의 심장박동 소리에서 귀를 닫으며 도균의 입술에만 집중하기 위해 악을 썼다. 그가 그녀에게 가르쳐 준 수많은 감미로운 입맞춤을 떠올리며 이 키스가 그 달콤함의 10분의 1만큼이라도 닮기를 바랐다.

"걱정 많이 했어요. 밥도 잘 안 먹었어요. 밤엔 잠도 잘 안

오고."

세인이 떨어진 입술 사이로 흐트러진 숨을 고르며 속삭였다.

"보고 싶어서요. 가출한 남편, 진짜 괘씸한데. 그래도 너무너무 보고 싶어서요."

다시 입술이 맞부딪혔다. 먼저 움직인 쪽이 세인인지, 도균인지 알 수 없었고, 중요치도 않았다. 세인의 몸이 힘없이 뒤로 쓰러졌다. '아.' 하는 작은 신음마저 도균이 흔적도 없이 먹어 치웠다. 숨 쉴 틈만 겨우 남긴 키스가 끊임없이 이어졌다. 도균의 손이 세인의 원피스 끄트머리를 밀어 올렸다. 그때, 세인은 '아, 어머니가 주신 속옷 입고 올걸.' 하고 생각했다.

그런데 그다음 순간, 뜨겁던 온기가 거짓말처럼 사라졌다. 감았던 눈꺼풀을 밀어올린 세인의 두 눈에 등 돌리고 선 도균이 보였다.

"그만 집에 가자."

세인이 입을 뻐끔거렸다. 뭐라고 물어야 노골적이고 저속하지 않으면서도 뜻을 제대로 전달할 수 있을지 감이 오지 않았다.

"씻고 나올게."

세인이 서둘러 욕실로 들어가려는 도균의 팔을 잡았다.

"내, 내가 뭘 잘못했어요?"

그가 잠깐의 침묵 끝에 돌아섰다. 웃고 있었지만 어쩐지 신뢰가 가지 않는 능글맞은 목소리로 도균이 대꾸했다.

"부인과의 첫 합방을 이런 곳에서 치를 수야 없지요."

정말 그래서예요? 그를 집어삼킨 욕실 문에 대고 수차례 물었지만 들려오는 거라곤 야속한 물소리뿐이었다.

어색한 하루하루가 이어졌다. 도균이 외박을 하는 날은 더 이상 없었지만 매일 자정을 넘어서야 들어오는 그에게선 늘 희미한 술 냄새가 났다. 공 비서나 윤 기사도 이유를 모르겠다고 했다. 세인은 오늘도 늦는 도균을 기다리며 책상 위에 지갑을 펼쳐 놓은 채 한숨을 폭폭 내쉬고 있었다.

지갑 안엔 한 발짝 뒤에서 그녀를 보며 웃고 있는 도균이 있다. 세인의 손톱이 사진 속 도균의 얼굴을 톡톡 쳤다.

"오늘은 몇 시에 귀가하실 건가요, 남편씨? 한 시? 두 시?"

대답 없이 웃고만 있는 그의 얼굴을 빤히 바라보던 세인이 사진을 필름 칸에서 빼냈다. 조금 있다가 도균이 들어오면 그의 지갑 안에 몰래 끼워 둬야겠다. 술 먹고 계산할 때마다 내 사진 보고 뜨끔하라고.

세인이 히죽거리는 사이, 현관 비밀번호를 누르는 소리가 들렸다. 쪼르르 달려간 세인은 도균이 번호를 다 누르기 전에 문을 열어 그를 반겼다. 도균의 체향이 그녀를 덮친다. 그 사이에 섞인 알싸한 알코올의 기운도.

"아아, 부인. 아직 안 자고 기다리셨습니까."

도균이 그녀의 뺨을 손가락으로 잡아 쭉 늘어뜨리며 헤프게 웃었다. 오늘은 다른 날보다 더 많이 마신 모양이다. 세인은 얼굴을 찌푸리지 않으려고 부단히 노력했다.

"먼저 자. 씻고 들어갈게."

욕실 문이 닫히는 소리가 들리고 침대에 눕는 척했던 세인이 몸을 발딱 일으켰다. 까치발을 들어 살금살금 움직인 그녀가 도균의 재킷 안주머니에서 검은색 지갑을 꺼냈다. 그러나 반으로 접힌 지갑을 펼치는 순간, 세인은 허탈과 당황을 동시에 느꼈다. 이미 지갑의 필름 칸에 그녀의 사진이 들어 있기 때문이었다.

"언제 이런 사진을……."

몰래 찍은 듯 사진 속의 그녀는 정면을 보고 있지 않았다. 게다가 최근의 것도 아니었다. 스물? 스물하나? 그쯤으로 보였다. 게다가 모서리가 조금 닳아 있어 얼마나 자주 매만졌는지 누구라도 알 수 있을 정도였다.

세인은 초조함과 긴장, 두근거림을 느끼며 자신의 사진을 조금 더 자세히 보고 싶은 마음에 필름 칸 입구를 벌렸다. 그러나 다소 뻣뻣한 가죽 때문에 사진을 빼내는 게 쉽지 않았다. 욕실에서 물소리가 멎자 다급해진 세인의 손에서 지갑이 미끄러져 떨어졌다. 그리고 벌어진 지갑에서 현금과 카드, 영수증이 후드득 쏟아졌다.

"으앗. 어떡해, 어떡해."

세인이 호들갑을 떨며 지갑의 내용물을 주워 담았다. 카드와 현금을 차곡차곡 정리하고 마지막으로 영수증을 집어넣기 시작했을 때, 문득 세인의 눈에 박힌 아홉 글자.

핫가이비뇨기과의원.

그때, 욕실 문이 열렸다. 세인은 허겁지겁 지갑을 재킷에 쑤셔 넣고 문제의 영수증을 품에 안은 채 침대로 슬라이딩했다. 쿵쾅쿵쾅. 쉴 새 없이 울리는 불길한 심장 소리에 세인은 그 밤 내내 잠들지 못했다.

비상계단의 처음부터 끝까지, 왕복 5번을 왔다 갔다 하는 동안 세인의 두 눈은 내내 작은 종이 쪼가리에 머물러 있었다.

핫가이비뇨기과의원. 핫가이비뇨기과의원. 핫가이……비뇨기과. 핫가이…….

대체 마음을 불안하게 하는 게 앞의 세 글자인지 그 뒤의 네 글자인지 모르겠다. 핫가이도 수상하고 비뇨기과도 수상하긴 마찬가지. 세인은 근육통이 느껴지는 다리를 달달 떨며 핸드폰을 꺼내 들었다.

[네 이년! 이 죽마고우에게 한 달 만에 전화할 만큼 신혼이 달콤하더냐!]

뭔가를 먹는 중인지 성연이 쩝쩝대며 전화를 받았다. 손톱을 물어뜯던 세인은 안부를 묻는 것도 잊고 바로 용건을 묻기 바빴다.

"저, 저기. 성연아. 그…… 네 남자친구 말이야. 혹시 비, 비뇨기과 다니고 그래?"

[뭐? 그게 무슨 개풀 뜯어먹는 소리야. 울 달링은 그런 데 안 다녀도 너무 팔팔해서 이 몸이 감당을 못 할 정도인데. 근데 남의 남자 밤일에 웬 관심?]

"어? 아, 아니…… 내, 내가 회사 근처 비뇨기과 앞에서 네 남자친구를 본 것도 같아서. 하하하! 잘못 봤나 보다."

[너희 회사 근처에서 내 남자친구가 목격될 리가 없지. 우리 장거리 연애 중인 거 까먹었냐? 우리 달링 별명이 부산 핫가이야.]

마지막 말에 움찔하는 세인을 아는지 모르는지 성연은 덧붙였다. '이거 뭔가 감이 오는데.' 라고.

세인은 그제야 성연에게 조언을 구하려던 자신을 질책했다. 감히 성연을 떠보려고 했다니. 박성연이 누구인가. 여태 그녀의 레이더망을 무사히 빠져나간 CC가 없다는 건 학내에서도 이미 전설이 된 지 오래였다. 모든 스캔들의 중심에는 박성연, 그녀가 있었다. 그 능력을 살려서 형사나 기자가 됐으면 분명 대성했을 텐데. 하긴, 성연은 웹상에서 꽤 유명한 추리소설작가다.

하지만 지금 그녀가 형사건 기자건 추리소설작가건, 중요한 건 도균의 비밀(일지 모르는 것)을 성연에게 들키기 일보 직전이라는 것이다. 어설프게 둘러댔다간 박성연, 아니 박무당에게 확신만 심어 주는 꼴이 될 것 같아 세인은 그대로 통화 종료 버튼으로 손가락을 옮기고 있었다.

[이 대표님 비뇨기과 다니냐?]

그러나 이미 한 발, 아니 두 발, 세 발 늦었다.

"야, 야아. 아, 아니야! 나도 밤마다 감당이 안 되거든? 네 달링이 부산의 핫가이면, 우리 도련님은 서, 서울의 핫가이다!"

[웃기시네. 야, 핫가이가 비뇨기과를 왜 가냐? 그나저나 제 발로 비뇨기과 찾아갈 정도면 증상이 꽤 심각하단 소린데. 왜, 여자도 산부인과 가는 거 좀 껄끄럽듯이 남자도 마찬가지일걸? 발기부전? 조루? 지루? 셋 중에 뭐라는데?]

"아, 아니라니까! 그럴 리가 없어! 네 입으로 그랬잖아, 관상 학적으로 완벽한 정력가라고!"

[아아, 그러게. 내 눈이 틀릴 리가 없긴 한데······.]

"끄, 끊어!"

세인은 더 수습하기 어려운 상황이 닥치기 전에 서둘러 전화 를 끊어 버렸다. 그리곤 계단에 앉아 머리를 쥐어뜯었다.

역시, 남자가 비뇨기과를 찾는 덴 그런 이유밖에 없는 건 가.

아닐 거라고 도리질을 쳐 보던 세인을 약 올리듯 그녀의 뇌 는 주인의 명령을 배반한 채 제멋대로 퍼즐을 맞추기 시작했다.

증거 1. 영수증에 찍힌 날짜는 이도균의 첫 외박일과 정확히 일치함.

증거 2. 그날 이후 세상이 끝난 것처럼 매일 술을 마시는 것 역시 이도균의 신변에 큰 문제가 생겼음을 암시함.

하지만 그런 것들 다 제쳐 두고 가장 잔인하고 결정적인······.

증거 3! 그는 당신의 입술을 피했다. 당신의 손길을 거부하고 등을 돌렸다. 그것도 아주 냉정하고, 단호하고, 미련 없이!

아아, 가출의 이유가 그것이었나. 세인은 도균이 앞에 있었다 면 꼭 껴안고 괜찮다며, 그 등을 토닥여 줄 수 있었을 텐데 그러지 못해 안타까웠다. 그 완벽주의자가 얼마나 좌절하고 낙담했을지 충분히 짐작이 가서 마음이 아팠다. 그, 그 능력은⋯⋯ 남자의 자존심이라는데.

세인은 핸드폰으로 인터넷 창을 켜 문제의 아홉 글자를 입력했다. 검색 결과, 그 비범한 상호를 가진 병원은 전국에 오로지한 곳이었다. 그것도 도균의 회사 바로 뒤의 빌딩. 얼마나 급했으면 그렇게 가까운 곳으로 달려갔을까⋯⋯.

세인은 또다시 뭉클해져 오는 가슴을 부여잡고 병원 정보를 확인했다. 오늘이 마침 야간진료를 하는 날이라니. 이건 신의 계시다. 세인의 행동력에 다시 불이 붙기 시작했다.

발기부전이든, 조루든, 지루든. 기다려라! 내가! 이 민세인이 남편의 자존심 회복에 두 팔 걷어붙이고 나설 테니!

불끈, 꽉 말아 쥔 작은 주먹 안에서 이미 꼬깃꼬깃해진 영수증이 형편없이 찌그러졌다.

아, 내 다신 알탕을 먹지 않으리.

의사는 눈앞의 비장한 표정으로 입술을 깨물고 있는 여환자를 보며 다짐했다. 이 정도면 징크스가 따로 없다고. 어째서 알탕만 먹고 오면 이렇게 불편한 환자들이 들이닥치는가.

비뇨기과에 여성 환자가 오지 말란 법은 없다. 그러나 대부분의 여성이 배뇨에 장애를 느끼면 먼저 떠올리는 곳은 비뇨기과가 아닌 산부인과다. 게다가 그의 병원은 노골적인 상호 때문인지 더욱 여성 환자가 뜸했다. 아니, 거의 전무했다. 개업하고

5년이 지났지만 그간 진료한 여성 환자는 열 손가락도 채우지 못할 정도였으니까. 그리고 이렇게 앳되고 어려 보이는 환자라니.

의사는 안경을 고쳐 쓰며 차트를 훑어보았다. 만 22세. 어려 보이는 게 아니라 정말 어리군.

"으음, 어디가 어떻게 불편하신가요?"

환자는 말이 없다. 꽉 말아 쥔 주먹을 무릎 위에 올리고 어깨를 파들파들 떨 뿐이다. 왠지 툭 건드리면 톡 하고 눈물을 떨어뜨릴 것 같은 얼굴이라 뭐라고 말도 못 한 채 의사는 잠자코 여자가 입을 열기를 기다렸다.

그리고 마침내 심호흡을 한 여자가 움직이기 시작했다. 주머니를 뒤지더니 그의 책상 위에 작은 종이쪼가리를 턱하니 올려놓는다.

"이, 이게 뭐죠……?"

"제 남편이 여길 왔다 갔어요!"

단정한 인상과는 어울리지 않는 우렁찬 목소리에 의사는 놀라 몸을 움찔 떨었다.

"네? 그, 그게 무슨……."

"여기, 날짜를 보세요. 정확히 일주일 전! 시각은 오후 1시 48분! 진료비……."

"저, 저기 환자분. 실례지만 남편분 성함이……."

"이도균이에요. 나이는 서른. 키는 186이고, 얼굴은…… 아, 사진을 보여 드릴까요?"

이름은 확인차 물어본 것이었다. 일주일 전이라고 했을 때부터, 아니 앞뒤 잘라먹고 두서없이 '남편이 여길 왔다 갔다'고 할 때부터 그의 머릿속에 떠오른 건 바로 그 남자였으니까.

"아아, 사진은 괜찮습니다. 기억하고 있으니까요. 잊으려야 잊을 수가 없는 아주 인상적인 분이셨거든요."

"인상……적이요……?"

여자의 안색이 형편없이 어두워졌다. 의사는 도균의 아우라나 외적인 모습을 인상적이라고 표현한 것인데 여자는 전혀 엉뚱한 상상을 하는 듯했다.

"전 마음의 준비가 됐습니다, 선생님. 대체 저희 남편…… 병명이 뭔가요?"

얼마나 정도가 심각하면 인상적이란 표현을 쓸까. 세인은 두 손을 포개 심장 위에 놓고 흔들리는 시선으로 의사의 입을 바라보았다. 곧, 저 입을 통해 핵폭탄이…….

"저기, 아무리 가족이라도 본인 동의 없이 환자의 진료 기록을 알려 드릴 수는……."

의사의 태평한 소리에 세인은 저도 모르게 벌떡 일어섰다.

"선생님! 지금 저희 남편이 어떤 상태인 줄 아세요? 식음을 전폐하고 술에 찌들어 하루하루를 폐인처럼 보내고 있다고요! 그것도 모자라 선생님께 진단을 받은 그날 가출을 선언했어요! 제가 발 빠르게 은신처를 기습해 끌고 왔기에 망정이지, 하마터면 머리 깎고 산으로 들어갔을지도 모른다고요!"

아니…… 그 정도로 충격이 컸단 말인가.

"조, 좋습니다. 그렇지 않아도 마음에 걸리더군요. 병원을 나서는 뒷모습이 너무나 위태로워서……."

세인의 눈동자 아래 작은 호수가 생겼다. 역시…… 그렇게나 힘들었구나. 내가 조금 더 일찍 알았어야 했는데.

세인은 의사에게 도균의 상태를 과장해 설명한 것에 대해서는 조금의 문제의식도 갖지 못한 채 절망스러운 얼굴로 의자에 털썩 엉덩이를 붙였다. 그녀는 약해지는 마음을 다잡듯 눈을 감은 채 나직이 물었다.

"……병명이 뭔가요. 바, 바, 발기부전? 조루? 지루……?"

제발 그중의 하나만이기를. 콤보만은 제발…….

"남편분이 앓으시는 건……."

신이시여, 콤보만은……!

"사랑입니다."

세인이 눈을 번쩍 떴다. 의사의 심각한 얼굴로 보아 농담을 하는 것은 아니고…….

"사랑이란 병명의…… 남성 질환도 있나요?"

"아니요. 병이 아니라, 우리가 흔히 아는 그 '사랑' 말입니다."

"그게…… 무슨……."

"이도균 씨는 사랑에 빠져서 아픈 겁니다."

그리고 세인이 그 말을 온전히 이해하기까지는 그 후로 30분이라는 시간이 더 걸렸다.

"민세인이 여기까지 날 찾아온 게 내 기억으론 처음인데."

"……."

"나 꿈꾸는 건 아닌지 볼 좀 꼬집……."

와락 안겨 오는 세인 때문에 도균은 하던 말을 채 끝맺지 못했다. 요즘 어린 아내에게 이상한 버릇이 생긴 것 같다. 많이 컸다는 칭찬이 꽤 듣기 좋았던 모양인지 이렇게 시도 때도 없이 포옹부터 하고 보니…….

"여기 회사 앞이라서 잘못하면 사진 찍힐지도 모르는데."

"……."

"베일에 싸인 신부 드디어 포기하시는 겁니까, 부인?"

반협박조의 목소리에도 세인은 그러거나 말거나 상관없다는 듯 도균의 목을 감싼 손에 더 힘을 실을 뿐이다. 도균은 뭔가 심상치 않다 싶어서 세인의 팔을 억지로 떼어 내고 그녀의 얼굴을 확인했다. 뺨이 조금 축축해 보이는 게 운 것도 같고 아닌 것도 같아 긴가민가하다.

"무슨 일 있어?"

세인은 말없이 다시 도균의 목을 끌어안았다. 그녀는 눈을 감고 도균의 체향을 들이마시면서 의사의 목소리를 떠올렸다.

'어떤 사건이 있었던 모양입니다. 그 이후로 마음이 자라지 못한 거예요. 허우대만 멀쩡한 거지요. 그것도 지나치게 멀쩡해서 그 안이 얼마나 미숙한지는 아무도 알아채지 못한 겁니다. 본인조차도요. 눈에 보이는 병은 금방 찾을 수 있지만 여기, 머리…… 아니, 마음은, 세상에서 제일 실력 좋은 외과의가 두개골을 열어 본다 한들 어디가 어떻게 고장 났는지 알 수가 없습니다.'

"회사에서 누가 혼이라도 냈어?"

세인이 말없이 도리질을 쳤다.

'이도균 씨에게 사랑은 저주고 공포예요. 모든 걸 망가뜨리는 악귀 같은 거죠. 부단히 노력했을 겁니다. 의식적으로든, 무의식적으로든, 그 사랑이라는 저주를 피하기 위해서요. 그런데도 결국 노력은 실패하고 민세인 씨를 사랑하게 됐죠. 그리고 보호기제가 작동하기 시작한 겁니다. 깨닫지 않으려고, 인정하지 않으려고요.'

"내가 또 술 먹고 늦게 들어갈까 봐 이래?"

세인은 이번에도 말없이 고개를 저었다.

'세인 씨가 가르쳐 주세요. 사랑이라는 게 얼마나 아름답고 즐거운 감정인지. 물론 사랑하기 때문에 아프고 오히려 고독한 순간도 있을 겁니다. 하지만 사랑은 그런 불편한 순간을 감수하면서라도 지켜야 할 만큼 충분히 가치 있는 것이죠. 상상해 보세요. 아프지도 않고, 고독하지도 않고, 마음이 다치지도 않지만, 동시에 사랑이 없는 인생을 말입니다. 이도균 씨가 없는 세인 씨의 인생을요.'

"혹시 어디 아픈 거야?"

세인은 그저 더 세게 도균을 끌어안을 뿐이었고, 그는 영문을 모른 채 세인의 등을 다독이기 시작했다.

'이도균 씨의 목소리로 듣는 사랑한다는 고백은, 그래서 더욱 소중하고 고맙지 않겠습니까?'

"대체 무슨 일……."

"있잖아요."

드디어 세인이 말문을 열었다. 도균은 귀를 쫑긋 세우며 '그래' 하고 대꾸했다. 목을 단단히 끌어안고 있는 세인의 가슴이 가쁘게 오르락내리락하는 것이 맞닿은 가슴으로 느껴졌다. 도균은 잔뜩 긴장했다. 무슨 큰일이 벌어진 게 틀림없다고 생각하며 세인의 등을 다독이는 손을 멈추지 않았다.

"도련님 저요. 저……."

"응."

"사랑에 빠졌어요."

도균의 손이 허공에 떴다. 맞닿은 두 가슴은 심장이 멈춘 사람의 것처럼 미동도 없었다. 두 사람 다 숨을 쉬는 방법을 잊어버렸다.

"제 첫사랑한테 또 반해 버렸어요."

품에서 바르작대며 떨어져 나오는 그녀를 도균이 멍한 눈으로 마주 보았다. 눈물을 그렁그렁 달고서 세인이 도균의 붕 떠 있는 손을 끌어다 제 뺨에 문질렀다. 그리곤 그녀 자신의 것보다 더 단단한 감촉의 손바닥에 입술을 꾹 눌렀다.

"그러니까 각오 단단히 하세요."

지금 이게 고백인가 경고인가. 세인은 본인이 말하면서도 고개를 갸웃거렸다. 고백을 해 봤어야 알지.

세인이 고개를 들고 자신만큼이나 어리둥절한 표정의 도균과 시선을 맞췄다. 그가 늘 그랬듯이 이번엔 세인이 도균의 볼을 잡아 쭉 늘어뜨렸다.

"남편을 짝사랑하긴 싫거든요."

눈썹을 꿈틀거리는 도균의 우스꽝스러워진 얼굴을 보며 세인이 커다랗게 웃음을 터트렸다.

12.

그 남자. 지연에겐 든든한 반려였고 도균에겐 자랑스러운 아버지였던 남자. 예술과 자연을 사랑하던 그 순수한 남자가 변하기 시작한 건 언제부터였을까. 지연과 도균…… 그리고 도연이 전부였던 그 남자의 화폭에 이물질이 등장했던 건 대체 언제부터였나.

얘기를 하는 내내 지연은 금방이라도 울음을 터뜨릴 것처럼 턱을 파들파들 떨었다. 세인은 조심스럽게 지연의 손을 맞잡았다. 그러나 아무리 태연한 척해도 충격에 휩싸인 눈동자가 갈피를 잃고 요동치는 것까진 막을 수 없었다.

이도연. 세인은 단 한 번도 들어 본 적 없는 이름이었다. 누구도 그녀에게 이야기해 준 적 없었다. 지연이 세인의 뺨을 더듬으며 말했다.

아마 살아 있었더라면 지금쯤 딱 우리 세인이처럼 연애하느라 바빴을 나이일 텐데, 라고.

제 아빠를 쏙 빼닮은 아이는 사랑스러웠다. 머리카락이 없어 가짜 머리카락이 장식된 새하얀 털모자를 쓰고도 늘 방긋방긋 웃는 밝은 아이였다. 돌잡이를 하고 얼마 지나지 않아 소아암 판정을 받고 그 작은 몸으로 독한 항암치료를 꿋꿋이 견뎌 내던 대견한 아이였다.

그랬던 아이의 상태가 급격하게 악화되기 시작했다. 그리고 남자의 이해할 수 없는, 전과 다른 행동도 그즈음 도드라지기 시작했다. 하지만 남편의 이상행동에 신경을 기울일 여유가 없었다. 지연은 오로지 아이에게만 매달려야 했으니까.

무정한 남자는 그것을 오히려 기회라고 생각했을지도 모르겠다. 자신에게 나눠 줄 관심이 없는 아내. 도망치고 싶은 무거운 현실. 그 틈을 타 남자는 새로이 사랑이라 부르고 싶은 여자의 품으로 달려가 안식을 찾았고, 의사는 절망하는 지연에게 말했다. 고비라고.

그게 그렇게 무서운 단어인 줄 그날 처음 알았다. 매일을 고비라고 생각하면서 살아왔는데, 틀렸다는 걸. 진짜 고비라는 건 숨 한 번 들이쉴 때마다 바늘 수천 개를 함께 마시는 것처럼 끔찍스러운 고통인 걸.

'오빠, 아빠는 왜 도연이 보러 안 와? 아빠 어디 갔어?'

아이는 깡마른 팔을 허공에 휘저으며 보이지 않는 제 아빠를 찾았다. 고작 10살을 넘긴 아이의 오빠는 직감적으로 알았다. 그것이 가여운 동생이 자신에게 건네는 마지막 부탁이라는 것을.

억수같이 쏟아지는 비를 맞으며 소년은 아버지를 찾아갔다. 그리고 내쳐졌다.

도균은 몇 시간이나 문을 두드렸다고 한다. 살이 터져 피가 튀고 손가락뼈에 금이 갈 정도였다. 견디다 못한 상간녀가 경찰에 신고해 발악하는 도균을 억지로 끌고 가서야 소란이 멎었다. 경찰서 구석에서 떨던 도균이 아버지 없이 홀로 병원에 도착했을 때, 늘 반짝이는 눈망울로 그를 반기던 여동생은 조용히 눈을 감은 채였다. 아이는 다신 눈을 뜨지 못했다.

"제 동생을 그렇게 보내고 나서, 도균인 말문을 닫아 버렸어. 아니, 병원에 데려가니 의사 선생님을 보고 딱 한마디 했었지. 피를 모조리 뽑아 줄 수 있느냐고 물었어. 제 몸에 그 남자의 피가 흐른다는 사실이 죽는 것보다 더 끔찍하다고. 의사가 그건 안 된다고 했을 때의 표정을 아직도 잊을 수가 없구나."

모든 감정을 차단한 무의 표정. 그 이후로 6년 동안 그녀의 아들은 말하기를 거부했다. 그건 어린 도균이 할 수 있는 최대한의 자학이었다.

"그럼 아버님께선 지금 어디 계신 거에요?"

아버님이라는 세인의 호칭에 떨리는 어깨를 양손으로 감싼 지연이 연거푸 한숨을 내쉬었다.

"도연이 가고 두 번째 기일날 마주쳤었어. 아이 유골함 앞에 꽃을 두고 나오는 그 사람…… 울고 있었지."

왜 오지 않았느냐고. 당신을 얼마나 찾았는지 아느냐고. 어째서 도균일 그렇게 냉정하게 내쳤느냐고.

남편의 앞에선 늘 순종적이고 수줍던 지연은 그 순간 짐승처럼 악을 쓰며 달려들었었다. 셔츠 소매가 뜯겨질 정도로 악다구니를 쓰는 지연의 손에 속수무책 흔들리며 남자는 죄를 토했다.

"도연이 얼굴을 볼 자신이 없었다더구나. 그 착한 아이에게서 아빠란 소릴 듣고 전처럼 웃어 줄 자신이 없었다고…… 글쎄. 용서랄까. 포기랄까. 내 앞에서 소리 내 울지도 못하는 그 사람 보면서 원망도 다 부질없단 생각이 들었어. 내가 굳이 불행을 바라지 않아도…… 이 남자는 죽을 때까지 죄책감에 떨며 살겠구나. 딸아이 마지막 가는 길도 못 지켰단 후회 속에 살겠구나."

하지만 멀리서 지켜보던 도균은 달랐다. 제 아버지를 발견한 도균은 저보다 훨씬 큰 성인 남자를 상대로 마구잡이로 주먹을 휘둘렀다. 금방 엉망이 되어 버리는 얼굴에 침을 뱉고 죽일 듯 멱살을 쥐고 덤벼들었다. 말을 제외한 모든 수단으로 도균은 아버지에 대한 증오를 고스란히 내비쳤다. 지연조차도 두려움에 주춤거릴 만큼.

그리고 그 사건 이후로 도균의 상태는 눈에 띄게 나빠져 갔다. 단순히 말문을 닫았던 전과는 달랐다. 먹지도, 자지도 않았다. 병원에 데려갈라 치면 물건을 집어 던지며 제 몸에 상처를 내는 끔찍한 짓도 서슴지 않았다. 어린 아들은 그때 무슨 생각을 했을까.

"죽을 작정이었을까? 고작, 열세 살짜리 아이가……."

결국은 몸이 버티지 못해 쓰러지고 나서야 병원으로 옮길 수 있었다. 정신을 다시 차리고 나선 영양제를 거부하며 난동을 부리는 바람에 손발을 묶어 놓아야 할 지경이었다. 그때였다. 경호와 세인을 처음 만난 것이.

　"기억하니? 우리 세인이 병원에서 인기스타였는데."

　"아……!"

　세인이 작게 고개를 끄덕였다. 경호가 병원에서 간병 일을 하던 때가 어렴풋이 떠올랐다. 유치원에서 돌아와 아무도 없는 집에 혼자 있으면 덜컥 무서운 생각이 들곤 했다. 귀신이나 도깨비를 상상하며 울먹이던 어린 세인은 경호가 일하는 병원으로 당돌하게 혼자 종종 찾아갔었다. 처음에는 엄한 얼굴로 세인을 다그치며 집에 바래다주던 경호는 반복되는 세인의 돌발 행동에 결국 지고 말았다.

　자그마한 발로 경호의 뒤를 쫓아 총총거리며 걷는 세인은 얼마 지나지 않아 병원 직원들뿐만 아니라 환자들 사이에서도 유명인사가 되었다. 문병 오는 지인마저 뜸한 장기 입원 환자들은 세인의 방문을 목 놓아 기다릴 정도였다.

　"도균일 휠체어에 태우고 병원 앞을 한 바퀴 돌다가 우리 세인일 처음 봤어. 나비를 잡겠다고 이리저리 뛰어다니면서 까르르 웃는 네가 그렇게 예뻐 보일 수가 없었단다. 살아 있다고, 살고 있다고 할 수 없는 우리 눈에 세인인 부러울 정도로 생기가 넘쳐 보였어. 병원이란 곳에선 좀처럼 볼 수 없는 광경이라 신기하기도 했지. 아마 도균이도 마찬가지였나 봐. 널 보는 눈이 어찌나 반짝거리던지."

어떤 자극에도 무감동하던 얼굴에 마침내 표정이란 것이 어른거렸었다. 도균은 지연이 천천히 밀어 주는 휠체어가 답답했는지 직접 팔을 움직여 세인에게 가까이 다가갔다. 나비에 정신이 팔려 발을 재게 움직이던 세인이 미처 도균을 발견하지 못하고 돌진해 왔다. 휠체어 바퀴에 부딪힐 뻔한 세인을 도균이 손을 뻗어 잡았다. 세인이 둥그렇게 뜬 눈으로 도균을 보았다. 그리곤 스스럼없이 도균의 머리 위로 손을 뻗었다.

"네가 도균이 머리에 앉은 나비를 데려갔잖니. 전혀 기억이 안나?"

"네. 전 전혀……."

"세상에나. 도균이가 그때 얼마나 충격을 받았는데."

"충격이요?"

영문을 몰라 고개를 갸웃거리는 세인을 보며 지연이 낮게 웃었다. 나비를 두 손 안에 조심스럽게 가둔 세인이 도균을 보며 알은체를 하던 광경이 아직도 생생했다.

'어. 밥 안 먹는 오빠다.'

어지간한 간호사만큼이나 병원 사정에 밝은 세인이었다. 어느 병동의 누가 어떤 병으로 고생하는지 귀동냥으로 주워 들은 일이 한두 가지가 아니었다. 나비를 날려 보내준 세인이 허리춤에 양손을 얹고 짐짓 근엄한 얼굴로 도균을 혼냈다.

'밥 안 먹으면 나쁜 어린이예요.'

뜻밖의 일격에 당황한 도균과 지연을 남겨 둔 채 세인은 홀연히 사라져 버렸었다.

"그날 도균이가 몇 달만에 처음으로 직접 숟가락을 들었어. 저보다 훨씬 어린 꼬마한테 그런 충고를 들은 게 부끄러워일 수도 있고, 자존심이 상해서였을 수도 있지. 이유가 뭐였든 그 작은 변화가 너무나 감사했단다. 도균일 낫게 할 수만 있다면 무슨 짓이든 할 수 있을 만큼 절박했어. 두 아이를 모두 잃을지도 모른다는 불안감에 나도 제정신이 아니었지. 그 길로 사돈어른, 너희 아버질 찾아 뵙고 사정했단다. 도와 달라고."

새로이 알게 된 사실에 어안이 벙벙한 세인을 마주 보며 지연은 아직 그녀가 더 놀랄 것이 남았다는 말로 세인을 긴장시켰다.

"도균이가 처음 말문을 연 것도 네 덕이었는데. 아마 그것도 세인이 넌 기억 못 할 거야."

"저요?"

"그래. 우리 다 같이 캠핑갔을 때, 네가 뱀에 물린 적이 있었잖니. 어른들은 전부 산으로 봄나물 캐겠다고 올라가는 바람에 어린 너희들 둘만 남았을 때였는데."

"아! 기억 나요!"

"그래. 119에 전화한 게 도균이었어. 우리 세인인 울며불며하다 기절해 버려서 모르겠지만. 빨리 오라고, 워낙 무시무시한 말로 협박을 하는 바람에 구급대원들이 치를 떨었다더라."

세인이 입을 떡 벌렸다. 그런 비밀이 있을 거라곤 상상도 하질 못했다. 지연이 웃으며 세인의 빰을 쓰다듬었다.

"결국 우리 세인이 때문에 도균이가 살았네. 밥도 먹고, 말도 하고, 사랑도 하고. 물론 약간의 숙제가 남아 있긴 하지만……."

사랑. 그 단어를 듣자 잠시 잊고 있던 문제가 번뜩 그녀의 뇌리를 섬광처럼 스치고 지나갔다. 그러나 지연을 찾아오기 전과는 사뭇 다른 표정이었다. 왠지 모를 자신감이 샘솟았다.

밥도 먹게 하고, 말도 하게 했으니까 사랑도 제대로 할 수 있게 도울 수 있을 것이다.

"하여튼 바보같은 녀석. 또 네 속을 썩이다니."

지연이 씁쓸하게 웃으며 작은 몸을 말았다. 세인이 그런 지연의 손을 힘주어 붙잡았다.

"걱정 마세요, 어머니. 저 믿으시죠?"

"으응?"

세인이 의기양양하게 어깨에 힘을 주었다.

"어머니 아들한테 사랑한단 말 한 번도 들어 본 적 없으시죠?"

지연이 맺힌 눈물을 닦으며 고개를 끄덕였다.

"제가 듣게 해 드릴게요. 두고 보세요."

기필코!

주먹을 불끈 쥐어 기합을 넣는 세인과, 불안해지는 마음을 애써 무시하는 지연이 함께 '아자아자!'를 부르짖었다.

세인은 그날부터 연구에 들어갔다. 그녀의 책상엔 온갖 로맨스 DVD와 정체를 알 수 없는 책들이 수북이 쌓여 있었다. 승조가 그중 하나를 집어 들었다.

"……유혹의 대백과사전?"

묵직한 저음에 엎어져 자던 세인이 좀비처럼 벌떡 몸을 일으켰다. 볼에 포스트잇을 붙인 그녀가 아직 잠이 다 달아나지 않은 몽롱한 눈으로 승조를 올려 보았다.

"……아아, 벌써 아홉 시?"

아직 오전 여덟 시. 일찌감치 출근한 승조는 대답 대신 고개를 저으며 그녀의 뺨에 붙어 있는 포스트잇을 떼어 냈다. 대체 무슨 의미인지 알 수 없는 글자들이 중구난방으로 휘갈겨져 있다.

"고립. 배. 흑장미. 고소공포증. 불량배. 가스총……. 대체…… 이게 다 뭐야?"

"하아암. 아아……그거요? 일명…… 아내의 유혹 프로젝트요."

늘어져라 하품을 한 세인이 건성으로 대꾸하곤 자리에서 일어섰다.

"어디 가?"

"커피 뽑아 먹으려고요."

터덜터덜 멀어지는 세인의 뒷모습을 보며 승조는 다시 한 번 포스트잇에 눈을 내렸다. 분명 그는 질문했고 그녀는 대답했는데, 이 해소되지 않는 궁금증은 뭐지? 그리고 이 묘하게 불길한 예감은 뭐야?

그날, 병든 닭처럼 하루 종일 정신을 못 차리던 세인은 퇴근 시간이 가까워져 올수록 반짝반짝 눈을 빛내기 시작했다. 누군가 그녀에게 물었다.

"세인 씨, 뭐가 그렇게 신나? 같이 좀 알자."

그러자 커다란 등산 가방에 DVD와 두꺼운 책들을 주섬주섬 쑤셔 넣던 그녀가 대꾸했다.

"불금이잖아요, 불금. 전 오늘 영혼까지 새하얗게 불태울 거거든요!"

그리고 6시가 되자마자 세인은 전광석화와 같은 속도로 누구보다 빠른 퇴근에 성공했다.

아내의 유혹 챕터 1. 표현 편. 〈그에게 내 마음을 증명하라.〉

"대체 인제는 가서 뭐하려고?"

세인은 말없이 감은 눈을 뜨지 않았다. 그녀는 지금 자기최면에 온 사력을 다하고 있었으므로.

민세인. 오늘 넌 한 마리 우아한 새가 되는 거다. 멋지게 창공을 가르는 거야. 공중제비까지 곁들이면 더할 나위 없이 좋겠지.

"어디 가는 줄은 알아야……."

[목적지 부근에 도착했습니다.]

GPS 음성이 도균의 목소리를 잘라 냈다. 세인은 초연한 얼굴로 감았던 눈을 떴다.

"번지……점프?"

세인이 흘끗 확인한 도균은 눈앞에 높게 솟은 구조물을 바라보며 점점 얼굴이 창백해지고 있었다.

"저, 저걸 하자고 온 건 아니라고 말해 줘."

도균의 주차가 그의 떨리는 목소리만큼이나 버벅거렸다. 도저히 불가능할 것 같은 각도에서도 한 방에 멋지게 차를 꽂아넣던 그인데 얼마나 긴장했으면……. 그녀는 안타까운 얼굴로 고개를 저었다. 그리곤 가늘게 경련하며 핸들을 쥐고 있는 도균의 손에 제 손을 턱, 하니 얹었다.

"걱정 마세요. 번지는 저 혼자. 남편님은 구경만 하시면 됩니다."

그렇게 얼이 빠진 도균을 두고 차 문을 열고 밖으로 나선 세인이 터프하게 문을 닫았다. 조수석 문에 금이 가진 않았을까 염려하며 도균이 세인의 뒤를 따랐다. 그녀는 어느새 번지점프대 아래에서 각서를 쓰고 있었다.

"이게 대체 왜 하고 싶으신데? 어? 마누라, 당신 고소공포증 있는 거 잊으셨습니까?"

"다행이다. 알고 있었네요? 나 고소공포증 말기 환자인 거?"

"무슨 소리야?"

"그러니까 이걸 지금 뛰려는 내 각오가 얼마나 비장한지 헤아려 보시라고요, 남편님."

"대체 '비장'까지 들먹이면서 이걸 뛰어야 할 이유가……."

"준비 다 되셨습니까?"

상황을 파악하지 못한 도균을 기다리지 못하고 직원이 각서에 서명을 완료한 세인을 냉큼 훔쳐 달아난다.

"아일 비 백."

엄지손가락을 치켜든 어린 아내가 60미터가 넘는 까마득한 허공으로 빨려 올라가는 것을 도균은 멍하니 지켜봐야 했다.

그렇게 그녀는 뛰어내렸다. 그리고 다시 돌아오겠단 공약을 지켰다.

기절한 채로.

"……흐억!"

"정신이 들어?"

"여긴 어디……? 나는 누구……? 너는 누구……?"

"여긴 병원이고, 너는 겁을 상실한 내 아내고, 나는 번지점프 업체를 고발하기 직전의 네 남편이다."

세인이 눈을 끔뻑거리며 손을 뻗어 도균의 얼굴을 만졌다.

"내가…… 당신처럼 잘생긴 남자와…… 결혼을 했다고 요……?"

"그래."

"아…… 기억이…….."

"쪽팔려서 이러는 거라면 괜찮으니까 그만 일어나. 가게. 너 아무 이상 없대."

"……네."

도균의 눈치를 보며 몸을 일으킨 세인은 응급실 모두의 화제 한가운데 있었다.

"어머, 저 아가씨 금방 일어났네? 난 저 남자가 하도 야단법석을 떨면서 업고 들어와서 무슨 큰 병인 줄 알았더니."

"아, 아까 간호사한테 물어보니까 번지점프 하다가 기절했대."

"진짜? 와하하하학! 대박! SNS에 올려야지!"

세인이 도균의 재킷 사이로 얼굴을 숨겼다.

"시, 실례 좀 할게요."

"부끄러운 줄 아는 거 보니까 멀쩡한 거 맞네."

"멀쩡한 정신으로 한 마디 해도 돼요?"

"뭐?"

"전부터 생각했는데 오빠 냄새 정말 좋아요."

"킁킁거리지 마. 남들이 이상하게 봐."

그렇게 병원을 빠져나간 두 사람은 끼니부터 해결했다. 그리고 차를 타고 인제의 밤 풍경을 감상하며 드라이브를 했다.

"근데 아까 뛰어내리면서 한 말 무슨 뜻이지?"

도균이 무심결에 던진 질문에 세인의 눈이 반짝반짝 빛났다. 아아, 기절하는 와중에도 임무 수행은 했구나, 요 기특한 입술 같으니.

"제가 뭐랬는데요?"

"이도균 사…… 어억!"

……이 쓸모없는 주둥아리. 왜 붙어 있냐, 왜 붙어 있어!

"뭐, 사 억 벌어 오라고? 사 억 빌려 주라고? 대체 뭔데?"

"……아닙니다."

"필요한 게 있으면 그냥 편하게 말하면 되지 무슨 번지점프 씩이나 뛰시나? 마누라한테 까짓 사 억 안 빌려 줄⋯⋯."

"이도균 사팔뜨기라고 그랬어요! 사팔뜨기! 됐어요?"

"뭐?"

창가로 고개를 돌린 세인은 소리 없이 울었다.

아내의 유혹 챕터 1.

실패.

아내의 유혹 챕터 2. 사면초가 편. 〈고립되라. 그리고 적극 활용하라.〉

"너 어제 기절했던 사람이야. 주말엔 좀 쉬어야 한다니까."

"저 멀쩡해요! 아무 이상 없어요."

"후⋯⋯. 그래서⋯⋯ 어디? 무슨 섬?"

"아무 섬이나 상관없어요. 배랑 남편님만 있으면 돼요!"

도균은 꺼림칙한 얼굴로 대차게 대꾸하는 세인을 바라보았다. 저 알 수 없는 흥분과 결기. 어제 번지점프를 하기 전이랑 비슷한데⋯⋯.

"난 정말 괜찮으니까, 필요한 게 있으면 그냥 말을⋯⋯."

"어! 저기! 저기 어때요? 이름 예쁘지 않아요? 국화도!"

마침 전원을 켜 놓은 TV에선 남자 연예인 대여섯이 모여 1박 2일로 여행한다는 콘셉트의 예능프로그램이 한창이었고, 세인의 손가락은 바로 그 영상이 재생되는 브라운관을 콕 집고 있었다.

"저기?"

"네! 가요, 가요, 가요, 가요! 갈 거죠?"

강아지 같은 눈으로 두 손 모아 매달리는데 어찌 거절하리. 도균은 결국 고개를 끄덕였고, 세인은 그 자리에서 폴짝폴짝 뛰었다.

오늘의 세인은 힘세고 오래간다는 건전지를 한 주먹 집어먹은 사람 같았다. 등산을 할 땐 온갖 꾀병을 부리며 쉬어 가자 조르던 그녀가 오늘은 도균을 앞장서 걷고 있었다.

"와. 경치 좋고! 바다 냄새 좋고! 오빠도 얼른…… 어! 내 가방 만지지 마요!"

대체 제 몸통보다 더 커다란 가방 안에 뭐가 들었나 궁금해진 도균이 지퍼에 손을 갖다 대자 그녀가 경기하듯 놀라며 그의 손을 뿌리친다. 아무래도 수상하다. 어제, 아니. 그 고백 이후 어린 아내는 뭔가 큰 꿍꿍이를 숨기고 있는 것 같다. 그러고 보니 각오하라고 했었지.

도균은 저도 모르게 고개를 주억거렸다. 어제 일을 생각하면 정말 각오를 단단히 다지긴 해야 할 것 같다. 어제와 같은 심장이 마비되는 것 같은 충격과 당황은 한 번으로 족했으므로. 세인은 어제 번지를 뛰었고, 기절해 축 늘어진 아내를 품에 받아든 그는 스카이다이빙을 한 것과 같은 체력·감정 소모를 해야 했다.

어쨌든 세인은 마치 보물찾기를 하는 어린아이처럼 눈을 빛내며 섬 구석구석을 돌아다녔다. 중간중간 섬에 거주하시는 할머니들이 도균을 보며 딱 사위 삼고 싶단 말을 할 때마다 부리나케 달려와 그를 낚아채는 일도 그녀를 바쁘게 하는 것 중에 하나였다.

"이러다 길 잃어버리겠다. 곧 해 질 것 같은데. 마지막 배 시간이 어떻게 되더라."

일부러 험한 길로만 다니는 것 같은 세인이 도균의 걱정스러운 음성에 씩씩하게 대꾸했다.

"그런 건 생각하지 말고 여행 자체를 즐기라니까요! 우리 남편님은 너무 걱정이 많아서 탈이야!"

할 말을 잃은 도균이 여전히 눈 밝은 강아지마냥 한시도 가만있질 못하는 세인을 응시하는데 때마침 멀리서 안내음성이 들려왔다.

─장고항행 마지막 배가 30분 후 출발하겠습니다. 다시 한 번 안내 말씀…….

귀를 기울여 방송을 듣던 도균이 세인 쪽으로 고개를 돌렸다. 세인은 노랬다가 빨갰다가 요란법석을 떠는 얼굴을 숨기며 급히 쪼그리고 앉아 딴청을 피웠다.

"우와! 이거 봐요! 이건 대왕조개껍데기인가? 크기가 어마어마……!"

하얗게 말라붙은 동물의 배설물이었다. 세인이 신발을 털며 후다닥 일어나자 도균이 기다렸다는 듯 그녀의 팔을 잡아챘다.

"가자. 배 끊기면 못 나가."

"아니 왜⋯⋯."

왜, 저따위 안내멘트가 나오는 거야? 이, 이건 계획에 없던 일인데! 난 그냥 자연스럽게 시간을 끌다가⋯⋯.

"네가 이상한 길로만 다녀서 서둘러야 해."

"으앗! 나, 갑자기 머리가⋯⋯ 머리가. 아아, 어제처럼 또 눈앞이 핑핑⋯⋯."

"뭐? 어디 봐!"

세인이 도균의 품으로 풀썩 기대며 눈을 감았다. '젠장!' 하고 욕을 내뱉는 도균에겐 미안하지만 딱히 떠오르는 수가 없는 걸 어쩌랴.

"왜 사람이라곤 코빼기도 보이질 않는 거야!"

도균이 이를 갈며 세인을 업기 시작했다. 안 돼! 어떻게든 이 자리에서 버텨야 해!

"아아⋯⋯ 쓰러진 사람 막 함부로 들고 흔들고 그러면 안 되는데⋯⋯."

"그러니까 오늘은 내가 집에서 쉬자고!"

"아아⋯⋯ 머리가 울려요. 소리 지르지 마세요."

도균은 결국 얌전히 세인을 안고 있는 방법을 택했다. 우선 안색도 썩 나쁘지 않고 어제처럼 정신을 아예 잃은 것도 아니니 조금 안정을 취하게 해 주었다가 인가가 있던 곳으로 갈 생각이었다. 그사이 세인은 눈을 감고 속으로 30분을 카운트하고 있었다.

3. 2. 1⋯⋯ 작전 개시!

"웃샤!"

"괘, 괜찮아?"

"네. 완전 말짱해졌어요."

"어떻게 이렇게 갑자기 말짱……."

"사랑의 힘이죠, 뭐. 자! 우리 이제 얼른 텐트 칠 만한 곳을 찾아봐요!"

세인이 다시 제 몸통만 한 가방을 짊어지며 호탕하게 소리쳤다. 도균은 이게 혹시 꿈은 아닌가 살짝 제 뺨을 꼬집었다. 꼬집힌 뺨은 얼얼한데 여전히 현실감은 없다.

"텐트? 텐트가 어디 있어?"

"가방에요."

"그걸 왜 가져왔는데?"

"여행의 기본인데 남편님은 안 가져왔어요?"

그래. 어쩐지 저 거대한 크기가 영 불안하다 했지.

"이왕이면 침대를 업고 오지 그랬어. 나 딱딱한 데서 못 자는 거 알지 않나?"

"그럼 침대 대신 절 바닥에 깔고 주무시면 되겠네요. 요즘 살쪄서 매트리스보다 푹신푹신 할 거예요."

"……뭐? 뭘 깔아?"

"여기도 괜찮겠다. 사이즈가 딱이야."

세인은 어느새 가방 안에서 부실해 보이기 짝이 없는 텐트를 주섬주섬 꺼내기 시작했다. 그러더니 텐트를 허공에 던진다. 자동식 텐트가 어느새 뾰족한 꼭짓점을 자랑하며 서 있었다. 그리고 그걸 본 도균은 더한 황당함에 빠져들었다.

"일인용이잖아!"

"네. 아무 준비도 없이 몸만 달랑 온 남편이 얄밉긴 하지만, 전 너그러운 아내니깐. 텐트의 공유를 특별히 허락해 줄⋯⋯ 어, 어디 가요!"

도균은 세인의 말이 끝나기도 전에 등을 돌려 걷고 있었다.

"아까 보니 펜션인지 민박인지 많더라."

"야외취침이 얼마나 재밌는데 민박이라니 말도 안 돼!"

"저 좁아터진 데서 둘이 같이 몸 구기고 자는 것보단 훨씬 말이 돼."

아아. 진짜 저 똥고집. 풀죽은 세인이 터덜터덜 걸음을 옮겼다. 그러나 작은 섬을 돌고 돌아도 이상하게 출구가 보이지 않는다. 저 멀리 인가가 내는 불빛이 반짝이는데, 이상하게도 바다로 가로막혀 있다. 들어올 땐 마음대로 들어와도 나갈 땐 아니라는 듯 검은 밤바다가 출렁이는 걸 보며 세인은 속으로 쾌재를 부르짖었다.

정말 하늘도 오늘은 내 편이구나!

"대체 아까 무슨 길로 들어온 거야?"

답답한 나머지 도균이 돌을 집어 바다에 던졌다. 흥. 아무리 성질을 내 봐라. 오늘은 하늘이 내 편⋯⋯.

퍽.

어째서? 어째서 '퐁당' 이 아니라 '퍽' 인 건데?

세인이 의구심을 가득 담은 눈을 가늘게 뜬 채 바다를 응시했다. 그리고 그 순간, 바다가……

갈라진다?

"……뭐예요, 이게. 지금 땅이 솟는 거예요, 바다가 갈라지는
거예요……?"

"글쎄."

"도련님 전생에 모세였어요?"

저랑 섬에 고립되는 게 바다를 움직일 정도로 싫으셨나요?
저 좁아터진 텐트에서 자갈 깔고 자는 게 얼마나 싫었으면 이런
기적이…….

"아아. 바닷물 빠지는 시간인 모양이군. 아깐 만조라 물이 차
서 우리가 들어온 길이 사라졌던 거야."

"아, 예에. 어마어마한 탐험가 나셨네요."

"목소리가 왜 이렇게 삐딱해? 편하게 잘 수 있게 됐는데 기
뻐해야지."

"아, 예에. 기뻐요. 내 남편에게 바다를 가르는 재주가 있다
니…… 정말 어마무지하게 기쁘네요. TV에 제보하려고요."

그렇게 세인과 도균은 언쟁의 탈을 쓴 수다를 나누며 막 빛
을 내기 시작한 달을 벗 삼아 축축이 젖은 바닷길을 걷기 시작
했다. 중간에 미처 바닷물에 쓸려 빠져나가지 못한 작은 물고기
가 퍼덕거려 세인을 소스라치게 놀라게 했다. 그 옆에서 그녀의
괘씸한 신랑이 키득키득 웃는다. 세인이 눈을 홱 흘기려는 찰
나, 도균이 그녀의 앞에 등을 내밀었다.

"업혀."

"왜요? 걸을 수 있어요."

"물고기 밟고 어제처럼 또 기절할까 봐 그런다."

세인이 입술을 비죽이며 못 이기는 척 도균의 목을 끌어안는다. 달빛을 받은 그녀는 목까지 전부 새빨갛다.

"근데 너 심장이 너무 빨리 뛴다? 또 어지럽거나 그래?"

가슴을 그의 등에 꼭 붙이고 있으니 이 두근거림이 고스란히 전해지는 모양이다. 세인은 잠시 뜸들인 끝에 도균의 목을 더 꽉 끌어안으며 입을 열었다.

"이건 그런 게 아니라, 설레서 그러는 거예요."

도균은 말이 없다. 당황했나 보다. 귀엽기는.

"내가 그랬잖아요. 나 지금 사랑에 빠졌다고요. 좋아하는 사람이 업어 주니까 심장이 막 쿵쿵 뛰어요."

"⋯⋯."

"오빠도 그래요? 네? 저랑 있으면 막 이렇게 두근두근거려요? 왜 말이 없어요. 부끄러워서 그러는구나? 아이, 괜찮으니까⋯⋯."

"커헙. ⋯⋯큭, 수, 숨 막⋯⋯."

"꺄악! 어떡해! 괘, 괜찮아요?"

세인이 도균의 목을 감고 있던 팔을 풀며 서둘러 그에게서 떨어져 나왔다. 도균이 마른기침을 하며 고통스러운 얼굴로 자신의 목을 매만졌다.

"⋯⋯두 번만 설레었다간 네 남편 골로 가겠다."

"고, 골로 가다니. 무슨 그런 험악한 표현을⋯⋯."

"부인 입에서 나올 말은 아닌 것 같습니다만."

도균이 제 목을 가리키며 창백한 얼굴을 세인에게 들이밀었다. 꿀 먹은 벙어리가 된 세인의 볼을 잡아 늘리며 도균이 한숨과 함께 중얼거렸다.

"……후. 넌 너무 격정적이야."

억울해진 세인이 발끈한 표정으로 한 소리 하려는데 누군가의 커다란 목소리가 그녀보다 한발 앞섰다.

"배 놓쳤수? 내 지금 뭍에 나가려는 참인데 같이 갈라우?"

"아, 그래도 되겠습니까?"

"공짜는 머리 벗겨지니까 안 되고, 5만 원만 줘어."

손가락 다섯 개를 쫙 펴 보이는 아저씨를 보며 도균이 고개를 끄덕였다.

"그, 그냥 민박……!"

"집에 가서 편하게 잘 수 있겠다."

"……네. 드럽게 편하겠네요."

그렇게 도균의 지갑이 열렸고 통통배가 그들에게 자리를 내주었다. 올 때 탔던 작지만 안정감 있는 페리가 아니었다. 세인은 멀미 끝에 결국 녹다운이 되었다. 정신은 멀쩡했지만 몸은 어제처럼 기절의 상태에 빠져들고 말았다.

서울로 향하는 차 안에서 세인은 또 한 번 소리 없는 눈물을 흘렸다. 그리고 생각했다.

아내의 유혹 챕터 2.

역시…… 실패.

"이건 다 거짓말이야아! 이 사기꾼들!"

폭발한 세인이 〈유혹의 대백과사전〉의 속지를 벅벅 찢으며 소리쳤다. 이 책과 수많은 로맨틱 영화를 바탕으로 그녀가 작성한 아내의 유혹 프로젝트는 실패에 실패를 거듭하고 있었다.

아내의 유혹 챕터 3. 기사도. 〈위험에 처한 왕자는 백마를 타고 나타난 공주와 무조건 눈이 맞는다!〉

이건 어떻게 됐던가. 액션 스쿨의 숙련된 스턴트맨과 며칠 동안 합을 맞춘 노력이 얼마나 허무하게 막을 내렸던가.

"대체 대표이사란 사람이 가라테, 킥복싱은 왜 배운 거야! 어따 써먹으려고!"

도균의 숨겨진 무공 실력에 세인은 생각지도 못한 치료비 폭탄과 원망의 울부짖음을 감수해야 했다.

'싸움 같은 거 할 줄 모르는 사람이라고 하셨잖습니까! 공부밖에 모르는 사람이라면서요? 깡패의 '깡' 자만 들어도 무서워서 도망갈 거라고 그랬으면서!'

'까, 깡패 연기가 실감나지 않았던 건 아닐……'

'지금 제가 깁스한 거 보고도 그런 소리가 나오십니까? 정말 혼신의 힘을 다한 연기였다고요!'

'그, 그래서…… 아닐 거라고요. 엄청 실감나는 연기였다고요.'

그래서 실패.

아내의 유혹 챕터 4. 호기심. 〈알쏭달쏭, 모호한 유혹의 말로

그를 혼란에 빠뜨려라!〉

이건? 이건 어땠지?

'우리 같이 아이스크림 먹어요. 짠! 이거 진짜 맛있어요. 커피 맛! 이거 봐요. 이름 귀엽죠? 더위를 사냥한다는 아이스……'

'안 돼. 압수. 에어컨도 모자라서 무슨 아이스크림 타령이야. 여름 감기는 개도 안 걸린다는데, 개 되고 싶나?'

'아, 아니. 안 돼요! 내가 이거 먹으면서 할 대사가…… 푸엣취!'

사실 제가 사냥하고 싶은 건 따로 있어요.

이런 깜찍하고 강력한 한 방을 준비해 놨었는데!

'거봐. 당장 에어컨 *끄고* 아이스크림 도로 넣어 놔!'

그래서, 그녀는 '개'라는 별명과 함께 몸져누움을 얻었다.

"으아. 도둑질도 손발이 맞아야 해 먹지. 난 왜 하필 그때 감기에 걸려 가지고. 하아. 유혹이란 거 되게 어려운 거구나."

아무렇게나 구겨진 종이 위에 엎드리면서 푸념하는 그녀의 눈에 '챕터 5'라는 글자가 아른거렸다.

"챕터 파이브. 질투……. 인기 많은 당신. 그는 초조할 것이고 안달할 것이고 마침내 쟁취하려 들 것이다……. 쳇. 퍽이나! 게다가 인기가 있어야 뭘 해 보지."

이것도 알바를 섭외할까? 아냐, 그랬다간 그 스턴트맨 꼴 나기 십상이라고.

세인은 앓는 소리를 내며 구겨진 종이를 쓰레기통 안에 던져 넣었다. 원래의 모습을 잃고 처참하게 망가진 종이를 보자 세인은 저도 모르게 '엄마' 소리가 절로 나왔다. 한창 2차 성징에 당황하던 사춘기 이후론 얼굴도 모르는 엄마가 그리웠던 적은 손에 꼽을 수 있을 만큼 드물었는데, 요새는 부쩍 일찍 돌아가신 엄마를 찾게 되는 날이 많았다.

보통의 부부가 어떻게 사는지. 부부는 어떻게 애정 표현을 하는지. 그런 사소한 일상을 보고 듣고, 배우고 느끼면서 자라지 못했다. 그저 드라마나 영화 속의 배우들이 연기하는 가짜 부부를 보며 어렴풋이 짐작할 뿐이었다.

하긴, 그건 도균도 마찬가지일 것이다. 이를 어쩐다. 하나도 아니고 우린 두 사람 다 사랑하는 데 너무 서투르고 무지하구나.

심각한 고민에 빠져 있는 그때, 송 대리가 그녀의 의자를 툭 친다.

"오늘 회식 있는 거 알지? 세인 씨 이번에도 빠지면 이거야, 이거."

그가 자신의 목을 손날로 긋는 시늉을 하며 으름장을 놓았다. 세인은 힘없이 고개를 끄덕이곤 회식이 있어 늦는단 문자를 도균에게 보냈다. 이런 기분으로 마시는 술이 맛있을 리 없을 테지만, 오늘은 설계팀 막둥이로서의 역할을 충실히 해내야 할 때다.

"오늘 차 차장은 외근하고 바로 퇴근이라 못 온다니까, 우리 여직원들 미리 기대들 접읍시다."

아아. 안 돼.

여기저기서 탄식이 쏟아져 나왔다. 특히 승조를 오래 짝사랑해 왔기로 유명한 추정미 대리 같은 경우엔 바닥에 엉덩이 붙인 지 얼마나 됐다고, 벌써 어느 타이밍에 빠져나갈까 눈치를 살피고 있었다.

"……선배는 좋겠다."

세인은 저도 모르게 혼잣말을 중얼거렸다. 자신이 승조의 반의반만큼만 인기가 좋았어도 〈챕터 5〉를 포기하는 일은 없었을 테니까.

"자자. 일이 바빠서 환영회도 제대로 못 했는데 나랑 건배 한 번 해야지, 세인 씨."

김 팀장이 막무가내로 세인의 손에 잔을 쥐여 주며 '짠!' 하는 추임새와 함께 술잔을 부딪쳤다. 엉뚱한 생각에 빠져 있던 세인이 뒤늦게 자세를 고쳐 앉으며 김 팀장을 따라 술을 들이켰다.

그런데 아뿔싸. 폭탄주다.

당연히 맥주일 거라고 생각하고 들이켰던 술에서 독한 소주 향이 올라오자 세인이 얼굴을 찌푸렸다. 그녀는 소주엔 영 젬병이다. 태어나서 단 한 번도 소주를 마시고 제 발로 걸어서 멀쩡하게 들어갔던 적이 없다. 아니나 다를까, 20분쯤 지나자 눈앞이 흐릿해지기 시작했다. 이러다간 하늘같은 상사 앞에서 성연이 말한 '소주 고자'의 모습을 그대로 들키게 생겼다.

세인이 엉거주춤 자리에서 일어섰다. 다들 부어라 마셔라 하는 분위기라 그녀 한 사람 몰래 빠져나간들 모를 것 같다. 세인은 그렇게 탈출에 성공했다.

"택시. 택시…… 타야겠다. 퉤엑씨! 퉤……. 어라?"

"택시를 잡으려는 거야, 택시에 치이려는 거야?"

"선배? 선배는 오늘…… 외근 간다고……."

세인이 졸음과 취기로 자꾸 내려앉는 눈꺼풀을 비비며 제 앞에 선 승조를 바라보았다. 그가 빙긋 웃었다.

"응. 방금 올라왔어."

"아아…… 그럼 얼른 들어가 보세요. 여직원들이 선배 없다고 다들 울상…… 특히 추 대리님은…… 아시죠?"

세인이 음흉하게 웃으며 승조의 가슴을 팔꿈치로 툭 쳤다. 그리곤 흐려지는 시야에 힘을 팍 주곤 회식이 벌어지고 있는 삼겹살집으로 승조를 밀었다.

"자아…… 얼른 들어가 보세요."

그러나 승조는 딱 버티고 서서 움직일 생각을 않는다. 그리곤 뒤돌아서서 자꾸 자신을 밀어내는 세인의 손을 낚아채었다.

"회식에 끼려고 온 거 아니야. 나 여기 너 때문에 왔어, 세인아."

"저요? 왜요?"

"너 집에 데려다주려고."

"아앗. 학연 특별 우대? 하여튼 의리 짱이다, 우리 차 선배!"

승조가 세인의 머리를 쓰다듬었다. 그마저도 자기가 강아지냐며 인상을 찌푸리는 세인이지만, 승조의 손은 그럼에도 늘 버릇처럼 세인의 머리로 향하곤 했다. 그게 그에게 허락되는 유일한 스킨십일 테니까. 귀여운 손을 잡아 볼 수도, 작은 몸을 끌어안을 수도, 탐스러운 입술에 입을 맞출 수도 없는, 그가 할 수 있는 유일한 매만짐.

"의리 아니야."

이렇게, 그가 취하거나 그녀가 취해야만 뱉을 수 있는 말들. 그 때문에 승조는 많이 아팠다.

"관심이고."

"……."

"사심이고."

세인이 흐린 눈을 끔뻑였다.

"진심이지."

여전히 술기운에 흐리멍덩한 눈을 한 세인의 머리에 승조의 손이 다시 내려앉으려는 순간이었다. 소름 끼칠 만큼 낮은 목소리가 그를 방해한 것은.

"이런. 진짜는 이쪽이었네."

승조의 시선도, 세인의 시선도 한 곳에 꽂혔다. 도균이 여유로우면서도 빠른 걸음으로 그들과의 간격을 순식간에 좁혔다. 그리고 가까워지기 무섭게 팔을 뻗어 세인을 제 품에 당겨 안았다.

"어……? 여기 왜 있어요?"

"남편이 술 취한 아내 데리러 오는 게, 뭐 이상한가? 안 그렇습니까?"

세인은 익숙한 체향에 묻혀 몽롱한 기분으로 적의가 가득한 도균의 까만 눈동자를 바라보았다. 그리고 떠올렸다.

어라. 이거…… 챕터 파이브?

초조해하고 안달하고, 그리고 쟁취에 혈안이 된 남자를 보며 희열에 찬 세인은 여태 자신을 안전하게 보호하던 베일이 벗겨진 줄도 모르고 야호를 부르짖었고, 삼십 분 후 도균의 어깨에 거꾸로 매달려 그들의 침실에 입성했다.

남편의 안에 지금 전혀 다른 사람이 들어 있다. 세인은 술기운이란 녀석이 저 멀리 달아나며 그녀에게 '굿 럭!'을 외치는 걸 똑똑히 본 것만 같았다.

그게 무슨 정신 나간 소리냐고? 그래. 나 미쳤다. 미치지 않았으면 이독종의 저 날카로운 시선에 진즉 오줌을 지렸을지도 모르는 일이니까.

"네가 했던 말 기억하지."

"……무슨?"

"일어날 가능성 제로의 일이라며. 어쩌나. 그게 현실이 됐는데."

"……허허. 하하하."

"웃음이 나와? 아하, 이것도 그 앙큼한 작전 중 하나인가? 글쎄. 분위기는 가짜가 아닌 것 같던데."

세인의 고개가 갸우뚱 기울었다. 대체 지금 무슨 말을 하는 거지? 도균이 뱉은 단어를 하나하나 곱씹던 세인의 얼굴이 농익은 토마토처럼 붉게 달아올랐다.

"어, 언제부터⋯⋯."

"폭행으로 고소당할 위기에 처한 그 잘난 연기자가 전부 불었을 때부터."

아니. 포, 폭행은 자기가 해 놓고. 한 대도 안 맞은 거 내가 다 아는데. 그나저나 챕터 쓰리. 네가 날 배신하다니!

"이것도 계획인가? 꾸민 거야?"

미간에 깊게 내 천자를 새긴 도균이 진지한 음성으로 물어왔다.

도균은 불쾌한 감정을 숨기지 못하는 얼굴로 넥타이를 풀어 아무렇게나 던지고 있었다. 그 손길이 다분히 신경질적이었다. 넥타이를 벗어 던지더니 그는 이제 셔츠 소매의 단추를 풀고 있다. 앗. 세인은 차라리 눈을 감고 싶었다.

그가 운전을 할 때, 요리를 할 때, 저렇게 팔을 걷어붙이면 흘끔거리는 시선을 거두지 못하고 어쩔 줄을 몰랐던 풋내기 민세인이 되살아난다. 지금은 수줍은 소녀 버전이 아니라 세상 모든 남자를 눈빛 하나로 지배하는 요부 버전이 필요하단 말이다!

설레설레 고개를 젓는 세인은 점점 더 단정함이란 단어와 멀어지는 도균의 와이셔츠를 보며 두 가지 생각 사이에서 격렬히 흔들리고 있었다.

지, 지금 이런 시추에이션. 너무 위험하지 않을까?

더 분노하라, 남자여! 더 으르렁대라, 남편이여!

"말해. 아까 그 상황, 연출이냐고."

잠깐 허공을 바라본 세인은 후자의 목소리에 마음을 굳히며 뒤늦게 고개를 저었다. 승조는 아마 그런 의도로 한 말이 아닐 테지만…… 그렇다고 그녀가 승조를 아내의 유혹 프로젝트의 일원으로 끌어들인 적은 없었으니 거짓은 아니다. 그녀가 꾸며 낸 상황은 결코 아니니까.

"내가 방심했지. 하. 내가 잠깐 잊고 있었다, 그래."

자조 섞인 웃음을 흘리며 도균이 가까워졌다. 침대를 두 손으로 짚으며 그대로 이마가 부딪힐 듯 얼굴을 가까이하는 그의 체취에 세인은 헐떡거리며 물었다.

"뭐, 뭘요?"

"네가 날 무너뜨린 유일한 여자인 거."

도균의 입술이 다가오는 것 같더니 다시 멀어졌다. 세인은 그 순간 도균의 눈동자에 서린 번민을 읽었다. 용기가 필요한 결정적인 순간, 세인은 망설이고 싶지 않았다. 결혼을 하자며 먼저 손을 내민 건 도균이었으니까, 그다음은 전부 자신의 역할이래도 억울하지 않다.

침대에서 떨어지려는 도균의 손등을 꾹 누른 채 세인이 몸을 들어 도균의 입술로 돌진했다. 그의 놀람이 입술을 통해 그녀에게 고스란히 전이되었다.

이대로도 괜찮아? 그저 질투와 승부욕이 불러온 수컷의 충동적 본능일지도 모르는데? 후회하지 않을 자신 있어?

아니, 아니야.

세인은 내면의 자신이 하는 질문에 확신에 찬 목소리로 대들었다.

충동이라면 이렇게 조심스럽지 않을 것이다. 사냥감을 뺏겨 흉포하게 날뛰는 짐승이 아니라, 연약한 부리로 알을 조금씩 깨부수는 새끼 새를 떠오르게 하는 입맞춤이었다. 간지럽고, 조바심이 나고, 아슬아슬하면서……필사의 각오가 느껴지는, 그래서 눈물이 솟구치는 키스다.

"정말 많이 좋아해요."

"……."

"정말 좋아. 말하지 않고는 도저히 못 견딜 만큼…… 좋아요."

그래서 설령 충동이라 해도 좋아요. 후회하지 않을 거예요.

세인은 도균의 눈을 들여다보는 게 죽을 만큼 떨리면서도 피하지 않고 똑바로 마주 보았다. 도균의 눈동자는 세인이 차마 소리로 내지 못한 말마저 전부 읽어 낸 것처럼 가늘게 전율하고 있었다. 그가 그녀의 마음을 읽어 냈듯, 그녀 역시 그의 마음을 읽을 수 있었다.

"늦게 깨달았다고 해서 사랑이 아닌 거 아니에요. 부정한다고 해서 떨칠 수 있는 것도 아니고요."

묵묵히 세인의 낮은 목소리를 듣고 있던 도균이 손을 뻗어 그녀의 아기처럼 보드라운 뺨을 매만졌다.

"……도련님이 왜 망설이는지, 뭘 걱정하는지 이제 알 것 같아요."

"세인아."

"나한테 사랑한다고 말할 수 없어서 미안하고, 그래서 내가 상처받고 후회할까 봐 무섭죠?"

세인이 마치 제 속에 들어갔다 나온 사람처럼 훤히 꿰뚫고 있는 것에 도균은 오히려 당황하고 말았다. 세인이 숨죽여 웃었다.

"그러니까, 그걸로 괜찮아요."

어째서. 대체 뭐가 '그러니까' 라는 거야.

"나한테만큼은 이기적일 수가 없다는 거, 그것만큼 더 마음에 드는 고백은 없으니까."

당신 욕심보다 내 마음 안전한 게 더 중요한 사람이니까. 천하의 이독종이 내 앞에서는 아무렇지 않게 바보가 되니까.

늘 휘둘리고 있다고 생각했는데, 돌이켜 보니 그는 항상 그녀의 앞에서만큼은 그 대단한 고집을 아무렇지 않게 꺾어 주었다. 그가 그녀에게 여태 고집을 부린 단 한 가지. 결혼. 말도 안 되는 프러포즈가 떠오르자 조금 전의 키스로 촉촉해진 입술 사이를 비집고 웃음이 흘러나왔다.

"바보 같아. 왜 나랑 그렇게 결혼이 하고 싶었겠어요!"

세인이 팔 벌려 도균을 끌어안았다.

"날 사랑하니까."

그녀는 주문을 거는 마녀처럼 비밀스럽게 도균의 귓가에 나른한 목소리를 흘려 넣었다.

"도련님이 못한 고백 내가 대신 해 줄게요."

세인이 새가 모이를 쪼아 먹듯 도균의 입술을 제 입술로 콕 찍었다.

"사랑해, 세인아. 나랑 결혼해 줘. 실은 이렇게 말하고 싶었죠?"

"하하. 정말…… 못 이기겠다, 마누라."

도균이 장난스러운 세인의 표정에 웃음을 참지 못했다. 세인역시 그를 따라 미소 지었다. 하지만 얼마 가지 못하고 그 앳된얼굴에 긴장이 자릴 잡는 이유는…….

"그럼 이제 그만 넘어와요. 이번에도 실패하면 더 시도해 볼챕터도 없……!"

도균이 뜨겁게 입술을 부딪혀 왔다. 세인은 도균의 옷깃을 작은 손 안에 구기며 뒤로 쓰러졌다. 푹신한 침대와 도균의 단단한 몸 사이에 갇힌 그녀의 머릿속에서 눈빛만으로 사내를 정복하는 요부가 되리란 각오는 이미 민들레 홀씨가 되어 날아가고없었다. 진짜 민세인은 어디까지나 섹스에 무지한, 아니 자신의몸이 남자 앞에서 어떻게 여자로서의 기능을 하는지도 잘 모르는 순진무구한 처녀였으니까.

"……아아."

예민한 피부가 도균의 손아래에서 바람에 이는 꽃처럼 흔들렸다. 늘 짓궂게 뺨을 꼬집던 손과, 지금 그녀의 옷 사이를 집요하게 파고드는 손은 마치 서로 전혀 다른 사람의 것인 듯 낯설어서, 세인은 저도 모르게 벌어진 입술 사이로 탄성을 흘렸다. 그러나 그마저도 곧 도균이 먹어치웠다.

남자의 혀가 어린 아내의 입천장을 능숙하게 쓸었다. 세인은 까무러칠 것 같은 기분으로 손바닥을 펴 제 아랫배를 꾹 눌렀다. 간지러웠다. 아니, 간지럽다는 표현으로는 부족했다. 조그만 탁구공이 뱃속에서 사방팔방 튀는 것도 같고, 작은 물고기들이 헤엄치는 것도 같고. 도저히 참을 수 없는 이상한 기분이다.

"……괜찮아?"

세인의 잔뜩 굳은 몸을 알아챈 도균이 그녀의 블라우스 단추를 풀던 손을 멈추고 물었다. 세인은 꽉 감았던 눈을 뜨고 자신을 내려다보는 남자를 응시했다. 서로 나눠 가진 타액으로 유난히 젖어 보이는 그의 입술이…… 섹시하다. 세인은 홀린 듯 고개를 저었다.

"아, 아니요. 안 괜찮은 것 같아요."

"……그만할까?"

"그, 그게 아니라……저기……."

도균이 우물쭈물하며 말을 제대로 잇지 못하는 세인의 가느다란 목을 쓸어내렸다.

"무서워서 그래?"

"아뇨. 그게 저…… 내, 내가 너무 느끼는 건가 싶어서. 내가 너무 야, 야한 것 같아요."

"……뭐?"

세인은 울 것 같은 얼굴이었다. 왜 거, 거기가 덜 마른 속옷을 꿰어 입은 것처럼 축축해지는 거지? 그녀는 당황하지 않을 수 없었다. 자신의 몸이 이런 반응을 내보인 건 처음이었으니까. 맥주에 취한 도균과 불발에 그쳤던 그 밤엔 이렇지는 않았는데. 아랫도리에서 미끈한 뭔가가 왈칵 쏟아지는 것 같은 이런 경험은…… 처음인데.

도균은 빨갛게 물들인 뺨을 손바닥으로 가리며 어쩔 줄 몰라 눈을 빠르게 깜빡이는 세인을 보며 이를 악물었다. 젠장. 미치도록 사랑스러웠다. 전희 따위 생략하고 당장 그 몸을 파고들고 싶은 갈급한 욕망이 그의 안에서 소용돌이쳤다.

사실 생각해 보면 그가 본의 아니게 수도승처럼 여자 보기를 돌같이, 아니 그의 경우엔 아내 보기를 돌같이 하며 지낸 날이 벌써 5개월을 채워 가고 있었다. 사실 세인을 여자로 의식하면서 다른 여자 앞에선 말 그대로 성불구였던 시절까지 합한다면…… 달이 아니라 년 단위로 셈을 해야 맞다.

"뭔가 제가 이상한 건……."

도균이 참지 못하고 다급하게 세인의 입술을 막았다. 지금 이 순간 그는 여유라는 단어는 모르는, 아니 그저 본능에만 충실한 짐승이 되기로 했다. 자신의 아내가 생각지도 못한 엉뚱한 말로 또 한 번 자신의 뒤통수를 후려치기 전에.

도균의 손은 마치 흐르는 물 같다. 자연스러웠고 닿지 못하는 곳이 없었다. 그에 반하면 세인은 그 물살에 힘 한 번 써 보지 못하고 휩쓸려 가는 치어나 다름없다. 그의 손이 거추장스러운 옷을 전부 벗겨 내고, 자신도 함부로 손대지 못한 곳에 거침없이 가 닿을 때도 그녀는 파르르 떠는 입술을 깨물며 이불을 움켜쥐는 것이 전부였다.

"아……앗!"

세인의 몸 구석구석을 손으로, 입으로 건드려 보는 도균은 마치 학구열에 불타는 소년 같았다. 자신의 애무에 세인이 어떤 반응을 보이는지 놓치지 않고 관찰하며 그는 어린 아내가 지쳐 녹초가 될 때까지 그녀의 여린 몸을 연구했다. 세인은 자신의 가장 은밀한 부분도 모자라 허벅지 안쪽까지 반경을 넓혀 가는 그 야릇한 물기에 걷잡을 수 없는 부끄러움에 휩싸였다. 그런 세인을 머릿속을 전부 꿰뚫어 보는 도균이 그녀를 가만둘 리 없었다.

미끈한 액으로 번들거리는 자신의 여성에 그의 입술이 닿자 세인이 물 밖에 내놓은 물고기처럼 파닥거렸다. 그를 만류하려 뻗은 손은 힘없이 도균의 손아귀에 잡혔다.

"나한테 네 몸이 반응하는 것뿐이야. 부끄러운 것도, 이상한 것도 아니라고."

그렇게 그가 체중을 실어 왔다. 그의 손가락이 본격적인 진입 전에 길을 트려는 듯 세인의 꽃잎을 헤치고 그 안으로 파고들었다. 세인은 둔한 통증에 눈가를 찡그리며 생각했다. 때가 왔다고. 고작 몇 분이란 시간이 흐르고 나면 자신의 몸은 더 이상 남자를 모르던 처녀의 것으로 돌아갈 수 없게 될 것이라고.

작은 구슬을 엄지로 건드리는 도균 때문에 터지려는 신음을 참느라 아랫입술을 질끈 깨문 세인이 다짐한 듯 도균의 어깨에 두 손을 올렸다. 그리고 허리를 살짝 들어 올렸다.

"어, 어떡⋯⋯."

"뭘 어떡해. 이러려고 유혹한 거 아니었나?"

"마, 맞아요. 제 말은⋯⋯ 이, 이럴 땐 어떻게 해야 하는지 몰라서. 성연이가 가만히 누워만 있으면 안 된다고 했는데⋯⋯."

이것 봐. 잠깐만 틈을 주면 이렇게 또 허를 찌르는 말로 사람을 당황시킨다니까. 도균은 새어 나오려는 실소를 막느라 안간힘을 써야 했다.

"아니. 가만히 있으면 돼. 조금 아플지도 모르니까 마음의 준비 정도만 부탁하자."

"마, 많이 아파요?"

"내일 아침에 이놈 저놈 하면서 날 죽이려고 달려들고 싶어질지도 몰라."

"서, 설마⋯⋯."

"그게 설마였으면 좋겠다, 나도."

한쪽 입꼬리만 쓱 말아 올리는, 그야말로 세인을 이 세상에서 가장 어리숙한 소녀로 만드는 그 미소와 함께 도균이 천천히 세인을 잠식하기 시작했다.

"아, 아아!"

기대한 것, 아니 각오한 것 이상의 통증이 그의 몸과 함께 밀려 들어왔다. 그렇지 않아도 미안해하는 그가 더한 죄책감을 느낄까 봐 소리 내지 않으려 마음먹었던 세인이 저도 모르게 비명을 질렀다. 그녀가 조금이라도 덜 아프도록 배려하느라 고군분

투하는 그에게 절로 원망의 목소리가 날아가 버린다.

"아, 아파요!"

"미안. 미안한데…… 뭘 더 어떻게 할 수가……."

"꺄악! 안 할래요! 아파! 빼요!"

"뭐?"

"점점 커지는 것 같아! 아악! 나, 나중에 다시 해요! 하, 한 달 후쯤?"

"차라리 나더러 죽으라고 그래."

단호하게 대꾸한 도균이 조금씩, 조금씩 더 깊이 들어온다. 세인이 주먹으로 도균의 가슴을 팡팡 때리며 소리쳤다.

"야금야금 움직이는 거 내가 모를 줄 알아요!"

"그렇게 아파? 진짜 뺐으면 좋겠어?"

아이, 진짜. 지금 그만두면 나중엔 더 무서워서 못할 것 같은데. 세인은 자신의 눈꼬리에 맺힌 눈물을 닦아 주는 도균의 뺨을 두 손으로 꽉 쥐었다.

"아니요. 차, 차라리 한 번에 확 들어와요! 우리 한 방에 끝내요!"

못 말리는 여자다, 정말. 그런데 이런 못 말리는 여자가 너무 맛있어서 정신을 못 차리겠는 나도 정말, 못 말리는 놈이다.

도균이 입가에 미소를 걸고 세인에게 입을 맞췄다. 달콤한 입맞춤에 세인의 신경이 분산된 사이, 도균의 남성이 그녀의 바람대로 한 번에 그 끝까지 가득 채웠다. 처녀가 파열되며 그의 남성에 붉은 혈흔을 묻혔다. 세인의 고통에 찬 비명을 제 입술로 거둔 도균이 허리를 조심스럽게 움직였다. 위아래로 사정없이 요동치는 두 개의 새하얀 만월을 손 안에 욕심껏 그러쥐며 도균이 마침내 세인의 위로 스러졌다. 그와 거의 동시에 절정에 올라 아찔한 황홀경에 도취된 세인이 토해 내듯 속삭였다.

"사랑해요."

그리고 도균은 허공에 흩어지는 그 글자들이 사라지는 게 못내 아쉬워 아내에게 깊고 오랜 입맞춤을 했다.

13.

몸이 남아나질 않는다는 게 어떤 의미인지, 세인은 주말 내내 뼈저리게 경험할 수 있었다. 무너진 남자의 자존심을 이 내 손으로 직접 회복시켜 주겠단 생각이 얼마나 얼토당토 않는 것이었는지, 잠시나마 그의 성기능에 의문을 품었던 시간이 얼마나 부질없는 것이었는지 처절하게 몸으로 확인해야 했던 주말이었다.

"원래 다들 이래요?"

"뭐가?"

"원래 남자들이 이렇게 시도 때도 없이 이렇게. 이렇게…… 아, 진짜. 내가 무슨 말 하는 줄 알죠?"

"아니. 모르겠는데. '이렇게'가 '어떻게'인데?"

하여튼 못됐어. 세인이 입술을 삐죽이며 등을 홱 돌렸다. 그러나 제게서 등을 돌리는 세인을 가만히 두고 볼 도균이 아니다. 그의 맨몸이 등 뒤에서 부딪혀 오자 쉬지 못하고 혹사당한 여린 피부가 아우성을 치는 것 같았다. 눈이라도 흘겨 줘야겠다 싶어서 다시 몸을 돌리려는데 엉덩이 사이로 단단하게 일어선 그가 느껴져 당황해 굳어 버리고 말았다.

"'이렇게' 가 이런 걸 말하는 건가?"

그리고 다시 시작되는 치열한 정사.

이런 식으로 앞뒤 할 것 없이 무차별적인 맹공을 퍼붓는 그의 아래에서 흔들리느라 세인은 금요일부터 일요일인 지금까지 계속 이렇게 벌거숭이로 지냈다. 지쳐서 잠이 들었다가 눈을 뜨면 찰랑거리는 따뜻한 물에 잠겨 있기도 했고, 근사한 식사가 침대 옆에 모락모락 김을 내며 차려져 있기도 했다. 세인이 제 발로 침대를 벗어날 때는 화장실에 볼일을 보러 갈 때 빼고는 없었다. 단연코.

그리하여 어김없이 다시 돌아올 월요일에 대해 걱정할 시간은 그녀에게 단 1초도 허용되지 않았다. 그래서 세인은 출근하자마자 자신에게 집중되는 수많은 시선을 아무런 준비 없이 맞닥뜨려야 했다.

"세인 씨! 어머, 어쩜. 아니 알고 보니 유부녀더란 사실도 충격인데 그게…… 그 유명한 아키남 이도균 대표라니."

"아, 아키남이요……?"

"세인 씨 남편 별명도 몰라? 아내 키우는 남자!"

세인의 볼이 빨갛게 물들었다. 주, 주말 내내 철저히 사육되긴 했……. 어머. 나 지금 무슨 생각 하니!

"아, 맞다. 인사팀 홍 과장 조심하는 게 좋을 거야."

"왜요?"

"듣자 하니 세인 씨 신랑 무슨 팬클럽도 있다며? 거기 간부라는 소문이 있어. 그 결혼기사 나던 날 비상계단에서 울고불고 난리치는 걸 송 대리가 직접 목격한 것도 있고."

세인이 어깨를 흠칫 떨었다. 중학생 때 면도칼이나 죽은 쥐 따위의 것들이 심심찮게 그녀를 반겼던 사물함이 떠오른 탓이다. 세인이 어색하게 웃으며 화제를 다른 곳으로 돌렸다.

"근데 차 차장님은 어디 계세요? 오늘도 외근이세요?"

"아니. 월차 썼어. 어디 놀러 가셨나. 주말이랑 붙여서 월차 쓴 것 보면 애인이랑 여행이라도 간 거 아냐?"

"차장님 애인 있으세요?"

"설마 없겠어? 외모로만 승부 봐도 여자가 줄줄 따를 텐데, 거기다 능력되지 집안 좋지. 없는 게 이상하다."

아. 세인이 고개를 끄덕이며 중얼거렸다. 하긴, 그건 그래.

세인이 손가락 사이에 펜을 끼워 굴리며 승조의 자리를 흘끗거렸다. 만나면 사과를 해야 하나, 해명을 해야 하나. 아님 둘 다 해야 하나? 고민하던 그녀는 바삐 그녀를 찾는 김 팀장의 호출에 곧 승조에 대한 생각을 잊어버렸다.

그리고 승조는 그다음 날, 그리고 그다음 날, 그렇게 다시 주말이 찾아오도록 출근하지 않았다. 연락도 닿질 않았다. 그렇게 영문을 모르는 직원들에 대한 배려 없이 어느 날 사무실 한쪽 벽면에 짤막한 공고 하나가 붙었다.

승조가 싱가포르 지사로 발령이 났다는 것이었다.

"있잖아요. 도련님이⋯⋯."

"어허."

"아. 여, 여, 여보가 오해했던 우리 차장님⋯⋯."

"우리? 지금 그 남자랑 널 우리라고 묶은 거야?"

"아니요! 아, 말꼬리 잡지 말아요! 차승조 차장님이요. 됐어
요? 못살아, 정말."

세인이 한숨을 내쉬었다. 도저히 입에 붙지 않는 호칭을 길들
이느라 요새 애를 먹고 있다. 어쩌다 그 호칭이 '여보'가 됐느
냐 하면, 세인은 자신의 지지리도 나쁜 운을 원망할 수밖에 없
었다. 자꾸 도련님, 도련님 하는 그녀에게 도균이 제비뽑기를
내밀었고 '여보'에 당첨된 것이다. 그 제비뽑기 종이에 적힌 게
전부 한 단어로 통일되어 있었다는 건, 순진한 세인이 꿈에도
생각 못 하는 사실이었지만.

"그래. 그 차승조 차장 놈⋯⋯ 님이 어떻게 됐다고?"

"갑자기 발령이 나셨어요."

"이런. 우리 축하주라도 한 잔 할까?"

"아, 진짜! 인사도 못 드렸단 말이에요! 게다가 그때 일로 얘
기할 것도 있⋯⋯."

"얘기? 얘기할 게 뭐 있어!"

승조 얘기만 하면 도균은 이렇게 흥분부터 하고 본다. 그런
사이가 전혀 아니래도 당최 믿질 않는 눈치였다.

"미안하다고 해야죠. 도련…… 아니, 여보 생각해 봐요. 공비서님 남자친구가 여보한테 다짜고짜 화내면, 기분이 좋겠어요?"

"난 공 비서랑 아무 짓도 안 해."

"저랑 차장님은 그럼 무슨 짓 했나요?"

"……그만 자자."

"아니, 난 아직 할 얘기가……! 자자면서 옷은 왜 벗겨요!"

"자잔 말의 중의적 의미 몰라? 내가 민세인한테 자자고 할 땐 무조건 이 뜻이야. 아시겠습니까, 부인?"

그리고 남자는 더 이상 이 앙큼한 아내가 자신 말고는 다른 생각을 못하도록 그녀를 거의 실신 직전까지 몰아붙였다. 더운 기운이 가시지 않은 침대 위에서, 도균은 자신의 팔을 베고 곤히 잠든 세인의 머리를 넘겨주며 승조를 떠올렸다. 정확히는 그와의 적잖이 불편했던, 아니 분노했던 만남을.

도균은 자신을 앞에 두고도 전혀 주눅 들지 않고 차분히 커피 잔을 매만지는 남자를 보며 얼굴을 구기지 않을 수 없었다. 이제야 모든 것이 납득이 되었다. 윤 기사가 말하는 그 남학생의 이야기를 들으며 왜 그렇게 강남구를 연상하기 힘들었는지. 지금껏 사람까지 시켜 가며 열심히 엉뚱한 곳에 삽질 중이었으니 자조하지 않을 수가 없다.

도균이 저도 모르게 픽, 실소했다. 줄곧 잔에만 머물렀던 승조의 시선이 그제야 정면을 향한다.

이도균.

승조는 입 안의 여린 살을 깨물며 남자의 이름을 곱씹었다. 어찌 이 남자를 모를까. 직접 대면한 적도 있었다. 학생 때 아버지의 손에 이끌려 형과 나란히 참석했던 연회에서 단 한 번. 장차 국내 금융의 큰손이 될 인재니 아버지가 잘 기억해 두라고 했던 건 이럴 때를 예견하셔서는 아니었을 텐데.

승조가 잔을 만지던 손을 테이블 아래로 내리며 세게 주먹 쥐었다. 주말 내내 타일렀는데도 어리석은 마음은 남자의 앞에서 너무나 쉽게 평정을 잃었다. 사랑하는 여자. 그 여자의 남편. 대체 어떤 얼굴로 마주해야 하는지 알 수가 없다. 이런 혼란을 안겨 준 세인에게 화가 났다. 진심으로, 세인이 미웠다.

"원망하십니까?"

그리고 도균의 첫 질문은 공교롭게도 승조의 가슴 정중앙을 정확히 관통하는 것이었다.

"네, 솔직히 그렇습니다. 그 애를 미워하게 되는 순간이 있을 거란 생각은 단 한 번도 해 본 적이 없었는데, 저도 사람인지라 화가 나네요. 어째서, 대체 왜 결혼 사실을 숨긴 겁니까?"

"내 아내가 수많은 기자들 앞에서 아무렇지 않게 웃을 수 있는 성격이 아니라는 건 잘 알고 있을 겁니다."

"단지 그래서……."

"평범한 일상이 깨지는 걸 원치 않더군요. 아무리 명예훼손, 사생활 침해로 고소를 한다고 협박해도 결국 제 와이프 얼굴이 인터넷에 공공연히 떠도는 지금 상황을 보면…… 그런 결정을 내릴 수밖에 없었던 세인이가 이해되실 겁니다."

게다가 그때의 세인은 도박하는 심정으로 청혼하는 도균의 손을 잡을 때였다. 확신도 없는 남자와 결혼하면서 온 천하에 그걸 알리고 싶은 여자는 세상에 없을 것이다.

"사실 그쪽이 고백하는 걸 잠든 세인이 대신 제가 들었습니다. 술 취한 세인일 그쪽이 등에 업고 했던 소리 말입니다."

도균은 승조의 고백을 엿들었고, 그래서 분노했고, 청혼했고…… 엄한 사람의 일거수일투족을 보고받느라 시간낭비를 했다. 다시 머릿속에 강남구가 떠오르자 도균은 뒷목을 잡고 싶은 심정이었다.

"지금 그 얘길 하시는 이유가 뭡니까."

"그쪽 존재가 얼마나 거슬렸을지 짐작이 갑니까? 세인일 붙잡고 구구절절 설득했습니다. 비밀로 하지 말자고. 누군가 네가 유부녀라는 걸 모르고 좋아할 수도 있지 않겠느냐고, 제 딴엔 열심히 암시를 줬습니다."

그 암시가 통하지 않았다는 건가.

"단호하게, 그런 사람 없다고 하더군요. 세인인 차승조 씨에 대해선 단 0.1%의 의심도 하지 않았어요. 자신의 결정에 누군가 다칠 수도 있다는 가능성을 알면서도 고집부릴 만큼 이기적인 아이가 아닙니다."

안다. 승조 역시 그런 세인의 모습을 좋아했으니까. 고의로 그를 상처 주기 위해서가 아니라는 걸 누구보다 잘 알고 있다. 세인이 결혼을 비밀로 하겠단 결정을 내리는 데 자신은 어떤 영

향도 끼치지 못했음을.

차라리 그 반대였더라면 이렇게까지 비참하진 않을 거란 생각도 했다. 자신에게 여지를 남기고 싶어서, 그래서 그 솔직한 아이가 답지 않은 거짓말을 한 건 아닐까. 그런 생각이 고작 망상에 지나지 않는 것임을 깨달았을 때 승조는 극심한 자괴감에 빠져들었다.

조금 더 일찍 그 아이의 마음에 확실히 자리 잡지 못한 한심했던 지난날에 대한 후회가 밀물처럼 그를 덮쳤다. 세인이 확실히 인지할 수 있도록 더 적극적이고 확실한 방법을 찾았어야 했다. 주저하고 겁내는 사이 아이는 더 이상 붙잡을 수도 없을 만큼 멀어졌다.

"어떻게 하실 생각입니까."

남자는 정중하면서도 그 눈빛만큼이나 날카로운 목소리로 물었다. 승조는 막막해졌다. 포기하지 않을 수도, 그렇다고 이대로 놓아 버릴 수도 없다. 그의 고민을 읽은 듯 도균이 한숨을 내쉬었다.

"그냥 이대로 세인…… 제 아내 옆에서 조용히 사라져 줄 수는 없으십니까."

부탁을 가장한 강압이다. 승조는 굳이 자신의 앞에서 세인을 아내라 칭하는 남자의 속내를 그대로 읽어 내곤 조롱하듯 물었다.

"불안하십니까?"

만약 그렇다고 하면, 어쩌면…… 희망이 있다는 소리 아닐까.

이 잘난 남자를 불안케 할 정도로, 세인에게 나는 단순한 선배를 뛰어넘는 그 이상의 의미가 있을 수도 있다.

"불안합니다."

승조의 입가가 감출 수 없는 희열로 잘게 떨렸다. 그러나 도균의 다음 말을 들은 승조의 얼굴은 형언할 수 없을 만큼 무너져 내렸다.

"자책할 테니까요. 자기 때문에 그쪽이 힘들어졌다고 고통스러워할 테니까."

승조는 자신의 안에서 무언가 와장창 산산조각이 나는 소리를 들은 것 같았다.

"기회가 이미 사라진 걸 알면서도 굳이 고백을 하겠다는 건 저한테는……."

"……."

"그쪽이 아픈 만큼, 세인이 역시 아프길 바란다는 오기나 객기라고밖에는 해석이 되질 않는군요."

승조의 두 눈에 충격의 빛이 어른거렸다. 그런 승조의 반응에 도균은 이 만남의 용건이 끝났다는 듯 옆에 놓아 둔 차 키를 집어 들었다.

"꽤 오래된 걸로 알고 있습니다."

아무 대꾸도 할 수가 없다. 그 순간, 자신의 인생에 세인이 있어 빛났던 수많은 순간이 망막을 스쳐 지났다. 물을 움켜쥐는 것처럼 도저히 가질 수 없는 것에 대한 열망 때문에 앓아야 했던 혼자만의 시간도.

"그 마음이 가벼운 건 아닐 거라고 믿습니다."

그건 협박이었을까, 부탁이었을까, 애원이었을까. 도균이 떠나 버린 뒤로 승조는 자꾸만 터져 나오는 실소를 막을 수가 없었다. 깨달았다. 이 마음을 세인에게 전할 수 있는 날이 제게 결코 오지 않을 것임을.

승조는 터지는 웃음을 참으며 승준에게 전화를 걸었다. 통화가 끝난 후, 그는 더 이상 출근을 하지 않아도 되었고, 더는 세인을 볼 수도, 볼 일도 없었다. 술기운에 몽롱한 얼굴로 남편의 품에 안기던 모습이 그가 기억할 세인의 마지막 모습이 될 것이라는 게 못 견디게 서글퍼서 승조는 며칠을 내리 앓아누웠다.

승조의 발령 공고가 붙은 다음 날, 비상계단에 앉은 세인이 핸드폰을 귓가에 댄 채로 아이스커피를 쪽 빨고 있다. 전원이 꺼져 있다는, 이미 질리도록 들은 안내 음성에 그녀는 찝찝한 기분을 느끼며 통화를 끝냈다.

"이미 출국하셨나……."

버릇처럼 혼자 중얼거리며 빨대를 잘근잘근 씹을 때였다.

"아직이요. 지금쯤 공항으로 출발했겠네요. 4시 비행기니까."

느닷없이 뒷덜미를 강타하는 싸늘한 기운에 한 번, 어둡게 내려앉은 목소리에 두 번, 연달아 화들짝 놀란 세인이 자리에서 일어나 몸을 돌렸다.

"아, 이사님."

세인이 꾸벅 인사했다. 허리를 원래대로 펴고 나서도 승준은 아무 말 없이 세인을 내려다보기만 했다. 장난스럽던 저번의 만남과 전혀 다른 모습에 세인의 고개가 갸우뚱했다. 아, 내려가시려는데 내가 길을 막고 있나? 문득 밀려오는 깨달음에 몸을 비스듬히 해도 승준은 요지부동이었다.

"……갑자기 발령이라니. 이상하지 않아요? 인수인계도, 송별회도 없이 쫓기듯 말이죠."

승준은 세인을 지나쳐 가는 대신 기운 빠진 투로 물음을 던지며 계단에 털썩 주저앉았다.

"아…… 네. 그렇지 않아도 차장님께 무슨 일이 생긴 건 아닌지 모두들 걱정하고 있어요."

"세인 씨도요?"

"네?"

"우리 승조, 걱정하냐고요."

"아, 물론입니다."

망설임 없이 터져 나오는 세인의 대답을 들은 승준이 피식 웃었다. 다소 자조적인 미소였다.

"녀석이 이 말을 들었으면 또 얼마나 자랑질을 했을지."

"자랑이요?"

"무뚝뚝한 녀석인데 세인 씨에 대한 얘긴 시시콜콜 잘도 떠들어 댔었죠."

내내 발끝만 내려다보고 있던 승준이 불현듯 고개를 들어 올려 세인을 직시했다. 그 눈빛에 세인은 저도 모르게 주춤 한 걸음 뒤로 뻗고 말았다. 화가 난 얼굴로 승준이 세인을 보며 입술을 비틀었다.

"소식 들었습니다. 꽤 대단한 남편을 두셨더군요."

시선과 표정도 모자라 목소리 가득 실린 적의에 세인은 어쩔 줄을 모르고 두 손을 세게 맞잡을 뿐이었다.

"녀석이 알면 아마 날 죽이려 들겠지만, 이대로는 아무리 생각해도 내가 분해서 못 참을 것 같아서 말이죠."

"무슨…… 말씀이신지."

아무것도 모르는 이 여자에게 굳이 상처를 주려는 것이 그럴싸하게 포장된 의협심이든, 아니면 추잡한 보복심이리든, 어떤 모습으로 비치는가는 하등 중요치 않았다. 승준은 도저히 받아들일 수가 없었다. 어째서 회사를 떠나야 하는 쪽이 자신의 동생이 되어야 하는 건지.

"승조, 세인 씨 많이 좋아했습니다."

"……네?"

"아니. 사실은 지금도 마찬가지겠죠. 그러니까 도망치는 걸 겁니다. 다 접고 아무렇지 않게 세인 씨를 볼 자신이 없으니까."

아무것도 모르는 여자의 반응에 승준은 답답한 가슴을 내리치고 싶었다. 그저 제삼자인 자신도 이럴진대 녀석은 대체 그 긴 시간을 어떻게 견뎌 왔단 말인가.

승준은 속에서 소용돌이치는 분한 마음을 가라앉히지 못하고 전부 토해 내기 시작했다. 그리고 모든 걸 전해 듣는 세인의 얼굴은 피가 모조리 뽑혀 나가는 듯 창백하게 질려 갔다. 그 모습에도 승준의 신랄한 목소리는 조금도 수그러들지 않았다. 그는 세인의 눈가에 눈물이 맺힐 때가 되어서야 말을 멈췄다.

"녀석에게도 아무런 책임이 없다곤 하지 않겠습니다. 너무 소중해서 차마 입 밖으로 꺼내지 못한 것이 승조의 잘못이라면 잘못이겠죠. 내가 좋아하는 사람이 나를 좋아하지 않는다고 그걸 원망해선 안 된다는 것도 잘 압니다."

"……."

"하지만 고의든 고의가 아니든…… 세인 씨는 옳지 못한 방식으로 내 동생에게 상처를 줬어요."

승준이 자리에서 일어서며 한숨을 내쉬었다. 순진하고 앳된 얼굴에 어두운 충격이 가득한 걸 확인하니 어쩐지 애먼 사람에게 화풀이를 한 것만 같은 불편한 마음이 드는 걸 어쩔 수가 없었다. 승조는 좀 전까지의 차갑던 표정을 지우고 씁쓸하게 웃었다.

"다 끝난 마당에 이런 얘기를 하는 내가 이해되지 않을 겁니다. 하지만 내 동생에게는 끝이 아닐 것 같아서요. 제대로 된 거절 한 번 받지 못한 마음을 앞으로 얼마나 오래 끌어안고 살지……. 그저 못난 동생을 걱정하는 형의 푸념 정도라고 생각하고 잊으세요."

세인에게 까딱 목례를 하고선 계단을 밟아 아래층으로 향하는 승준의 귀에 타다닥, 급히 계단을 밟고 올라가는 소리가 들렸다. 승준이 뒤를 확인했을 때 이미 세인은 옥외 계단을 빠져나가고 없었다. 승조의 곱지 못한 목소리가 벌써 귓가를 울리는 것 같아 승준은 짜증스럽게 제 머리를 헝클어뜨렸다.

　세인이 지글지글 끓는 아스팔트 위에서 열심히 팔을 허우적 대며 다시 승조의 핸드폰 번호로 전화를 건다. 승조의 목소리 대신 어김없이 흘러나오는 여자의 안내음을 들으며 입술을 깨 무는 그녀의 앞에 택시가 섰다.

　인천공항이란 목적지를 뱉듯이 말하고는 한참을 창밖을 바라 보고 있다가 문득 스치는 생각에 이번엔 도균에게 전화를 걸었 다.

　[네, 부인.]

　언제나처럼 도균의 반가운 목소리를 들은 세인이 잠시 움츠 러들었다. 그리고 역시 언제나처럼 세인의 망설임을 먼저 알아 채는 도균이다.

　[무슨 일 있는 것 같은데.]

　"선배 만나셨어요?"

　[……어떻게 알았어?]

　"그것보단, 제가 이제부터 뭘 할지 그걸 먼저 궁금해해야 할 거예요."

　[무슨 소리야.]

　"지금 공항 가고 있어요. 4시 비행기라고 하니까, 서두르면 만날 수 있을 것 같아요."

　뭔가 우당탕하는 소리가 건너왔다. 아무래도 의자가 뒤로 넘 어가는 소리 같다.

[어딜 가? 누굴 만나겠다고?]

"선배요. '허락'이란 단어가 웃기긴 한데, 어쨌든 도련……
여보한테 말해야 할 것 같아서."

[왜 만나? 만나서 뭘 하려고!]

분명 차 키를 챙기고 있을 거다. 도균이 이글거리는 눈으로
대표실을 나서는 광경이 눈에 선하다. 아나나 다를까, 공 비서
의 놀란 목소리가 작게 흘러나왔다. '대표님, 어디……. 곧 회
의가 있……!'

"공 비서님 고생시키지 말고 얼른 들어가세요."

[거기 어디야. 더 가지 말고 딱 거기 있어.]

"가서 사과하고 올 거예요. 고백하면 그것도 듣고 올 거고
요."

[……뭐? 이 여자가 정말!]

그가 버럭하는 목소리가 워낙 커서 택시기사마저 긴장한 기
색이다. 세인이 어색한 얼굴로 백미러를 향해 웃어 보였다.

"저 몰래 선배 만난 거 그냥 안 넘어갈 거예요. 끊을게요. 이
따 봐요."

[세인아! 민세……!]

멋대로 끊어 버린 전화에 대고 아무 욕이나 내뱉고 있을 도
균의 모습을 바로 앞에서 보는 것처럼 생생히 그려 볼 수 있었
다. 손에 쥔 전화에서 쉴 새 없이 진동이 느껴져 결국 전원을
꺼 버리고 말았다. 도균이 아무리 화를 낸다고 해도 이번만큼은
그의 말을 순순히 듣지 않을 작정이었다.

옳지 못한 방법으로 승조에게 상처를 줬다. 승준의 말이 맞다. 세인의 잘못된 결정 때문에 승조는 불필요한 아픔을 겪어야 했다. 그에 대한 최소한의 책임은 져야 옳다. 불편하고 껄끄럽더라도 승조에게 제대로 된 기회를 주는 것이 자신이 지금 해 줄 수 있는 유일한 배려이자 도리라는 생각이 들었다.

사랑을 마음에만 담아 두는 것, 그것이 얼마나 무겁고 힘겨운 일인지 세인은 잘 알았다. 도균을 마주하는 매 순간마다 세인은 사랑을 고백하고 싶었다. 손짓 발짓으로, 눈빛으로, 입술로. 모든 감각을 총동원해 사랑을 전했다. 사랑에 빠진 사람은 결코, 그를 숨길 수 없다.

분명 승조도 그랬을 텐데. 입술을 제외한 모든 방법으로 마음을 보였을 텐데.

미안함에 고개를 떨구고 있는 사이, 택시는 서서히 공항에 가까워졌다. 택시에서 내려 공항 안을 내달리는 세인의 걸음이 바빴다. 마음은 급한데 공항은 쓸데없이 너무나 넓다. 한참을 헤매던 그녀가 커다란 전광판에 정신없이 번쩍이는 글자들을 망연히 응시하며 섰을 때였다.

"세인아?"

돌아보기도 전에 그게 승조의 목소리라는 걸 알았다.

"선배."

"어떻게 여기……."

승조가 미간을 좁힌 채로 가까워졌다. 세인이 주먹을 꽉 말아 쥐었다. 어째서 몰랐을까. 왜 단 한 번도 의심하지 않았을까. 일

그러진 그녀의 얼굴이 무얼 뜻하는지 알아챈 승조의 걸음이 더뎌지더니 결국엔 멈추고 말았다. 한 걸음, 가깝다면 가깝고 멀다면 먼, 그만큼의 간격을 두고 두 사람이 마주 보았다.

"다행이다. 얼굴 볼 수 있어서 다행이에요. 꼭 들어야 할 말이, 그리고 해야 할 말이 있었거든요."

세인이 씩 웃었다. 하지만 눈가에 그렁그렁 맺힌 눈물은 어쩌지 못했다.

"선배, 나한테 하고 싶은 말 없어요?"

승조가 고개를 떨궜다. 미워야 하는데, 꼴도 보기 싫어야 하는데…… 그 대신 두근거리고 마는 스스로에 질려 버린다.

"마지막일지도 몰라요. 지금이 아니면, 영영 못 할지도 몰라요."

"세인아."

"없어요? 정말 이대로 가 버려도 괜찮아요?"

목을 몇 번이나 가다듬고 나서야 비로소 이름 한 번을 부를 수가 있었다. 천천히 고개를 들어 마주한 세인은, 눈은 울고 입은 웃는 부자연스러운 얼굴인데도 여전히 그의 심장을 두드렸다. 승조가 아랫입술을 지그시 문다. 그녀가 전부 알아 버렸다. 순수하게 세인의 행복을 바랐던 마음이 결국 그녀에게 죄책감이란 무거운 멍에가 되고 말았음을. 그대로 모른 척 외면해도, 그래도 되었을 텐데…….

승조는 조심스럽게 그들 사이를 가로막던 한 걸음만큼의 거리를 좁혔다. 늘, 그를 머뭇거리게 했던 간격이 사라지고 있었다. 세인이 용기를 낸 만큼 그 역시 그래야 옳았다.

"아니. 안 괜찮아. 사실 이대로라면, 아무리 너한테서 멀리 도망친다고 해도 바뀌는 게 전혀 없을 것 같거든."

승조의 손이 세인의 머리를 천천히 쓰다듬었다. 세인은 잠자코 그의 손아래서 시선을 맞추며 서 있었다.

"좋아한다, 세인아."

세인의 앞에만 서면 내달리는 것 말곤 할 줄 아는 것이 없던 심장이 그대로 멎었다. 승조가 눈을 질끈 감았다. 손가락을 부드럽게 휘감는 세인의 머리카락이 주는 감촉이 더할 나위 없이 감미롭다. 이대로 모든 것이 정지해 버렸으면. 그러나 야속하게도 시간은 가고, 세인은 어느새 한 걸음 물러나 있다.

"……미안해요, 선배."

몇 해를 거듭해 온 지독한 마음은 좋아한단 네 글자로 세인에게 전해졌고, 이윽고 미안하다는 네 글자로 버림받았다. 깔끔하고 군더더기 없는 거절이었다. 세인은 웃지도, 그렇다고 울지도 않고 덤덤한 얼굴로 승조를 응시했다.

"나는 지금껏 선배를 선배 이상으로 본 적이 단 한 번도 없었고, 앞으로도 그건 마찬가지일 거예요."

그의 오랜 첫사랑이 손쓸 새도 없이, 속절없이 부서지고 무너지고 있다.

"거절이에요, 선배."

"그래, 알아."

"그러니까, 그, 그러니까……."

"······알아."

거절당하는 자신보다, 거절하는 세인이 더 힘들 거란 걸 승조는 누구보다 잘 알았다. 한없이 여리면서도, 바보같이 도망칠 줄은 몰라서 이렇게 겪지 않아도 될 진통을 자처하는 게 그의 첫사랑이다. 그래서 조금도 아깝지 않았다. 잠깐이나마 원망했던 것이 미안했다. 세인을 사랑했던 시간을 후회하지 않을 거라는 확신이 든다.

"아아, 드디어 끝났다."

승조가 웃으며 손을 내밀었다.

"잘 지내."

세인이 그 손을 맞잡는다.

"선배도······ 아!"

세인의 몸이 힘없이 승조의 품으로 딸려 갔다. 놀란 세인의 짧은 비명에 승조가 낮게 웃었다.

"고맙다, 민 후배."

파들파들 떠는 그녀는 분명 눈물을 참는 중이다. 울면, 그 눈물을 닦아 줄 수도 없는 남자의 발걸음이 얼마나 무거울지 알기 때문에.

승조의 팔이 마침내 그녀를 놓았다. 마음 역시 그녀를 마침내 내려놓았다.

승조의 모습이 완전히 사라지고 나서야 세인이 참았던 울음을 왈칵 쏟아 냈다. 그녀는 손등으로 연신 젖어드는 뺨을 문지르며 공항 밖으로 터벅터벅 걸음을 옮겼다.

"너……!"

그 손목을 확 낚아챈 도균이 거칠게 숨을 몰아쉬었다. 세인은 퉁명스러운 얼굴로 도균을 흘겨보았다.

"대체 어떻게 된 거야!"

"회의는 어쩌고 여길 와요."

"지금 회의가 문제야?"

"당연히 문제죠. 회사 망하면 우리 뭐 먹고 살아요? 내 월급으론 여보의 소비 수준 감당 못 하는데."

"지금 농담이 나와? 내가 여기 오는 내내 무슨 생각을 했는지……."

"무슨 생각 했는데요? 내가 선배 따라 비행기라도 탈까 봐?"

세인이 마치 아무 일도 없었다는 듯 도균의 팔에 제 팔을 꿰어 넣으며 걸음을 옮겼다. 도균은 황당한 나머지 아무 말도 하지 못하고 그녀에게 끌려가다시피 걷고 있었다.

"내가 한 말은 다 어디로 들었어요? 좋아한다고, 사랑한다고 그랬잖아요. 나 그런 말 가볍게 하는 여자 아니라고요."

"너 정말……."

"앞으로 나한테 잘하세요."

"……뭐라고?"

"내가 좀 전에 여보의 연적을 정리했어요. 이런 기특한 아내가 어디 있어요?"

거만하다 싶을 만큼 당당한 목소리에 도균은 기가 막힌 표정으로 세인을 내려다보았다. 세인은 조금도 주눅 들지 않고 도균의 무시무시한 시선을 태연히 맞받아쳤다.

"내가 확실히 거절하지 않았으면 앞으로도 내내 불안했을 거잖아요. 그때 못 한 고백하겠다고 다시 돌아오면 어떡하나, 앞으로도 쭉 마음 졸였을 거라고요."

"무슨 그런……."

"내 말이 틀렸다고요?"

세인이 뾰로통한 얼굴을 도균에게 바짝 들이댔다. 눈가가 빨갛게 부어 있는 세인의 얼굴을 보고 도균이 인상을 찌푸렸다.

"괜찮은 거지?"

"아니요. 좀 아쉽긴 해요."

"뭐?"

뒤로 넘어갈 듯 기함하는 자신을 보고도 아랑곳 않고 앞서 걷는 세인의 손목을 도균이 덥석 낚아챘다.

"아쉽다고?"

"뭐…… 많이는 아니고 약간?"

"나처럼 근사한 남편을 두고도 아쉽다?"

"근사하긴. 정작 내가 제일 듣고 싶은 말 한 마디도 못 해 주면서."

세인이 짓궂은 얼굴로 혀를 쏙 내밀곤 몸을 돌렸다. 그러나 한 걸음도 채 가지 못하고 다시 돌려세워졌다. 도균이 턱을 치켜들곤 오만하게 그녀를 내려 보았다.

"천하의 이도균이 못 하는 게 있을 것 같아?"

"이제 보니 허풍이란 못된 버릇도⋯⋯."

"사랑합니다, 부인."

찰나 공항의 모든 소음이 사라졌다. 세인의 눈동자가 커다랗게 부풀었다.

"바, 방금 뭐라고⋯⋯."

형편없이 떨리는 세인의 목소리에 도균이 커다랗게 웃음을 터뜨렸다. 바보같이 헤벌쭉 벌어진 입술을 다물지 못하는 그녀의 볼을 도균이 잡아 늘어뜨렸다. 그리곤 누가 볼세라 순식간에 작은 입술을 훔쳤다.

"사랑한다고."

"하, 한 번만 더⋯⋯."

"오늘은 여기까지."

"못 들었어요! 한 번만 더 말해 줘요. 네?"

전세역전. 세인이 홱 돌아서는 도균의 팔에 매달렸다. 빨갛게 부은 눈에 금세 또 차오르는 눈물을 보며 실소를 흘린 그가 입술을 쭉 내밀었다. 멍청히 보고만 있는 세인의 입술을 두드리며 도균이 재촉했다.

"세상에 공짜가 어디 있나. 안 그렇습니까, 부인?"

다양한 국적의 수많은 사람들이 바삐 오고 가는 공항 입구. 세인은 망설임을 잊고 도균의 입술에 키스했다. 가볍게 끝날 것 같았던 입맞춤은 숨이 가빠 올 때까지 이어졌다. 그리고 그 끝에,

"사랑한다, 민세인."

키스보다 더 달콤한 고백.

"다른 놈 아쉬워하지 마. 하루에 열두 번도 더 말해 줄 수 있으니까."

"어, 어떻게……."

"틈날 때마다 연습했지."

"와, 질투의 힘이 이렇게 위대한 줄은……."

"누가 질투 때문이래?"

"그럼요?"

"사랑한단 말도 못 해 주는 아빠는 끔찍할 것 같아서."

도균과 나란히 주차장으로 향하던 세인의 발걸음이 우뚝 멈췄다.

"무슨 소리예요, 그게?"

"화장대에 있는 탁상달력. 거기 달마다 있는 동그라미 말이야."

생리 시작일!

세인의 힘없이 벌어지는 턱을 도균이 다정한 손길로 손수 닫아 준다. '침 흘리겠다.' 얄미운 추임새도 잊지 않고.

"우리가 한 번도 피임을 한 적이 없잖아? 날짜가 얼추 맞겠더라."

"하, 하하."

"그래서 말인데. 언제쯤 검사하러 갈까. 2주? 3주? 그쯤 지나면 초음파에 잡히나?"

"도, 도련……."

"어허."

"여보!"

마구 날아드는 세인의 주먹을 잽싸게 피한 도균이 뒤에서 와락 세인을 끌어안았다.

"농구랑 핸드볼 중에 뭐가 더 좋아?"

"그게 무슨 뚱딴지같은 소리예요?"

"골라 봐, 어서."

"음…… 핸드볼?"

"어머니가 아주 기뻐하시겠군."

대체 이 인간이 또 무슨 꿍꿍이야? 세인의 의뭉스런 표정은 이어지는 도균의 설명에 경악으로 바뀌어갔다.

"말도 안 돼요! 다 낳고 나면 난 할머니가 되어 있을 거예요!"

"할머니여도 내가 많이 사랑해 줄……."

"하나도 안 고맙거든요!"

"괜찮아. 사랑은 어차피 다 자기만족이야."

"방금 그 말, 어디서 들어 본 것 같은데……."

소란한 결혼. 소란한 연애. 그 하루가 그렇게 흘렀다. 다음 날, 그리고 그다음 날도 눈 뜨자마자 그녀를 기다리는 건 늘 한결같은 남편의 고백.

사랑하고. 사랑하고.

또 사랑한다고.

수백, 수천 번을 들어도 늘 처음인 듯 고맙고 소중한 밀어의 속삭임이 오늘처럼 내일도 그녀를 깨울 것이다.

에필로그

대나무로 얼기설기 만들어 놓은 평상 위에 드러누워 있는 도균의 다리를 누군가 툭툭 찬다. 단잠을 방해받은 도균이 얼굴을 찌푸리며 실눈을 떴다. 그늘을 드리우는 무성한 나뭇잎 사이로 낚싯줄처럼 가느다란 햇살이 달려들었다.

"여가 여인숙이여? 얼른 못 인나!"

호통소리에 희미하게 남아 있던 졸음기마저 싹 가신다.

아아, 좋은 꿈 꾸고 있었는데.

세인을 쏙 빼닮은 자그마한 두 꼬마와 가위바위보를 하던 꿈이 아직도 생생해 도균은 사탕을 빼앗긴 어린아이처럼 상심한 얼굴로 입맛을 다셨다.

"여보! 빨리 와요!"

멀리서 챙이 거대한 괴상한 생김새의 모자를 쓴 세인이 호미를 들고 손을 흔들자 도균이 머리를 털며 상체를 일으켰다. 그리고 다시 한 번 자신이 입고 있는 바지를 발견한 그가 한숨을 푹 내쉰다.

"이건 해외 토픽 감이야."

도균이 자신이 입은 바지를 손가락으로 쭉 잡아당기며 불퉁스럽게 말하자 세인이 까르르 웃음을 터뜨렸다. 말이 좋아 트레이닝복이지 시야를 어지럽히는 현란한 무늬하며, 바람이 불면 항아리처럼 부푸는 모양새가 영락없는 몸빼 바지다.

"잘 어울리는데? 옷걸이가 워낙 좋아서 그런가."

세인이 애교스럽게 웃으며 그에게 호미를 쥐여 주었다. 좀 전까지만 해도 입술을 삐죽이더니 세인의 말에 금세 기분이 좋아져서는 휘파람까지 불며 호미를 건네받는 도균을 보며 김 노인이 끌끌 혀를 찼다.

"자네 말이여, 모자라단 소리 자주 듣지?"

콧노래를 흥얼거리며 호미질을 하던 도균이 한 손에 방금 뽑은 잡초를 들고 정색하며 대꾸했다.

"그게 무슨 말씀이십니까, 어르신? 저 같은 브레인 중의 브레인……."

"부레고 불알이고 간에…… 모자라. 자네, 내가 보기엔 좀 많이 모자라."

"맞아요, 할아버지. 어머님께서 가끔 저한테 그러시거든요. 모자란 우리 도균이 데리고 사느라 네가 고생이다, 하셔요."

세인이 손뼉을 치며 응수하자 김 노인은 그럴 줄 알았다는 듯 도균을 위아래로 훑었다. 도균의 험담을 할 때면 두 사람은 환상의 콤비가 되어 기가 막힌 쿵짝을 보여 주었다.

그래, 마음껏 씹으라지.

자신을 주제로 신이 나 수다를 떠는 세인과 김 노인을 보며 도균은 기꺼이 두 사람의 껌이 되어 주기로 했다. 어느새 넓은 밭을 매는 건 도균뿐, 그러나 그 모습이 퍽 익숙해 보인다.

평상에 앉아 그간 밀린 회포를 푸는 두 사람 사이에서 연방 새어 나오는 웃음소리가 허공에 퍼졌다. 그리고 도균이 지나간 자리엔 어느새 무성했던 잡초는 사라지고, 파헤쳐진 탓에 진한 색을 띠는 흙이 햇볕에 바짝 말라 가는 중이다.

죽을 때까지 손에 익지 않을 것 같던 농사일이 이젠 제법 할 만했다. 처음엔 쟁기질 몇 번에도 근육통을 호소하며 드러눕기 일쑤에, 몸뻬 바지만은 못 입는다며 최고급 재질의 명품 트레이닝복을 챙겨 왔던 도균이지만 이젠 까마득한 옛날 일이 되었다.

그을린 팔뚝이 그가 호미질을 할 때마다 소매 사이로 드러났다. 언제인가 세인이 '섹시한 구릿빛'이라고 표현한 이후로 그는 혼자 있을 때도 가끔 자신의 살갗을 들여다보며 피식 웃곤 했다.

어쩌다 천하의 이독종이 농사꾼이 되었느냐고?

그가 그답지 않은 행동을 할 때의 이유는 예나 지금이나 딱 하나, 세인이다.

김 노인이 나무를 내주는 대신 세인에게 한 달에 한 번 함양에 내려와 밭일이나 하고 가란 조건을 내건 것이다.

"치밀하긴."

세인의 남편은 그녀를 멧돼지가 종종 등장하는 이 두메산골에 혼자 보낼 만큼 무정한 사내가 아니었기에, 김 노인은 뜻밖에 힘 좋은 일꾼 하날 더 얻은 셈이었다. 그게 자그마치 6개월 전의 일이다. 도균은 그 반년 동안 박물관에서나 봤던 수많은 농기구의 이름과 사용법을 습득했다. 덕분에 세인의 미래계획이 더욱 구체적이 되었다.

'어쩜, 요리에 농사까지…… 못하는 게 없어요? 아! 나중에 음식점 차리기로 한 거요. 우리가 직접 텃밭에서 키운 채소로 요리하는 건 어때요? 유기농으로.'

우리가 아니라…… 내가 키운 채소가 될 것 같은데.

하고 싶은 말을 목젖 뒤로 삼킨 채 도균은 애매하게 웃었었다. 그리곤 다짐했었다. 다신 뭔가를 열심히 하거나 잘하지 말아야지. 잘해도 못하는 척해야겠다, 하고.

"와! 벌써 세 줄이나 끝냈어요? 안 힘들어요? 여보는 진짜 하늘이 낸 농사꾼이에요!"

뭐…… 이, 인생이 항상 다짐한 대로 되는 건 아니지만.

"새참 묵고 마저 혀!"

김 노인이 수박을 자르며 부르는 소리에 내내 불편하게 웅크리고 있던 몸을 일으키는 도균은 신음을 숨기지 못했다.

"으."

쪼르르 달려온 세인이 주먹을 말아 쥐어 도균이 짚고 있는 허리를 두드렸다.

"좀 쉬엄쉬엄하지, 꾀부릴 줄도 모르고. 파스 좀 붙여 줄까요?"

"저번에 그 제안 다시 한 번 생각해 보는 건 어때? 내가 제대로 된 인부 불러다가 여기 한 시간 만에 다……."

"아이 참. 할아버지가 그건 안 된다고 하셨잖아요."

"당신은 할아버지랑 남편 허리 중에 뭐가 더 중요한데?"

도균은 세인이 움찔하는 찰나를 하이에나처럼 놓치지 않고 물어뜯었다.

"가장의 허리는 가정의 행복과 직결되는 거야. 여길 삐끗하면 가정이 삐끗……."

"신소리 말고 퍼뜩 안 와!"

"……네에. 갑니다. 가요."

말꼬리를 싹둑 잘라먹는 김 노인의 성화에 도균이 어깨를 축 늘어뜨린 채 걸음을 옮겼다. 이게 노예계약이 아니고 뭐냔 말이야. 하지만 세인이 생글거리며 내미는 수박에 투덜거림을 금방 잊는 도균이다. 이 정도면 모자라단 김 노인의 평가가 아예 틀렸다고 보긴 어려운 것 같다.

그날 저녁.

"여기요?"

"어. 그리고 그 위에도 하나 더."

"휴. 다음번엔 따라나서지 마요. 이제 나 운전도 많이 늘었고, 길도 잘 찾아갈 수 있어요. 도련, 아니 여보 없이도 나 혼자 잘……."

도균의 허리에 손바닥만 한 파스를 빈틈없이 붙이며 세인이 꿍얼댔다. 잠자코 그녀에게 등을 내주던 도균이 몸을 홱 틀어 세인을 뒤로 쓰러뜨린 건 그야말로 순식간의 일이었다.

"혼자서도 괜찮으시다?"

"네? 뭐, 아……."

목덜미를 덥석 깨무는 도균 때문에 대답은 하지 못하고 애꿎은 신음만 흘리고 말았다. 그의 입술이 목선을 따라 흐르더니 쇄골 근처를 지분거렸다.

"혼자 갈 거라고?"

"그게…… 아앗!"

단단하게 솟은 유두가 그의 입술 사이로 빨려 들어갔다. 핑크 색으로 달아오른 그것을 이 사이에 끼우고 사탕을 빨 듯 흡입하는 도균에게서 색스런 소리가 터져 나와 세인의 뺨을 붉게 물들였다. 세인은 예고 없이 들이닥친 도균의 애무에 정신을 차릴 새가 없다. 발가락 끝에 잔뜩 힘이 들어가 오그라들었다.

"정말 혼자 가고 싶어?"

못됐어. 짓궂어.

세인은 속마음을 담은 눈으로 도균을 흘겨보았다. 도균이 손가락 끝으로 그녀의 아래를 들쑤시는 바람에 곧 눈을 뜨고 있는 것 마저 힘들어지고 말았지만.

"빨리 대답해. 정말 혼자가 좋겠어?"

언제나 그렇듯 백기를 드는 쪽은 세인이 될 터였다. 그녀는 자신의 안을 빽빽하게 채우며 밀고 들어오는 도균에게 결국 항복하고 말았다.

"……아니요. 싫어요. 혼자는 싫어…… 아흣!"

세인의 대답이 만족스러운 듯 크게 허리짓을 하는 도균의 입가에 슬그머니 미소가 자리 잡았다. 세인이 격렬하게 흔들리며 불퉁스럽게 쏘아붙였다.

"허리 아프다더니. 순 거짓말쟁이."

사기꾼. 악마. 독종.

"그래도 나 없으면 안 되잖아. 악마에 독종이라도 좋아 미치겠잖아. 그렇지?"

"이, 아앗!"

"말해. 좋아 죽겠다고. 빨리."

"악마!"

세인의 험담이 이어질 때마다 도균이 약 올리듯 그녀의 유두를 아프게 짓씹었다. 세인은 신음성을 내지르며 생각했다.

아아. 이렇게 깨물리는 게 짜릿하다니. 결혼 1년차 주부는 원래 다 이렇게 음란한 거야?

그 밤 원하는 대답을 얻은 남편은 단잠을 이뤘고 그 아내는 자신의 변태성을 심각하게 의심하며 잠을 이루지 못했다.

세인은 코뿔소처럼 거칠게 숨을 내쉬고 있었다. 자신이 총책임자가 되어 수개월 매달렸던 전원주택의 완공일이 바로 오늘이었다. 그녀의 공식적인 첫 작품!

긴장에 생전 처음 가위까지 눌렸던 그녀는 꼭두새벽부터 수선을 떨며 꽃단장을 시작했다. 그리곤 일찌감치 현장에 도착했다. 이미 수십 번도 더 확인한 곳을 꼼꼼히 들여다보며 그녀는 제발 자신의 작품이 건축주의 입맛에 맞기를 소망했다.

"이야. 죽이는데? 7개월 만에 이걸 뚝딱 했단 말이야?"

"꼭 오늘 날짜에 맞춰야 한다잖아요."

"대신 지원은 팍팍 해 줬잖아. 그게 최고야. 예산 가지고 꿍시렁대면 얼마나 스트레스라고."

송 대리가 부러움 가득한 목소리로 세인에게 투덜거렸다. 최근 그는 어느 오피스텔의 내부 구조 변경 공사를 진행 중이었는데, '오로지 저렴하게'를 목 놓아 외치는 클라이언트 때문에 골머리를 앓고 있었다. 그에 비하면 돈은 얼마가 들어도 상관없다는 그녀의 건축주는 비교적 편한 상대에 속했다.

"그나저나 얼굴이나 한 번 봤으면 좋겠어요. 설마 했는데 공사가 끝날 때까지 정말 코빼기도 안 비치다니. 될 대로 되라 이건가?"

"부럽다. 난 진행 상황 매일매일 직접 체크하는 정 사장님 때문에 돌아 버리겠는데. 하루에 열두 번도 더 전화가 와. 어젠 새벽 한 시에 변기 위치 때문에 30분을 실랑이했다고."

"그래도 중간 점검을 받아야 안심이 되죠. 막상 보고 나서 마음에 안 든다고 꼬투리 잡을까 봐 걱정이에요. 대체 저의 뭘 믿고 가구 선택까지 다 저한테 맡긴 걸까요?"

"세, 세인 씨 공모전 출품한 걸 봤다잖아. 그 감각과 센스를 높이 평가한다나. 복 받은 줄 알아!"

눈 밑에 거무죽죽하게 내려앉은 다크서클을 보란 듯 가리키곤 늘어지게 하품을 하는 송 대리에게 세인이 비타민 음료를 건 넸다. 송 대리의 말을 듣고 있으면 세인은 자신이 엄청난 행운 아가 된 것 같은 착각에 빠져들었다. 곰곰이 생각에 잠긴 세인 을 흘끔대던 송 대리가 넌지시 말을 던졌다.

"게다가 듣기론 엄청난 미남이라던데? 뭐, 세인 씨는 유부녀 니까 상관없으려나?"

"미남이요? 잘생겼대요?"

"지금 솔깃한 거야?"

"그, 그럴 리가. 앗! 팀장님, 오셨어요?"

마침 김 팀장이 차에서 내리는 걸 발견한 세인이 로켓처럼 튕겨 나갔다. 송 대리는 한발 뒤에서 게슴츠레 뜬 눈으로 세인 을 응시하며 중얼거렸다.

"저 큰일 날 아줌마가."

그 큰일 날 아줌마는 곧 자신에게 닥쳐올 대혼란의 소용돌이 를 모른 채 마냥 해맑게 웃고 있었다.

고요하던 정원이 순식간에 연회장으로 탈바꿈하고 있다. 세 인은 어안이 벙벙한 얼굴로 정원의 나무가 하나둘 알록달록한 전구로 감기는 것을 바라보았다. 다양한 핑거푸드와 샴페인까지 한 상 차려졌다.

"대체 어떤 분이시기에 이렇게까지 하는 거예요?"

"어마어마한 분이지."

"대통령은 아니죠?"

턱 수염을 매만지며 김 팀장이 의미심장하게 대꾸하자 세인이 떨리는 목소리로 되물었다. 아무 말 없이 씩 웃기만 하는 김 팀장을 보며 그녀는 패닉에 빠졌다.

내가 정말 어마어마한 거물의 의뢰를 받은 건 아닐까? 아아, 이럴 줄 알았으면 마감재 좀 더 좋은 거 쓰는 건데.

세인이 초조함에 우왕좌왕하고 있을 때 드디어 주인공을 태운 차가 멀리 등장하기 시작했다. 김 팀장이 신호를 보내자 옹기종기 모여 수다 꽃을 피우던 설계팀 직원들이 일사불란하게 열을 맞춰 섰다.

"뭐, 지, 지금 뭐 하시는……."

마치 미리 짠 것 같이 신속하고도 한 치의 오차도 없는 정돈된 움직임이었다. 세인은 오로지 자신만 이 상황을 이해하지 못하고 있다는 걸 깨달았다. 그리고 미리 짠 것 '같은' 게 아니라 정말 그들이 미리 짰다는 것도, 그녀의 건축주가 마침내 모습을 드러낸 순간 깨달을 수 있었다.

"도려…… 여보가 여긴 어쩐 일로……?"

"축하해, 세인 씨!"

세인의 자그마한 목소리는 그녀의 동료들이 일제히 터뜨리는 폭죽으로 인해 소리 없이 묻혀 버렸다. 고운 빛깔의 꽃잎이 머리 위로 나풀나풀 흩어져 내렸다. 도균이 장난스러운 얼굴로 세인에게 가까이 다가와 꽃다발을 내밀었다. 아니, 덥석 안겼다.

"일 년 동안 수고 많으셨습니다, 부인."

사슴 같은 눈을 끔뻑이는 세인의 손목을 잡아 품에 끌어당긴 도균이 귓가에 나직이 속삭였고 세인은 왈칵 울음을 터뜨리고 말았다.

한바탕 난리가 벌어지고 밀물처럼 한꺼번에 들이닥쳤던 사람들은 썰물처럼 우르르 빠져나갔다. 세인은 아직도 훌쩍임을 멈추지 못하고 있었다. 울음 후의 딸꾹질 때문에 자꾸 어깨를 들썩이는 그녀를 향해 도균은 귀여워 죽겠다는 시선을 숨기기 않았다.

"깜짝 놀랐잖아요. 그 비서분은 누구예요? 공 비서님도 아니고 윤 기사님도 아니고. 새로 또 누굴 고용한 거예요? 귀띔이라도 해 주지."

"누군가 그러더라고. 서프라이즈를 할 거면 제대로 해야 한다고."

"그거, 어머님 조언이죠?"

빙그레 웃는 걸로 대답을 마친 도균이 세인의 손가락 사이에 슬그머니 깍지를 꼈다.

"어디, 우리 마누라 솜씨 좀 볼까."

세인은 앞장서 걷는 도균에게 잡혀 그가 이끄는 대로 따라 걸었다. 외벽을 쭉 훑던 그가 건물 뒤편의 빈 공터를 가리켰다.

"여기 뭐 심을까."

"심다니, 뭘요?"

"텃밭에서 유기농 채소를 재배하고 싶으시다면서요, 부인."

"남의 땅에…… 아! 설마……."

세인은 눈빛으로 자신의 남편에게 말하고 있었다. '그럴 리가.' 그러나 이도균 사전에 불가능이란 없단 걸 세인은 수년간 그와 함께 지내며 이미 터득한 바 있었다.

"상추든, 감자든, 버섯이든, 산삼이든. 맘껏 키우도록."

도균이 세인의 머리를 쓰다듬곤 다시 걸음을 옮겼다. 그에게 끌려가면서도 세인의 시선은 넓다 못해 광활하기까지 한 공터에 머물러 있었다. 그녀는 할 수만 있다면 소리치고 싶었다.

저게 어떻게 텃밭입니까, 남편님! 황야라든가 평야라든가, 그런 단어가 어울릴 것 같은데…… 날 영농후계자 만들고 싶은 거예요?

하지만 자신이 기뻐할 거라는 생각에 잔뜩 들떠 있는 그를 보고 있자니 차마 입이 떨어지지 않아 관두고 말았다. 세인이 저 넓은 들판에 대체 뭘 심어야 하나 고민하는 사이 도균은 어느새 주택의 1층 탐방을 마치고 2층으로 올라서고 있었다. 건물의 모든 곳이 세인의 취향으로 아기자기하게 꾸며져 있었고 그게 바로 도균이 원하는 바였다.

"마음에 안 드는 부분이 있으면……."

"민세인 마음에 들면 됐어. 선물이라니까. 결혼기념일 선물. 민세인이 짓는 첫 번째 집이면 이 정도 의미는 있어야지."

2층 발코니에 선 도균이 세인을 으스러져라 끌어안으며 그녀의 정수리에 턱을 괴었다. 수염이 자라 살짝 까끌거리는 느낌이 좋다. 아까는 놀라 경황이 없어 미처 생각지 못했는데, 결혼기념일 선물을 7개월 전부터 계획하는 남자가 세상에 또 있을까 싶어 코끝이 다시 한 번 찡하게 아려왔다.

"난 이 집 공사에 정신없어서…… 결혼기념일도 잊고 있었는데."

"그 핑계로 그냥 넘어가시겠다?"

"그게 아니라……."

"나한테 줄 수 있는 선물이 있다면 주실 겁니까, 부인?"

세인을 품에서 살짝 떼어 놓은 도균이 그답지 않은 떨리는 목소리로 묻자 세인은 얼떨결에 고개를 끄덕였다.

"물론이죠. 어떤……."

"우리 오늘 2세 만들자. 내가 달력 보고 계산을 해 봤는데 오늘이……."

"앗!"

"그래, 그거야. 오늘은 백 퍼센트……!"

세인이 손을 들어 도균의 입을 틀어막았다. 이 여자가 오늘 같은 날에도 튕기려나. 밀려드는 불안감에 어깨를 뻣뻣이 긴장시키는 도균의 입술에 검지를 갖다 대고 '쉿' 소리를 낸 그녀가 부리나케 발코니를 빠져나갔다.

"……지금 이거 설마, 도망?"

도균이 헛웃음을 내뱉었다. 그렇잖아도 '잘생긴 건축주'라는 말에 세인이 눈을 반짝반짝 빛내더라던 송 대리의 밀고로 눈이 뒤집히던 참인데, 내 오늘 이 여자를 요절내고 말리라. 굳게 결심한 도균이 한 발짝 움직였을 때였다. 세인이 손에 뭔가를 들고 도균의 품으로 뛰어들었다.

"있어요! 나도 선물!"

그리곤 가슴팍에 뭔가를 턱 들이미는 게 아니겠는가?

순간적으로 갈비뼈에 금이 가는 듯한 통증이 느껴졌지만 가까스로 내색하지 않은 도균이 세인의 손에서 네모반듯한 종이를 집어 들었다.

"……이게 뭐지? 추상화인가?"

"너무해. 추상화라니. 게다가 거꾸로 들고 있어."

"아아. 알겠군. 정물화지? 강낭콩을 그린 것 같은데."

세인이 충격받은 얼굴로 도균의 팔을 주먹으로 때렸다.

"우리 아기더러 강낭콩이라니!"

눈물이 핑 돌아 코끝이 빨개진 세인이 빽 소리를 질렀다. 추상화? 정물화? 강낭콩?

"취소야! 선물 취……."

"아기?"

도균이 손에서 초음파 사진을 툭 떨어뜨렸다. 좀 전까지 뭐 때문에 화를 냈었는지 잊을 정도로 도균의 표정 변화가 흥미진진하다. 이런 얼간이 같은 표정이 가능한 남자였구나. 세인은 저도 모르게 키득키득 웃고 말았다.

그 소리에 퍼뜩 정신을 차린 도균이 바닥에 떨어진 사진을 냉큼 주웠다. 달리 묻은 먼지도 없건만 어쩌나 조심스러운 손길로 사진을 털어 내는지 민망해질 지경이었다.

"진짜 우리 아기라고?"

세인이 웃음을 참으며 고개를 끄덕였다. 그녀가 아직 밋밋하기만 한 배를 쓰다듬으며 다른 한 손으로 브이를 만들어 흔들었다.

"네. 여기 있어요. 7주래요."

자랑스럽게 말했건만 곧바로 도균의 불호령이 떨어졌다.

"7주? 왜 이제야 말해! 그럼 우리 아기가 여기 있는데 밭일하고 공사하고, 그랬단 말이야?"

이럴 줄 알았지. 사실 충분히 예상한 반응이라 별로 놀랍지도 않았다. 세인은 심드렁한 얼굴로 관자놀이를 긁적였다.

"이럴 줄 알고 말 안 했죠. 침대에 꽁꽁 묶어 놓을까 봐."

"그걸 말이라고 해? 당연히……."

"당연히 그러면 안 되죠. 난 우리 아기를 건강하게 낳고 싶거든요. 임신중독증 같은 건 상상도 하기 싫어요. 미리 말해 두겠는데 과잉보호는 금물이에요. 병원에서도 저더러 엄청난 건강 체질이래요. 아, 출산휴가가 출산 전후로 90일인 건 알고 있죠? 전 정확히 출산예정일 44일 전까지 회사를 나갈 계획입니다, 남편씨."

도균이 또 한 번 바보 같은 표정을 지었다. 그리곤 역시 짐작한 대로 열렬한 반대 시위를 벌이기 시작했다.

"어째서? 내가 벌어다 주는 돈이 모자라? 우리 아기가 힘들면 어쩌려고 그래? 네가 못 버틸 거야. 그러지 말고 말 듣자. 첫 아기는 조심 또 조심해야 한다고 저번에 윤 기사님 내외 만날 때 같이 들었잖아."

도균의 끈질긴 설득이 시작되었지만 세인은 단 한 단어로 끊임없이 이어지는 그의 목소리를 잘라 낼 수 있었다.

"아. 아아…… 스트레스."

도균이 기겁을 하며 세인을 들어 안아 침대에 조심스럽게 앉혔다.

"스트레스는 만병의 근원이란 말 알죠? 내가 느끼는 거 우리 아기도 다 느낀다고요."

"그래, 그래. 알았어."

도균이 달래듯 세인의 등을 토닥였다. 언제든 도균의 고집을 무력화시킬 수 있는 엄청난 무기를 갖게 된 것만 같다. 세인이 흐뭇하게 미소 지으며 도균을 꼭 끌어안았다.

"행복해요?"

도균이 세인의 이마에 입술을 꾹 눌렀다.

"당연한 것 좀 묻지 마."

"방금 울먹인 거예요?"

"……"

어머. 이 남자 진짜인가 봐. 품에서 빠져나오려는 세인을 도균이 옴짝달싹 못하도록 꽉 옭아맸다. 서둘러 다른 화젯거리를 찾던 도균이 번뜩 스치는 생각에 다시 사진을 꺼내 들었다.

"혹시 우리 강낭콩. 하나가 아니라 둘이라고 병원에서 안 그러던가?"

"그게 무슨 소리예요?"

"내가 얼마 전에 꿈을 꿨는데, 민세인 판박이 꼬마 둘이랑 가위바위보를……."

도란도란.

듣기 좋은 도균의 목소리가 느릿하게 이어졌다. 지난밤 긴장
으로 잠을 설친 탓에 낮은 음성이 더할 나위 없이 좋은 자장가
가 된다. 아무리 힘을 주어도 자꾸만 맥없이 풀리는 눈꺼풀을
밀어 올리길 포기한 세인이 눈을 감았다. 도균의 물음에 성의
없이 대꾸하면서.

"……에이…… 설마."

도균은 세인이 그 말을 끝으로 곯아떨어진 줄도 모르고 한동
안 혼잣말을 계속했다.

"아무래도 그 꿈이 심상치 않아. 그래서 말인데, 그 계획 수
정하는 게 어때? 쌍둥이면 배가 두 배로 부를 텐데 예정일 44
일 전까지 출근을 하는 건 절대 무리라고 봐. 먹는 것도 두 배
로 먹고, 자는 것도 두 배로 자고, 쉬는 것도 두 배로……."

"……."

"부인? 주무십니까?"

새근새근, 어느새 고른 숨을 내뱉는 세인을 확인하곤 도균이
피식 웃어 버렸다. 작은 몸 어디 하나라도 상할까 꼼꼼히 이불
을 덮어 준 도균이 조그만 입술에 입맞춤하며 미처 하지 못한
굿나잇 인사를 전했다.

어제도. 오늘도. 내일도. 늘 변함없을 한 마디.

"사랑한다."

세인은 꿈에서도 그의 목소리를 듣는지 발그레한 **뺨**에 오목

한 보조개가 패인다. 그 뺨에도 키스를 남기던 도균은 앞으로 굿나잇 인사를 건넬 자신의 가족이 더 늘었다는 걸 깨달았다. 커다란 손이 조심스럽게 세인의 납작한 배 위를 쓸었다. 아직은 낯설기만 한 단어가 머쓱함을 이기고 입 밖으로 튀어나왔다.

"아기도 좋은 꿈 꿔."

아기.

벅차오르는 마음에 열없이 번지는 미소를 손바닥으로 훔친 도균이 세인은 듣지 못하도록 낮게 소근거렸다.

"근데 말이야. 아빠 꿈에 나온 거. 우리 아기, 아니 우리 아 가들……맞지?"

뭔가 신호가 있을까 싶어 세인의 배에 귀를 바짝 가져다 댄 채 도균은 숨을 죽였다. 그러다 그 자세 그대로 까무룩 잠이 들 어 버린 도균의 꿈에 어김없이 그 두 꼬맹이가 등장했다.

'아빠!' 하고 달려온 두 아이를 도균은 양팔에 하나씩 안고 들어 올렸다. 아이들은 누가 먼저랄 것도 없이 고사리 같은 두 손을 동그랗게 모아 도균의 귓가에 속삭였다.

'딩동댕!'

"……딩동댕."

까르르 흩어지는 아이들의 웃음소리가 실제인 것처럼 귓가에 맴돌았다. 별이 유난히 밝은 새벽, 도균은 홀린 듯 그 세 글자 를 중얼거리며 잠에서 깼다. 예사롭지 않은 꿈을 곱씹던 도균은 곧 주체할 수 없는 희열에 입술을 가로로 길게 늘어뜨리며 새어 나오는 웃음을 삼켰다. 그의 손은 자연스럽게 세인의 배 위에 머물러 있었다.

벌써부터 아빠 말 잘 듣는 착한 아이들이구나.

그리 생각하던 도균이 미안한 듯 눈썹을 아래로 늘어뜨렸다.

"그래도 아빠는 엄마가 제일 좋아."

대꾸도 없이 혼자 하는 말이 어색하지도 않은지 목소리가 막 힘없이 흘러나왔다.

"그러니까 엄마 힘들게 하면 아빠한테 혼난다?"

하지만…….

"빨리 만났으면 좋겠다."

아내에게 하는 것만큼이나 팔불출 아빠가 될 것 같은 건, 아무래도 예감에만 그치진 않을 것 같다.

좋은 남자. 좋은 남편. 좋은 가장.

그리고 좋은 아빠.

그렇게 또 하나 늘어난 목표가 지금 그의 가슴을 기분 좋게 울리고 있었다.

—*The end*

나의 사랑
나의 신부
나의 아내

1판 1쇄 찍음 2014년 6월 12일
1판 1쇄 펴냄 2014년 6월 18일

지은이 | 이다림
펴낸이 | 정 필
펴낸곳 | 도서출판 **뿔미디어**

편집장 | 이재권
기획 · 편집 | 주종숙, 이은정

출판등록 | 2002년 9월 11일 (제1081-1-132호)
주소 | 경기도 부천시 원미구 상동로 117번길 49(상동) 503호
전화 | 032)651-6513 / 팩스 032)651-6094
E-mail | scarlets2012@hanmail.net
블로그 | http://blog.naver.com/dahyangs
홈페이지 | http://bbulmedia.com

값 9,000원

ISBN 979-11-315-2501-2 03810

※파본은 구입하신 서점에서 교환하여 드립니다.

※이 책은 (도)뿔미디어를 통해 독점 계약되었습니다.
저작권법에 의해 보호를 받는 저작물이므로 무단 전재와 무단 복제를 엄금합니다.